T0037967

Gina L. Maxwell

The Dark King

Traducción de
Yolanda Casamayor

Montena

Papel certificado por el Forest Stewardship Council®

MIXTO
Papel | Apoyando la
silvicultura responsable
FSC® C117695

Penguin
Random House
Grupo Editorial

Título original: *The Dark King*

Primera edición: noviembre de 2023

© 2022, Gina L. Maxwell
© 2023, Penguin Random House Grupo Editorial, S. A. U.
Travessera de Gràcia, 47-49. 08021 Barcelona
© 2023, Yolanda Casamayor Corderí, por la traducción

Penguin Random House Grupo Editorial apoya la protección del *copyright*.
El *copyright* estimula la creatividad, defiende la diversidad en el ámbito de las ideas y el conocimiento,
promueve la libre expresión y favorece una cultura viva. Gracias por comprar una edición autorizada
de este libro y por respetar las leyes del *copyright* al no reproducir, escanear ni distribuir ninguna
parte de esta obra por ningún medio sin permiso. Al hacerlo está respaldando a los autores
y permitiendo que PRHGE continúe publicando libros para todos los lectores.
Diríjase a CEDRO (Centro Español de Derechos Reprográficos, http://www.cedro.org)
si necesita fotocopiar o escanear algún fragmento de esta obra.

Printed in Spain – Impreso en España

ISBN: 978-84-19650-28-3
Depósito legal: B-16.152-2023

Compuesto en M. I. Maquetación, S. L.
Impreso en Liberdúplex, S. L.
Sant Llorenç d'Hortons (Barcelona)

GT 5 0 2 8 3

Advertencia:
este libro contiene escenas violentas
y contenido sexual explícito,
incluyendo escenas con elementos de BDSM.

*Para todos aquellos que han descubierto
su verdadero yo y la grandeza de la que son capaces.
Y a los que se sienten bloqueados o demasiado asustados como
para dar ese primer paso: sed valientes, queridos.
Pasad página y comenzad un nuevo capítulo.
Recordad que sois los autores de vuestra propia historia
y os merecéis una que sea buena de verdad.*

CAPÍTULO UNO

CAIDEN

«El sexo vende».

Es una frase de uso común porque es verdad. Desde que las pollas se ponen duras, los hombres se han vaciado los bolsillos cuando les han puesto delante sus mayores fantasías. Grandes o pequeñas, alcanzables o no, carece de importancia. Cuando la sangre se precipita hacia el sur, las carteras se abren.

Y aquí, en la Ciudad del Pecado, donde reinan la perversión y el libertinaje, vendemos todas y cada una de las fantasías conocidas por el hombre y alguna más. A eso nos dedicamos, y se nos da la hostia de bien.

De pie frente al cristal con efecto espejo de la oficina que da a la planta principal del Deviant Desires, observo cómo hombres de todas las edades y procedencias le tiran el dinero que tanto les ha costado ganar a la morena tetona que baila sobre el escenario con nada más que purpurina para el cuerpo y una sonrisa. Le lanzan vítores y le gritan mientras hacen gestos lascivos y se frotan las erecciones por encima de los pantalones. Porque, cada vez que ella hace contacto visual, les está vendiendo la fantasía de que puede ser suya por la cantidad de dinero adecuada.

Y la cantidad de dinero adecuada siempre es más dinero.

El negocio va bien, como siempre, pero iría mucho mejor si el encargado no robara parte de las ganancias ni pegara a las chicas cuando no le chupan el rabo ante la promesa de darles turnos mejores.

Me quedo mirando a una de las chicas que bailan sobre el regazo de los clientes a nivel de la pista y, gracias a mi visión preternatural, veo lo que esconde bajo el maquillaje apelmazado. Oculta un moratón en una mejilla y marcas con forma de huellas dactilares en un brazo.

Eso prueba claramente que la información que antes me han facilitado mis hombres va más allá de un simple rumor, lo que me hace sacar los dientes.

La chica no es uno de mis súbditos —al fin y al cabo, es humana—, pero sí que trabaja para mí, de modo que debo protegerla. No soy partidario de que se abuse de inocentes y no acostumbro a maltratar a mis empleados. Este gilipollas está haciendo ambas cosas.

No es habitual que me persone en ninguno de los negocios que tengo a decenas por toda la ciudad —hay gente que se encarga de eso por mí—, pero hoy he hecho una excepción.

—Mi señor, me acaban de comunicar que ha entrado en el club. Está con Madoc.

Me doy la vuelta y miro a Seamus Woulfe con gesto divertido.

Mi consejero superior está sentado en una de las sillas frente al escritorio; lleva un traje de color negro impoluto, tiene el pelo plateado y se ha peinado la poblada barba a la perfección. Al mirarlo, nadie diría que tiene casi cuatrocientos cincuenta años, aunque durante la última década se le han acentuado las arrugas que rodean sus ojos y se mueve con mayor lentitud.

Estas circunstancias son motivo de burla despiadada por parte de mis hermanos pequeños, Tiernan y Finnian. Como mejor amigo de nuestro padre de toda la vida, consideramos a Seamus nuestro tío y, a título oficial, es el consejero en quien más confío y mi sombra casi constante.

Solo los miembros de la Vigilancia de la Noche, mi equipo de centinelas personales, están conmigo más a menudo que él.

—Deja de llamarme la mierda esa de «mi señor» —refunfuño mientras me siento tras el escritorio—, suena ridículo viniendo de ti.

Él se limita a encogerse de hombros.

—Por fin se ha dignado a salir de su torre. Allí es Caiden Verran, una especie de sobrino para mí, además de un enorme grano en el culo. Pero aquí es mi rey y me dirigiré a usted como tal. Si no le gusta, déjeme en la torre.

Pongo los ojos en blanco. Hay dos lugares en los que paso el tiempo: Midnight Manor, la mansión de la familia real de la Corte de la Noche, donde resido, y el Nightfall, mi hotel y casino en la Strip de Las Vegas. Ninguno de ellos es una torre, pero a Seamus le divierte compararme con una Rapunzel que se encierra voluntariamente del resto del mundo.

Sin embargo, yo no me puedo permitir el lujo de llevar una vida despreocupada como mis dos hermanos.

Aunque para los medios de comunicación los tres somos los Reyes Verran de Las Vegas desde que nuestro padre falleció hace diecisiete años, yo he sido el único que de verdad ha tenido que dirigir un imperio como rey de nuestro pueblo.

Me burlo de su sugerencia:

—Como si fueras a escucharme si te dijera que te quedaras allí.

Sus ojos dorados centellean mientras esboza una sonrisa lo bastante amplia como para mostrar sus colmillos.

—No, majestad, no lo haría. Pero puede intentarlo de todos modos.

Nuestras bromas familiares se ven interrumpidas cuando Madoc, uno de mis Vigilantes de la Noche, abre la puerta y empuja al encargado hacia mí con tanta fuerza que lo tira al suelo. Hago una mueca de asco. Parece que viene de que se la chupen en el coche. Tiene el traje gris arrugado, la corbata aflojada y los botones de arriba desabrochados. Además, lleva medio faldón de la camisa por fuera, como si se lo hubiera vuelto a meter a toda prisa antes de que Madoc le echara el guante.

Dista mucho de la imagen profesional que les exijo a mis encargados y sé a ciencia cierta que no tenía este aspecto cuando lo contratamos. Se ha abandonado y ahora va desaliñado. Teniendo en cuenta todo lo que sé, me apostaría la corona a que empezó a salir demasiado de fiesta. No me importa que mis encargados se den alguna alegría esporádica —una golosina por la nariz de vez en cuando no les impide ejercer su trabajo—, pero cuando lo único que te preocupa es hacer rayas de coca y conseguir que te la mamen, acaba convirtiéndose en un problema.

Uno de los grandes.

Asiento con la cabeza hacia Madoc para hacerle saber que a partir de ese momento me voy a encargar yo de la situación.

Una vez que se ha cerrado la puerta, Seamus se levanta para echar la llave y se queda en ese lado de la habitación, sabiamente alejado de la línea de fuego.

—Ralph, me alegro de verte —digo con un tono de voz marcado por el sarcasmo.

Se pone en pie con dificultad y hace un pésimo trabajo recomponiéndose: se tira de la chaqueta y se echa el pelo grasiento hacia atrás con la palma de la rolliza mano. Ya tiene la frente salpicada en sudor y puedo oler el hedor de sus axilas húmedas.

Hay ciertas habilidades preternaturales que compartimos todos los de mi especie: una fuerza extraordinaria, la capacidad de curarnos rápidamente y sentidos aguzados. En momentos así desearía no contar con esta última ventaja.

—Hola, señor Verran —dice desviando la mirada hacia la zona donde Seamus guarda la puerta, y luego se vuelve a mirarme—. ¿A qué se debe el placer? ¿Ha venido a inspeccionar la mercancía?

—Creo que ya has inspeccionado tú bastante por los dos. Siéntate —le ordeno. Y él lo hace, como un perro acobardado.

Junto los dedos ante mí formando un triángulo y voy directo al grano.

—¿Desde cuándo me robas, Ralph? Y antes de que intentes mentirme, te sugiero que no lo hagas.

Ralph traga saliva con un sonido audible y se retuerce en su asiento.

—Desde hace unos tres… —Arqueo una ceja—. Vale, seis. Desde hace unos seis meses. Pero, venga, hombre, tampoco es que necesites la pasta. Eres el puto dueño de la ciudad. ¡Seguro que tienes más que Oprah! Solo me he subido un poco el sueldo, nada más. Creo que me lo he ganado. El Deviant es el mejor local de *striptease* en kilómetros a la redonda. Todo el mundo sabe que tenemos a las mejores putas de Las Vegas.

El hecho de que trate de justificar sus acciones como un niño malcriado no hace más que alimentar mi ira. Pero que se refiera a mis empleadas como «putas» me ofende en el plano personal. Mi ciudad siempre ha apoyado a las trabajadoras sexuales, y la falta de respeto que este tipo muestra hacia unas mujeres que tienen más cojones para hacer lo que hacen de los que él nunca va a tener colgados entre las piernas, solo consigue ponerme más furioso.

Me levanto y voy lentamente de acá para allá hasta situarme frente a él, luego me siento en la parte delantera del escritorio con actitud informal y me agarro al borde con una mano a cada lado para ocultar que tengo las uñas aguzadas como espinas. Mientras le clavo la mirada, saco a colación el segundo motivo por el que estoy aquí, que resulta ser el más importante.

—¿Y también te has ganado el derecho a pedirles favores sexuales y ponerles la mano encima si se niegan a dártelos?

—¿Eso te han dicho? —Ralph se mofa como si la acusación fuese ridícula mientras recorre la habitación con la mirada, que se detiene en todas partes menos en mí—. Ya les gustaría. Como si me gustaran esos coños usad…

Lo agarro por la garganta con la rapidez de una cobra y su misma letalidad. Noto cómo su nuez se mueve bajo la palma de mi mano y huelo la sangre que brota de los puntos en los que le he perforado el seboso cuello con las uñas. De un tirón, lo levanto y me lo pongo a la altura de los ojos, que se elevan a casi dos metros por encima del suelo, con los pies colgando en el aire.

Me invade una gran satisfacción al ver que se le intensifica el rojo de la cara y los ojos se le empiezan a salir de las órbitas.

Sin darle ocasión a desmayarse, lo lanzo con facilidad a la otra punta de la habitación. Seamus se aparta justo a tiempo para librarse de ser la carne de un sándwich formado por Ralph y la pared.

Antes de hablar, espero hasta estar seguro de que Ralph me presta atención; entonces le lanzo mi advertencia con una calma mortífera.

—Si vuelves a insultar a esas mujeres, te corto la lengua y me la como mientras miras.

Preferiría no tener que hacerlo —al menos la parte en la que me como uno de sus órganos—, pero en esta ciudad todos conocen mi reputación de loco voluble cuando se me ofende y a veces hay que poner algún ejemplo.

Ralph hace bien en temerme a mí y a lo que podría hacerle.

Solo que cuando se pone de pie con movimientos inestables, su mirada no refleja miedo, sino pura malicia sin adulterar. Interesante.

Inclino la cabeza y lo estudio como a una rata de laboratorio que ha elegido ir a la izquierda cuando debería haber ido a la derecha. Por lo general, acabaría con el asunto de inmediato y seguiría con mi vida, pero este imbécil ha despertado mi curiosidad.

—Que te jodan, Verran —musita—. Ya me he cansado de tus amenazas y de que metas las narices donde no te llaman. Te sugiero que te largues de aquí y que, cuando te des cuenta de que las cuentas no cuadran, mires para otro lado. Si no, le diré a todo el mundo lo que sois en realidad.

Seamus y yo intercambiamos una rápida mirada y levantamos las cejas. Tengo los brazos cruzados sobre el pecho y le presto a Ralph toda mi atención, ahora incluso con mayor curiosidad.

—¿Y qué somos?

La confianza le curva el labio superior en una mueca de desdén.

—Eres una puta hada.

Aunque la sorpresa se apodera de mí, procuro mantener una firme expresión de aburrimiento.

—Qué pena, Ralph. Si hubiera sabido que eras tan intolerante, nunca te habría contratado.

Su repentina confusión casi consigue hacerme sonreír.

Casi.

—¿Qué? No, no quería —se pone a gruñir, claramente frustrado—. Me refiero a una puta hada de verdad, con alas y poderes mágicos y toda esa mierda.

—Ah, ya te entiendo. Seamus —digo en tono familiar—, ¿acaso luzco unas alas de las que no era consciente?

Mi consejero se aclara la garganta para ocultar su diversión.

—No, señor, no tiene alas —responde cambiando al término «señor», que es el que mi pueblo suele utilizar en presencia de humanos.

Es cierto —debe serlo, porque mentir es lo único que los de mi especie no podemos hacer—, no tengo alas. A todos los miembros de la Corte de la Noche, al igual que a los no menos culpables miembros de la Corte del Día, se les despojó de sus alas, y a los linajes reales de ambas cortes se les arrebató la magia que les permitía manipular las sombras y la luz, respectivamente. Estas fueron solo dos de las muchas consecuencias que cayeron sobre nosotros en el momento del exilio, hace unos cuatrocientos años.

Como yo nací después del destierro, no siento más que una objetiva sensación de pérdida, en el sentido de que sé que debería tener alas. Pero, en el caso de Seamus y de los demás feéricos que proceden de Tír na nÓg, me imagino que la sensación debe de ser similar a la de un humano al que le amputan un miembro.

Demoledor al principio, pero, transcurridos un par de años —o siglos—, te acostumbras a la pérdida.

Aparco mis pensamientos y sigo hablando.

—Y, Seamus, ¿sabes de alguna vez que yo haya usado poderes mágicos de algún tipo? Aparte de la reputación que tengo entre las mujeres por tener una polla mágica, claro.

En esta ocasión, Seamus no logra frenar la risa. Yo no soy especialmente gracioso. Soy más bien un tipo de ingenio afilado y sarcasmo mordaz, y dejo las bromas para mis hermanos, que no llevan sobre los hombros la carga de todo un gobierno. Por eso no me extraña que el comentario sobre mi polla mágica haya pillado a Seamus por sorpresa, tanto por el tono humorístico como por el hecho de que, desde que ascendí al trono, han sido más frecuentes los eclipses lunares que ningún tipo de acción relacionada con mi miembro.

Por desgracia, con un reino que gobernar, no tengo tiempo para disfrutar de todas las sencillas alegrías que ofrece la vida, tal como hacen mis hermanos.

Seamus recupera la compostura y responde.

—Señor, que yo sepa no ha mostrado ningún poder mágico.

—Tú tampoco, mi viejo amigo. —Miro de nuevo a Ralph, que tiene la cara roja y brillante como un tomate—. Supongo que todo resuelto, entonces. Ni alas ni magia.

Ambas afirmaciones son ciertas, aunque quizá un poco engañosas.

—Hijo de puta —murmura mientras se saca un pequeño recipiente del bolsillo y desenrosca el tapón—, hace tiempo que espero este momento. Voy a hacer que te arrepientas cuando te tenga ante mí indefenso y de rodillas mientras te doy una paliza con la que te darán por muerto. ¿Y sabes qué pasará después? Después haré lo que me salga de los huevos con cada una de las zorras de este antro, ¡y tú no podrás hacer una puta mierda al respecto!

A continuación, un Ralph profundamente desquiciado ríe de júbilo a carcajada limpia mientras vierte el contenido del recipiente en el suelo.

«Vaya, vaya…».

Alguien ha estado haciendo demasiadas búsquedas en Google.

Permanezco inmóvil, solo levanto una ceja y espero.

La euforia de Ralph se desploma de golpe cuando se da cuenta de que ninguno de nosotros se ha arrodillado, obligado a contar el número de granos de sal que hay en el montón que tiene a sus pies.

—No… No lo entiendo… —balbucea mientras el pánico aflora en sus ojos pequeños y brillantes al tiempo que intenta averiguar en qué se ha equivocado—. ¿Cómo es que no ha funcionado? Sois hadas, ¡lo sé! Ponía que hierro puro o sal. ¡Se supone que deberíais estar ahí abajo contando los putos granos!

Seguramente debería importarme saber qué le ha hecho ir por ese camino —el de creer que soy algo que la mayoría de los humanos tacha de ficticio—, pero no es así. El día ya ha sido bastante largo y este tío lleva bailando una danza irlandesa del musical *Riverdance* hasta en el último de mis putos nervios desde que me enteré de lo que ha estado haciendo.

—Pobre Ralphy. ¿Nadie te ha dicho nunca que no tienes que creerte todo lo que lees en internet? —Chasqueo la lengua para mostrar mi decepción y le dirijo una mirada de lástima—. Por si sirve de algo, tu enfoque al completo era una idea espantosa. Si alguna vez sospechas que estás ante un feérico, lo último que deberías hacer es comportarte como un gilipollas. Se dice que se ofenden fácilmente y que suelen tomar represalias de una forma brutal a la par que creativa.

De repente, en la mano de Ralph aparece una navaja, cuya hoja salta a su posición con un chasquido metálico.

—Que te jodan, Verran. Vamos a hacerlo a la antigua.

Y es entonces cuando me canso de jueguecitos.

Abandono la estratagema como quien suelta un yunque y mi rostro refleja una sonrisa malévola mientras renuncio al encantamiento y dejo que Ralph vea por primera vez mi verdadero yo: orejas puntiagudas, ojos dorados con un brillo casi resplandeciente y caninos letalmente afilados.

Él jadea y yo me deleito con el especiado aroma de su miedo.

—Tendrías que haber probado con hierro, Ralph.

—¡Ha-ha-hada!

Mientras lanzo un feroz gruñido, cruzo la distancia que nos separa más rápido de lo que él puede captar y lo inmovilizo contra la pared.

—Se dice «feérico», pedazo de mierda llorona. Y yo soy el puto rey.

Entonces, con los puños desnudos y toda mi fuerza bruta, desato las frustraciones del día sobre Ralph, castigándolo por todas las ofensas que ha dirigido contra mí, contra el negocio y contra los trabajadores que están bajo mi protección, tanto humanos como feéricos. No tardo más de un minuto, pero es probable que para el hombre que yace maltrecho y ensangrentado en el suelo, gimiendo de dolor como estoy seguro de que hicieron las mujeres después de que él las agrediera, sea toda una eternidad.

Seamus se acerca y me ofrece un pañuelo que se ha sacado del bolsillo.

—¿Qué quiere hacer con él?

—Dile al subencargado que lo han ascendido. Luego haz que Madoc lleve al tipejo este a Joshua Tree y lo envíe a través del velo. Si tiene suerte, bailará y beberá hasta el estupor con el resto de los imbéciles de la Corte de la Primavera. Si soy yo el que tiene suerte, la Corte del Invierno lo capturará y lo torturará para divertirse.

Una vez en Faerie, el mundo del que provienen mis ancestros —un lugar en Irlanda que existe en lo que los humanos llaman un «universo paralelo»—, la verdad es que no importa si lo encuentra la Corte del Verano, del Invierno, de la Primavera o del Otoño ni tampoco cómo lo traten durante su estancia. Se aburrirán de él a los pocos días y lo escupirán hacia aquí a través del velo.

Por desgracia para Ralph, unos días en Faerie pueden ser cientos de años o más en este universo. Ese castigo me divertiría más que el rápido desenlace de su muerte, ya que las mentes humanas no pueden volver de Faerie y permanecer del todo intactas.

Seamus asiente con la cabeza para confirmar que me ha entendido y se marcha a cumplir mis órdenes. Mientras me limpio la sangre de las manos, exhalo despacio para recuperar mi legendario control y volver a adoptar el encantamiento.

No esperaba que la reunión fuera así, pero la culpa es de Ralph. Sus búsquedas en Google deberían haberse centrado menos en el mito sobre contar granos de sal y más en las innumerables advertencias que aparecen acerca de insultar a los miembros de los feéricos. En especial al soberano de los Feéricos de la Oscuridad.

Arrojo el pañuelo manchado de sangre sobre el pecho de Ralph y salgo a zancadas de la oficina del encargado hacia Seamus, que me está esperando.

—Vámonos de aquí.

—A la torre, mi señor.

—Sigue así, listillo, y a lo mejor consigues que te haga volver andando al Nightfall.

Se pone a jadear de forma teatral.

—Eso sería de una crueldad poco habitual, Su Majestad. Ya sabe lo lento que soy últimamente.

—Una mierda, lento —le digo lanzándole una mirada de sospecha—. Te he visto esquivar a Ralph como si tuvieras doscientos años.

Me abre la puerta de atrás del Bentley.

—Bueno, no se lo diga a los príncipes. Eso arruinaría toda la diversión.

Después me guiña un ojo y yo sonrío mientras sacudo la cabeza y entro en el coche. Cuando la puerta está cerrada, exhalo lentamente y dejo que la adrenalina acumulada durante la última hora se me escurra por los pies y vaya hacia las alfombrillas. A pesar del caos de neón que hay desatado al otro lado de la ventana, a mí me envuelve una tranquila calma y vuelvo a sentirme yo mismo.

Seamus se pone al volante y pregunta lo de siempre, sepa o no la respuesta.

—¿Adónde nos dirigimos?

—Al Nightfall, viejo amigo.

Pronto estaré de vuelta en mi oficina, donde podré relajarme de la forma habitual: sirviéndome una bebida cara mientras los humanos invierten cantidades ingentes de dinero en mi ciudad.

Ser rey es la puta hostia.

CAPÍTULO DOS

BRYN

Al salir del taxi, echo la cabeza hacia atrás y contemplo el hotel casino más conocido de Las Vegas: el Nightfall.

No puedo evitar quedarme embobada ante la visión del cristal negro y la nitidez de las líneas fundiéndose a la perfección con el cielo nocturno. Es un hotel magnífico, y esto no es más que la fachada.

Aunque no soy una experta en Las Vegas, sé por la página web que el Nightfall es más alto y grande que cualquier otro hotel de la Strip y que está ubicado en el extremo más alejado, como jactándose con arrogancia de su poder sobre todos los demás.

Suena raro decirlo de un edificio, pero es bastante sexi.

El taxista me atiende y lleva mi equipaje de mano hasta la zona de la acera donde me encuentro. Le doy una propina generosa y me tomo unos instantes para vivir el momento en lugar de apresurarme hacia el siguiente. Siempre he sido lo que mi madre llamaba «una auténtica buscavidas», así que, aunque me resulta difícil conseguir que mi cerebro deje de girar como una rueda de hámster las veinticuatro horas del día, no dejo de intentarlo.

Me sujeto la larga melena rubia detrás de las orejas para evitar que la brisa del desierto la arrastre hacia mi cara, cierro los ojos y respiro hondo… Luego suelto el aire lentamente mientras me permito experimentar el bullicio que me rodea.

El tráfico, la gente, incluso las luces de neón; todo se fusiona y acaba creando el sonido de la emoción. Es como un zumbido en los huesos, una vibración en la sangre… Quedarme quieta mientras todo a mi alrededor me llama a la ACCIÓN es más de lo que esta novata del zen puede soportar.

Me rindo, cojo el asa del equipaje de mano y tiro de él tras de mí mientras por fin atravieso las puertas automáticas de mi destino. Una agradable ráfaga de aire acondicionado impacta contra mi cuerpo cuando entro en el vestíbulo, que no es más que otra versión del ajetreo que hay fuera. Tras abrirme camino hasta la cola de registro, miro a mi alrededor para asimilarlo todo, aún más impresionada que con lo que he visto en el exterior.

El diseño de lo que veo en el vestíbulo es la encarnación de la opulencia nocturna: una apabullante elegancia y contemporaneidad distribuida en franjas de color negro y negro azulado acentuadas con oro y plata.

La iluminación del techo no está formada por grandes apliques, sino por miles y miles de diminutas luces doradas que cuelgan de hilos invisibles, como si fueran estrellas que brillan en el cielo.

Es increíble.

La fila avanza unos pasos y yo me muevo con ella. Luego saco una carta doblada del bolsillo de atrás de mis vaqueros; es la carta que he estado leyendo una y otra vez para asegurarme de que no me he saltado ninguna letra pequeña. Mientras me muerdo el labio, examino con detenimiento la información por última vez y suspiro aliviada.

Las palabras no han cambiado por arte de magia ni nada por el estilo, así que creo que todo está en orden.

Al menos eso espero, joder.

Hace cuarenta y ocho horas reservé un vuelo para este viaje espontáneo a Las Vegas a raíz de una oferta cualquiera que había recibido por correo. Me acababan de despedir —perdón, me habían tenido que «dejar ir debido a cambios organizativos»— de mi trabajo como especialista en relaciones públicas, de modo que ahora mismo debería estar pensando más en ahorrar dinero que en malgastarlo. Pero creo firmemente que el universo nos envía señales que nos guían hacia nuestro destino, y yo siempre sigo esas señales, por eso en estos momentos estoy en el vestíbulo del Nightfall.

Aunque, para ser sincera, también lo necesitaba.

Tan solo una escapadita rápida de fin de semana para deshacerme de toda la negatividad y disfrutar de la vida, por mucho que esté sin trabajo.

Va a ser únicamente el fin de semana, así que tampoco es que esté siendo del todo irresponsable. Solo un poco. Después cogeré un avión a casa, a Wisconsin, y empezaré a buscar trabajo el lunes a primera hora. Volveré al tajo en un abrir y cerrar de ojos.

La mujer que tengo delante aparenta unos treinta y pocos y luce una preciosa media melena castaña que enmarca su cara en forma de corazón. Como el resto de las personas que se encuentran cerca, no deja de observar todo lo que la rodea mientras esperamos. Nuestras miradas se cruzan y, como soy extrovertida por naturaleza, le ofrezco mi más acogedora sonrisa del Medio Oeste; esa que dice: «Hola, estoy dispuesta a conversar con extraños».

Los ojos se le iluminan de inmediato y sigue mi ejemplo.

—Dios mío de mi vida, ¿no te parece un sitio increíble? Es hermosísimo; me siento como si fuera de la realeza o algo así —dice con entusiasmo y un acento sureño que me hace rememorar las tartas de manzana calientes y el té dulce—. Hola, soy Mandy.

Su entusiasmo es contagioso y hace que se me amplíe la sonrisa.

—Hola, yo soy Bryn. Y pienso lo mismo: esto parece de otro mundo. Las fotos de internet no le hacen justicia.

—Tienes toda la razón. Me he alojado en otros cinco hoteles de la Strip mientras esperaba para entrar en este. No hay ni punto de comparación, ¡y eso que aún no he salido del vestíbulo! —exclama soltando una risita—. No me malinterpretes, los otros eran maravillosos y tal, pero cuando un sitio está completo con tres años de antelación, es evidente que tiene que ser especial.

«Espera, ¿qué? Sonido de disco rayado, tiempo muerto, paren las putas rotativas».

—Perdona, me ha parecido que decías que hiciste las reservas hace tres años.

—Sí, eso he dicho. Llevo tres años preparando este viaje. Me siento como Cenicienta; por fin me invitan al baile —dice entre risas.

Avanzamos en la cola y, cuando llegamos a nuestras nuevas posiciones, me pregunta:

—¿Por qué? ¿Tú cuánto has tenido que esperar para entrar?

—Pues... dos.

—¿Solo dos años? Joder, nena, qué suerte.

Hago una mueca y me ruborizo porque me siento culpable.

—No, dos años no. Dos días.

Si Mandy no tuviera la mandíbula firmemente adherida a la cara, ahora mismo estaría en el suelo.

—Dos días. —Se calla de repente y juro que se le enciende una bombilla sobre la cabeza, aunque yo no la vea—. Ay, Dios, ¿no serás una estrella de cine o algo así? Nena, sabía que eras demasiado guapa para ser una persona de verdad, es que lo sabía. Lo que pasa es que no estoy al día de las noticias de los famosos...

Vale, puede que su bombilla esté enroscada en la toma equivocada. Tengo un hueco entre los dientes delanteros que he intentado ocultar en todas las fotos que me han hecho desde séptimo, y no hay ejercicio en el mundo que me haya permitido deshacerme de mis caderas y mi sempiterno culo respingón. No soy un bombón de Hollywood. En todo caso, mi belleza es del tipo «la vecina de al lado».

—No es eso, no soy famosa. Espera, mira…

Vuelvo a sacarme del bolsillo la carta de la oferta promocional y se la entrego. Mientras la lee, su expresión va adoptando gradualmente distintos tonos de emociones: de la confusión a la sorpresa y, por último, al asombro. Es muy posible que yo pusiera esas mismas caras cuando la leí por primera vez.

Al fin, Mandy dobla la carta y me la devuelve mientras menea la cabeza con perplejidad.

—Hala, Bryn, tienes mucha suerte. Como diría mi papá, parece que llevas una herradura metida en el culo. Si fuera tú, esta noche me pasearía con ella por las mesas de juego.

—Supongo que es lo que debería hacer —digo sonriendo—. Allá donde fueres…

—Nena, que este no es un sitio cualquiera. Estás en Las Vegas, cariño. Un lugar mágico donde una tirada de dados te puede cambiar la vida para siempre.

Mientras analizo todas las posibilidades de esa afirmación como si se tratara de una novela de las de «elige tu propia aventura», oigo una especie de alboroto a nuestras espaldas, cerca de la entrada. Una multitud se desplaza en masa por el vestíbulo alrededor de una persona que genera un interés extremo.

No puedo ver quién es, pero le doy un codazo a Mandy y señalo hacia allí con la cabeza.

—Parece que al final vas a conseguir ver a un famoso.

Nos ponemos a reír entre dientes, pero cuando dos guardaespaldas gigantescos hacen retroceder a la multitud lo suficiente como para que por fin podamos ver al causante de tanto jaleo, nuestro sentido del humor se va por el retrete y lo sustituye un asombro de esos que te dejan con la boca abierta, al borde de babear en público.

Lo digo en serio. En mi vida había visto a nadie más bello, ni hombre ni mujer.

Tiene el pelo negro como la brea, la nariz aristocrática, unos pómulos por los que incluso Cher mataría y una afilada mandíbula acentuada por la cantidad perfecta de una sensual barba que seguro haría las delicias de cualquier mujer que la tuviera entre sus muslos. Va vestido de negro de pies a cabeza, con las mangas de la camisa remangadas sobre unos fuertes antebrazos, y lleva la chaqueta del traje echada sobre el hombro izquierdo, colgando de un dedo.

Parece el típico hombre de negocios adinerado, salvo por un detalle incongruente: luce una ancha pulsera de cuero negro en la muñeca izquierda. Es como una advertencia disfrazada de accesorio que, de manera sutil, expresa que él no es lo que aparenta y que todos harían bien en recordarlo.

Nunca había visto nada tan sexi.

Todo en él grita «la fantasía suprema», como si hubiera sido diseñado por los mismos dioses con el único propósito de mojar bragas por doquier. No sé si es así, pero puedo dar fe de que en esta sala lo ha logrado al menos con unas.

—¿Quién… es ese?

Ni siquiera estoy segura de haber preguntado en voz alta hasta que Mandy me responde.

—Caiden Verran —dice abanicándose la cara con una mano—. Es el dueño del Nightfall y de un millón de sitios más en la ciudad. A él y a sus hermanos los llaman los reyes Verran de Las Vegas. En cualquier caso, estaría encantadísima de ser su súbdita por los siglos de los siglos, amén.

Cuando pasa a nuestra altura, como a unos seis metros de distancia, a Mandy y a mí nos da la risa tonta —qué vergüenza, por el amor de Dios—. Es imposible que nos haya oído por encima de los invitados y los fotógrafos que gritan para llamar su atención. Sin embargo, justo en ese momento, gira la cabeza hacia donde nos encontramos, cerca de la recepción, y sus ojos se clavan en los míos.

Por Dios, qué ojazos. Son de un cálido color ámbar dorado, pero en realidad no emanan ningún tipo de calor. Me quedo totalmente embelesada, incapaz de moverme ni respirar, mientras él sigue caminando hacia los ascensores. Sin inmutarse, con expresión inalterable. Me quema con la mirada hasta que se ve obligado a apartarla.

—Vaya —dice Mandy riéndose—, perdona el vocabulario, pero el señor Ciudad del Pecado en persona te acaba de follar con la mirada como si ya llevaras su nombre marcado a fuego en el culo.

—¿Qué? No, no ha sido eso. A menos que fuera un polvo con odio. Parecía que quería matarme.

—Sí, con la polla.

Entre risas, nos damos la vuelta y vemos que hay dos plazas libres en la recepción, y somos las siguientes de la cola.

—Oye, Bryn, esta noche mis amigas y yo vamos a estar yendo y viniendo del casino y la discoteca. Ven a buscarnos y te enseñaremos cómo se sale de fiesta en Las Vegas.

—Gracias, Mandy, puede que te tome la palabra.

Me guiña un ojo y las dos avanzamos hacia los dos empleados del hotel que nos esperan uno a cada lado del mostrador.

—Hola, bienvenida al Nightfall —saluda la mujer. Es guapísima; tiene una piel morena radiante y rizos en espiral de color burdeos que le llegan a los hombros.

—Hola —respondo devolviéndole la sonrisa mientras dejo el bolso sobre el mostrador—. Me llamo Bryn Meara. Tengo una reserva para dos noches.

—Estupendo, vamos a hacer el registro. —Sus dedos vuelan sobre el teclado y no separa los ojos de la pantalla. Cerca de un minuto después, la recepcionista arruga las cejas y a mí se me encoge el estómago—. Señorita Meara, lo siento mucho, pero no veo ninguna reserva a su nombre.

Me trago el nudo que se me hace en la garganta.

—¿Está segura? Porque me llegó esta carta por correo…

Empiezo a recuperarla por tercera vez cuando un hombre me interrumpe.

—Gracias, Anya; ya me encargo yo. —Levanto la mirada y veo a un empleado con aspecto de gerente que se acerca al ordenador con una sonrisa de disculpa—. Lo siento mucho, señorita Meara. Debido a un fallo técnico de nuestro sistema, se reservó dos veces la misma habitación. Lamentablemente, la otra pareja ya ha llegado, de modo que la habitación ya no se encuentra disponible.

—Ah, entiendo. —No quiero que se sienta mal, pero no puedo evitar el desánimo en la voz ni la expresión alicaída. A pesar de lo preocupada que estaba porque algo saliera mal, nunca creí que fuera a ocurrir realmente. De veras pensé que mi destino era estar aquí este fin de semana.

Pero ahora la realidad me lanza puñetazos y yo no tengo energía suficiente para hacerle el juego de piernas. Tal vez quede algún motel con habitaciones libres a las afueras de la ciudad.

—No obstante —prosigue en un tono demasiado alegre—, tengo una suite vip disponible a causa de una cancelación de última hora, así que voy a aplicarle una mejora de las condiciones sin cargo alguno y a asegurarme de que reciba todos los beneficios de vip durante su visita para que nos disculpe por las molestias que le hemos causado.

Se me abren los ojos como platos.

—¿De verdad? ¡Qué maravilla, gracias!

Pillo a Mandy mirándome. Moviendo los labios sin hablar, articula la palabra «herradura» y se señala el trasero.

Me río y pongo los ojos en blanco, pero puede que tenga razón.

Lo que acaba de suceder me parece más suerte que destino, así que quizá ahora tenga ambas cosas a mi favor. Supongo que lo único que me queda por hacer es montarme en esta dragona de la suerte para exprimirla al máximo y ver hasta dónde me lleva.

«Cuidado, Las Vegas, allá voy».

CAPÍTULO TRES

CAIDEN

—¡Señor Verran, aquí!

—¡Caiden, Caiden! ¿Me puedo hacer una selfi contigo? ¿Por favooooor?

—¡Te amo, Caiden Verran! ¡Hazme un bebé!

—He dicho que retrocedáis. Ya —gruñe Connor Woulfe.

Utiliza su descomunal cuerpo con los brazos extendidos para mantener a raya a la multitud mientras su hermano gemelo, Conall, me acompaña hasta mi ascensor privado e introduce el código de seguridad. Cuando las puertas empiezan a cerrarse, Connor se nos une y por fin quedamos aislados de todos los gritos y los flashes.

No me gusta la atención desaforada que conlleva ser el dueño de la ciudad. Para los humanos, el dinero y el poder equivalen a la fama, y la fama genera fans. Se me retuerce el labio superior solo con pensar en esa palabra. Aunque sé que forma parte del negocio, eso no significa que tenga que aceptarlo.

Tiernan dice que ser un «puto recluso» (esas fueron sus palabras) solo empeora la situación, pero yo creo que, aunque hiciera las cosas de otra manera, no cambiaría nada. La gente no deja en paz a Justin Timberlake y el gilipollas está por todas partes.

Afortunadamente, con mis súbditos no tengo que preocuparme por esas tonterías. Hay miles de Feéricos de la Oscuridad en Las Vegas y alrededores, pero no me piden selfis a gritos ni me suplican que les entregue mi esperma. Siento un inmenso amor por mis súbditos. Por los humanos..., no tanto.

Así que para mí es perfecto que mi negocio se base en aprovecharme de sus vicios.

Hablando de humanos, se me ha venido a la cabeza esa mujer del vestíbulo. No tengo ninguna duda de que es humana porque los feéricos podemos percibir a los de nuestra misma especie. «Me pregunto cuáles son sus vicios... Es posible que ni siquiera ella los conozca todavía».

Pero como es humana, descarto ese pensamiento antes de que a mi polla se le ocurra alguna idea brillante.

No se puede negar que poseía una belleza abrumadora. Incluso desaliñada a causa del viaje y con unos vaqueros descoloridos de los que marcan cadera y una ridícula camiseta de un pub que rezaba «En Wisconsin, beba con moderación si va a coger el camión». Incluso con ese pequeño hueco que se abre entre sus dientes delanteros y que de alguna manera logra realzar su aspecto en lugar de desmerecerlo. No sé por qué le di ese repaso con la mirada ni qué hizo que me costara tanto apartarla, pero la verdad es que eso no importa. Las contadas ocasiones en las que saco tiempo para el placer no son para compartirlo con humanas. Al menos desde que me convertí en rey.

Follar con ellas entraña demasiado riesgo para la seguridad por varias razones. Además, mis gustos sexuales van por derroteros más oscuros de lo que la mayoría de ellas podría soportar. Todas querían la experiencia «Cincuenta sombras» hasta que se vieron atadas y bajo mi mando.

Aunque eso no les impide perseguirme. Da igual lo gilipollas y arisco que sea con ellas. No pueden evitarlo. Los feéricos poseemos una belleza extraordinaria. Si alguna vez oyes que dicen de alguien que posee «cierto resplandor», lo más probable es que sea feérico. Los humanos se sienten atraídos por nosotros sin saber bien por qué. Esto a veces es una bendición y otras, una maldición.

En mi caso suele ser lo segundo.

Un carraspeo de garganta me devuelve al presente. Los chicos han adoptado una postura relajada cada uno contra una pared, con los brazos cruzados sobre sus pechos robustos como los troncos de un árbol y observándome con idénticas sonrisillas de satisfacción.

—¿Qué pasa? —les suelto con brusquedad.

Connor arquea una ceja.

—¿Ha visto algo de su gusto, mi señor?

—Vete a la mierda —le digo por usar mi título. Los hermanos Woulfe son colíderes de la Vigilancia de la Noche, mi equipo de seguridad de guardaespaldas personales. También son los hijos de Seamus, de modo que somos amigos desde que nacimos. Aparte de mis hermanos, son las dos últimas personas que deberían andarse con formalidades, pero les gusta tocarme las narices tanto como a su padre.

—¿Por qué? —pregunta Connor con fingida inocencia—. Solo digo que, si quieres que vayamos a buscar a alguien, no hay problema.

—No sé de qué me hablas, pero ojalá cerraras la puta boca. Tu voz me chirría en los oídos.

La profunda risotada de Conall hace que se le sacudan los hombros, agitando a su vez las puntas de su ondulado cabello cobrizo.

—Menos mal que alguien más se da cuenta. Llevo diciéndoselo toda la vida.

Connor levanta el dedo corazón hacia su hermano y, justo cuando creo que he conseguido cambiar de tema, Conall lo vuelve a sacar.

—Venga, C. V., que no nos engañas. Sabemos cómo te pones cuándo ves algo que deseas.

—Y a esa humana la deseas con todas tus fuerzas —remata Connor sonriendo como un comemierda.

—Lo que de verdad deseo es una copa y algo de paz y tranquilidad, joder. —Por suerte, el ascensor avisa de nuestra llegada antes de que puedan seguir con sus ridículas especulaciones. Salgo primero y me doy la vuelta bloqueándoles el paso—. Tomaos el resto de la noche libre.

Alargan las manos rápidamente para impedir que se cierren las puertas; de repente, por sus expresiones parecen centrados en el negocio. Connor me mira entrecerrando los ojos.

—Sabes muy bien que no nos iremos a ninguna parte hasta que hayas vuelto a Midnight Manor.

Les dirijo una mirada de advertencia.

—También sé que hace demasiado tiempo que no salís a correr y, si lo seguís posponiendo, no me serviréis para nada. Y no me digáis que estáis bien porque puedo ver que no es así.

Connor maldice en voz baja mientras Conall se pasa una mano por la cara en señal de frustración.

Además de nuestras habilidades preternaturales habituales, algunos feéricos han sido bendecidos con determinados poderes especiales exclusivos de su linaje. Talentos como el don de la clarividencia, curar a los demás, manipular las energías de la naturaleza o percibir cuándo se acerca un peligro, entre muchos otros.

Los miembros del linaje Woulfe son metamorfos. En concreto, y para sorpresa de nadie, se transforman en lobo. Pueden comunicarse telepáticamente con lobos salvajes y cambiar de forma a voluntad. El animal forma parte de ellos tanto como ser feérico y, si lo ignoran durante mucho tiempo, sus cuerpos se resienten.

Me he dado cuenta esta mañana al salir de la mansión. Tenían los músculos en tensión y el dorado de sus ojos, el color característico de todos los Feéricos de la Oscuridad, se había tornado opaco.

—De acuerdo —dice Connor cediendo—. Llamaré para que nos sustituyan.

Niego con la cabeza.

—No hace falta. Voy a trabajar hasta tarde, así que me quedaré en el ático.

Los hermanos hacen esa cosa tan molesta de gemelos que consiste en mantener una conversación entre ellos tan solo con una mirada. Es Conall quien lo dice en voz alta.

—C. V., ¿otra vez vas a trabajar hasta tarde? Deberías plantearte ir en busca de esa preciosa admiradora tuya y montarte una corrida tú también.

Mueve las cejas de manera insinuante como para ayudarme a entender su infantil eufemismo.

—Sí, últimamente estás más gruñón que de costumbre —añade Connor con poco ánimo de acudir en mi auxilio.

—Tomo nota. Podéis retiraros.

Como no hacen ademán de irse, levanto una ceja e, inexpresivo, les digo:

—En serio, por hoy ya he tenido más que suficiente de vuestros feos caretos, así que haced el favor de largaros antes de que pierda la buena disposición que me queda.

Aunque resoplan, parece que al fin deciden bajar los brazos de los laterales del ascensor. Dirigiéndome idénticas sonrisas con hoyuelos, Connor se despide con un sarcasmo:

—Buenas noches, Su Majestad.

Luego Conall me saluda con sus dos dedos corazón justo antes de que se cierren las puertas.

—Gilipollas.

Se me dibuja en la boca una media sonrisa mientras cruzo la recepción vacía.

Ya puedo saborear mi whisky irlandés preferido y siento cómo se me aflojan los nudos de los hombros. Tecleo rápidamente el código de mi despacho y entro en la silenciosa...

—¡Aquí está!

El grito con el que me saluda Tiernan me alcanza desde la mesita donde él y nuestro hermano pequeño —si es que se puede considerar pequeño a alguien con ciento dieciséis años— echan un pulso en mi sala de estar, amueblada con un sillón de cuero y un sofá.

«Adiós a mi ansiada paz y tranquilidad». Suelto un gran suspiro y cierro la puerta, resignándome ante el hecho de que no me voy a relajar tan pronto como había planeado.

Mis hermanos no suelen aparecer sin avisar, así que deben de haber venido por algún motivo.

Será mejor que me una a ellos hasta que me digan cuál es.

Pero primero, un trago.

Evito el gran escritorio e ignoro mi portátil, que muestra una bandeja de entrada repleta de fastidiosos correos, y me dirijo al bar que hay al otro lado de la sala.

Finnian me saluda con una amplia sonrisa y sus joviales ojos del color del ámbar, que reflejan cuánto se alegra de verme. Es una de las pocas cosas en este mundo que todavía me llegan al oscuro corazón. A veces me cuesta verle como a un hombre adulto y creo que es aquel jovencito de cara aniñada que estaba más pegado a mí que mi propia sombra.

Lleva su uniforme habitual de camiseta y pantalones de chándal con zapatillas deportivas y el pelo oscuro despeinado por la coronilla, como si acabara de levantarse de la cama, aunque sé que no es así.

Finn es el único de nosotros que no es un ave nocturna; se levanta al amanecer y se pasa varias horas en el gimnasio. Después, por las tardes, se entrena en varios estilos de lucha con la Vigilancia de la Noche. No tiene cabeza para los negocios como yo ni el encanto natural de Tiernan, que le funciona tanto con nuestros socios como con sus amantes. Sin embargo, como dice Tier, si alguna vez se produce el apocalipsis zombi, Finnian será quien lidere el ejército contra los muertos vivientes y nos salve a todos.

Supongo que Finn se ha dejado de juegos con nuestro hermano porque la sonrisa de Tiernan se está convirtiendo rápidamente en una horrible mueca. Al pasar por detrás de donde está sentado en el sofá, le doy un manotazo en la cabeza.

—Parece que estás estreñido.

—Ya, pues tú pareces… —El sonido que hacen los puños al golpear contra la mesa señala el final del combate. Ni siquiera tengo que preguntar quién ha ganado—. ¡Mierda! Caiden me ha distraído. Esta no vale.

Finn se ríe.

—Supongo que los otros cientos de victorias tampoco valen.

Estoy a punto de ponerme de parte de Finn cuando me fijo en que la caja de diseño de The Devil's Keep, uno de los whiskies irlandeses de malta más caros del mundo, está abierta encima de la barra.

—¿Estáis de coña?

Al darme la vuelta, veo la botella en una de las mesas auxiliares. La han dejado medio vacía.

—Eh, imbéciles, esa botella de whisky cuesta doce mil dólares y os la estáis bebiendo como si fuera agua.

Mantienen el gesto serio, pero la malicia les baila en los ojos.

—Ah —le dice Finn a Tiernan—, ahora sabemos por qué está tan bueno.

—Creo que tienes razón, hermanito. ¿Otra?

—Espero que no te moleste, hermano mayor.

Finn se ríe entre dientes y le tiende el vaso a Tier para que se lo rellene.

Tras decidir que voy a posponer la planificación de la muerte prematura de ambos, cojo un vaso para mí y me acerco a ellos. Le quito a Tier la botella de la mano y me siento al otro lado del sofá antes de servirme tres dedos y dejarla donde no la puedan alcanzar. Le doy un buen trago al oro líquido y me deleito en el suave fuego que se desliza por mi garganta.

Joder, qué bueno está. Me alegro de tener otra botella guardada en la mansión.

Finn relaja su enorme cuerpo en la silla y le dirige a Tiernan una sonrisa juguetona.

—Me has impresionado, T. ¿Has estado haciendo más ejercicio? Por un momento he pensado que me tumbabas.

Tiernan levanta las cejas.

—¿De verdad?

—Joder, qué va, ni de lejos.

Finn se ríe y después bloquea el cojín de sofá que Tier le ha lanzado a la cara.

—Un día de estos voy a patearte ese culo presumido.

—Tier, tú sabes cuál es la definición de locura, ¿no? —Dejo que se me delinee una ligera sonrisa en una de las comisuras de la boca—. Quizá quieras tenerlo en cuenta la próxima vez que Finni te lance un desafío.

Si bien Finnian es mucho más joven que Tier y yo, que rondamos los ciento sesenta, el chico es una bestia de la naturaleza. Con sus más de dos metros de altura y lo que sea que pese en la báscula, es el más grande de los tres.

—¡Vete a la mierda, hermano mayor! —dice dedicándome una sonrisa perversa—. ¿Y dónde cojones dices que has estado? Pensábamos que no habías salido de tu torre, pero vinimos a saludarte y de repente estabas desaparecido en combate.

Genial. Seamus les debe de haber dicho algo y ahora tendré suerte si no empiezan a llamarme Rapunzel.

—Tuve que ocuparme de un asunto en el Deviant. Había un problema con el encargado.

—¿Y?

—Ya no hay ningún problema.

No es necesario que diga nada más sobre el destino del encargado. La falta de explicación es la explicación en sí misma.

La expresión de Finnian se ensombrece y se vuelve contemplativa como le ocurre a menudo.

—Chicos, ¿alguna vez os ha molestado que los humanos a los que castigamos vayan a nuestro hogar y nosotros no podamos?

Tiernan y yo nos miramos. Luego contemplamos al único ser de sexo masculino de este mundo o de cualquier otro al que queremos más que a nosotros mismos. Ya éramos mayores cuando Finnian llegó, así que ayudamos a nuestros padres a criarlo; le enseñamos a jugar, a dirigir y a pelear. Haríamos lo que fuera para hacerlo feliz.

Por desgracia, a veces pienso que nada lo haría más feliz que el levantamiento de nuestro destierro y la posibilidad de vivir al fin en Tír na nÓg, en el reino Faerie.

No acabamos de comprender por qué siempre ha sentido tanto la pérdida de un lugar que ni siquiera hemos visto, pero es que Finnian, pese a su gigantesco tamaño, es el hermano Verran más sensible. Parece un enorme oso de peluche con músculos. Y, como yo soy tan sensible como el papel de lija, Tiernan toma la palabra.

—Finni, este es nuestro hogar. Las Vegas. No hemos conocido otra cosa.

—Pero no es nuestro verdadero hogar, T. No es el lugar al que pertenecemos —dice dejando entrever un tono de enfado en sus palabras.

Su respuesta pone a Tiernan echo una furia. Se sienta en el borde del sofá y se deja de delicadezas.

—¡Claro que no, joder! Pero, aunque no seamos de este mundo, lo hemos hecho nuestro. Ayudamos a nuestro padre a construir esta ciudad tan solo a partir de arena del desierto y la hemos transformado en uno de los mejores sitios del planeta. Somos los Feéricos de la Oscuridad de la Corte de la Noche de Faerie. Tanto si se nos permite vivir en ese reino como si se nos obliga a vivir aquí, eso nunca cambiará lo que somos, hermano.

Finn baja la mirada al suelo sopesando con detenimiento las palabras de Tiernan frente a sus propios pensamientos. A veces siente demasiado, y odio verlo luchar por los pecados que cometió nuestro abuelo. Nosotros nacimos mucho después de la muerte de Domnall Verran, pero fueron sus acciones, junto con las del rey de la Corte del Día, las que provocaron el exilio de ambas cortes.

Los feéricos son un pueblo orgulloso y voluble. Como le dije a Ralph, no nos gusta que nos insulten.

Y cuando insultas a Aine, la Reina Única y Verdadera, a ella no le queda otra opción que joderte a lo grande. Por ejemplo, desterrándote eternamente a ti y a todos los miembros de tu corte a los desiertos deshabitados del mundo humano y echándote además unas cuantas maldiciones, por si acaso.

Tiernan me lanza una mirada que dice: «Te toca».

—Finnian —digo con firmeza mientras espero a que su mirada se encuentre con la mía—, Tiernan tiene razón. Aquí tenemos más de lo que jamás tendríamos en Tír na nÓg. Como el mayor del linaje real de la Corte de la Oscuridad, el cargo de monarca recayó sobre mí tras la muerte de nuestro padre. Sin embargo, como dueños del Nightfall y de todo lo que vale la pena en este desierto dejado de la mano de los dioses, todos somos reyes. Los tres. Somos los hermanos Verran de Las Vegas y este es nuestro puto reino.

Finnian se endereza y encaja la mandíbula, aparentemente apaciguado por mi discurso. Arqueo una ceja como preguntándole si se encuentra bien. Él asiente con firmeza.

—Tienes razón, Caiden. Recordaré lo que me habéis dicho —afirma—. Lo prometo.

—Joder, brindo por eso.

Tiernan levanta el vaso y apura el resto de su bebida. Las comisuras de los labios de Finn se elevan ligeramente y veo cómo recupera el buen humor.

—Fantástico. Y ahora, ¿por qué no me decís el motivo de vuestra visita para que no tenga que sacároslo yo mismo?

Intercambian una mirada conspirativa como pasándose la responsabilidad del uno al otro. Contengo un suspiro y elijo por ellos mientras me vuelvo a llenar el vaso.

—Tiernan. Habla.

—No es nada, de verdad. Tan solo nos preguntábamos si habías pensado llevar a alguien al BET.

—¿Al Baile del Equinoccio Temprano? —Arrugo el entrecejo. ¿Qué les importa a mis hermanos si…? Ah, mierda—. Esto es cosa de mamá.

Se trata de una afirmación, no de una pregunta.

No es la primera vez que aborda el tema, pero usar a mis hermanos como chicos de los recados es todo un nuevo enfoque. Al parecer, cuando te acercas a los ciento setenta años, tu madre empieza a insistirte para que sientes la cabeza y tengas «criaturitas que garanticen un heredero».

Aunque yo apostaría a que le importa mucho más tener unos angelitos con los que jugar sobre sus rodillas que la continuidad del linaje.

Tiernan frunce el ceño de forma teatral.

—Sinceramente, Caiden, no sé por qué te empeñas en pensar tan mal de nuestra madre. ¿No puede ser solo que sintamos curiosidad por…?

No estoy de humor para una «verdad feérica» —que consiste en no mentir, pero sin ofrecer una respuesta— y fulmino a Finn con la mirada. Él hace una mueca y la verdad sale a la luz.

—Nos amenazó con rompernos las PS5 si no intentábamos convencerte de que trajeras a una posible consorte como pareja.

—Oye, traidor, ¿qué mierda haces? —Tier entorna los ojos al dirigirse a Finn—. Apenas te ha mirado y tú no has tardado ni un segundo en venirte abajo.

Finn encoge uno de sus enormes hombros.

—Es que era una mirada realmente aterradora.

Tiernan abre los ojos de forma desorbitada y extiende los brazos.

—¡Eres más grande que él!

Sé por experiencia que cuando se ponen a discutir, es mejor no entrometerse. Además, esta noche no tengo energía para hacer de árbitro.

Me pongo de pie y me dirijo hacia una pared que alberga media docena de pantallas con imágenes de seguridad en directo de varias zonas muy transitadas del Nightfall. Hay una sala de seguridad que incorpora los sistemas de vigilancia de tecnología más reciente y está supervisada por el mejor equipo de seguridad que se puede comprar con dinero, pero a mí me gusta comprobar las cosas por mí mismo.

Se podría decir que tengo problemas de control.

Lo que Finn ha dicho que mamá espera de mí no tarda en revolotear por mi mente y deja un poso que empañará mi estado de ánimo durante el resto de la noche.

«Una posible consorte». No una posible novia, esposa o reina. Una «consorte».

Una de las maldiciones asociadas a nuestro exilio está relacionada con los matrimonios de la realeza. Si alguno de los reyes de la Corte del Día o de la Noche toma como esposa a una verdadera reina de sangre feérica, ambos cónyuges comenzarán a debilitarse y acabarán muriendo si en alguna ocasión su pareja se encuentra a «más de un tiro de piedra». El castigo es muy apropiado, teniendo en cuenta que lo que provocó la enemistad entre las cortes y el consiguiente exilio fue una aventura ilícita entre el rey de la Corte del Día y la reina de la Corte de la Noche, es decir, mi abuela.

En principio, la maldición debía evitar que algo así ocurriera de nuevo, ya que es difícil tener una aventura si tu pareja está siempre cerca, pero uno de los efectos secundarios indirectos era que los reyes se volvían extremadamente vulnerables. Para matar al rey, bastaba con separarlo de su reina y dejar que la maldición siguiera su curso.

De modo que, infidelidades aparte, casarse es peligroso para la salud de un rey, y por ello acaba siendo necesario elegir a una hembra feérica como consorte para continuar el linaje real.

Evidentemente, mi madre fue consorte. No éramos una familia en el sentido estricto de la palabra; aquello se parecía más a crecer con padres divorciados. Ella vivía en unas dependencias separadas y nosotros íbamos y veníamos de allí a la mansión real. La relación de mis padres era más que nada de conveniencia, seguramente para que ninguno se encariñara demasiado con el otro y anhelara algo que no podía tener.

En cualquier caso, odiaba ver la melancolía en los ojos de mi madre cuando él estaba cerca y la trataba con ese ligero afecto que la gente siente por su vecino.

Para mí, el papel de consorte es degradante y no estoy impaciente por que llegue el día en el que me obliguen a convertirme en mi padre y tener hijos con una hembra a la que no podré ofrecerle más que una relación platónica basada en la coparentalidad.

Me meto una mano en el bolsillo y, con la otra, levanto el vaso y le doy otro trago largo al whisky. Arrincono los pensamientos molestos en el fondo de mi mente y examino los monitores en busca de una distracción. Si quisiera, podría cambiar los canales desde mi ordenador, pero por lo general mantengo activados siempre los mismos. Todo parece normal. El negocio marcha como de costumbre, tal como era de esperar.

Pero entonces la veo. Es la mujer del vestíbulo.

Si antes ya me pareció guapa, ahora no tengo palabras para describir su aspecto. Lleva un vestido de cóctel negro ajustado que se ciñe a sus ligeras curvas, el pelo largo le cae por la espalda en ondas sueltas y tiene unas piernas kilométricas concebidas para envolver la cintura de un hombre.

—Hostia, ¿esa quién es?

Desde un lateral me llega la voz de Finn con un tono lujurioso. Estaba tan absorto viendo cómo se paseaba por el casino, cómo se detenía en las diferentes mesas, que ni siquiera me había dado cuenta de que mis hermanos habían dejado de pelearse y se habían unido a mí.

—No lo sé —respondo con sinceridad—. La vi en el vestíbulo no hace ni treinta minutos.

Tiernan suelta una risita.

—Debía de estar ansiosa por empezar la noche. Me gusta ese entusiasmo en una mujer.

Casi me pongo a refunfuñar que ella está vetada, pero me contengo a tiempo. No está vetada ni para ellos ni para nadie porque no significa nada para mí. Tan solo se trata de una humana que me mete dinero en el bolsillo, como hacen todos los demás.

Finn me da un codazo en el costado.

—Deberías llevarla al Equinoccio Temprano.

—Es humana.

—¿Y qué?

—Pues que si llevara a alguna hembra, cosa que no voy a hacer, pero si lo hiciera, sería únicamente para satisfacer a nuestra madre, que quiere que lleve a una posible consorte, es decir, a una feérica, no a una humana.

Tiernan interviene.

—Son tiempos muy progresistas. ¿Por qué no dos consortes? Una para dar continuidad al linaje real y la otra para poner en práctica todas las sucias fantasías que tienes en esa cabezota tuya.

—Eres imbécil. Largaos, los dos. Tengo trabajo.

Tras las protestas y las quejas correspondientes, consigo deshacerme de ellos, junto con lo que quedaba de mi mejor whisky. Me siento en el escritorio con la genuina intención de trabajar, pero los ojos se me van una y otra vez hacia las pantallas y acabo siguiéndola a través de los distintos canales.

No entiendo por qué me atrae tanto. Ese misterio ya me resulta bastante fastidioso de por sí —por no hablar del deseo subyacente que me tira de las pelotas—, así que cojo la chaqueta del traje y me dirijo hacia el vestíbulo antes incluso de darme cuenta de que me estoy moviendo.

Si quiero exorcizar a esta mujer de mi mente, necesito demostrarme a mí mismo que no es especial.

CAPÍTULO CUATRO

CAIDEN

Cuando llego abajo, ya está cambiando dinero por fichas de colores en la ruleta. Tenía pensado instalarme al otro lado del casino y simplemente comenzar a observarla para ver qué podía averiguar sobre ella, pero en cuanto volvimos a estar en la misma sala, sentí esa extraña atracción.

Como si necesitara estar a su lado.

Y es así como acabo dando zancadas por la sala de juego, gracias a un encantamiento que oculta mi presencia a los humanos y a otro cuerpo con el que moverme. Se trata de un truco que apenas utilizo, ya que se consideraría una debilidad que un rey feérico intentara desviar la atención sobre sí mismo. Pero en este caso no quiero que nada interrumpa mi investigación sobre esta mujer, y menos aún otra turba de admiradoras.

«Ella es la única que quiero que me admire».

Al sentarme junto a ella en la mesa, me golpea su dulce aroma a vainilla con un toque de naranja. Huele como un puto helado y enseguida se me hace la boca agua.

—¿Sabe que la ruleta ofrece las peores probabilidades de todos los juegos a los que se puede jugar en un casino? —le digo—. La ventaja de la casa es mayor.

Ella sonríe y gira la cabeza para responderme. De repente, en su rostro se refleja el reconocimiento y su sonrisa se convierte en un gemido de sorpresa.

—Es usted.

—Caiden Verran, para servirla.

Levanto la mano derecha entre ambos y giro la palma hacia arriba como si nos estuviéramos conociendo en mi corte real y no en la ruidosa pista de un casino.

Caigo en la cuenta de que sus ojos almendrados son de color avellana. En sus iris se arremolina una hermosa mezcla de verdes y dorados que parecen luchar por imponerse, lo que me produce la clara sensación de que esta mujer guarda en su interior otras cosas que luchan por imponerse además del color de sus ojos.

—Bryn Meara —dice con una tímida sonrisa. De nuevo, la minúscula brecha que separa sus dientes, por lo demás perfectamente rectos, me deja hechizado.

Al principio vacila, pero luego desliza su mano sobre la mía. Le rodeo los dedos ávidamente con la mano mientras me los llevo a los labios, sosteniéndole la mirada. Ella se sonroja cuando le beso el dorso de la mano, momento que alargo durante más tiempo del que hubiera sido necesario.

De hecho, me obligo a soltarla para no arriesgarme a que la situación pase de romántica a espeluznante.

«Joder, ¿desde cuándo eres romántico?».

La respuesta es que desde nunca.

Pero admito que hay algo en esta mujer que me hace querer complacerla. Quiero hacerla sonreír y escuchar su risa. Quiero saber si ese bonito rubor le va a cubrir todo el cuerpo cuando la haga correrse mientras le devoro su dulce coño.

—Jugadores, hagan sus apuestas —dice el crupier interrumpiendo nuestro concurso de miradas y centrando la atención de todos en la mesa. Es feérico y, cuando establecemos contacto visual, me hace un gesto reverencial con la cabeza y esboza una sonrisa tan amplia que deja entrever sus inhumanamente afilados colmillos.

Pero los humanos de la mesa no se dan cuenta. Usamos un encantamiento para que nunca se fijen en nuestros colmillos, nuestras orejas o en el brillo preternatural que ilumina nuestros ojos... a menos que así lo queramos. Como ocurrió con Ralph.

Bryn me mira pensativa y a continuación desliza todas sus fichas —un total de trescientos dólares— sobre el rectángulo negro para hacer una única apuesta externa, con lo que obtiene un cincuenta por ciento de probabilidades de doblar su dinero. El crupier agita la mano sobre la mesa y comunica que no se pueden hacer más apuestas; después deja caer la bola plateada en la ruleta.

Tras dar varias vueltas, por fin cae en una casilla.

—Diecisiete negro —anuncia el crupier.

—He ganado. —Bryn se ríe y aplaude con emoción.

—La suerte del principiante —bromeo sonriéndole desde arriba. Incluso con sus tacones, me elevo por encima de ella.

—No ha sido suerte. Solo he interpretado las señales —afirma con una sonrisa pícara.

Me río entre dientes.

—¿Qué señales?

—Esto es el Nightfall, un hotel con una línea temática muy clara y una paleta de colores compuesta casi en su totalidad por negros y azules tan oscuros que prácticamente son negros. Usted, el dueño del establecimiento, que se ha colocado junto a mí, tiene el pelo negro, lleva un traje negro y una muñequera de cuero negra, si es que aún no se la ha quitado. —Levanto el brazo y me subo la manga lo suficiente para mostrarle que tiene razón, emocionado ante la idea de que antes se haya fijado en ese detalle y lo haya recordado—. Las señales que ella me envía no podían ser más evidentes. Lo único que tenía que hacer era seguirlas.

—¿Ella?

—El universo, que es de sexo femenino. Y ahora me está guiando por un camino cuyo leitmotiv inequívoco es un caballo oscuro. Tal vez eso es lo que es usted, mi caballo oscuro. Y apostar por él acaba de dar sus frutos.

No puedo evitarlo. Me río. Pero no con los resoplidos suaves ni las risitas apagadas con las que acostumbro. Emito una carcajada plena que proviene de lo más profundo de mi vientre.

—¿Significa eso que nos espera una larga noche de juego?

Se le abren los ojos y niega con la cabeza.

—Por supuesto que no. Solo pensaba jugar una cantidad determinada de dinero y nada más, tanto si ganaba como si perdía. Como ya lo he hecho, me doy por satisfecha. Ha sido un placer charlar con usted, señor Verran.

—Llámame Caiden.

—De acuerdo. Ha sido un placer charlar contigo, Caiden —dice sonriendo. Luego recoge sus ganancias del crupier, se mete las fichas en el bolso y se aleja de la mesa, básicamente pasando de mí.

La sigo como si me uniera a ella un hilo invisible, obligado a ir adonde ella va sin tan siquiera cuestionarlo.

Cuando abandona el casino y cruza el atrio que lleva al Darkness, la discoteca del Nightfall, la curiosidad se apodera de mí.

—¿Por qué no hiciste apuestas más pequeñas? ¿Por qué te arriesgaste a perderlo todo de golpe?

Bryn se detiene, se da la vuelta y durante un momento se muestra sorprendida al ver que sigo con ella. Mientras se recupera, piensa la respuesta unos segundos antes de hablar.

—En realidad no me gustan las medias tintas. Soy de esa clase de chica de todo o nada, así que, o no jugaba, o me arriesgaba sin reservas. Y qué es la vida sin correr algún riesgo de vez en cuando, ¿verdad?

—Hay quien dirá que las posibles consecuencias no merecen la pena. —Me acerco más, dejando tan solo unos dolorosos centímetros entre mi pecho y el suyo—. Que es mejor prevenir que curar.

Sus ojos de color avellana enmarcados por unas espesas pestañas miran alternativamente a cada uno de mis ojos dorados. Parece que el aire que nos rodea está cargado de electricidad, como si el hecho de extender la mano y tocarla fuera a hacer saltar todos los putos disyuntores del lugar. Al fin contesta, con voz suave y entrecortada.

—Prefiero arrepentirme de haber corrido innumerables riesgos que estar a salvo por no haber corrido ninguno.

No soy capaz de decidir si en realidad eso es lo más asombroso que he oído en mi vida o si simplemente estoy embriagado por la refrescante autenticidad de esta mujer y creo que todo lo que dice es una revelación. En cualquier caso, me da igual. Quiero escuchar más. Quiero saber quién es y qué le gusta. Cuáles son sus sueños y aspiraciones.

O no. También podríamos sentarnos y hablar del tiempo, y me seguiría pareciendo bien. Mientras pueda pasar tiempo con ella, seré feliz.

Feliz. No suelo aplicarme ese adjetivo. Serio, trabajador, leal, satisfecho, quizá hasta huraño o gruñón, si se le pregunta a los más cercanos. Pero ¿feliz? No.

Suena extraño incluso con solo pensarlo. Sin embargo, ¿por qué cuestionármelo? Si me siento feliz, pues así es como estoy.

Aunque hay algo en lo más profundo de mi mente que me lleva a ponerlo en duda. Lo que pasa es que, si hago eso, estaría eligiendo el camino fácil, y me gusta la filosofía de Bryn sobre correr riesgos. Tal vez perseguir esto, sea lo que sea, podría hacer que el riesgo valiera la pena.

Incluso si eso significa que luego voy a lamentarlo.

—¿Te gusta bailar?

* * *

—Oh, oh, estás seco. Así no hay manera.

Bryn le hace un gesto al camarero mientras levanta mi vaso. Cuando viene hacia nosotros y se detiene delante, ella le dedica una sonrisa cargada de disculpa.

—Hola, Brandon. Perdona, ¿le traemos otro, por favor?

Lo primero que ha hecho Bryn desde que nos hemos sentado en la barra ha sido preguntarle a Brandon cuál es su nombre. Desde ese momento, en cada interacción con él, se ha preocupado de utilizarlo. Entre eso y la costumbre de disculparse cada vez que le pide que haga su trabajo, es fácil ver que no se siente cómoda tratando a la gente como si fueran subordinados.

Estoy seguro de que, si no pensara que iba a montar una escena, preferiría ir detrás de la barra y servirse su propia bebida en lugar de molestar a Brandon. Y es posible que hasta le dejara propina.

—Por supuesto, será un placer —dice Brandon con una sonrisa eléctrica, deteniéndose justo antes de añadir un guiño de ojo.

Brandon es un atractivo muchacho de veintitantos y, como es obvio, sabe mostrarse encantador hasta un nivel, pongamos, de once, como todos los buenos camareros. Pero intuye que, si lo hiciera, a mí me supondría un problema, de modo que con Bryn se mantiene a un nivel máximo de nueve y así evita que yo le dedique una infame mirada mortífera y lo degrade a ayudante.

Chico listo.

Sigue hablando mientras coge la botella de Redbreast de la pared de detrás y sirve tres dedos de whisky irlandés de malta.

—¿Y usted, señorita Meara? ¿Le traigo otro martini sucio con extra de aceitunas?

Ella agita la mano.

—Uy, no, gracias, todavía me estoy encargando de este.

Coloca el vaso con hielo sobre una servilleta de cóctel negra con el logotipo del Nightfall en color plateado.

—Aquí tiene, señor Verran.

Sin darme la menor oportunidad, Bryn dice:

—Gracias, Brandon, eres el mejor.

A continuación, observo entusiasmado cómo repite una rutina que ya le he visto hacer dos veces. Antes, al sentarnos, cambió dos billetes de veinte por billetes de un dólar y luego los puso todos en un montón cuidadosamente ordenado delante de ella. Cada vez que Brandon nos sirve, coge unos cuantos dólares del montón y los desliza por la barra hasta la zona de camareros.

Tal como está haciendo ahora.

El chico me lanza una mirada inquisitiva y yo asiento discretamente con la cabeza. No hay ningún motivo para que Bryn le dé propina, porque las bebidas corren de mi cuenta, pero me da la sensación de que si no la dejara hacerlo estaría infringiendo alguna ley de Wisconsin, así que no me opongo.

Brandon se relaja, acepta el dinero con gentileza y dice que volverá en breve para ver si necesitamos algo.

Esta chica es un encanto del Medio Oeste en todo lo que dice y hace. No he pasado ni treinta minutos con Bryn Meara y ya he catalogado una docena de cosas que la hacen diferente de cualquier otra persona que haya conocido.

Cuando ha sugerido que tomáramos una copa antes de ir a la pista de baile, ha rematado la frase con un «yo invito». No he sabido si reírme o comprobar si tenía fiebre. Soy un reconocido multimillonario en el mundo humano y el soberano de un imperio en el mío; nunca ninguna hembra, humana o feérica, se había ofrecido a pagar la cuenta.

Me he opuesto, desde luego, pero ella ha insistido bromeando con que era lo mínimo que podía hacer después de haber ganado la friolera de trescientos dólares en mi casino. Me he reído, sin embargo, he acabado por ceder con la condición de que, tras la primera copa, el resto corra de mi cuenta. Ella ha aceptado, pero continúa dándole propina a Brandon.

Es una monada.

Me pilla mirándola y se sonroja.

—¿Qué pasa?

—Nada.

Intento borrarme la sonrisa de los labios con dos dedos, pero lo máximo que consigo es ocultarla, porque se me ha quedado pegada a la cara desde el momento en el que me ha llamado su «caballo oscuro», una descripción que me pega mucho más de lo que ella cree.

Me mira entornando sus ojos de color avellana.

—Sí, algo pasa.

Señalo su montón de billetes con la cabeza y decido tomarle el pelo. Solo un poco.

—¿Todos los wisconsinitas dejan su dinero a la vista para provocar a los ciudadanos menos honrados? ¿O quizá este es otro de esos riesgos que tanto te gusta correr?

Echa un vistazo a su alrededor y se da cuenta de que nadie más tiene dinero sobre la barra. Riéndose entre dientes, sacude la cabeza en señal de autocrítica.

—Sabía que solo era cuestión de tiempo que salieran a relucir mis orígenes de campo. En casa, en los bares de pueblo, amontonar algo de efectivo delante es una práctica habitual. La mayoría de las veces, el camarero retira lo que necesita cuando pides una bebida, y luego tú deslizas el dinero para la propina de cada ronda. Incluso puedes alejarte de tu sitio en la barra para poner un disco en la máquina o ir al baño y nadie toquetea tus cosas.

—Impresionante. Pero esto dista mucho de ser un bar de pueblo. Te garantizo que, si aquí le damos la espalda al dinero, aunque sea por un segundo, ese será el tiempo que tarde en desaparecer.

Arruga la nariz y hace ademán de alcanzar el montón.

—Entonces supongo que debería guardarlo.

La detengo colocándole una mano sobre la suya y los dos nos quedamos paralizados mientras nos miramos a los ojos durante un momento eterno. Tiene la mano suave, de huesos delicados, con dedos largos y gráciles y manicura francesa.

—No te preocupes, Bella —le digo poniendo la voz más grave en cuanto me doy cuenta de que se me ha escapado un apelativo cariñoso sin tan siquiera pensarlo—. Yo le echaré un ojo por ti.

Miro su boca mientras ella se muerde levemente el labio inferior. No lo hace por coquetería ni como intento de seducción calculada, es más bien algo que acostumbra a hacer siempre que le da vueltas a las cosas en su maravilloso cerebro.

Cuando siente el peso de mi mirada, libera el labio, sin duda turbada por la atención que le presto, y hace que la polla se me agite en los pantalones.

Le acaricio el dorso de la mano con el pulgar y juro que noto el calor de su piel bajo la mía. Un hambre voraz me incita a besarle cada una de las yemas de los dedos, cada uno de sus nudillos, y después continuar explorándola hasta devorar cada centímetro de su delicioso cuerpo.

Bien podría haberlo hecho si al final ella no hubiera retirado la mano, rompiendo así el hechizo.

Mientras se entretiene bebiéndose el martini a sorbos normales, yo hago lo propio y me trago mi bebida como si fuera una línea de chupitos en lugar de un whisky caro que debe beberse poco a poco. Al dejar el vaso vacío sobre la barra, mis pensamientos lascivos vuelven a estar bajo control y el destello de lujuria que mostraba en su expresión ha quedado reemplazado por una sonrisa irónica.

Arqueo una ceja.

—¿A qué viene esa mirada?

—Me preguntaba cómo llega uno exactamente a convertirse en el rey de Las Vegas.

Hay que ser impreciso y tener cintura, así es como funciona cuando se habla con humanos curiosos.

—Comprando cualquier cosa que esté a la venta y otras aburridas historias del mundo de los negocios. Prefiero hablar de ti. ¿Qué hace una santa en la Ciudad del Pecado?

La pregunta hace que me gane unos ojos en blanco, pero ella me complace igualmente y empieza a hablar. Consigo centrar la conversación en ella durante el tiempo que tarda en tomarse otro martini y yo me bebo dos vasos más de Redbreast. Cuando se da cuenta de que vuelvo a estar sin bebida, le hace una señal a Brandon y, en menos de un minuto, tengo ante mí un nuevo vaso.

Brindamos y bebemos un trago.

—Sabes que no hace falta que me emborraches para aprovecharte de mí, ¿verdad?

Sonriendo, dejo el vaso y le guiño un ojo. Porque, al parecer, con esta mujer soy tan encantador como el camarero.

—Ah, ya lo sé. Ese no es el motivo por el que intento emborracharte. —Sus ojos verdes y dorados bailan con picardía y entonces añade—: Antes de aprovecharme de ti, esperaba conseguir que te vistieras como ese caballero de ahí.

Señala con la cabeza hacia la pista de baile y, cuando veo a qué se refiere, mi cara de póquer está a punto de hacerse añicos. Hay un hombre de unos sesenta años bailando como si fuera John Travolta en *Fiebre del sábado noche* que lleva un conjunto digno del vestuario de Joe Exotic de *Tiger King*.

Luce una camisa metálica brillante de color púrpura con rayas de tigre doradas desabrochada hasta el ombligo, lo que deja a la vista una pesada cadena dorada que descansa sobre la espesa mata de pelo plateado que le cubre el pecho. Lleva unos pantalones blancos que se le pegan al cuerpo como una segunda piel y no dejan absolutamente nada a la imaginación, por terrible que parezca, y sus zapatos de plataforma parecen una invitación a torcerse los tobillos.

Sin embargo, el hombre lo está haciendo mucho mejor que los humanos más jóvenes, así que me alegro por él.

Vuelvo a centrarme en Bryn y le doy un sorbo a mi nueva bebida.

—Siento decepcionarte, Bella, pero nunca me vas a emborrachar tanto como para que me ponga algo así.

—¿Porque al elegante rey de Las Vegas no le pillarían ni muerto con un atuendo tan escandaloso y divertido?

Le clavo mi mirada más seria en los ojos y le respondo con cara inexpresiva.

—Porque a mi culo no le sentarían tan bien esos pantalones.

Tarda unos instantes en asimilar la ocurrencia y luego estalla como un globo al que se ha hecho explotar. Tiene una risa genuina y desinhibida, y creo que incluso se le ha escapado un sonido parecido a un ronquido.

Su alegría es contagiosa, y no dejo de preguntarme si este subidón emocional es lo que Tiernan siente cuando alguien se ríe de sus chistes. Aunque así fuera y yo me acabara convirtiendo en un cómico habitual como mi hermano mediano, dudo que ni de lejos me sintiera tan bien como al ver esta reacción de Bryn.

Tras un solo éxito, ya me he convertido en un adicto sin remedio. Quiero más.

Más de su risa, más de sus sonrisas…, simplemente más. Y si hay algo que se me da bien es conseguir lo que quiero.

CAPÍTULO CINCO

BRYN

Empiezo a pensar que Mandy llevaba razón y de verdad tengo una herradura alojada en el culo. Porque, dejando a un lado las señales del universo, ¿cómo se explica que haya conseguido un viaje gratuito a Las Vegas, una suite vip con montones de ventajas, doblar mi dinero en una sola apuesta y, de algún modo, llamar la atención de un verdadero príncipe azul? Con suerte, no hay otra explicación.

Y como nunca he sido de las que le miran el dentado a un caballo regalado, he decidido liarme la manta a la cabeza y dejarme llevar por la corriente.

Una corriente que —gracias, mi dulce niñito Jesús— incluye al alto, moreno y guapísimo Caiden Verran.

Cuando me fui de la mesa de la ruleta, lo último que esperaba era que me siguiera. Joder, me sorprendió incluso que se me hubiera acercado en un primer momento. Pero él es el propietario, así que hacer la ronda y hablar con la gente probablemente forme parte de su rutina nocturna. Al fin y al cabo, entablar una buena relación con los clientes y hacerles sentir especiales es la mejor manera de lograr que vuelvan. Es de primero de relaciones públicas.

De modo que yo estaba más que preparada para llevarme a mi habitación tanto las ganancias como el recuerdo de su beso en mi mano:

las primeras para engrosar mi cuenta corriente y el segundo para engrosar mi banco del placer. A una chica siempre le viene bien material nuevo para ampliar sus fantasías.

Sin embargo, gracias a la mencionada herradura metafórica, en lugar de subir a pasar una noche solitaria conmigo misma y con mis recuerdos, estoy sentada junto a él en la barra de la discoteca, en frente el uno del otro sobre nuestros taburetes, y pasándolo en grande.

Hemos dedicado la última hora sobre todo a observar a la gente, y ni confirmo ni desmiento que hayamos estado inventando historias divertidas sobre qué les trae por Las Vegas. Nunca me habría imaginado que este hombre tan intenso podía ser tan gracioso. Estoy segura de que mañana me notaré los costados como si hubiera estado haciendo abdominales toda la noche. Reírme hasta llorar no es el motivo por el que más me gusta sentirme dolorida a la mañana siguiente, pero está cerca de serlo.

Además, ¿quién sabe? La noche aún es joven. Si la suerte no me abandona, es posible que mañana no solo me duelan los costados. Cosas más raras han pasado, ¿no?

—Llevas un colgante precioso —me dice cuando se apaga nuestro último ataque de risa—. ¿Tiene algún significado especial? No dejas de tocártelo, como si quisieras asegurarte de que sigue ahí.

Miro hacia abajo y compruebo que, en efecto, estoy jugueteando con el colgante que descansa sobre el centro de mi pecho. Antes, mientras me preparaba en la habitación, apareció un empleado del hotel con una selección de colgantes caros para que eligiera uno y me lo pusiera esta noche en una especie de préstamo cortesía por parte del gerente, que pretendía compensarme por la reserva perdida. Las cinco piezas eran espléndidas; incluían colgantes de obsidiana negra que encajaban con las líneas generales del hotel.

La marca Nightfall está que se sale, no hay duda.

Elegí el que tenía forma de lágrima con un perfil incrustado de pequeños diamantes y colgaba de una delicada cadena de plata, pero me pregunto si no debería haberlo rechazado cortésmente. Llevo un colgante prestado que solo Dios sabe cuánto me costaría reemplazar si algo le sucediera, cosa que, al parecer, es justo lo que me hace querer toquetearlo de forma inconsciente. Así que, visto desde esa perspectiva, está claro que debería haber dicho que no, pero ahora es demasiado tarde.

En cualquier caso, no le voy a decir a Caiden de dónde procede. El personal ha sido muy servicial y no quiero que el gerente se meta en problemas por reservar dos veces una habitación.

—No tiene ningún significado especial —digo dejando caer la mano sobre el regazo—, supongo que se trata de un tic nervioso.

Él levanta una de sus oscuras cejas e insinúa una sonrisa juguetona con los labios.

—¿Te pongo nerviosa, Bella?

«Bueno, cuando me miras así…».

Ha empezado a llamarme Bella, lo que me provoca sensaciones que ningún otro hombre ha logrado generar tan solo articulando un apelativo cariñoso. Por lo general, si un chico al que acabo de conocer empezara a llamarme por un nombre afectuoso, sobre todo uno tan exageradamente halagüeño, me reiría y me marcharía, dejándole que arrojara sus lamentables intentos de adulación sobre otra persona.

Pero con Caiden suena como si hubiera envuelto la palabra en verdad antes de dejarla abandonar sus labios. Creo que es por la forma en que me mira, como si se limitara a comentar lo que ve. Pienso que en realidad soy hermosa a sus ojos y me desvanezco un poco cada vez que él me lo dice.

No estoy segura de qué hay exactamente entre nosotros, pero me gusta. Él hace que oscilemos como un péndulo sin ningún tipo de esfuerzo entre la diversión y la picardía. Tan solo el hecho de pensarlo ya es un tópico, pero la verdad es que nunca me había sentido así por un hombre.

Me recojo el pelo detrás de la oreja, hago mofa de forma desmedida para que no se dé cuenta del rubor que me sube por las mejillas y murmuro de un modo nada convincente:

—Ya te gustaría.

Su risa es un profundo estruendo que le surge del pecho y me atraviesa como un trueno. Se me hace difícil no mirarlo fijamente todo el rato, pero ninguna mujer del mundo podría culparme por ello. Este hombre lleva el atractivo sexual como si fuera un traje a medida de Armani, por Dios santo. Estoy segura de que mide más de un metro noventa, tiene unos hombros anchos y unas manos grandes a las que una chica se imaginaría agarrándose, y mis dedos se mueren por recorrer su pelo negro, largo y ondulado, que esconde el deseo rebelde de despeinarse.

No obstante, lo que más me cautiva son sus ojos. Son del color del ámbar fundido y de las promesas oscuras, y cada vez que me mira es como si le sintiera alcanzar lo más profundo de mi ser para reclamar mi alma.

«Algo ridículo, Bryn, porque lo acabas de conocer. En todo caso, lo que te dicen sus ojos es que te quiere echar un buen polvo y, sinceramente, te parecería más que bien».

—Me parecería muy bien.

—¿Qué es lo que te parecería bien?

Los ojos se me salen de las órbitas cuando me doy cuenta de que parte del monólogo interior se me ha escapado a través de un filtro debilitado por el alcohol. Y ahora además soy incapaz de ocultar mi reacción —muchas gracias, martini número tres—, de modo que él se da cuenta de lo que ha ocurrido y veo cómo se le desliza una sonrisa de satisfacción en esa cara demasiado sexi como para traer nada bueno.

—No, nada. —Trato de restarle importancia.

—Pues no ha sonado a que no fuera nada.

—Entonces tendrás que creerme, porque no ha sido nada.

Intento ocultar mi sonrisa tras el borde de mi copa, pero si me guío por su risa, diría que no está funcionando.

¿Por qué he tenido que insistir en tomar unas copas antes de bailar? Ah, claro. Porque quería relajarme. Lo que pasa es que estoy bastante segura de que he conseguido relajarme hace dos martinis sucios, y aun así hemos seguido bebiendo. Caiden ha ido pidiendo tres dedos de whisky como si fuera agua y, según mis cuentas, ya se ha tomado por lo menos cinco manos. Seguro que es evidente para cualquiera que nos vea que vamos bien servidos.

Pero entonces me fijo en la gente del concurrido bar y veo que nadie nos mira.

—Oye, ¿cómo es que hemos estado solos todo este tiempo? Es como si fueras un tipo normal o algo así.

Ladea la cabeza.

—Bryn, soy un tipo normal. De carne y hueso, con los mismos deseos y necesidades que cualquiera.

En esa última parte, baja el tono de voz de forma significativa. A mí se me eleva la temperatura interior y me ruborizo, algo que no tiene nada que ver con el alcohol. Aunque estoy segura de que no ayuda. Así que dejo la copa en la barra y le hago una señal al camarero para indicarle que he terminado.

Vuelvo a centrarme en Caiden y le digo:

—Ya me entiendes. He visto lo que ha pasado hoy en el vestíbulo. Ni siquiera has traído a los de seguridad, así que ¿cómo es que no estás rodeado de tus…?

—¿Fans molestas y demasiado entusiastas?

Lanzo un gritito ahogado y le doy un ligero golpe en el hombro.

—Cierra la boca, señorito —le reprendo entre risas—. Es terrible lo que dices de tus cariñosas admiradoras.

Se mira el hombro —como si hubiera podido hacerle daño, aunque le hubiera golpeado con todas mis fuerzas—, y luego me mira arqueando una ceja.

—¿De verdad me acabas de decir que cierre la boca?

Imitando su arqueo de ceja, le contesto:

—Sí, te he dicho que cierres la boca. No me digas que la expresión no te resulta familiar.

—No me resulta familiar que alguien tenga las pelotas de regañarme como a un niño.

—Por favor, que soy de Wisconsin. Nos hayamos criado o no en una granja, todos tenemos conocimientos básicos sobre cómo castrar a un toro. Si fuera tú, me preocuparían más otras cosas que mis pelotas. Así que pórtate bien.

Se le agrandan los ojos mientras me mira fijamente durante unos segundos y luego al fin se rompe en una franca risotada acompañada por un movimiento incrédulo de la cabeza.

—No sé cómo lo haces. Me amenazas con convertirme en un eunuco, me regañas, hasta en dos ocasiones, para más inri, y estoy más excitado ahora que en toda la noche.

Eso me hace reír con más euforia de la que me habría reído hace una hora, cuando no estaba tan animada, pero hace rato que dejé de censurarme.

—No sé, pero si puedo averiguar cómo hacer de eso una habilidad, la incluiré en mi currículum para cuando empiece a buscar trabajo la semana que viene.

—Podemos trabajar esa idea mañana mientras desayunamos, ¿qué te parece?

Me arden las mejillas y el deseo se arremolina entre mis piernas.

—¿Aún estaremos juntos por la mañana?

Los orificios nasales de Caiden se ensanchan ligeramente cuando baja la mirada hacia mis muslos, que aprieto entre ellos para lograr un mínimo de alivio, al tiempo que me quedo sin respiración. Cuando levanta los ojos para encontrarse con los míos, me hace un guiño juguetón.

—Si dependiera de mí, sí.

Y con esas el ambiente se vuelve más liviano. Me encanta su sentido del humor y lo despreocupado que es. No tiene nada que ver con cómo me lo imaginaba después de lo que alcancé a ver de él en el vestíbulo y no podría estar más contenta al respecto.

—Ahora en serio —repito con sincera curiosidad—, ¿cuál es tu secreto?

En sus ojos se adivina algo que no puedo interpretar. A continuación, simplemente eleva uno de sus grandes hombros y señala con la cabeza a la gente de la discoteca.

—Aquí todo el mundo está imbuido en su propia experiencia. Por la noche me es más fácil pasar desapercibido porque nadie me espera ni me busca. Están ocupados pasándoselo bien y disfrutando de todo lo que ofrece el Nightfall.

Asiento con la cabeza.

—Eso tiene sentido. Y yo soy una afortunada, porque eso significa que eres todo mío.

—Yo soy el afortunado esta noche, Bryn.

Mientras me mira intensamente a los ojos, Caiden me coge la mano y la sujeta contra su mandíbula desaliñada; luego me marca el interior de la muñeca con un beso abrasador. Me estremezco por completo de pura necesidad. Su mirada me traspasa y me hace sentir transparente. Todos mis impulsos secretos y mis deseos ocultos quedan al descubierto para que él los estudie, para que se los aprenda. Para que los utilice en su propio beneficio.

Caiden se levanta de su taburete junto a la barra y se coloca frente a mí. Me levanta la barbilla con un dedo mientras se inclina lentamente hacia abajo. Los ojos se me cierran entre palpitaciones. Noto su calor y huelo el aroma a whisky en su aliento mientras desplaza sus labios sobre los míos. El aire se me ha quedado atrapado en los pulmones mientras espero que me bese.

Pero no llega a hacerlo. En lugar de eso, mueve la boca hacia un lado y me acaricia con ella la concha de la oreja derecha al tiempo que susurra:

—Me estoy haciendo pasar por un perfecto caballero, Bella, pero no puedo seguir ni un minuto más sin sentir tu cuerpo contra el mío. Vamos a bailar.

Asiento distraídamente y, unos segundos después, estamos en medio de la pista de baile. Aunque nos encontramos rodeados de gente, cuando me estrecha contra él y nos movemos al erótico ritmo de la música es como si no hubiera nadie más en la discoteca. Para ser un poderoso hombre de negocios, Caiden baila como Channing Tatum. Toma el control y dirige, utilizando sus manos y su cuerpo para guiar mis movimientos hasta que ambos fluimos, como si hubiéramos hecho esto juntos cientos de veces.

La manera en que me estrecha contra él hace que me sienta deseada y segura al mismo tiempo. Me permite desconectar el cerebro y cederle por completo el control como nunca había hecho.

Y siento una euforia de la hostia.

Ya no pienso en facturas ni en buscar trabajo. No me preocupa tener que dirigir a un equipo nuevo al que habré de volver a formar y dar indicaciones, un día tras otro, en un trabajo totalmente nuevo.

En este momento, solo soy… suya.

Hasta ahora no me había dado cuenta de que siempre he desempeñado funciones de líder en mi vida. Incluso en el colegio, fui capitana del equipo de debate y presidenta del consejo estudiantil. Siempre soy la que toma las decisiones, ejecuta los planes y les dice a los demás lo que espera de ellos o lo que quiere.

En la cama también ha sido así.

Nunca he estado con un hombre que usara la intuición o interpretara mi lenguaje corporal para darme placer. Es cierto que no hay nada de malo en expresar lo que una quiere en la cama, pero, joder, sería maravilloso no tener que hacerlo siempre.

Ojalá pudiera estar con un hombre que simplemente tomara el control.

«Apuesto a que Caiden tomaría el control y algo más».

En ese momento tomo la decisión: si se da la oportunidad, voy a tener un sexo alucinante con el rey de Las Vegas.

Los ojos de Caiden se oscurecen hasta un tono similar al de una rica miel. Seguro que llevo los pensamientos escritos por toda la cara. Sus manos se extienden de forma posesiva por mi espalda y tiran de mí hacia él mientras me coloca un musculoso muslo entre las piernas, ofreciéndome la tentadora fricción que ansío. El vodka recorre mis venas a toda velocidad y derrite lo que queda de mis inhibiciones, que acaba incendiando tan solo, por si acaso.

Le rodeo el cuello con las manos e introduzco los dedos en su espeso cabello cerrándolos luego hasta formar dos puños. Él entrecierra los ojos y me mira la boca con intención. Arrastro el labio inferior entre los dientes y muevo las caderas al ritmo de la música, sintiendo cómo aumenta la presión cuando rozo la impresionante erección que se abre paso entre nosotros.

Hay demasiado ruido en la discoteca como para oírlo, pero noto su gruñido cuando por fin desciende para reclamar mi boca. La abro para él de inmediato y le doy la bienvenida a su lengua para que la retuerza contra la mía y la domine y, joder, vaya si lo hace. Me besa tal como me imagino que folla, con embestidas lentas y enérgicas. No es un movimiento apresurado ni frenético, pero tampoco tiene nada de débil ni de pasivo. Es una potencia controlada, de las que dicen «túmbate y relájate y te daré más placer del que jamás hayas conocido».

Este hombre es perfecto. Si alguna vez decido sentar cabeza y casarme, me gustaría que fuera con un hombre como Caiden Verran. Mierda, si me lo propusiera ahora mismo, le diría que sí.

Cuando finalmente salimos a tomar algo de aire, con el pecho agitado mientras tratamos de recuperar el aliento, me observa con cierta sensación de asombro. Y entonces sonríe.

—Ya sé qué deberíamos hacer ahora.

Yo le devuelvo la sonrisa y, con el estómago otra vez repleto de mariposas, contesto:

—Te sigo.

CAPÍTULO SEIS

BRYN

Un golpeteo lejano consigue interrumpir mi sueño, en el que un apuesto príncipe de cabello oscuro con el cuerpo de un dios me hace el amor de forma lenta y sensual. Intento ignorar el ímpetu de mi consciencia y caer de nuevo en el sueño, pero en cuanto reparo en que hay alguien en la puerta de mi suite, resulta inútil.

—Servicio de habitaciones —anuncia una voz apagada.

Entre quejidos, me abro paso a través del espeso algodón de mi cerebro y salgo a regañadientes de la lujosa cama de tamaño extragrande. Me llevo la sábana conmigo, ya que no tengo ni idea de dónde está mi ropa, pero tampoco es que en estos momentos me importe ni lo más mínimo eso o ninguna otra cosa. La cabeza me palpita como si hubiera sustituido toda mi sangre por vodka y el sol que se cuela por las cortinas abiertas me daña como si me apuñalaran las sienes con un abrecartas.

«Me cago en la puta». No he tenido una resaca tan descomunal desde mis días de Gamma Phi Beta.

Se oyen más golpes que me obligan a acelerar el paso mientras atravieso la enorme habitación arrastrando los pies con la sábana negra bien envuelta bajo los brazos. Retiro el pestillo de la puerta y, tras abrirla de golpe, me encuentro con un joven vestido con uniforme de hotel que sostiene una bandeja llena de cosas.

—Servicio de habitaciones —dice con una sonrisa radiante.

Me imagino cuál es mi aspecto. Tengo los ojos entrecerrados porque se niegan a abrirse más, es probable que haya restos de maquillaje donde no debería y no quiero ni pensar la maraña que debe de ser mi pelo.

Empiezo a hablar, pero parezco Marge Simpson, así que me aclaro la garganta y lo intento otra vez.

—Lo siento, pero no he pedido servicio de habitaciones.

—No, señora, es cierto que no ha llamado al servicio de habitaciones. Pero sí que rellenó el formulario de solicitud y lo colgó anoche en la puerta. —Levanta la bandeja y vuelve a sonreír—. Café y cruasanes.

Se me hace la boca agua al instante. «Gracias, Bryn del pasado, eres una puta joya».

Siguiéndole el juego, pongo los ojos en blanco y finjo un recuerdo que no tengo, porque quiero café.

—¡Ah, es verdad! No puedo creer que lo olvidara. Puedes ponerla ahí, gracias.

El muchacho entra en la habitación y deja la bandeja sobre la mesita de la pequeña sala de estar. Tras firmar el recibo y dejar una generosa propina, le devuelvo la carpeta de cuero y lo acompaño hasta la entrada. Le sujeto la puerta y, cuando cruza el umbral, me saluda amistosamente con la mano.

—Por favor, díganos si podemos hacer algo más por usted. Que pase una buena mañana, señora Verran.

Me pongo a aullar de la risa y luego me tapo la boca con una mano cuando me mira como si me hubiera vuelto loca.

—Perdona, es que me has llamado señora Verran y no señorita Meara.

De repente, su rostro se muestra comprensivo y luego vuelve a sonreír. Este tío está muy contento para la hora que es, sea la hora que sea.

—No pasa nada —afirma en tono tranquilizador—. No es la primera recién casada que se sorprende al oír su nuevo nombre por primera vez, ni siquiera la quinta. Seguro que se acostumbra enseguida. ¡Adiós!

Y entonces Bob Esponja se marcha por el pasillo y me deja de pie junto a la puerta envuelta en una sábana, helada de espanto.

«No, eso es imposible. Se equivoca. Anoche alguien debió de vernos juntos y sacó la extraña conclusión de que...».

Poso la mirada sobre mi mano izquierda, que está apoyada en la pared, y de pronto los ojos, que antes estaban semicerrados, se abren como platos. Suelto la puerta y retiro la mano de la pared como si fuera un hornillo caliente, luego me la acerco despacio, muy despacio, a la cara. Supongo que debo de estar alucinando, ¿no? Debe de ser un misterioso truco de la luz o algún tipo de insólito espejismo interior.

Solo tengo que mirar más de cerca y veré que la mano está exactamente igual que anoche cuando abandoné la habitación.

Salvo que eso no es lo que me encuentro en absoluto.

Porque ahí, en la base del tercer dedo, hay un discreto anillo de platino de estilo clásico que se parece muchísimo a una alianza.

—Por Dios —le susurro a mi dedo—, Bryn Emily Meara, pero ¿qué has hecho?

—A mí también me gustaría saberlo, joder.

La repentina interrupción de una voz masculina y gruñona casi me hace saltar fuera de la sábana. Me doy la vuelta y veo a un Caiden Verran muy cabreado y muy desnudo. Tapándome los ojos con una mano, chillo en señal de protesta:

—¡Jesús bendito, ponte algo de ropa!

—Hay tres envoltorios de condones en el suelo. Algo me dice que ya hemos dejado atrás la preocupación por el decoro.

Ahora que estoy totalmente despierta gracias a la adrenalina que me acaban de chutar, me percato de algunos detalles de los que no me había percatado cuando levanté el culo de zombi de la cama. Como el hecho de que me duele el cuerpo en sitios que no me dolían desde hace un año, cuando pasé unas cuantas noches anodinas con un chico con el que salía. Eso significa que, sin duda, anoche tuvimos sexo.

Tres veces, si nos fiamos de los envoltorios de los condones.

Entonces me quedo paralizada, al darme cuenta de dos cosas. La primera es que no soy la única que no recuerda partes de la noche anterior, y no sé si eso es bueno o malo.

La segunda es que probablemente me falten al menos dos condones de la maleta —es imposible meter más de uno en una cartera—, lo que significa que Caiden sabe que viajé a Las Vegas con una caja entera de Durex, como si hubiera planeado algún tipo de escapada sexual durante mi estancia de dos días. Fantástico. Eso no es para nada embarazoso.

Dios mío, no me puedo creer que haya follado varias veces con un hombre del que no puedo más que asumir que es un legendario dios del sexo y no sea capaz de recordar ni un solo minuto de la experiencia. ¡Ni si quiera Shakespeare escribió algo tan trágico!

«Al menos usamos condones. Eso alivia toda una serie de posibles tragedias adicionales. Viva el lado bueno de las cosas».

De vuelta al presente, me tapo los ojos y revoloteo a su alrededor en busca de algo que pueda ponerme.

—Eso dices, pero yo creo que es más bien como lo del árbol en el bosque —señalo—, así que agradecería que te taparas.

En sentido estricto, lo que he dicho no es cierto. La verdad es que lo que le agradecería es que se subiera a la mesita y me dejara devorar con los ojos sus perfectas formas desnudas hasta que llegara la hora de irme al aeropuerto, pero mis padres me educaron como a una buena chica. Y casi siempre lo soy.

—¿Qué árbol del bosque? —pregunta con clara frustración—. ¿De qué coño hablas?

—Ya sabes, si un árbol cae en el bosque, pero no hay nadie cerca para oírlo, ¿realmente hace ruido? —Por fin algo de suerte. El suave albornoz negro que suministra el hotel sigue en la silla donde lo dejé, así que me lo pongo en un santiamén y me lo ciño bien antes de dejar caer la sábana—. En nuestro caso, si no recordamos habernos visto desnudos, ¿de verdad has dejado atrás la preocupación por el decoro?

Me responde con un gruñido.

—Me alegro de que todo esto te parezca una broma.

Oigo el tintineo de su cinturón mientras se pone los pantalones del traje y empiezo a respirar mejor. Lanzo un suspiro y me giro hacia él.

—Mira, Caiden, no sé…

Madre de Dios. Pero ¿cómo voy a respirar mejor?

Todavía no se ha puesto la camisa y está ahí de pie en todo su esplendor con las piernas separadas y los brazos cruzados sobre el musculoso pecho, como una especie de guerrero de guante blanco a medio vestir. Su oscuro vello forma una alegre estela que le recorre el esternón, por debajo de los brazos, le baja por el valle de los cincelados abdominales y desciende por el ombligo hasta desaparecer tras la cintura desabrochada de los pantalones, que apenas quedan sujetos por las caderas.

Cuando consigo volver a mirarlo a la cara, compruebo que tiene sus característicos ojos de color ámbar clavados en mí, lanzándome acusaciones como puñales. Y eso es lo que al fin me hace entrar en razón.

Le respondo entrecerrando los ojos y extiendo los brazos.

—¿Qué coño te pasa? ¿Por qué me miras como si te hubiera robado la polla y se la hubiera dado de comer a mi perro?

Él levanta una ceja.

—Qué pintoresco.

—Soy irlandesa —replico—, somos así.

Levanta la mano izquierda y me enseña el mismo anillo de platino que llevo yo, pero más ancho.

—Bryn, ¿por qué llevo un anillo?

Suspiro con pesadez, ya cansada de la conversación, y me dirijo al sofá, donde me esperan café caliente y cruasanes de hojaldre para ofrecerme algo de consuelo.

—Bueno, o nos lo pasamos tan bien juntos que nos compramos unos anillos de la amistad a juego o... —Hago una pausa para meterme un trozo de cielo en la boca—. O nos casamos.

Caiden refunfuña y recoge su camisa del suelo. Me lanza una mirada feroz mientras mete los brazos con violencia por las mangas.

—Es evidente que nos casamos. Lo que te pregunto es cómo. ¿Me drogaste? ¿Se trata de algún tipo de estafa matrimonial para sacarme dinero? Porque si es así, te puedo garantizar que no recibirás ni un puto centavo.

Casi me atraganto. Me aprieto los labios con el dorso de la mano para no escupir la comida sobre la mesa y lo miro como si le acabara de salir una segunda cabeza. O una tercera, según se mire.

—¿Crees que te puse algo en la bebida? —No sé si eso me hace sentir más indignada o entretenida. Dado que él tan solo levanta una ceja con arrogancia, decido que ambas cosas y suelto una amarga carcajada—. Mira, por gracioso que parezca, no recuerdo nada de lo que hicimos después de la discoteca. Tampoco es que me sorprenda, ya que estoy bastante segura de que bebí tanto Grey Goose como para escabechar mi hígado. Pero, si haces memoria, señor que se vuelve imbécil a la mañana siguiente, fuiste tú el que se acercó a mí en la mesa de la ruleta. Fuiste tú el que me vino detrás y me invitó a tomar unas copas y a bailar. ¿Te suena? Yo no te instigué a hacer nada. De modo que si me escondí algo de Rohypnol en el bolso en previsión de la remota posibilidad de que el inmensamente rico propietario del hotel en el que me alojo se interesara por mí el tiempo suficiente como para que yo ejecutara un extravagante fraude matrimonial a cambio de toneladas de dinero, entonces, si te digo la verdad, creo que me merezco el premio a la timadora del año.

—Joder.

Caiden se frota las manos contra la cara y suspira pesadamente dejándose caer sobre la descomunal silla situada junto al sofá. Y como yo no soy una imbécil por las mañanas, le sirvo una taza de café y se la ofrezco.

Él la acepta con un gesto brusco de la cabeza, que al parecer es su manera de dar las gracias.

Se acomoda y le da vueltas al anillo en el dedo.

—Es que no lo entiendo. Nunca he bebido tanto como para no acordarme de lo que he hecho.

Al recordar algunas de las fiestas de fraternidad más salvajes de la universidad, hago una mueca de dolor.

—Ojalá pudiera decir lo mismo. Aunque han pasado más de cinco años. Putos martinis —murmuro.

Se burla, le echa un vistazo al reloj y comienza a maldecir.

—Me tengo que ir.

Apura la taza de café, aunque todavía debe de estar hirviendo, se levanta y empieza a abrocharse la camisa con dedos hábiles.

De pronto, un torrente de imágenes me pasa centelleando por detrás de los ojos…

«Largos dedos que trazan suaves círculos sobre mi vientre, cálidos labios que cubren de besos mi carne caliente, mi cuerpo retorciéndose de necesidad, promesas susurradas, una lengua ardiente que se desliza por mis fluidos...».

—Bryn, ¿me has oído?

—¿Qué? —Parpadeo varias veces y espero que mi cara no esté tan sonrojada como la siento—. Perdona, ¿decías algo?

Me estudia durante unos segundos.

—¿Has recordado algo?

«¿Por ejemplo, que adorabas mi cuerpo como si yo pudiera concederte la vida eterna? ¿Algo por el estilo?».

—No —digo negando con la cabeza—. Nada de nada.

Caiden vuelve a la acción tras recoger la cartera y el teléfono de la mesilla.

—Mis abogados iniciarán el proceso de anulación. También haré que te envíen un acuerdo de confidencialidad para que lo firmes, así como a cualquier miembro del personal que haya tenido algo que ver con este pequeño contratiempo. No puedo permitir que esto salga a la luz y los medios enloquezcan.

No puedo evitar contemplar a este hombre de mirada fría y postura rígida, y preguntarme dónde ha ido a parar el tipo al que conocí anoche. Este Caiden Verran no se parece en nada al Caiden que me llamaba Bella, me hacía reír, me miraba con ternura y se inventaba cualquier excusa para tocarme, incluso para conseguir un simple roce de nuestros dedos mientras me servía una copa.

Además, si esos recuerdos que he tenido hace un minuto eran retazos de mi memoria perdida, también ha sido un amante gentil y minucioso. Diría que hasta romántico. ¿Adónde se ha ido ese hombre?

—No te preocupes por mí —digo con frialdad—. No suelo presumir de cosas de las que me arrepiento.

Él aprieta los músculos de la mandíbula y noto que vuelve a girar el anillo distraídamente con el pulgar. Luego abre la puerta y me brinda un último comentario de despedida.

—Mi equipo se pondrá en contacto contigo. Disfruta del resto de tu estancia, Bryn.

Le dirijo una sonrisa acaramelada y no me molesto en disimular el tono sarcástico:

—Disfruta de tu resaca, Caiden.

CAPÍTULO SIETE

CAIDEN

—Despegamos en diez minutos, Su Majestad.

—Gracias, Duncan.

Asiento con la cabeza dándole así permiso al piloto para que vaya a lo suyo. Esta tarde tengo una reunión en Manhattan sobre la apertura de un hotel Nightfall (sin casino) en Nueva York y no dejo de rezar para que la resaca haya desaparecido cuando aterricemos en el aeropuerto JFK.

Me coloco las gafas de sol de forma que bloqueen al máximo la luz, me acomodo en el asiento de cuero y cierro los ojos. Hoy ha resultado ser un día de locos. Y ni siquiera es mediodía.

No tengo ni puta idea de cómo he pasado de vivir una asombrosa noche de diversión a despertarme en un mundo de dolor y casado con una mujer a la que conozco desde hace menos de doce horas.

Pensé que mi pregunta sobre si me había drogado era válida, porque nunca me permito emborracharme hasta perder el control, pero, tal como señaló, fui yo el que la persiguió a ella, y no al revés. Sin embargo, hay más cosas que no tienen sentido. Aunque estuviera borracho como una cuba, no me imagino aceptando casarme con nadie, y mucho menos con una humana. Las repercusiones de algo así no son para nada triviales.

Soy el puto rey; no puedo cometer errores frívolos de borracho. Al margen de eso, lo que sucedió no tiene nada que ver conmigo. Joder, la noche al completo no tuvo nada que ver conmigo. Nunca me ha interesado nadie lo suficiente como para acercarme tal como lo hice con Bryn y soy absolutamente incapaz de explicar el tema del coqueteo, las risas y el baile.

Me puse a bailar en una discoteca abarrotada de gente como un empotrador cualquiera. Gracias a los dioses, tuve suficiente sentido común como para usar un encantamiento, si no, ahora mismo la prensa del corazón estaría plagada de imágenes.

Después del club, mi mente está en blanco. No recuerdo haberme casado, ni siquiera quién de los dos lo sugirió. No recuerdo ir a su suite ni hacer nada que implicara acabar con tres envoltorios de condones en el suelo —que debían de ser suyos, porque yo hacía siglos que no necesitaba uno— ni tampoco por qué tenía arañazos en la parte posterior de los hombros.

Bueno, eso no es del todo cierto.

Cuando ella se volvió hacia mí con la sábana de seda ajustada sobre los pechos, el pelo alborotado y las mejillas sonrojadas, sí que recordé algo.

«Manos que me agarran del pelo, delicados gemidos y súplicas susurradas, una lluvia de besos por todo su cuerpo desnudo, la succión del prieto capullo de un pezón rosado en lo más profundo de mi boca, deslizar la polla en el coño más húmedo y caliente que jamás haya sentido, un bombeo de lentas y constantes embestidas…».

No era un recuerdo muy profuso, pero esa pequeña visión fue suficiente para que me reaccionara el miembro. Con sexo convencional. Yo no hago nada de forma convencional. Si esa fue toda nuestra experiencia juntos, me sorprende incluso que me empalmara.

Nada tiene ningún puto sentido.

El asiento de al lado cruje bajo el peso de un cuerpo enorme que se acomoda sobre él.

—Hostia, C.V., no tienes buen aspecto. —Es Conall; el único que usa mis iniciales como apodo—. Toma, bebe agua, te irá bien hidratarte.

Abro los ojos de golpe y le veo tendiéndome una botella de agua fría. La acepto de buen grado y me bebo todo el contenido de un trago. Refrescante, pero inútil.

Cuando los motores a reacción se ponen en marcha con estrépito y el avión comienza a rodar hacia la pista, fuerzo las palabras a través de la opresión que siento en el pecho.

—¿Dónde están los otros dos?

—En la parte de atrás. Connor se ha desplomado en un sofá y papá está haciendo uno de sus crucigramas en la mesa. —Asiento—. A ver, escupe. ¿Por qué pareces un inmenso montón de mierda?

—¿Alguien te ha dicho alguna vez que eres un verdadero encanto?

—Me lo dicen constantemente. —Deja a un lado las bromas y me analiza con atención—. En serio, tío, ¿qué te pasa?

—Tengo un pequeño problema. —Exhalo en profundidad—. Anoche me encontré con esa mujer del vestíbulo. Bryn Meara. Hubo muchas copas de por medio y…

Conall suelta una profunda risotada.

—Qué guarrete. Otra vez tirándote a chicas humanas como nosotros los campesinos, ¿eh? Pensé que esos días habían quedado atrás.

—No, no es que hiciéramos… A ver, sí que lo hicimos, pero el problema es otro.

—Coño, eso espero. Pero entonces ¿cuál es el problema?

La parte delantera del avión se eleva cuando despegamos y siento un retortijón en el estómago. Debido al cambio de presión en el aire, a medida que ascendemos parece que los conductos de ventilación succionen el oxígeno de la cabina. Nunca he tenido problemas para volar, ni mareos durante los desplazamientos, ni en las alturas, ni tan siquiera en el mar. Esto no es una resaca. Debe de ser algún tipo de virus y empeora a cada minuto que pasa. El único problema que presenta esta teoría es que los feéricos no cogemos virus humanos.

Así que ¿qué cojones me pasa?

Me subo las gafas de sol y me aprieto el puente de la nariz entre los dedos mientras trato de respirar a pesar de la sensación de que me están exprimiendo los órganos en una licuadora. Me entra un sudor frío por todo el cuerpo y empiezo a sentirme aturdido.

—Caiden, joder, tienes que cancelar la reunión ahora mismo.

La preocupación en la voz de Conall me pone en marcha al momento. Me levanto y paso a su lado.

—No, estoy bien. Solo necesito echarme agua fría en la cara y…

Entonces alguien le da la vuelta al mundo y me caigo en medio del pasillo.

—¡Connor! ¡Papá!

Intento levantar la cabeza del suelo, pero me cuesta demasiado. Con los ojos parcialmente abiertos, veo cómo los tres hombres se ciernen sobre mí.

Seamus me pone una mano en la frente.

—¿Qué le pasa? ¿Cuánto tiempo lleva así?

—No lo sé, no mucho. Ha pasado de parecer resacoso a parecer muerto en cuestión de minutos. Me estaba hablando de una mujer con la que estuvo anoche y de repente se ha quedado así.

Seamus levanta la cabeza como un resorte.

—¿Qué mujer? ¿Tú estabas con él?

Connor maldice hasta por los codos.

—Nos dejó marchar para que pudiéramos ir a correr. Dijo que iba a trabajar hasta tarde y que se quedaba en el ático.

—¡Cachorros descuidados! —gruñe Seamus—. Ya me ocuparé de vosotros. Ahora hay que averiguar qué le pasa. Connor, busca en su teléfono. Mira a ver si hay algo que nos dé una idea de lo que hizo anoche y de con quién estaba.

La lengua me traba la boca, pero consigo articular una palabra en medio de un gemido de dolor:

—Bryn…

—Bryn Meara. Así dijo que se llamaba la chica. Se tomaron unas copas y pasaron la noche juntos.

Seamus clava los ojos en algo que ve en la base de mi garganta y frunce el ceño en señal de confusión, o quizá de preocupación. Sin previo aviso, me desgarra la camisa y los tres Woulfe se desgañitan en un coro de maldiciones.

Bajo la vista hacia donde están mirando y logro unirme a ellos con un ronco «mierda».

Por debajo de la piel tengo una red de finas líneas negras que me nacen en el centro del pecho. Parecen venas envenenadas que crecen a lo largo y a lo ancho, en todas direcciones. Conall se fija en la cadena de plata que llevo al cuello y me la quita desde la parte de atrás de la cabeza. Viendo cómo le cuelga en la mano, el anillo de platino que se balancea en la parte inferior parece un péndulo maldito.

Que nadie me pregunte por qué inserté la alianza en una cadena para el cuello en lugar de meterla en algún cajón lleno de trastos. Solo puedo alegar locura temporal.

—Caiden, ese problema del que hablabas —dice Conall— ¿tiene algo que ver con esto?

Consigo asentir una vez. El hecho de que no pueda contárselo todo yo mismo a Seamus me frustra una barbaridad. Aprieto los dientes y me esfuerzo por dejar ir un último detalle.

—Nos… casamos…

Seamus se queda ojiplático.

—¿Es Feérica de la Oscuridad?

—No, Connor y yo la vimos. Es humana.

—Bueno, pues la boda no fue humana —revela Connor sujetando mi teléfono y mostrando la foto de la pantalla—. Esa es Gilda, la Suma Sacerdotisa, y está realizando el Ritual del Matrimonio Oscuro.

—Por todos los dioses... —susurra Seamus. Luego se pone a ladrar algunas órdenes—. Dile a Duncan que tenemos que volver a Las Vegas lo más rápido posible. Si Caiden se aleja mucho, su cuerpo comenzará a apagarse. Y llama a Tiernan y Finnian. Diles que cojan a la chica y todas sus pertenencias y que la retengan en la mansión. No dejaremos que se vaya hasta que sepamos quién es y qué quiere.

Por fin la gravedad se impone a mi debilitado cuerpo y me abandonan las fuerzas por completo. Soy vagamente consciente de que me trasladan al dormitorio y me frotan paños fríos sobre la frente y el pecho, pero no hay nada que consiga enfriar el fuego que me consume por dentro.

El dolor es insoportable y empiezo a desear lo único que no había deseado en toda mi vida: la muerte.

CAPÍTULO OCHO

BRYN

He de decir que este viaje ha resultado ser muy diferente de lo que esperaba. No es que albergara demasiadas expectativas en torno a unas vacaciones espontáneas de fin de semana conmigo misma en un lugar en el que nunca había estado. Pero desde luego no tenía planeado conocer a un multimillonario y casarme con él durante las primeras veinticuatro horas.

Tumbada junto a la piscina, tomo el sol del desierto con el biquini azul marino que me compré en la tienda de regalos y observo a la gente mientras juego con el anillo que llevo en el dedo. Es una sortija preciosa, así que no veo ningún motivo para quitármela antes de lo necesario. Además, mantiene a raya a los solteros que andan a la caza de objetivos fáciles, lo cual es un plus.

Me pasa por delante un trío de mujeres que se ríen al unísono mientras vuelven del bar con bebidas recién preparadas y una repentina punzada de soledad me atraviesa el pecho.

Venir aquí sola no me ha supuesto ningún problema. Como hija única, sé entretenerme a mí misma. Y aunque me llevo bien con todo el mundo, nunca he tenido ninguna amiga incondicional, así que siempre he sido bastante solitaria.

La verdad es que nunca me importó, porque tenía una excelente relación con mis padres. Jack y Emily Meara eran jóvenes cuando formaron nuestra pequeña familia, así que no les costaba mucho comunicarse conmigo, como les ocurría a muchos padres mayores. Los tres nos divertíamos juntos. Nunca me sentí sola porque siempre los tuve a ellos.

Hasta el accidente de coche de hace tres años. Desde ese día sé lo que es la verdadera soledad. Debo admitir que se me da bien usar el trabajo como distracción, por eso quiero encontrar otro empleo lo antes posible en cuanto llegue a casa.

Casi siempre estoy bien. Pero en días como hoy, sería estupendo tener una amiga o incluso una figura materna con la que poder hablar. Alguien que escuchara mi increíble historia y luego validara mis sentimientos sobre la superpolla de Caiden Verran. Quiero decir, sobre lo soplapollas que es Caiden Verran.

Entre quejidos, dejo caer el rostro entre las manos y trato de borrar de mi mente la imagen de su glorioso cuerpo, incluido el miembro que describe su verdadera personalidad.

La palabra del día es «OLVIDAR». Olvidar que anoche en el casino un príncipe azul muy macizo se puso a ligar conmigo. Olvidar que consiguió que me enamorara de él en menos de una hora. Olvidar que me bebí todo mi peso en vodka, que, no sé muy bien cómo, acabé casada con ese bombón y que después tuvimos lo que supongo que fue un maratón de sexo alucinante. Y sobre todo olvidar que a la mañana siguiente el príncipe azul se había convertido en una rana espantosa.

Sí, eso es lo que voy a hacer. Olvidar las últimas veinticuatro horas y centrarme en que el resto de mi estancia aquí sea maravillosa. Solo yo, el sol, un buen libro y…

—Disculpe, ¿es usted Bryn Meara?

Levanto la mirada para ver quién me ha tapado el sol y se me desencaja la mandíbula.

Hay dos hombres de pie junto a mi tumbona, pero no son personas corrientes. Ambos son sorprendentemente atractivos, pero cada uno a su manera. El que ha hablado lleva un polo blanco y unos pantalones planchados de color caqui sobre un cuerpo muy en forma y tonificado. Tiene el pelo castaño oscuro, aunque podría parecer negro con la luz adecuada, y exhibe una prominente y bien afeitada mandíbula con un hoyuelo bastante sexi en la barbilla. Además, me está sonriendo.

El otro no.

Creo que el que me mira mal es aún más guapo que el encantador. Es descomunal. Como del tamaño de una montaña. ¿Podría ser un jugador de fútbol profesional? Sin duda tiene la complexión y los músculos necesarios, y además encaja con su forma de vestir, que consiste en unos pantalones negros deportivos y una camiseta roja sin mangas bien ajustada sobre el pecho que muestra el mejor porno de brazos que he visto en la vida real. Sus rasgos son morenos atezados: cabello negro rapado en los laterales y algo más largo por arriba, piel bronceada y perfecta, y una barba bien recortada que envuelve unos labios carnosos.

Me apostaría la alianza a que son los hermanos de Caiden.

La noche anterior me estuvo contando historias de ellos tres cuando eran más jóvenes. Quizá saben lo de la boda y han venido a advertirme sobre su hermano.

«Me doy por enterada, chicos».

—Me llamo Tiernan y este es Finn. Somos los hermanos de Caiden.

Sonrío con amabilidad, pero decido no dejar entrever si sé de lo que me están hablando.

—¿Puedo ayudaros en algo?

Finn, el gruñón, escupe una respuesta.

—Solo si te llamas Bryn Meara.

Sonrisas le lanza una mirada a Gruñón y luego se vuelve hacia mí.

—Lo que mi maleducado hermano intenta decir es que Caiden ha vuelto a la mansión y se ha requerido tu presencia. Hemos venido a escoltarte.

—Ah, ya entiendo. —En realidad no entiendo nada. Caiden no pudo dejar más claro que yo solo trataría con su abogado y que no volvería a verle durante el resto del viaje, así que no sé por qué de repente quiere que vaya a su casa—. Bueno, puedes decirle a tu otro hermano maleducado que estoy encantadísima con la habitación en la que me alojo de su encantador hotel. Su requerimiento ha sido rechazado.

Reclino la cabeza hacia atrás y cierro los ojos, pero ellos no captan la indirecta. Me empiezo a enfadar. Tan solo quiero relajarme y absorber algo de vitamina D. Para eso he venido. Y entre todos los hermanos Verran me están arruinando el plan.

—Bryn, sé que Caiden puede ser un imbécil muy grosero. —El tono de disculpa en la voz de Tiernan me genera la curiosidad suficiente como para volver a abrir los ojos mientras él se agacha para sentarse en cuclillas—. Y eso cuando tiene un buen día, así que me imagino cuál fue su comportamiento cuando se despertó y se dio cuenta de que se había casado y no se acordaba.

—Llamarlo «imbécil muy grosero» es quedarse corto.

Tiernan suelta una carcajada.

—No me sorprende que digas eso. Pero en el fondo él no es así. Debajo de toda esa aspereza, Caiden es muy buen tipo. Cuando ha sido capaz de tomar cierta… distancia, ha empezado a sufrir mucho. Ahora espera de corazón que vengas a nuestra casa para rectificar la situación.

Entorno los ojos.

—Si tiene tanto interés en que vaya, ¿por qué os ha enviado a vosotros como si fuerais un par de chicos de los recados? ¿Por qué no ha venido él mismo?

—Por desgracia, se encuentra indispuesto. Esta tarde tenía programada una importante reunión con unos grandes inversores de Nueva York y no podrá ir. Además, entre tú y yo, y el gigante que tengo detrás, creo que a lo mejor tiene miedo de que no quieras venir. Nuestro hermano es duro por fuera, pero tiene el ego más frágil que el ala de una mariposa.

Finn resopla.

—Le voy a decir lo que has dicho.

Yo sonrío con malicia.

—No si se lo digo yo primero.

Tiernan arquea una ceja sorprendido mientras una media sonrisa transforma a Finn en un Adonis juvenil. Entonces hace el primer comentario medio amable desde que ha llegado.

—Vale, la chica me cae bastante bien.

—Bueno, si no vienes con nosotros no podrás decirle nada —prosigue Tiernan—. ¿Qué nos dices, Bryn? ¿Acabarás con el sufrimiento de Caiden y vendrás a la mansión?

Me muerdo el labio mientras pienso.

—¿De verdad se siente mal?

Ambos se ponen serios. Tiernan me sostiene la mirada unos segundos antes de realizar la siguiente afirmación:

—Puedo decir con toda sinceridad que nunca se ha sentido peor en su vida.

Aunque creo que exagera considerablemente, el hecho de que a todos les moleste tanto que Caiden se sienta mal por comportarse como un imbécil no es más que una prueba de lo unidos que están. Me dan ganas de ir solo para ayudarles a aliviar la preocupación que sienten por su hermano. Pero, si soy sincera, hay una parte de mí que quiere volver a ver a Caiden. Sobre todo si va a disculparse.

Tal vez incluso podamos olvidarnos de lo ocurrido y seguir siendo amigos. Y algún día echaremos la vista atrás y nos reiremos de la noche en la que un rey de Las Vegas conoció a una virgen de Las Vegas y los dos juntos reprodujeron el estereotipo más conocido de la ciudad.

Doy un suspiro, me incorporo y balanceo las piernas en el lateral de la tumbona.

—Vale, iré. Dadme un momento para recoger mis cosas.

Tiernan se pone en pie y me coge de la mano para ayudarme a levantarme.

—No hace falta. Haremos que uno de nuestros empleados se encargue de tus pertenencias y las entregue en la mansión. —Me quedo mirándole, así que añade—: Andamos escasos de tiempo. Tengo que volver para una reunión con el equipo de seguridad y estoy seguro de que Finn debería haberse engrasado los músculos hace rato.

Finn pone mala cara y le levanta el dedo al sonriente Tiernan, lo que me hace reír.

Me gusta la dinámica que tienen entre ellos y creo que puede ser divertido verlos interactuar, sobre todo con Caiden. ¿Será él el chico que conocí anoche, el de esta mañana o una mezcla de ambos?

Solo hay una forma de averiguarlo.

Me enrollo el pareo blanco semitransparente alrededor de las caderas, me pongo las sandalias y asiento con la cabeza.

—Vale, vámonos. No queremos que los músculos de Finn se resequen.

Esta vez es Tiernan quien se ríe mientras Finn me fulmina con la mirada.

—Retiro lo que he dicho antes.

Me acompañan por el Nightfall y hasta el exterior de la entrada principal, donde nos espera un Range Rover de color negro azulado. Finn conduce, Tiernan ocupa el asiento del copiloto y yo me deslizo en la parte de atrás. Finn sube el volumen de la radio hasta un nivel que dificulta la conversación, de modo que me siento en silencio y disfruto de las vistas mientras nos alejamos de la avenida principal.

Cuanto más lejos estamos, más ricos se vuelven los barrios. Ya me lo esperaba, teniendo en cuenta que me dirijo a la residencia del mayor propietario de Las Vegas. Sin embargo, ni en sueños conocía el tipo de lujo tan a gran escala que exhiben las casas a las que nos vamos acercando.

Me quedo ojiplática y boquiabierta al contemplar la parte posterior de una casa situada sobre un pequeño acantilado de roca desértica. Tiene un estilo muy moderno, con múltiples arcos abovedados que conforman el tejado, grandes pilares cuadrados alrededor de las zonas exteriores y líneas depuradas en toda la estructura. El agua de una piscina infinita cae sobre una pared de brillantes azulejos negros.

Por si esto no fuera lo suficientemente impresionante, del suelo que hay frente a la pared infinita brotan cuatro chorros de agua que van a parar a la piscina, mientras que hay otros cinco chorros que caen desde un saliente en el lateral opuesto del segundo nivel. Toda la parte de atrás de la casa está compuesta de paredes de cristal.

Me recuerda a cuando abres una casa de muñecas y puedes ver el interior de las habitaciones. Solo que las muñecas que viven ahí deben de ser más ricas que el mismísimo Dios.

—Joder —digo con asombro—, me pregunto quién vive en esa casa.

No me había dado cuenta de que la radio estaba apagada hasta que Tiernan me contesta.

—Nosotros.

Cuando me sobrepongo a su respuesta, digo en tono irónico:

—¿Cómo? ¿No hay helipuerto?

—No lo necesitamos. —Gira la cabeza para mirarme y sonríe—. Tenemos un jet privado.

Yo pongo los ojos en blanco.

—No podía ser de otra manera.

Finn aparca en un garaje tan limpio que se podría comer en el suelo. Hay otros tres vehículos que no sé de qué modelo son, pero cuyo ridículo precio podría adivinar basándome tan solo en su aspecto. Los chicos me acompañan a través de una puerta y hasta el interior de la casa. Caminamos por un pasillo de escasa longitud que conduce a la sala de estar principal, un término algo decepcionante para lo que en realidad es. Hay cientos de detalles que asimilar, pero no me da tiempo a apreciar ninguno.

—Por aquí —dice Finn cogiéndome del brazo mientras me guía escaleras arriba.

Son unas escaleras anchas y delicadas que cuentan con una iluminación interior basada en unas luces azules que parecen sacadas del futuro. Tengo la impresión de que en este lugar nada es normal o sencillo. Pero, de nuevo, no se me da la oportunidad de averiguarlo.

—¿Adónde vamos?

Miro hacia atrás, a Tiernan, en busca de respuestas, ya que parece ser el hermano más razonable.

Él me dedica una sonrisa forzada.

—Te llevamos a la habitación en la que te alojarás. Puedes relajarte allí hasta que Caiden esté listo para verte.

Llegamos a la segunda planta y dispongo de unos segundos para apreciar los pálidos suelos de mármol, las barandillas de cristal que rodean la entrada de dos pisos decorada con una gigantesca lámpara de araña y la fenomenal vista de la Strip que proporciona la pared de ventanas que vi mientras nos acercábamos en el coche. Pero Finn me conduce alrededor de la lámpara de araña hacia la parte delantera de la casa, donde abre la puerta de un dormitorio y me deja en la enorme cama de matrimonio.

Arrugo el entrecejo.

—¿Por qué no puedo esperar a Caiden en la piscina?

Durante unos instantes Finn me mira como si estuviera arrepentido. Luego se da la vuelta bruscamente y se marcha. Tiernan va señalando el equipamiento de la habitación como si fuera un agente inmobiliario tratando de hacer una venta.

—Hay una chimenea de gas y un televisor con todos los canales de *streaming* que se te ocurran, además de un disco duro con miles de películas. También hay algunos libros en las estanterías que quizá te gusten. Aquí tienes una mininevera llena y ahí hay un armario en el que hemos metido artículos de despensa y productos de papel como platos o servilletas, ese tipo de cosas. Hay un cuarto de baño privado con cabina de ducha y una bañera japonesa que es alucinante y tienes que probar. Y le diré a Madoc que te suba la maleta cuando llegue. Como puedes ver, tu estancia aquí será muy cómoda.

Me pongo en pie y aprieto los puños a los lados.

—Tiernan, ¿qué narices es esto? ¿Por qué parece que voy a quedarme aquí de manera indefinida?

Se acerca a la puerta y coloca una mano sobre el pomo mientras me ofrece una triste sonrisa.

—No va a ser de forma indefinida, Bryn. Solo hasta que Caiden recupere la salud y encontremos la forma de revertir los dañinos efectos de vuestra boda. Si te sirve de algo, siento las molestias.

—¿Qué? ¿Qué le pasa a su salud? ¿Y a qué efectos perjudiciales te refieres?

Tiernan sale al pasillo y cierra la puerta. Entonces oigo cómo alguien echa el pestillo. Desde fuera.

Me lanzo hacia la puerta e intento abrirla con la manilla, pero no sirve absolutamente de nada. Golpeo la puerta con los puños y grito para que alguien me ayude, pero nadie responde.

El ventanal está compuesto por un solo panel que al parecer se desplaza de forma electrónica sobre un riel. Aunque intentara romperlo, estoy a demasiada altura como para escapar sin romperme las dos piernas o incluso algo más.

Es oficial, estoy atrapada.

Soy prisionera de tres hermanos extremadamente ricos e increíblemente sexis. En algún lugar, hay una lectora de novela romántica que se está desmayando tan solo de pensarlo. Pero yo no soy ninguna heroína romántica ni tengo la más remota idea de qué coño está pasando.

Este viaje de ensueño ha tardado muy poco en convertirse en una puta pesadilla.

CAPÍTULO NUEVE

CAIDEN

Todavía no son las siete de la mañana del día en el que Bryn debería tomar un vuelo de vuelta a casa. Sin embargo, hoy no se va a ir de Las Vegas. Ni siquiera va a salir de mi casa. Al menos hasta que averigüe cómo romper este vínculo con ella que casi me mata cuando estaba a treinta mil pies de altura.

En cuanto Tiernan y Finn la trajeron, percibí su presencia.

La banda de acero que me oprimía el pecho y me aplastaba las costillas empezó a aflojarse. Se me hizo más fácil respirar y el ritmo del corazón inició un lento descenso hacia un rango normal. Mi cuerpo tardó toda la noche en repararse por completo de los daños, pero lo consiguió.

Puedo decir que sobreviví gracias a que Seamus se dio cuenta de lo que estaba sucediendo y actuó con rapidez.

Sentado en su habitación, la contemplo mientras duerme y jugueteo con el anillo que aún llevo al cuello solo los dioses saben por qué. Me doy cuenta de que mirarla mientras duerme es un poco de acosador, pero no puedo evitarlo. Hay algo en ella que me atrae.

Nada más levantarme esta mañana, me he duchado, me he puesto unos vaqueros y una camiseta panadera negra y he ido a buscarla. Hoy la tarea principal de la lista es llegar al fondo de la situación, y mi intención no era otra que sacarla de la puta cama para hacer precisamente eso.

Pero entonces entré en la habitación y la vi.

Me cambió todo por dentro. Fue como si se abriera hueco en mí para que ella pudiera poseerme y echar raíces tan profundas que, aunque quisiera, sería incapaz de desenterrar. La putada es que no quiero que eso ocurra. No entiendo en qué consiste esta influencia que tiene sobre mí.

En el mejor de los casos, es desconcertante. En el peor, terrorífico de cojones. Debería estar corriendo en la puta dirección opuesta de donde se encuentre esta mujer.

Por supuesto, en sentido figurado, porque físicamente no puedo alejarme mucho más allá de los poco más de mil cien metros cuadrados que nos permite la mansión. De todos modos, ya sé que estar lejos de ella me parecerá... antinatural. Me hará sentir mal.

Utilizo mis sentidos feéricos para encontrar algo en Bryn que pueda interpretarse como perteneciente a «otra cosa». Pero tanto su aroma, como su energía y su apariencia indican que es humana. Seamus, cuyos sentidos son infinitamente más fuertes debido a su edad, opina lo mismo. No detecta nada raro o extraño en ella.

Entonces ¿cómo en el nombre de Rhiannon ha podido activarse la maldición del matrimonio? Se supone que eso solo ocurre con una verdadera unión entre dos Feéricos de la Oscuridad, y lo mismo ocurre con los Feéricos de la Luz. No debería haber consecuencias ni repercusiones mágicas si un rey se casa con una humana.

Mi Bryn Meara es una anomalía.

«No es tuya, Verran. Ella no es más que un problema temporal que debe resolverse. Fin de la historia».

Apoyo un codo sobre el brazo de la silla y encajo la cabeza en el hueco que conforman el pulgar y el índice mientras la escudriño con la mirada sin dejar de juguetear con el anillo en la otra mano. Está tumbada encima de las sábanas, con el biquini azul y el pareo transparente con los que mis hermanos me dijeron que había llegado. No puedo evitar preguntarme si se ha quedado dormida así sin querer o si se negó a disfrutar de la comodidad de la cama como parte de su protesta silenciosa.

Ni aquí ni en el baño hay nada que indique que haya comido o bebido algo. El hecho de saber que no se ha permitido a sí misma cubrir sus necesidades básicas me revuelve las tripas como un ácido. Quiero castigarla por no cuidarse. Ponerla sobre mis rodillas y azotarle ese culo firme y redondo hasta que se le ponga rojo como una cereza. Esta es la última vez que se sale con la suya, aunque tenga que alimentarla yo mismo.

Bryn se agita en sueños y se da la vuelta hasta quedar boca arriba. Si la vista de su culo me había parecido asombrosa, la de sus pechos voluminosos recogidos en sendos triángulos de tela me deja sin aliento. Su larga melena rubia se abre en abanico sobre la almohada como si hubiera quedado congelada mientras se agitaba al viento. Sobre sus altos pómulos descansan unas pestañas marrón oscuro y sus labios rosados se entreabren ligeramente a cada respiración profunda y uniforme.

Sigo recorriendo su cuerpo hacia abajo con mi candente mirada. Contemplo sus pechos y la planicie que forma su liso vientre. Lleva una barrita plateada en el ombligo con una circonita cúbica transparente en forma de sol en la parte superior y una luna creciente con un perfil de circonitas cúbicas que cuelga en la parte inferior.

Es sexi de cojones y me dan ganas de meterle la lengua en el ombligo y tirarle del *piercing* con los dientes.

Justo cuando estoy a punto de ir por un camino muy sucio de mi mente que habría hecho que mis vaqueros se volvieran en extremo incómodos, le veo la mano izquierda, que tiene apoyada sobre la parte baja del vientre, y todos los pensamientos se detienen en seco.

Sigue llevando la alianza.

Me veo imbuido de una mezcla de emociones. Orgullo, alivio, sorpresa, frustración. Aprieto el puño alrededor de mi propio anillo y siento cómo el suave borde de metal me muerde la palma de la mano.

No puedo conciliar mis sentimientos y eso solo consigue ponerme de mal humor.

Tras colocar la cadena y el anillo por debajo de la camiseta, alargo una pierna y empujo el colchón con el pie.

—Es hora de levantarse, Bella Durmiente. Tenemos que hablar.

Bryn hace ese estiramiento matutino que consiste en extender los brazos por encima de la cabeza y arquear la espalda. Se le mueve la parte de arriba del biquini y uno de sus pechos amenaza con salirse. Me obligo a apartar la mirada; me levanto y voy hasta la ventana que da al camino de entrada circular y a la parte delantera de la propiedad. Las vistas galardonadas se encuentran al otro lado de la mansión, pero todas esas habitaciones tienen una pared de cristal macizo que se abre electrónicamente a los espacios exteriores. Como a mis hermanos les preocupaba que Bryn se pusiera a lanzar sillas para intentar escaparse, pensaron que era más seguro alojarla aquí.

—Anda, mira quién ha venido. Mi secuestrador —dice con voz ronca de recién despertada.

Me giro para mirarla y me quedo petrificado. Incluso despeinada y furiosa, me deja sin aliento. Es como el sol, con ese pelo claro y la piel dorada.

Sigo esperando que su brillo se marchite. Pero cada vez que la veo, me vuelvo a maravillar.

Escondo mis pensamientos tras una mirada divertida, cruzo los brazos sobre el pecho y me enfrento a todo su esplendor.

—Poco tengo que ver con un secuestrador.

—Claro, no ibas a molestarte en hacer el trabajo sucio. Tú eres el jefe de mis secuestradores.

—Bryn —digo a modo de advertencia.

—¿Guardia de prisiones? Perdona, no estoy segura del tipo de gilipollas con el que te identificas, pero soy bastante progresista, así que házmelo saber y me aseguraré de usar el término adecuado.

—Empieza por decirme quién eres y por qué has venido a Las Vegas.

Bryn coloca una de sus largas piernas sobre la otra, luego cruza los brazos con gesto desafiante bajo los pechos. Mierda, ¿por qué sigue llevando ese puto bañador?

—¿Por qué no te has puesto ropa normal o un pijama, joder? —le pregunto.

Sus ojos de color avellana echan fuego.

—Uy, eso habría estado bien. Ojalá me hubieran traído mis cosas, tal como se me prometió.

Miro a mi alrededor y suspiro. Los Vigilantes de la Noche son unos guardias fenomenales, pero como mayordomos no valen una mierda.

—Haré que suban tus cosas en cuanto acabemos de hablar.

—Me las puedes traer ahora mismo porque no pienso hablar contigo. Quiero mis cosas y un Uber al aeropuerto. Luego espero no volver a verte ni a saber de ti jamás.

—Me temo que eso no va a suceder. Hasta que resuelva nuestro problema, cuenta con que serás mi invitada.

Puedo ver cómo aumenta su frustración y sube el volumen a cada nueva frase que vomita.

—¿Qué problema? Nos casamos en una boda rápida de borrachos en Las Vegas, no es para tanto. La anulamos como hace todo el mundo y seguimos adelante con nuestras vidas.

—Me temo que para nosotros no es tan sencillo. Después de casarnos… pasó algo.

—Creo que eso ya lo establecimos con las pruebas físicas que dejamos en el suelo. Sigo sin entender qué tiene eso que ver con que me tengas retenida en tu casa.

Aprieto la mandíbula y exhalo despacio por la nariz, tratando de evitar que mi mal genio se apodere de mí. Joder, la situación es insostenible. Seamus me advirtió que no le contara la verdad porque podría utilizar esa información con malas intenciones. Pero eso no me preocupa. Aunque lograra escapar, no llegaría muy lejos antes de que Connor y Conall la localizaran. Me provocaría un daño mínimo porque enseguida la arrastrarían de nuevo a la mansión.

Me preocupa más que sepa demasiado sobre nosotros. Dejarla entrar en el círculo íntimo de nuestro mundo pese a que intentamos guardar nuestros secretos a toda costa o asegurarnos al menos de que se consideren ficción. Devolver a un humano con tantos conocimientos sobre los feéricos a la naturaleza, a falta de una expresión mejor, es un peligro para mi pueblo y nuestra forma de vida.

Si encontrara un experto en conjuros, podría lanzar un hechizo sobre sus recuerdos y borrar todo lo relacionado con los feéricos una vez que esto terminase. Pero hay muy pocos feéricos capaces de conjurar y no suelen ir anunciando sus habilidades, de modo que no son fáciles de encontrar. Mierda.

—Bryn, necesito que respondas a mis preguntas. ¿Quién eres y por qué has venido a Las Vegas?

—Ya te lo expliqué la noche que estuvimos hablando en el bar.

—Tú sígueme la corriente.

Resopla malhumorada, se pone en pie y comienza a pasearse por la habitación de un lado para otro.

—Me llamo Bryn Meara. Soy especialista en relaciones públicas, pero ahora mismo estoy desempleada, así que pensé que era el momento perfecto para hacer una escapada rápida de fin de semana y relajarme un poco antes de ponerme a buscar trabajo la semana que viene. La idea era tumbarme en la piscina, comer muy bien e ir de hotel en hotel. Eso es todo.

—Bryn, tiene que haber algo más. —Mi propia frustración empieza a filtrarse por las grietas de mi control—. ¿Por qué me siento atraído hacia ti como el metal a un puto imán? ¿Qué es lo que tienes que me hace actuar como si fuera otra persona y me convierte en una especie de robot romántico y encantador?

Ella deja de pasearse y me mira arqueando una ceja.

—¿Es eso lo que está pasando ahora? Porque si es así, tus definiciones de «encantador» y «romántico» son muy distintas a las mías.

Cojo aire en profundidad y lo expulso poco a poco.

—No me refiero a ahora, sino al pasado. A la noche que estuvimos juntos. Yo me comportaba de un modo… diferente… al habitual.

Con las manos en alto, envuelve sus palabras en una gruesa pátina de sarcasmo.

—¡Ah, ya lo entiendo! Fuiste majo durante una puta noche y, por lógica, la culpa tiene que ser mía. Como si yo te hubiera embrujado para que te comportaras como un ser humano decente. Ufff, espero que te des cuenta de lo ridículo que suenas. Te felicito; elevas el concepto de luz de gas a un nivel completamente nuevo.

Enojado, gruño mientras me paso una mano por el pelo y me doy la vuelta para mirar por la ventana, intentando mantener la compostura. Esto no nos lleva a ninguna parte. O de verdad no tiene ni idea de lo que ha hecho o es una actriz de la hostia.

—¡Joder, Verran, mírame cuando te hablo!

Me lanza la sandalia, que me pasa rozando la cabeza y se estrella contra la ventana, y de esa forma rompe la fina cuerda que retenía mi control. Entre gruñidos, me vuelvo hacia ella y suprimo el encantamiento que enmascara mis atributos feéricos, permitiéndole que me vea tal como soy por primera vez, con colmillos y todo.

—Si vuelves a hacer algo así te azotaré en el culo hasta dejarlo insensible.

Bryn jadea y retrocede sobre la cama hasta chocar con el cabecero, pero no le doy tiempo a que se acostumbre a la impresión.

—¿Tanto te interesa la verdad, Bryn? Pues aquí la tienes. No soy un «ser humano decente» porque no soy humano. Soy el rey de los Feéricos de la Oscuridad de la Corte de la Noche de Faerie. Hace dos noches, cuando nos casamos, pasó algo. Algo que nos unió como marido y mujer, pero también como pareja verdadera. Por cierto, eso solo puede ocurrir si se da una circunstancia: la hembra con la que me case también debe tener sangre de Feérica de la Oscuridad. Así que déjame preguntártelo otra vez. ¿Quién eres?

Me mantengo firme a los pies de la cama, con los puños a los costados y el pecho agitado por la indignación que me invade. Ella me mira fijamente con los ojos muy abiertos mientras la mente le funciona tan rápido que casi puedo ver cómo le giran los engranajes tratando de arrojar cierta lógica sobre lo ilógico.

Entonces hace algo inesperado.

Se ríe.

—Por Dios, casi me engañas. —Se da un manotazo sobre el corazón, como si lo obligara a retroceder desde el lugar donde hace unos segundos intentaba salirse de su caja torácica—. Ahora lo pillo. Estás en un grupo de rol en vivo, una facción o lo que sea esa Corte de la Noche de la que hablabas, y esto es como una misión secundaria o algo por el estilo, ¿no? —Se vuelve a reír y su alivio resulta tan irritante como entrañable—. Vaya, la verdad es que os tomáis esta historia muy en serio, pero me parece respetable. Menos cuando me habéis dado un susto de muerte, claro. Entonces ¿llevas lentillas y fundas a medida? Parecen totalmente…

Se pone a chillar cuando la agarro por los tobillos y tiro de ella hacia el borde de la cama, momento en el que me abalanzo sobre su cuerpo colocándole una mano a cada lado de la cabeza. Me inclino hasta que se le pega la espalda al colchón y nuestras caras quedan a escasos centímetros.

—¿Te parece que esto son lentillas y fundas?

Me percato del instante en el que se da cuenta de que en mis ojos no hay ningún círculo que indique que llevo lentillas. Entonces baja la mirada hacia mi boca. Tan solo con saber que está analizando mis colmillos hace que me duelan por el deseo de usarlos.

Le recorro el cuello de arriba abajo con un dedo y le digo:

—Si necesitas comprobar su autenticidad, te ayudaré con mucho gusto. —Una aspiración profunda y calmada hace que mi polla se frote contra la cremallera—. ¿Te gustaría que te mordiera, Bella? ¿Te excitarías?

—No —responde con gravedad.

El pulso de su cuello palpita bajo mi tacto y tiene las pupilas dilatadas. Al bajar la mirada, veo cómo se le marcan los pezones en punta a través de la parte de arriba del biquini, y además puedo oler la excitación que emana de su entrepierna.

Con una sonrisa perversa, presiono mi mejilla contra la suya y le susurro al oído:

—Mentirosa.

Me levanto bruscamente y me alejo de la cama, cambiando así el tono de nuestra interacción con el objetivo de desequilibrarla. No quiero que se sienta demasiado cómoda conmigo. Necesito mantener la distancia entre nosotros mientras Seamus y yo averiguamos cómo arreglar este puto desastre, y debemos hacerlo antes de que se corra la voz.

Se sienta de nuevo y vuelve a mirarme. Me alegro. Prefiero la ira. Aunque todavía percibo una sensación de inquietud subyacente. No está tan segura de sí misma como quiere aparentar.

Y ahora tengo la necesidad irracional de envolverla entre mis brazos y consolarla. Mierda.

—Me da igual que parezcas auténtico, lo que me cuentas no puede ser verdad. Dices que eres un rey de las hadas y que, de alguna manera, tú y yo quedamos emparejados o creamos un vínculo o yo qué sé. ¿En qué te basas exactamente para afirmar eso? Porque te aseguro que yo no me siento para nada diferente. En todo caso, tú eres el mentiroso.

Me río con pesar.

—Resulta irónico, pero mentir es lo único que no puedo hacer. Los feéricos no podemos faltar a la verdad, por mucho que queramos. Es físicamente imposible.

Sé que no debería habérselo dicho, pero me importa una mierda. Necesito que esta mujer me crea porque esa parece la vía más rápida para lograr que acepte la situación. No voy a mencionarle que usamos lagunas terminológicas y verdades feéricas.

Lo mejor es que ella conozca el menor número de secretos de mi pueblo como sea posible.

—Vale, vamos a ver. No es que te crea ni me crea lo que veo, pero vamos a comprobarlo, ¿de acuerdo? ¿Por qué te acercaste a mí aquella noche en el casino?

—Ya te lo he dicho, no lo sé. Nunca había perseguido a ningún huésped del Nightfall y llevaba diecisiete años sin acostarme con una humana.

Se queda boquiabierta.

—No has follado en… ¿Cómo puede ser? No eres tan mayor como para llevar diecisiete años sin acostarte con nadie. A menos que fueras vir…

—Bryn, antes de que me insultes con esa afirmación, lo que he dicho es que he estado todo ese tiempo sin acostarme con una humana, concretamente desde que me convertí en rey. Y que conste que soy mucho mayor de lo que crees.

—¿Cuántos años tienes?

—Eso es irrelevante.

—¡Ja! Acabas de mentir.

—No, he dicho que la respuesta es irrelevante, y así es. No necesitas saber mi edad. —Me cruzo de brazos y digo—: Por ahora te queda solo otra pregunta.

Bryn me observa como si me desafiara con la mirada.

—¿Por qué me tengo que quedar aquí, en tu casa, o incluso en Las Vegas? ¿Por qué no puedo coger un avión de vuelta a casa mientras tú resuelves todo esto del vínculo de pareja y luego me cuentas cómo acaba?

Se me tensan los músculos de la mandíbula mientras aprieto los dientes. Tanto si contesto como si no, estoy condenado. Ojalá pudiera ser sincero con ella. Al final, me veo obligado a elegir lo que más me conviene como rey.

—No puedo darte detalles. Solo te diré que necesito que te quedes hasta que sepamos cómo deshacer lo que ha ocurrido.

Ella se burla.

—Qué bien te viene eso. ¿Y cuánto vais a tardar?

Si realmente se trata de la maldición del matrimonio, entonces estamos jodidos. Desde el día en que nos exiliamos, las dos cortes hemos buscado sin éxito una forma de romper los hechizos que Aine nos lanzó. Incluso si somos los afortunados que acabamos por descubrirla, podríamos tardar décadas.

—La verdad es que no lo sé. Semanas, quizá meses. Tal vez más.

—¿Más? ¿Pretendes que me quede aquí, contigo, durante lo que podrían ser años? Ni de puta coña, olvídate. Eso no ocurrirá en la vida, colega.

«Eso es precisamente lo que está en juego».

La ira borbotea dentro de mí y se derrama por cada poro, cada célula. No me gusta que las cosas escapen a mi control y todo a lo que intento agarrarme ahora mismo se me escapa entre los dedos.

En el fondo sé que su comportamiento es normal —tiene lógica que se pelee conmigo por esto—, pero, además de toda la mierda con la que estoy lidiando, su provocación es la cerilla que prende mi mecha.

—Deja que te resuma la situación para que no se te escape nada. Cuando nos casamos, de algún modo creamos un vínculo que solo se da entre feéricos, pero tú pareces humana. Sigo pensando que esa noche me drogaron y no te he descartado como sospechosa. Te vas a quedar en mi propiedad como invitada…

—Prisionera.

—Hasta que sepa cómo deshacer lo que coño fuera que hiciste. No te molestes en intentar escapar: hay guardias vigilando la propiedad las veinticuatro horas del día porque, como quizá he comentado, soy un puto rey.

Me dedica una sonrisa sarcástica que, sin lugar a duda, significa que le encantaría darme un rodillazo en mis joyas reales. Aunque me joda, su descaro hace que quiera inmovilizarla contra la cama y ganarme su sumisión con cada gemido que le saque de esa boca de listilla. Seguro que sus súplicas son como un sueño húmedo.

«Mantenla dentro de los putos pantalones, Verran».

Ignoro el dolor de pelotas y sigo adelante.

—Pronto podrás andar libremente por la casa, pero antes debo hacer algunas cosas. Fiona es el ama de llaves. Te conseguirá más ropa para el armario hasta que podamos organizar que una boutique te traiga una selección. También se asegurará de que estés bien alimentada. Basta ya de esa tontería de morirse de hambre como protesta. Mientras yo esté aquí, no te vas a poner enferma, así que no me pongas a prueba. ¿Tienes preguntas?

Con los brazos cruzados bajo el pecho, dice en tono de mofa:

—Cerca de un millón, pero prefiero comer cristal a seguir hablando contigo, así que puedes largarte.

Sonrío mientras me acerco a ella, dominando desde las alturas su delgada figura.

—Bryn, yo no acepto órdenes de nadie. Como te he dicho, soy el rey. Yo mando y todos me obedecen. Y tú no vas a ser menos.

Ella levanta la cabeza y me sostiene la mirada desafiándome con sus ojos verdes y dorados llenos de fulgor.

—Yo no esperaría demasiado a que entrara en vereda, Su Majestad. El infierno estará frío antes de que me arrodille ante usted.

Y ahora no creo haber deseado nada nunca con tanta puta fuerza. Bryn arrodillada bajo mi mando. La necesidad que siento parece un hierro candente agujereándome el centro del pecho. Pero que me parta un rayo si cedo ante ella.

—No te preocupes, nunca voy a pedirte eso.

Eleva la barbilla con gesto seguro.

—Porque sabes que no va a ocurrir.

—Porque sé cómo te gustan los amantes. Dulces, tiernos. Seguros. Yo no soy nada de eso. No podrías soportar arrodillarte para mí, Bryn. Así de simple. —Entonces, sin darme tiempo a cambiar de parecer, la beso con suavidad en la frente para demostrarle tanto a ella

como a mí mismo que nunca cederé a mis más bajos instintos, independientemente de lo que queramos cualquiera de los dos—. Fiona
vendrá enseguida y te ayudará a instalarte.

Sin esperar su respuesta, salgo a zancadas de la habitación, cierro
la puerta tras de mí y vuelvo a echar el pestillo desde fuera. La oigo
refunfuñar justo antes de oír un fuerte golpe contra la puerta.

Al menos no era algo frágil. No quiero tener que preocuparme de
que se corte con un cristal roto.

Mientras me alejo de sus quejas y de las creativas amenazas que
profiere a gritos contra mi hombría, hago una lista mental de las cosas que debo darle a Seamus para preparar su prolongada estancia.

Pero primero necesito darme una puta ducha de agua fría.

CAPÍTULO DIEZ

BRYN

Cuando Caiden se fue de mi habitación, decidí que una ducha de agua caliente me ayudaría a aliviar la tensión de los músculos y, con un poco de suerte, a calmar los frenéticos pensamientos que me zumbaban en la cabeza como un enjambre de avispones enfurecidos.

Es más fácil decirlo que hacerlo, teniendo en cuenta que me acabo de enterar de que existe una raza mágica y en un descuido me las he arreglado para casarme, o emparejarme, o vincularme, o como coño se diga, con su rey. No quiero ni pensar en qué me convierte eso.

Deslizo la mano sobre el espejo empañado de vapor y hablo seriamente con la mujer que me devuelve la mirada. «No te convierte en nada porque él no quiere tener nada que ver contigo».

Ufff. No sé por qué me produce tanto dolor ser consciente de eso.

Con la mano izquierda en alto, observo la sencilla alianza que adorna mi dedo. Debería devolverla; es lo correcto. Pero es la única prueba de que la maravillosa noche que pasamos juntos no fue un sueño y la idea de renunciar a ella me revuelve el estómago.

Me la quito y decido guardarla en un lugar seguro donde pueda encontrarla cuando me vaya de aquí. Hasta entonces, seguirá estando cerca.

Retiro la tapa de un pequeño cuenco de porcelana que hay en la encimera del baño y me encuentro con un montón de algodones. Deposito el anillo sobre la superficie acolchada y vuelvo a colocar la tapa haciendo caso omiso a la punzada que siento en el pecho cuando dejo de verlo.

Sacudo la cabeza mientras suspiro. «No seas tan dramática, Bryn».

Tampoco es que quiera estar casada con un hombre al que apenas conozco. Pasar una única noche fantástica no constituye una base lo suficientemente sólida como para mantener una relación duradera, y menos aún una de por vida. Y, si tarda tanto como cree en averiguar cómo resolver nuestra situación, eso es justo en lo que se va a convertir si no encuentro una forma de salir de aquí.

Pero la encontraré.

Tal vez no sea hoy, ni mañana, ni siquiera la semana que viene, pero tarde o temprano se presentará una oportunidad y no dudaré en aferrarme a ella con las dos putas manos. Basta con mantener los ojos y los oídos abiertos y esperar el momento adecuado.

Hasta entonces, no me puedo quejar de mi prisión. La ducha tiene doce chorros que impactan contra mi cuerpo desde todos los ángulos posibles y un panel de control que me permite cambiar la presión, el tipo de rociado e incluso la iluminación.

En conjunto, no está mal.

Envuelta en un albornoz que encontré colgado en el baño, me seco el pelo con una toalla mientras vuelvo al dormitorio. Mis ojos se detienen en la maleta y el bolso que descansan sobre la cama y que han debido de traer mientras yo estaba en el baño con la puerta cerrada.

Me precipito sobre la maleta y la abro. Nunca pensé que me haría tanta ilusión ver mi ropa y mis artículos de higiene personal.

Rebusco entre mis enseres por los distintos bolsillos para hacer inventario y luego repito la misma acción en el bolso. Está todo, incluido el gemelo de plata con el nudo celta que mamá le regaló a papá por su aniversario. Él los llevaba la noche del accidente, pero solo lograron encontrar uno, que es el que me devolvieron. Va conmigo a todas partes.

Sí que falta un objeto, pero era de esperar. Habrían sido bastante descuidados si no me hubieran confiscado el móvil. Aunque de poco me habría servido. No tengo a nadie a quien llamar para pedir ayuda aparte de la policía y algo me dice que los Verran disponen de dinero suficiente —o de polvo mágico de hada, vete tú a saber— para hacer que las autoridades miren hacia otro lado.

Ahora que sé que alguien ha estado aquí, me alegro de haber cerrado la puerta del baño. Me pregunto quién habrá traído mis cosas. Recorro con la mirada el espacio entre mis pertenencias y la puerta.

Es imposible que se la hayan dejado abierta, ¿verdad? Las probabilidades de que así sea son nulas.

Pero tal vez aún me quede algo de suerte en esa supuesta herradura.

Incapaz de esperar para averiguarlo, atravieso la habitación sin hacer ruido e intento girar la manilla… Funciona.

El corazón me empieza a latir con fuerza cuando la giro por completo y consigo abrir una pequeña rendija en la puerta. Me detengo a escuchar si se produce algún sonido que indique la presencia de un guardia.

No se oye más que el silencio.

Me digo a mí misma que no debo emocionarme demasiado y decido echarle un vistazo rápido al pasillo para centrarme y asegurarme de que no hay peligros a la vista. Después volveré a entrar, me pondré algo de ropa e intentaré fugarme con extremo sigilo. Cruzo los dedos para que lo que dijo Caiden sobre los guardias apostados en la mansión fuera un farol o para que aún no hayan tenido tiempo de reforzar filas.

Ahora que lo pienso, no vi a ninguno cuando veníamos en el coche, así que diría que no tiene ni puñetera idea.

Ya más confiada con mi plan, abro la puerta y…

—¡Dios mío!

Un lobo con pelaje de color rojo óxido se levanta de un salto desde el lugar del pasillo de mi habitación donde reposaba. Sus ojos dorados y brillantes me dejan inmóvil. Lanza gruñidos guturales y me enseña sus mortíferos dientes afilados bajo unos labios retraídos.

«¿Qué coño es esto?». No puede ser un lobo normal; es gigantesco. Tanto que su enorme cabeza me llega por la cintura.

—Lobito bueeeeno. Por favor, no me comas.

Con las manos levantadas, comienzo a retroceder con pasos dolorosamente lentos. Si consigo entrar en el baño, podría encerrarme allí hasta que viniera alguien, pero a este ritmo me va a costar llegar más de una semana.

—Connor, chucho sarnoso, para ya.

Una chica guapa, más o menos de mi edad, con una larga melena pelirroja dobla la esquina y aparta de un manotazo el hocico del lobo. Creo que se me va a parar el corazón mientras espero a que se le tire a la garganta, pero el animal se limita a mirarla. Ella se pone las manos en las caderas y dice:

—No me mires así. Si la matas del susto, Caiden te convertirá en una nueva manta de piel para su cama.

El lobo suelta una carcajada —y puede que a estas alturas ya haya perdido la cabeza, pero parece auténtica— y luego se frota la parte superior de la cabeza contra la cadera de la chica para rascarse detrás de la oreja.

—Vale, vale. Vete a comprobar el perímetro o a hacer lo que sea que hagas. Ya me encargo yo.

Mientras el lobo se aleja discretamente por el pasillo, la chica entra en mi habitación y cierra la puerta. Con la esperanza de que el corazón deje de latirme como a una liebre, me paso las manos por el pelo húmedo y hago algunas respiraciones para tranquilizarme.

Ella me analiza y arruga el entrecejo.

—Siento que la haya asustado. La verdad es que cuando se lo conoce es un trozo de pan. Y a pesar de lo agresivo que se ha mostrado hace un momento, nunca le haría daño. Sabe que las consecuencias podrían ser funestas.

¿Para quién serían funestas? ¿Para mí porque no sobreviviría? ¿O para el lobo por atacar a la «invitada» de Caiden?

Supongo que tendré que añadir estas preguntas a la creciente lista de cosas alucinantes sin respuesta.

Sin darme tiempo a descifrar ese enigmático punto, añade:

—Por cierto, me llamo Fiona. Soy el ama de llaves de Midnight Manor.

Fiona. Así que esta es la «ayuda» que Caiden me ha enviado.

Lleva unas mallas negras y una camiseta de talla extragrande que le deja un hombro al descubierto, y posee esa belleza natural y saludable propia de los anuncios de limpiadores faciales. Cuando Caiden ha mencionado que Fiona era el ama de llaves, no he sabido a qué atenerme, pero es probable que, si esta es la casa de un rey feérico, aquí nadie sea humano.

A estas alturas, tampoco me habría sorprendido que el ama de llaves hubiera resultado ser una tetera con aspecto de abuela, acento británico y cierta tendencia a ponerse a cantar en cualquier momento.

Tiene una cálida sonrisa que hace centellear sus ojos dorados y de entre los labios le sobresalen las puntas de los colmillos.

—Me alegro de conocerla por fin, señorita Meara. Ha sido la comidilla de la casa este fin de semana.

Me tiende la mano en señal de bienvenida. Con discreción, le echo un vistazo en busca de, qué se yo, escamas, garras o un zumbador de broma escondido tras la palma, pero no parece diferente a la mía. Y quizá es porque estoy demasiado cansada para desconfiar de ella o porque la lógica me dice que, si no le temo a Caiden, no hay razón para temer a su ama de llaves, pero Fiona parece bastante inofensiva en cuanto a secuestradores se refiere.

—Gracias, creo. —Le estrecho la mano y luego exhalo un fuerte suspiro mientras me siento en el borde de la cama—. Y puedes llamarme Bryn.

—Así lo haré —dice con evidente satisfacción por dejar a un lado las formalidades—. Me he acercado para asegurarme de que estuvieras instalada y para comprobar si necesitabas algo.

—Me iría bien saber cómo salir de aquí.

Se le suaviza la expresión con una disculpa tácita.

—Me temo que eso es lo único que no puedo hacer por ti.

—Ya me lo imaginaba —murmuro—. Entonces supongo que mi segunda petición sería algo de compañía.

—Con eso sí puedo ayudarte.

Fiona cruza la habitación, se sienta en la silla en la que vi a Caiden al despertar esa mañana y se pone cómoda como si fuéramos tan solo unas amigas que comparten una aburrida tarde de domingo. Supongo que puedo hacer el esfuerzo de fingir por el bien de mi cordura. Su aura irradia calidez y amabilidad, y eso me relaja. Aunque puede que esté haciendo algún tipo de magia de hada para tranquilizarme.

Sinceramente, llegados a este punto ya ni me importa. Resulta agradable tratar con alguien que no sean esos tres hombres autoritarios con los que he estado lidiando. Por no hablar del centinela gigante y peludo que he conocido hace un rato.

—¿Sabes? —comienzo diciendo—, ya había oído que la gente rica tiene perros guardianes, pero un lobo hinchado a esteroides me parece un poco excesivo. Además de ilegal.

Fiona se ríe con el sonido ligero y etéreo de un pétalo que flota en la brisa.

—Connor no es ese tipo de lobo. Él y su hermano gemelo Conall son lobos metamorfos, un linaje poco común entre los feéricos. También son la guardia personal del rey, así que, si los has visto por ahí en público, eran las dos bestias que contenían a las escandalosas multitudes de fans.

Eso me trae a la memoria el momento en el que vi a Caiden en el vestíbulo del Nightfall. Sus guardaespaldas eran descomunales y, al intentar recordar algún detalle más allá de los ojos de Caiden clavados en los míos, me doy cuenta de que esos dos hombres eran muy parecidos entre sí, salvo por sus peinados. Uno llevaba el pelo largo hasta los hombros y el otro lucía un moño.

Aun así, me cuesta imaginármelos convirtiéndose en lobo.

—Guardaespaldas que son lobos metamorfos, claro que sí —reflexiono con tono irónico.

Me pregunto si llegaré a ver una transformación. Es algo que debería incluir en mi lista de cosas que hacer antes de morir. Ya que me veo obligada a quedarme aquí, por qué no aprovechar la oportunidad para experimentar lo imposible.

Bueno, siempre que al final esto no resulte ser un elaboradísimo sueño lúcido o un mal viaje que estoy teniendo, alternativas que tendrían mucho más sentido que la actual.

Cuando observo a Fiona más de cerca, me doy cuenta de que sus colmillos son más cortos, casi más refinados, y me pregunto si ese rasgo es específico de las chicas o si varía según el tipo de hada. O feérica. O lo que sea.

—Y tú ¿en qué te transformas?

—Ya me gustaría transformarme en algo. Por desgracia yo no tengo poderes interesantes. Soy una simple feérica.

Se encoge de hombros con una sonrisa tirante que no se le expresa en los ojos. Es evidente que tiene algún problema con sus habilidades o con la falta de ellas. En un intento de aligerar el ambiente, entrecierro los ojos y le dirijo una mirada.

—Supongo que no necesitas más para hacer de niñera.

Esta vez Fiona sonríe de verdad y se sube las rodillas a la altura del pecho, poniéndose cómoda.

—Te has dado cuenta, ¿eh?

Pongo los ojos en blanco.

—No me ha resultado difícil después de que me comunicaran que mi libertad ha quedado restringida a las lindes de esta mansión en un futuro inmediato. Tan pronto me estoy tomando unas copas con un doctor Jekyll sexi y encantador, como me despierto con un desesperante pero todavía sexi señor Hyde, para acabar siendo secuestrada por sus igualmente atractivos pero no menos desesperantes hermanos.

Ella se echa a reír.

—Perdona, no me río de tu situación, te lo prometo. Pero si pensabas que el rey Caiden era encantador, es que ya estabas en un avanzado estado de embriaguez. Aunque el resto de tus descripciones son increíblemente precisas. Sobre todo la del señor Hyde.

Le doy vueltas a lo que ha dicho y decido no contarle que solo me había tomado un refresco *light* antes de que el malhumorado regente empezara a coquetear conmigo como si tuviera un doctorado de la escuela de encantos. Hasta ahora, Fiona me cae muy bien, pero no puedo olvidar la precaria situación en la que me encuentro. Es mejor que recopile y acumule información en lugar de divulgarla.

—Así que de verdad es rey. ¿Seguro que no se trata solo del título que se ha dado a sí mismo un megalómano?

Fiona se ríe y luego asiente con expresión respetuosa.

—Sé que es difícil de creer; no parece lo suficientemente mayor. En teoría, es el monarca más joven en ser coronado en la historia de los feéricos, por eso creo que la gente tiende a subestimarlo. Y, dejando a un lado su personalidad de señor Hyde, es un gran rey, como lo fue su padre antes que él.

Un rey. Todavía me cuesta hacerme a la idea. Como estadounidense, el concepto en sí es…, bueno, extraño.

—Tengo mucho que asimilar. Me siento como Alicia después de caer en la madriguera del conejo. Aún conservo la esperanza de haberme resbalado en la piscina, haberme golpeado la cabeza y que todo esto sea una alucinación gigante.

Fiona asiente pensativa y se muerde el labio, como si intentara decidir qué contestar.

—No puedo más que imaginarme cómo debes de sentirte al averiguar que hay un mundo cuya existencia desconocías que se desarrolla en paralelo al tuyo. Si tienes alguna pregunta general sobre la casa o tu estancia en ella, estaré encantada de responderla.

—Pero eso es todo, ¿verdad? ¿No voy a conocer la historia completa de los feéricos ni a acceder a un libro con todos vuestros secretos?

Sonríe como pidiendo disculpas y dice:

—Me temo que no. Al menos, no a través de mí. Lo que el rey decida compartir contigo es decisión suya. Bryn, sé que no has elegido estar aquí, pero no sabes cuánto me alegro de que haya otra hembra en la mansión.

Levanto las cejas.

—¿Somos las únicas mujeres?

Fiona levanta un dedo.

—Solo un apunte; creo que te puede interesar: los términos «mujeres» y «hombres» solo se refieren a los humanos. Nosotros usamos «hembra», «macho» o simplemente «hada» para aquellas criaturas que se identifican de otra manera, de ninguna o de una intermedia.

—Haré lo posible por recordarlo. No quiero ofender a nadie, sea quien sea, así que te agradezco que me lo digas. —Volviendo a su afirmación anterior, le pregunto—: Entonces, menos nosotras, ¿aquí todos son machos?

—La cocinera y algunas empleadas a tiempo parcial son hembras. Por lo demás, esto es un campo de nabos. Pero no de una forma divertida como en *The Full Monty*.

Eso me hace reír. Me cae muy bien Fiona y, si me obligan a quedarme en esta casa —como parece que de momento va a suceder—, será agradable tener una cara amiga cerca.

Aunque ella está del lado del «enemigo» y no puedo bajar del todo la guardia en su presencia, podría ser una buena aliada. Y si hay alguien que pone el oído y probablemente sabe mucho más de lo que nadie espera, es una empleada interna.

—Si no puedes hablar de cosas feéricas, ¿puedes al menos contarme algo más sobre su rey? En plan informal, solo un par de chicas hablando de un chico.

Mi cerebro resopla al referirse a Caiden como «un chico». Es todo un hombre —un macho, en realidad— y ese es el puto problema. Me sería muy fácil caer bajo el hechizo de su intensa mirada dorada y olvidar que soy su prisionera.

Debo encontrar un modo de salir de aquí antes de que quiera quedarme por propia voluntad. Si para eso necesito sonsacarle a su dulce ama de llaves cualquier información que me ayude a escapar o a entender cómo tratar a mi anteriormente encantador marido y ahora capullo, que así sea.

En el matrimonio y en la guerra, todo vale.

Los ojos dorados de Fiona se iluminan y sé que me la he ganado.

—No veo nada de malo en ello. Vamos a mi habitación para que te deje algo de ropa hasta que podamos comprarte la tuya. Podemos hablar allí. —Se levanta de la silla y añade en voz baja—: Está más lejos de la habitación de ya sabes quién.

—Perfecto —digo sonriendo.

Me conduce por la mansión y me va señalando diferentes zonas, como la cocina, la piscina, el gimnasio y el cine. Cuando por fin llegamos a su habitación, me dice que me siente en la cama y abre las puertas del armario.

Comienza a arrastrar las perchas de un lado a otro de la barra y, en un momento dado, se detiene y me mira con una sonrisa maliciosa.

—¿Qué quieres saber?

—Para empezar, ¿cuál es la proporción entre príncipe azul y Bestia?

—¿A qué te refieres? Toma, esto te irá bien para llevarlo por la casa. —Saca una camiseta verde ajustada con cuello en V y me la tira, así que la cojo sin rechistar.

—Bueno, ya hemos establecido que puede ser un capullo gruñón como la Bestia, ¿no?

—¡Ah! Te refieres al tipo de Bestia que dice: «No entres en el ala oeste, está prohibida». —Fiona se echa a reír y yo me uno a ella, porque me estoy imaginando a Caiden con una enorme melena de pelo alrededor de la cabeza. Saca cinco perchas más de las que cuelgan unas partes de arriba monísimas y las extiende sobre la cama diciéndome que elija lo que quiera—. Sí, sin duda a veces se comporta así.

—Vale, pero cuando lo conocí era la personificación del príncipe, o quizá debería decir «rey», azul. Sus sonrisas, guiños de ojos y besos en las manos eran de lo más insinuantes.

De pronto Fiona levanta la mirada del cajón de los pantalones cortos que estaba revisando.

—¿Besos en las manos?

—Besos en las manos —confirmo arqueando las cejas para darle énfasis—. Además, se mostró divertido, caballeroso y amable. Nos divertimos mucho juntos. Al menos durante la parte que recuerdo con claridad. Pero es que me vienen a la memoria instantes posteriores de aquella noche y ahí también estuvo genial. Superromántico y muy atento a mis necesidades, no sé si me entiendes.

Deja su búsqueda y se une a mí en la cama con las rodillas en alto.

—Te entiendo perfectamente, pero me cuesta creerlo. No puedo hablar desde mi experiencia personal sobre esto último que has dicho, pero la conducta del rey en ese campo es el secreto peor guardado del mundo y todo lo que has contado sobre el comportamiento que tuvo contigo esa noche no tiene nada que ver con él.

—¿Quieres decir que no actúa así en público?

Fiona levanta una ceja delineada a la perfección.

—Digo que nunca actúa así. El hermano Verran al que describes es Tiernan. Finnian es un poco más reservado, pero hasta podría creérmelo de él. Pero ¿el rey? A lo mejor si estaba muy colocado...

—Suelta una risita, luego se detiene y me mira con los ojos muy abiertos—. Dioses míos, ¿estabais colocados?

—¿Qué? ¡No! Solo nos tomamos unas... cuantas... copas.

—Ella hace una mueca como si esa fuera la respuesta que busco. Lanzo un suspiro y digo—: Mira, soy relaciones públicas. Mi trabajo consiste justamente en convencer a quien no se deja, en persuadir a la gente para que compre la historia que les estoy vendiendo, aunque sea mentira. Por eso sé cuándo alguien está hilando una sarta de gilipolleces, y te aseguro que Caiden actuaba de forma genuina. —Para respaldar mi propio argumento, visualizo en mi mente el tiempo que pasé con Caiden e intento buscar señales que indiquen que me equivoco, pero no encuentro ninguna. Me reafirmo en lo que he dicho: no estaba actuando—. Lo único que no entiendo es por qué conmigo tuvo esa actitud cuando al parecer él siempre es la Bestia.

Ella sacude la cabeza.

—No siempre es así. Bueno, vale, puede que sí, pero hay diferentes grados. Suele mostrarse muy serio y formal, incluso en casa. Ese es su estado de referencia y, gracias a su elevado nivel de autocontrol, casi nunca se desvía de él. Pero cuando lo hace...

Fiona pone cara de rechazo y deja que saque mis propias conclusiones, lo que no resulta difícil. Ya he sufrido lo que supongo que era una versión diluida de la ira de Caiden y no fue precisamente un pícnic.

No me quiero ni imaginar la clase de carnicería que dejaría tras de sí si alguien le provocara.

Aun así, no puedo dejar de pensar en el Caiden que me robó el corazón hace menos de dos días. Al margen de nuestros niveles de alcohol y alteración del juicio, el hecho es que nos casamos. Eso significa que a uno de nosotros se le ocurrió la idea y al otro le pareció maravillosa.

¿Y por qué? Porque nos gustábamos muchísimo. Joder, teníamos tanta química que me sorprende que en el bar no se formaran corrientes eléctricas visibles entre nuestros cuerpos.

—Ya sé que lo que voy a decir puede sonar descabellado —dice a modo introductorio—, pero ¿y si se supone que debes estar aquí? ¿Y si es el destino?

—Bueno, no, no es eso. —Sacudo la cabeza—. Me llevo muy bien con el universo. Ella (porque el universo es de sexo femenino) no me obsequiaría con el chico de mis sueños ni me daría una boda y un sexo postmatrimonial por triplicado asombroso que ni siquiera puedo recordar para luego rematarlo todo con el añadido del secuestro. De modo que no, esto no tiene nada que ver con el destino.

—Dicho así, suena poco probable. Sea cual sea la razón, estoy segura de que todo saldrá bien. Hasta entonces, tómate esto como unas largas vacaciones.

Le respondo en tono de burla.

—Sí, claro. Como unas vacaciones en Alcatraz.

Fiona me aprieta el hombro con empatía.

—Lo siento, Bryn. Si te sirve de algo, voy a hacer todo lo posible para que te sientas como en casa.

—Gracias, Fiona —contesto de corazón—. Te lo agradezco.

—Bueno, ¿qué te parece si lo dejamos aquí y luego pedimos comida y nos atiborramos mientras vemos unas películas en la sala de cine?

—Me parece un plan fabuloso. Me muero de hambre.

Una vez que hemos acordado lo que vamos a hacer, Fiona me anima a que busque en su armario cualquier otra cosa que necesite y después llama a una boutique en la que los Verran tienen abierta una línea de crédito.

Mientras escucho a medias cómo dispone que mañana me traigan una selección de prendas, repaso las perchas con el piloto automático y no dejo de darle vueltas a la cabeza con pensamientos sobre Caiden. Sé que sentía algo por mí. No digo que la gente suela casarse solo por eso —aunque parece que nosotros sí—, pero el sentimiento tenía la fuerza suficiente como para que, si hubiera estado en su mano, aquella noche me hubiera concedido todos mis deseos.

Mis manos se paralizan en un vestido playero amarillo cuando de repente caigo en la cuenta. «Ya sé cómo volver a casa».

No debo intentar escaparme de Caiden, sino convencerle de que es él quien quiere dejarme marchar. Casi me río del vértigo. No solo va a ser más divertido ejecutar este plan, sino que además tengo muchas más posibilidades de lograrlo que si trato de salir de aquí al estilo Houdini.

Mi madre siempre decía que se cazan más moscas con miel, y es una práctica que he perfeccionado y llevado por bandera toda mi vida. Si quiero convencer a Caiden de que me deje ir a casa, lo único que debo hacer es pasar mucho tiempo con él y reavivar esa chispa que encendimos. Puesto que vivimos bajo el mismo techo, no me será difícil encontrarlo.

Entonces le atacaré con mi irresistible personalidad y, por si acaso, añadiré una buena dosis de flirteo. En poco tiempo estaremos pasándolo en grande de nuevo y él estará mucho más abierto a las sugerencias.

Puede que incluso intente sacarle otra noche de sexo estupendo, una que ambos recordemos. Después, tumbados tras el éxtasis postcoital, le convenceré de que no pasa nada por dejarme ir a casa mientras él resuelve el problema de nuestro emparejamiento. No puede ser más fácil. Ya casi puedo saborear la victoria.

«Y en el próximo truco, damas y caballeros, voy a hechizar a esta Bestia para que se convierta de nuevo en un príncipe…».

CAPÍTULO ONCE

CAIDEN

Después de un día de reuniones por Zoom para sustituir a las presenciales que cancelé en Nueva York —porque los fines de semana no existen para los gilipollas con pasta que planeamos dominar el mundo a través del sector inmobiliario—, más las reuniones estratégicas con Scamus y las reuniones de seguridad con toda la Vigilancia de la Noche, necesitaba algo de tiempo para desestresarme.

Estuve un par de horas en el gimnasio de mi casa, con los altavoces a todo volumen y unos graves tan potentes que notaba las vibraciones en los dientes. Mientras me machacaba con las pesas, me imaginaba que purgaba todos los pensamientos obscenos relacionados con cierta belleza rubia a cada gota de sudor que resbalaba por mi cuerpo.

Cuando llegué a un punto en el que me iba a desplomar si hacía una repetición más, me enjuagué en la ducha exterior, me serví una copa de Devil's Keep —porque el día de hoy bien merece un whisky de doce mil dólares— y me metí en la piscina para relajarme y suavizar la tensión.

Sentado en el saliente que hay sumergido en el extremo más alejado, mi espalda queda recogida en la esquina y puedo estirar los brazos sobre el borde de azulejos con el vaso de whisky en una mano.

De todo lo que incorporé al diseño de Midnight Manor, la zona de la piscina es una de mis preferidas. Por la noche, el agua se ilumina con luces LED azules procedentes del fondo y una chimenea recorre toda la piscina hasta más allá del borde de la pared infinita, de forma que parece que hay llamas de quince centímetros bailando sobre el agua. Me gusta sentarme aquí o incluso en una de las tumbonas acolchadas y contemplar la Strip de Las Vegas iluminada a lo lejos como un arcoíris de neón del pecado.

Me encanta esta puta ciudad.

Me encanta cómo ayuda a mantener a mi gente, lo que además demuestra no solo que sabemos sobrevivir, sino también prosperar en un mundo que nos es ajeno. Pero más allá de eso, me encanta su energía. La atmósfera que desprende cuando se pone el sol. Te hace sentir casi invencible; basta con accionar la palanca adecuada, darles la vuelta a las cartas necesarias, lanzar los dados correspondientes o meterle suficiente dinero en el tanga para que todo sea posible.

La frase «Lo que pasa en Las Vegas, se queda en Las Vegas» es la campaña de marketing más genial que jamás se nos haya ocurrido.

En cuanto los humanos ponen un pie en nuestra ciudad, sienten que las reglas habituales del decoro ya no son aplicables. Para ellos es la carta blanca definitiva.

Pueden hacer lo que quieran, cuando quieran y con quien quieran hasta que llegue la hora de volver a casa. Y nosotros fomentamos esa mentalidad a lo bestia.

Las Vegas es un lugar que vive una noche perpetua.

Nuestros casinos no tienen relojes ni ventanas que dejen entrar la luz natural y sesguen su percepción del tiempo. Los hemos diseñado así a propósito. No solo porque, como Corte de la Noche, representan nuestro momento más fuerte y vibrante. Sino también porque esos deseos carnales que anhelan —los que se niegan a reconocer ante la estridente luz del día— parecen mucho menos horribles en la oscuridad de la noche.

Por eso mismo, mientras estoy aquí sentado con demasiada poca luz como para hacer que retrocedan las sombras, me resulta muy difícil recordar por qué no puedo hundirle la polla entre las piernas a Bryn. Es cierto que ya hemos pasado por ahí. Aunque el hecho de que ninguno de los dos se acuerde con claridad de lo que hicimos me carcome por dentro. No por motivos egoístas, sino de consentimiento. En más de ciento cincuenta años, nunca me he follado a nadie que no fuera plenamente consciente de sus actos —joder, yo nunca he dejado de ser consciente de mis propios actos—, y el hecho de que aquella noche lo hiciera no tiene ningún puto sentido.

En cierto modo, debía de saber que ella era capaz de tomar sus propias decisiones y me importaba una mierda no estar pensando con claridad.

Desde que salí de la oficina para perseguirla, sabía que no estaba siendo yo mismo. Pero me daba igual. Fuera lo que fuera aquello, me hacía sentir bien. Lo suficientemente bien como para decidir que iba a ignorar la parte de mi cerebro que debía haber estado lanzando bengalas de emergencia a diestro y siniestro.

Y por eso estoy seguro de que me habían drogado de alguna manera.

Pero ¿cuándo? Y, si no fue Bryn, ¿quién lo hizo?

Lo único que ingerí entre el tiempo que tardé en encargarme de Ralph y la persecución de Bryn fue el Devil's Keep que compartimos mis hermanos y yo. Pero ellos no han tenido ninguna reacción fuera de lo común y se bebieron la mitad de la puta botella antes de que yo llegara.

Todo este caos de mierda no tiene ningún sentido.

Entre eso y este deseo que aún me atormenta para que ponga fin a mis problemas con el sensual cuerpo de Bryn, mi única opción es ahogarme en whisky para poder dormir.

No me doy cuenta de que he ido en busca de mi anillo hasta que me rozo el centro del pecho con los dedos y no encuentro nada, pero entonces recuerdo que me lo saqué antes de entrenar. Tocarlo se ha convertido en un hábito inconsciente en las escasas treinta y seis horas que han pasado desde que me desperté con él en la mano. Mi orgullo insiste en que lo hago únicamente porque no estoy acostumbrado a su presencia. No por una necesidad subconsciente de sentirme conectado a Bryn de algún modo.

Como si mis pensamientos conjuraran su presencia, aparece por la esquina del comedor exterior vestida con una bata de seda negra que le llega a medio muslo. Las luces LED no llegan a los extremos de la piscina, así que la oscuridad me cubre lo suficiente como para que ella no advierta mi presencia.

Yo tampoco hago por avisarla.

Me gusta poder observarla libremente, como esta mañana mientras dormía. Por mucho que habláramos el viernes —eso es lo último que recuerdo de aquella noche—, todavía hay muchas cosas que no sé de ella.

Y no soy de los que dejan un misterio sin resolver.

Bryn se desata el cinturón y se quita la fina bata dejando a la vista un biquini negro al que mi polla responde con un saludo inmediato. Nunca había visto nada tan sexi. Tiene un cordel negro que pasa por una gran anilla plateada prendida a la parte superior de la braguita del biquini, luego se tensa hacia arriba atravesando la anilla plateada que se sitúa entre los pechos y sigue hasta acabar anudado en la nuca.

En conjunto, parece un dos piezas normal de estilo halter con un lazo en el cuello y un escote que desciende hasta el centro de su cuerpo y se une a una anilla que le enmarca el *piercing* del ombligo.

Pero en Bryn eso no es un traje de baño. Es una puta invitación al pecado.

Se pone a bajar con cautela las escaleras que hay al otro extremo de la piscina. Cuando el agua le llega a los muslos, se sumerge superficialmente y sale del agua por el centro. A continuación, se alisa el pelo y se ajusta las copas de la parte de arriba del biquini, aunque no hubiera sido necesario.

La observo en silencio mientras se dirige hacia la zona en la que uno de los chorros de agua pasa formando un arco sobre la pared infinita para acabar aterrizando en la piscina.

Extiende la mano para que el chorro le caiga sobre la palma haciendo que salpique en todas direcciones. El rostro se le ilumina con una amplia sonrisa que expresa pura alegría. Me conmueve por dentro, al igual que su risa la noche que pasamos juntos.

Me gustó cómo se reía. No era una risita controlada silenciada tras una mano. Su risa era auténtica, gutural y desacomplejada.

A veces se inclinaba hacia delante y me apoyaba una mano en la pierna para poder volver a enderezarse. Otras echaba la cabeza hacia atrás y se ponía esa misma mano sobre el vientre como si necesitara controlarse. Era contagioso.

Creo que me reí más durante las pocas horas que pasé con Bryn que en toda la última década.

Cuando se da la vuelta y camina hacia la pared coronada de llamas, por fin rompo mi silencio.

—Es fuego de verdad, Bryn. No te arriesgues a chamuscarte las cejas acercándote más para comprobarlo.

Primero gira la cabeza y me localiza fácilmente entre las sombras siguiendo la dirección de mi voz.

Después, con una mueca diabólica, gira los hombros y comienza a acercarse.

Cuando pasa por encima de los LED que iluminan desde el fondo, su cuerpo se inunda de destellos azules que desaparecen un instante después. Es como jugar al cucú con un diseño hecho por mí y no me ayuda a resolver la situación que tiene lugar en mis pantalones. No es que sea pudoroso, pero dejar que sepa que posee alguna influencia sobre mí es darle una ventaja que preferiría que no tuviera. Las cosas ya son bastante difíciles.

Al llegar al borde, tan solo a unos metros de donde me encuentro, se cruza de brazos sobre el saliente de azulejos y apoya la mejilla encima con la cabeza girada hacia mí mientras pestañea.

—¿Me estaba espiando, Su Majestad?

«No me jodas». Aunque soy consciente de que lo dice con un tono de niñata sarcástica, mi cerebro transforma sus palabras en una súplica jadeante y, junto con la polla, ahora me empiezan a doler también los huevos.

—¿Cómo iba a espiarte, si yo he llegado antes que tú?

Eleva una fina ceja.

—Pero no me dijiste que estabas aquí.

En eso tiene razón.

—No quería molestarte. Hasta que decidiste acercarte a saludar a las llamas al descubierto. ¿Cometes ese tipo de imprudencias a menudo? Si es así, voy a tener que ponerte un guardaespaldas por tu propia seguridad.

«Y por la mía».

Bryn resopla.

—Estoy bien, gracias. Ya tengo niñera.

Le doy un trago al whisky.

—Fiona no es tu niñera. Le pedí que te ayudara a conseguir algo más de ropa y que se asegurara de que comías.

Al dejar que sus piernas floten detrás de ella hasta la superficie, sus glúteos se balancean sobre el agua. Quizá es un movimiento en apariencia inocente, pero bien podría ser una declaración de guerra sexual en lo que a mi polla respecta.

—Y eso hizo. Usamos la misma talla, así que me prestó algo de su ropa. Luego asaltamos la cocina y llevamos todos los aperitivos que encontramos a tu gigantesca sala de cine. Vimos las tres primeras películas de la franquicia Fast and Furious. Me ha ayudado mucho.

La miro con el ceño fruncido.

—Bryn, no le pago para que juegue contigo.

—Uy, ya lo sé. —Levanta una mano y se examina las uñas—. Tan solo digo que deberías contratar a otra ama de llaves porque Fiona y yo nos hemos hecho muy buenas amigas y vamos a pasar mucho tiempo juntas.

Me mira de nuevo, me lanza una sonrisa calculadora y vuelve a pestañear. «Qué niñata».

Estoy viendo una nueva faceta de Bryn y me parece bastante divertida. De la misma forma que un gato se entretiene viendo jugar al ratón antes de atacar.

Inclino la cabeza y entorno los ojos.

—Ten cuidado con el tono que usas, Bryn. Creo que ya te amenacé una vez con azotarte. Te voy a dar tres avisos, pero ya van dos y debo decirte que mis sesiones de azotes son inimaginables para una dulce mente del Medio Oeste como la tuya. No te pases.

Mientras bebo un sorbo de whisky, ella me estudia y se muerde el labio inferior con gesto pensativo.

Cuando doy por sentado que he dejado fuera de juego a la niñata que lleva dentro, ella sube la apuesta de nuestro pequeño juego mental.

—Puede que me haya dicho un pajarito que ese es otro de los motivos por los que te llaman el Rey Oscuro. Porque haces… sesiones de azotes y cosas por el estilo. ¿Es cierto?

No me sorprende que haya salido a relucir el tema de mi reputación. Dada la naturaleza inquisitiva de Bryn, es probable que interrogara a Fiona acerca de todos y cada uno de los detalles que se le permitía comentar. Y tampoco es que los reyes Verran guarden demasiados secretos (aparte de que somos feéricos) para con los humanos. Todos en esta ciudad saben que somos perversos en los negocios y pervertidos en la cama. No nos molestamos en ocultar quiénes somos porque no nos hace falta. Somos la puta realeza.

Levanto una ceja.

—¿Ya has estado cotilleando con tu nueva mejor amiga?

Bryn regula sus facciones y dice con cara seria:

—Lo siento, pero nunca revelo mis fuentes.

Casi me río, a pesar de mi determinación de no volver a actuar con ella como la otra noche.

—En ese caso, me temo que no puedo confirmar ni desmentir su información, señorita Meara.

—Señora Verran.

El corazón me da un vuelco.

—¿Cómo?

—Ahora soy la señora Verran, ¿no? Técnicamente, quiero decir.

—No. Técnicamente, no lo eres.

Me pongo de pie, camino hasta las escaleras y salgo de la piscina. Noto que sus ojos me siguen mientras cojo la botella de Devil's Keep que dejé en el bar al aire libre y me sirvo otros tres dedos.

—No lo entiendo —me dice persiguiéndome con la voz—. Algo me dice que no eres el tipo de tío que insiste en que una chica conserve su apellido.

«A la mierda». Mejor que sean cuatro.

Me trago los dos primeros y me digo a mí mismo que es el recuerdo de la maldición de la sangre lo que de repente me ha puesto de mal humor. No el hecho de que me haya gustado cómo ha sonado cuando se ha referido a sí misma con mi apellido. Un apellido que no puede reclamar por la vía legal, ni ahora ni nunca.

Por lo general, mi estado de ánimo suele oscilar entre normal y ligeramente irritado, con algún que otro arrebato ocasional, aunque justificable, como el que tuve el otro día con Ralph. Eso es todo. Mantengo un control imperturbable sobre mis emociones.

Sin embargo, durante las cuarenta y ocho horas que han transcurrido desde que conocí a una tal Bryn Meara, esas emociones han dado más saltos que la aguja del polígrafo de un culpable. A este paso, me veré obligado a invertir en más botellas de Keep para mantener la cordura.

Traigo la botella conmigo y me acomodo sobre una tumbona acolchada frente a la piscina y las vistas antes de responder con brusquedad.

—Vimos los anillos y supusimos que nos habíamos casado en una ceremonia normal. No fue así. Nos casamos en una ceremonia matrimonial feérica, que es lo que conforma el verdadero vínculo de pareja. Eso significa, entre otras cosas, que tu apellido te sigue perteneciendo por completo.

—Ah, entiendo.

Tal vez la decepción que he notado en sus palabras sea producto de mi imaginación, porque sé que es harto improbable. Empiezo a creer que Bryn participa en esto tan a regañadientes como yo, sobre todo teniendo en cuenta que me niego a dejarla salir de la mansión hasta los dioses saben cuándo.

Compruebo que tengo razón cuando convierte el tema en una broma.

—Bueno, eso está bien. Así me ahorro un viaje al séptimo círculo del infierno, también conocido como Departamento de Vehículos Motorizados, para cambiarme el nombre.

Cuando sale de la piscina, se escurre el agua de la larga melena y luego la ahueca y separa algunos mechones para que caigan húmedos sobre sus hombros. No le quito los ojos de encima mientras camina hacia mí y se sienta en la tumbona de al lado.

Su cuerpo está orientado hacia mí, pero tiene las manos apoyadas y extiende sus largas piernas en el espacio que nos separa. No lo hace de forma abiertamente seductora —se muestra despreocupada, como si fuera una postura en la que se siente cómoda—, pero me dan ganas de devorarla desde los dedos de los pies, que lleva pintados de rosa, hasta su linda boca rosada.

Vuelvo a mirar hacia la piscina y digo:

—Deberías usar trajes de baño con más tela.

—Metí dos en la maleta para un viaje de dos días y, no sé si te acuerdas, pero el otro tuve que usarlo como pijama. Admito que comprarme este fue todo un desafío y que no pensaba ponérmelo, pero a falta de pan… —Baja la mirada para mirarse y vuelve a levantarla dirigiéndome una sonrisa traviesa que siento más que veo—. ¿Por qué?, ¿no te gusta? Es imposible que este biquini ofenda a alguien cuyo apodo es el Rey Oscuro.

—No tiene nada que ver con eso, sino con que te pasees por aquí como si fueras una puta gacela ante una manada de leones.

—¿Leones? —dice con voz entrecortada mientras se sienta erguida—. Entonces, tú serías el Rey León.

Giro la cabeza hacia ella y la fulmino con la mirada. Al parecer no lo suficiente, porque Bryn echa la cabeza hacia atrás riéndose de esa forma tan sensual. Se me hace la boca agua al ver su garganta desnuda. Es una invitación para mis labios, para mi lengua. «Para mis colmillos».

Jo-der.

Cuando vuelve a calmarse, se sienta hacia delante y se recoge los muslos con los brazos, mirándome.

—He pensado que ya que soy tu prisionera...

—Invitada.

—Rehén...

—Compañera de piso.

Deja ir un suspiro.

—Bueno, tu «lo que sea» durante un futuro próximo, creo que deberíamos aprovechar al máximo la situación.

La contemplo por encima del vaso mientras bebo otro trago y siento una satisfacción primitiva cuando ella se retuerce de forma casi imperceptible bajo el peso de mi mirada.

—¿Y qué propones que hagamos?

—Creo que si vamos a seguir siendo... compañeros de piso..., podríamos disfrutar de ciertas ventajas, ¿no crees?

—Habla claro, Bryn.

Sus bonitos ojos de color avellana se ponen en blanco.

—Sexo, Caiden. Lo que intento decir es que podríamos divertirnos un poco practicando...

—No.

—¿No?

—Sí, no.

—No. Así de simple. —Al ver que no me explayo, ella insiste—. ¿Y por qué cojones no? Obviamente no te opones a los rollos sin compromiso, quedó claro la otra noche, así que ¿cuál es el problema?

—Ya te lo he dicho. El macho que estuvo contigo hace dos noches no era mi verdadero yo. El tipo de sexo convencional que tuvimos no es mi estilo y puedo asegurarte que no estás preparada para el tipo de cosas que le haría a ese cuerpo.

Bryn se aprieta el labio inferior entre los dientes y frunce el entrecejo sobre el delgado puente de su nariz. Se le pone la piel de gallina en los brazos, lo que atrae la atención de mi vista preternatural, que va persiguiendo la formación de las protuberancias mientras le trepan por la cremosa piel del cuello.

Lo juro por Rhiannon, realmente puedo verla sopesando esto como uno de sus «riesgos que merece la pena correr» y me podría dar a mí mismo una puta patada por haberlo soltado así.

Aunque quizá no pase nada. Puede que ella no…

—Eso no lo sabes. Vamos a intentarlo a tu manera y averigüémoslo.

«Joder».

—Mejor no. Tal vez sientes curiosidad por el lado más oscuro del sexo, pero te prometo que no te iba a gustar lo que necesito para excitarme.

Ella se enfada visiblemente: endereza la espalda y me lanza dagas con sus ojos de color avellana.

—Caiden, no me digas qué quiero y qué no. El hecho de que nos hayamos casado y hayamos follado de forma apenas memorable unas cuantas veces no significa que me conozcas.

—Recuerdo lo suficiente como para saber lo que te excita y no es nada que tenga que ver con el tipo de juegos que practican los Feéricos de la Oscuridad en el dormitorio. Y yo soy su puto rey.

—Que nunca haya experimentado algo no significa que no vaya a disfrutarlo.

Haciendo gala de mi control, mantengo un tono uniforme y seguro.

—Bryn, la respuesta es no. Olvídalo.

—Vale —suelta bruscamente—. No quieres que pase el rato con Fiona y has dejado claro que tampoco voy a estar contigo, así que supongo que no me queda otra que aburrirme como una ostra.

Se da la vuelta y se estira en la tumbona como una adolescente enfurruñada, y mientras, a mí me pica la palma de la mano al pensar en corregirle esa actitud con unas cuantas palmaditas en el culo.

Justo cuando estoy considerando la posibilidad de irme a mi cuarto para evitar la tentación, cambia de tema.

—Hoy he conocido a uno de tus amigos lobos. ¿Le va el mismo rollo que a ti? Seguro que sí, los amigos suelen tener esas cosas en común. O quizá tus hermanos… A lo mejor están dispuestos a pasar algo de tiempo conmigo.

Me rechinan los dientes tan solo con pensar en alguno de mis amigos, hermanos o en cualquier otro macho «pasando tiempo» con ella, pero entierro mis violentos celos en lo más profundo de mí y rápidamente vuelvo a tomar el control. Dejo el vaso en la mesita que hay entre nosotros, cojo el móvil y envío un mensaje rápido al grupo de la Vigilancia de la Noche.

> Que nadie vaya a la parte posterior
> de la mansión durante los próximos
> quince minutos.

Sin duda luego los chicos me lo reprocharán, pero sé que no pasarán por alto mi orden. La totalidad del perímetro cuenta con múltiples medidas de seguridad; de momento serán suficientes. Bloqueo la pantalla, lo silencio y lo vuelvo a dejar sobre la mesa.

—Ven aquí —le ordeno.

Ella gira la cabeza hacia mí, con las cejas levantadas.

—¿Por qué iba a hacerlo?

Me recoloco la mandíbula con un chasquido. Bryn necesita que le dé una lección antes de que su carácter impertinente nos haga ir a ambos demasiado lejos.

—Coge la bata y luego vuelve aquí.

—¿Por qué? —pregunta con la insolencia a flor de piel—. ¿Para enseñarme lo que pasa si cabreo al Rey León?

—Tercer aviso, Bella. —Se me dibuja una media sonrisa malvada—. Ese culo es mío.

CAPÍTULO DOCE

CAIDEN

—Bryn, es la última vez que te lo digo. ¿Quieres dar un paseo por el lado oscuro? Pues es ahora o nunca.

Esta vez se pone en pie de un salto para obedecerme; si no estuviera la hostia de excitado, hasta lo encontraría divertido. Tras recuperar la bata, vuelve hacia mí en un tiempo récord. Le quito el cinturón de seda y dejo caer la delicada prenda a un lado. No la va a necesitar.

Esto no va de que esté cómoda. Todo lo contrario. Quiero que se sienta expuesta y vulnerable. Aunque en realidad no lo va a estar —me he asegurado al enviar el mensaje—, porque al margen de cuál sea nuestro estado, no quiero que nadie más tenga acceso a ninguna parte de su cuerpo, ni siquiera desde lejos.

Pero eso ella no lo sabe. Al menos por el momento.

Señalo mi regazo con la cabeza.

—Siéntate.

Ella duda; veo en su expresión que no está segura de lo que quiero decir. Por lo menos esta vez no finge.

—Ponte a horcajadas sobre mí, mirando hacia la piscina.

Coloca una rodilla en el cojín, me pasa la otra pierna por encima y baja con cuidado hasta acomodarse sobre mis muslos.

—No es el momento de hacerse la tímida.

Le agarro las caderas con ambas manos y tiro de ella hacia atrás para situarla directamente sobre mi polla, ya endurecida. Ella lanza un gritito ahogado y yo me alegro de que no pueda ver la tensión de mi cara mientras trato de contener mis propios gemidos de placer. Aún no se ha movido ni ha provocado ningún tipo de fricción y ya noto que pierdo el control.

—¿Quieres…?

La interrumpo tapándole la boca con una mano y le gruño al oído:

—Ya has dicho bastante esta noche. No vas a hablar más. Si te hago una pregunta directa, puedes responder sencillamente «Sí, Su Majestad» o «No, Su Majestad», pero eso es todo. ¿Lo has entendido? —Cuando empieza a asentir con la cabeza, la suelto y le ordeno—: Responde.

Ella traga saliva y me doy cuenta de que estamos al borde del precipicio.

Mi parte lógica le ruega en silencio que diga que no, que ponga fin a este juego y vuelva a su habitación. Pero una parte más grande, esa contra la que tiene el culo apretado, ansía que obedezca.

—Sí, Su Majestad.

Sus palabras suenan entrecortadas y teñidas de deseo, tal como me las imaginaba.

Desde que soy rey, se han dirigido a mí con esa frase miles y miles de veces. Pero escucharla de Bryn mientras la tengo bajo mi control es como si me introdujeran una dosis superconcentrada de ambrosía directamente por las venas.

—Muy bien, Bella. Pon los brazos detrás de la espalda.

Obedece sin vacilar; le coloco los antebrazos uno encima del otro y se los ato con el cinturón de seda, asegurándome de que no se le corte la circulación ni le quede piel pellizcada.

—Inclínate hacia delante, con la cara hacia un lado y apoyada en la tumbona, entre mis piernas.

La guío poniéndole una mano en el hombro y la otra entre los omóplatos hasta que su cuerpo forma un ángulo descendente y me ofrece unas vistas que rivalizan con las que han sido galardonadas y se ven a lo lejos. Introduzco los dedos bajo el material que le cubre las nalgas y lo arrastro hasta recogerlo en el centro, dejando al descubierto todo el lienzo de su culo a excepción del punto más travieso. Me muero por jugar con él, pero no voy a empezar algo que no tengo intención de finalizar.

Paso por alto la decepción que eso me provoca y le recorro la suave piel con las manos para que se acostumbre a mi tacto y también para anestesiarla con una falsa sensación de sensualidad.

Normalmente consensúo una palabra de seguridad con mis parejas sexuales, pero el propósito de este ejercicio es conseguir que ella abandone y no quiera repetir la experiencia. Por primera vez, mi objetivo es hacer que una mujer no llegue al orgasmo. Y el único alivio que voy a obtener va a ser dentro de un rato en la ducha con mi propia mano. Otra vez.

Además, el verdadero vínculo de pareja ya está establecido, y con una humana, así que no tengo ni idea de si una relación física iba a seguir fortaleciéndolo. Aparte de eso, todo lo relacionado con Bryn me parece diferente, más intenso. Nunca me encariño con las hembras con las que me acuesto de forma ocasional, pero tengo la suficiente consciencia de mí mismo como para darme cuenta de que esta mujer me tiene pendiendo de un hilo. Ni mi cerebro ni mi cuerpo son capaces de discernir si el motivo son los efectos latentes de la droga de la otra noche o que siento una verdadera conexión con ella.

Tras darle vueltas a todo esto en la cabeza de cientos de formas distintas, el resultado siempre es el mismo: no puedo arriesgarme a saciar el hambre carnal que siento por Bryn.

Sin embargo, aunque mi intención con esta demostración es lograr que admita —si no ante mí, al menos ante sí misma— que prefiere la eficacia probada del sexo convencional, nunca la pondría en verdadero peligro.

Como el vínculo me hace sensible a su energía, no me hará falta ninguna palabra de seguridad para saber si la estoy presionando demasiado. Si siente miedo o ansiedad, lo percibiré.

Vuelvo a centrar mi atención en ella cuando mueve las caderas en un intento de crear fricción contra su pequeño y necesitado clítoris. Entonces empiezo.

Levanto la mano derecha y la dejo caer con fuerza para que le escueza bien. Todo su cuerpo se tensa y la oigo tomar una repentina bocanada de aire, pero aún no protesta como yo quiero. Vuelvo a frotarle y masajearle el cuerpo, acariciándole con los pulgares los límites del apretujado biquini y acercándome a él todo lo que me atrevo sin sucumbir a la tentación de sortear la tela y rozarla por debajo.

En cuanto se relaja bajo mi tacto, le doy un cachete en la nalga izquierda y obtengo la misma reacción, pero esta vez no dejo que se acomode. Empiezo a darle manotazos a ambos lados del culo de forma errática para que no pueda anticipar cuándo llegará el siguiente golpe. Mientras tanto, me mantengo alerta para detectar señales de angustia y espero con todas mis fuerzas que me ordene parar.

No ocurre ninguna de las dos cosas.

En lugar de eso, me regala suaves gemidos y pequeños balanceos de cadera con los que se frota el coño contra mi dolorida polla.

Como piloto al mando, no debería permitir esos movimientos, pero mi polla es una hija de puta avariciosa y está intentando hacerse con el volante.

Dado que los azotes no nos llevan a ninguna parte, me tomo un momento para admirar mi obra. «Joder, qué bien le sienta el enrojecimiento a sus nalgas».

Al instante, la levanto y la reclino colocándole la parte posterior de los hombros contra mi pecho, con sus brazos inmovilizados entre nuestros cuerpos.

—Se acabaron los azotes por tu actitud insolente, pero hay dos cosas que debes saber. En primer lugar, esta sesión era para principiantes. No he sido muy duro contigo, así que no cometas el error de pensar que si te ganaras otra iba a ser igual de placentera. —Entonces, sin miramientos, le subo la parte de arriba del biquini y le dejo los pechos al descubierto ante el cielo nocturno y, por lo que a ella respecta, ante cualquiera que pueda vernos con cierta claridad—. En segundo lugar, que se hayan acabado los azotes —le digo mientras se los sobo con rudeza— no significa que tu castigo haya concluido.

Ella gime y arquea la espalda, ofreciéndome más. Ofreciéndomelo todo.

Aunque es lo último que necesito, es lo que único que quiero.

Le pellizco los oscuros pezones, los hago rodar entre mis dedos y me deleito con sus suaves gemidos a medida que van envolviendo mi cuerpo. Mi pecho está tenso a causa del hambre insaciable que me provoca lo que no puedo tener.

Pero cada sonido que emite, cada movimiento de sus caderas, cada temblorosa respiración que exhala entre los labios me hace olvidar por qué complacerla solo esta vez sería tan mala idea.

«Es toda una pequeña y traviesa seductora».

—Dioses míos, pero qué tetas tan perfectas. —Acerco los flexibles montículos el uno al otro, creando así el canal perfecto por el que le deslizaría la polla si estuviéramos en otra posición—. Tus pezones quedarían magníficos en mis pinzas. Con una delicada cadena que uniera el uno con el otro para que pudiera tirar de ella y hacerte gritar para mí.

Ella jadea mientras yo le aprieto un poco más fuerte los pezones sin soltárselos, lo cual le da una idea de lo que sentiría con mis pinzas apretándole los firmes capullos. Cuando por fin los libero para que recupere el flujo sanguíneo, un escalofrío le recorre el cuerpo con tanta intensidad que reverbera en el mío.

—Vaya, vaya, qué sorpresa —musito más para mí que para ella—. Te gusta que el placer tenga cierto componente de dolor, ¿no, Bella?

Arruga el entrecejo y se muerde el labio como si tratara de procesar una nueva revelación sobre sí misma.

—S-sí, Su Majestad.

—¿También te gusta que pueda verte cualquiera que mire hacia aquí?

Se pone rígida y contiene la respiración. Animado por el cambio —espero que esa sea la línea roja que pone fin a mi tortura—, pienso en cómo aumentar la ilusión de exhibicionismo sin caer en ninguna mentira descarada.

—Ya te he dicho que tengo un equipo de seguridad que patrulla la mansión. ¿Qué probabilidades crees que hay de que nos estén observando ahora mismo?

«Ninguna, si valoran algo sus vidas».

Comienza a respirar más rápido. Aparte del aroma que desprenden sus fluidos, que me hace la boca agua, su energía es neutra con ligeras variaciones hacia un lado y hacia el otro. Como si se tambaleara sobre una valla y no hubiera decidido en qué dirección caer.

Subo la apuesta: le tiro de las piernas y se las pongo sobre mis muslos dejándolas colgar a los lados. Ahora está abierta de par en par, sin nada que mantenga intacto su pudor salvo una delgada tira de tela negra empapada. Le junto los pechos y le pellizco los dos pezones con los dedos de la mano izquierda. Luego le deslizo la otra por el cuerpo y le acaricio el coño. Con fuerza. Como si cada uno de sus húmedos centímetros me pertenecieran.

—¿Sabes qué creo? —Empiezo a frotarle el pulgar sobre el clítoris formando círculos a través del traje de baño. Se retuerce en mi regazo, roza su culo contra mi palpitante polla y me lleva al borde de la locura. Le hago unos ligeros cortes con los colmillos en la tierna carne de su cuello mientras subo a lamerle la concha de la oreja—. Creo que quieres que te vean. Que vean la clase de preciosa zorrita que eres conmigo y que me dejas hacerte lo que me place. ¿Tengo razón?

—Dios, sí —dice entre gemidos.

Experimento un pico de excitación que entra en conflicto con unos celos incandescentes. Ya he jugado en otras ocasiones con compañeras a las que les ponía que las miraran y, aunque no es lo que más me excita, he disfrutado dando espectáculo en beneficio del placer de mi amante. Pero Bryn me hace confundir todo lo que sé sobre mí.

Es mi propia Helena de Troya; consigue que las distintas partes de mi ser se enfrenten entre sí en su nombre.

Mi cerebro quiere mantenerla a raya, porque sabe lo peligrosa que es para nuestra vida y nuestra corona. Mi cuerpo quiere exhibirla para que la adoren mientras yo la arruino de las mejores y más oscuras formas imaginables. Y mi alma, atada a la suya por el vínculo, quiere reclamarla públicamente para que todos sepan que despreciar a mi reina no les traerá más que una muerte rápida.

Pero mi corazón… Mi corazón permanece en silencio.

Contempla el caos desde lejos con interés, pero sabe que no debe aventurarse a salir de las sombras por una hembra, con independencia del vínculo que tenga con ella.

Aparto la mano izquierda retirando los dedos de sus pezones con un movimiento brusco. Ella grita, con el cuerpo bellamente arqueado y la cabeza apoyada sobre mi hombro, mientras las endorfinas y la sangre que le fluye hacia las puntas hinchadas le inundan el organismo.

«Por todos mis dioses, es impresionante».

Le cojo la mandíbula y le gruño contra la sien.

—Bella, esa no es forma de dirigirte a tu rey. Inténtalo otra vez.

—Sí, Su... —Hace una pausa y, justo cuando estoy a punto de regañarla, susurra—: Sí, mi rey. —Estoy tan aturdido que pierdo fuerza al agarrarla, con lo que ella logra girarse y escudriñarme con esos insondables ojos de color avellana—. Me gusta más ese. ¿Puedo usarlo en lugar del otro?

Acaba de poner otro clavo de hierro en mi ataúd.

Oír que se refiere a mí como algo suyo hace que quiera ponerle el mundo a los pies.

Mi determinación se debilita sin parar debido a la intensa conexión que siento con esta mujer. Sin embargo, no me puedo fiar de eso. Joder, no me puedo fiar de ella.

Trago a pesar de la aridez de mi garganta, dejo que mis ojos miren alternativamente los suyos mientras sopeso la respuesta con detenimiento y después contesto de forma brusca.

—Sí, puedes.

Porque qué coño.

Me gusta cómo lo dice y que me llame de una puta forma o de otra no va a cambiar nada.

Antes de que el subconsciente me eche en cara mis patrañas, vuelvo a centrarme en la tarea que tengo entre manos, aunque ya no estoy seguro de cuál era el objetivo final. Nunca tuve intención de llevarla al orgasmo y ahora no pienso en otra cosa. Necesito saber cómo se retuerce su cuerpo, verle el éxtasis pintado en la cara. ¿Gemirá al correrse o gritará en silencio?

Le cojo la cara con rudeza y le pregunto:

—¿Quieres que siga tocándote, Bella? ¿Que haga que te corras aquí mismo, donde cualquiera puede verte?

—Sí, mi rey.

—Suplícamelo. —Ante sus dudas, la parte de mí que aún está cuerda se lanza a aprovechar la oportunidad de acabar con esto—. Entonces hemos terminado.

Empiezo a empujarla, pero ella se resiste apoyando contra mí todo su (escaso) peso.

—Espere. Tóqueme, por favor. Haga que me corra. Por favor, mi rey, se lo suplico. No me deje así.

—Vamos a ver lo zorrita que eres. —Le suelto la cara y, de un tirón, le retiro la entrepierna de las bragas hacia un lado, dejando su coño expuesto ante nuestro público imaginario. Le acaricio los labios hinchados, frotando y esparciendo sus fluidos por todas partes hasta que está completamente cubierta de su propio deseo. Rujo de satisfacción—. Joder, sí que me necesitas.

Bryn me jadea en la oreja e intenta mover las caderas en busca de mis caricias. Inaceptable. Le doy un manotazo en su húmedo coño como castigo. Ella chilla y prácticamente salta de mi regazo, pero la sujeto con firmeza por la cintura para que no se mueva.

—Estate quieta. Tan solo obtendrás el placer que yo te dé. ¿Lo has entendido?

Se pone a gimotear, pero responde de forma correcta.

—Sí, mi rey.

—¿Quieres que te meta los dedos? ¿Sentir cómo te llenan y te follan hasta el fondo?

Lanza un gemido y dice:

—Sí, mi rey, por Dios. Lléneme con sus dedos.

—No —digo con toda la crueldad que puedo inyectarle a la palabra—. No te los has ganado. —Dejo que mis dedos masajeen el exterior de sus labios abultados. Luego me pongo manos a la obra para que haga exactamente lo que se supone que no debe hacer, porque soy así de sádico y cabrón.

Arrastro sus fluidos hasta el clítoris y comienzo a frotarle el dilatado conjunto de nervios realizando círculos frenéticos.

—Te correrás así o no te correrás. Y será mejor que no acabes antes de que yo te lo diga, Bella.

—¡Ah, joder! —chilla.

Voy moviendo la otra mano entre sus enormes tetas, agarrándolas y apretándolas, y luego le torturo los pezones a base de pellizcos y algún que otro tirón. Todo ello mientras las yemas de mis dedos siguen centradas en su clítoris. Su cuerpo empieza a retorcerse ligeramente, esclavo de las oleadas de éxtasis que lo recorren.

—No te muevas, hostia —le gruño al oído. Ella se pone rígida al momento y hace todo lo posible por obedecer, lo que me complace más de lo debido—. Tenemos que asegurarnos de que nuestro público vea bien este coño empapado.

—Dios mío, por favor.

—Ese no es el amo al que le deberías suplicar. ¿Voy a tener que negarte el orgasmo para enseñarte una lección?

—¡No! Lo siento. Por favor, mi rey, se lo ruego. ¿Me puedo correr, por favor?

—No, no puedes. Aguanta.

Bryn arroja un gemido de frustración entre los apretados dientes; la entiendo perfectamente porque mis pelotas han debido de pasar por cinco tonos distintos de azul durante los últimos cinco minutos. Nunca había deseado tanto follarme a alguien. Solo haría falta bajarme un poco los pantalones y podría hundirle mi gruesa polla hasta el fondo de su apretado coñito.

Entre los sonidos más eróticos que he oído nunca, la oigo murmurar cosas sin sentido. Le tiemblan los miembros de la fuerza que hace por no llegar al clímax. A mí el sudor me empapa la frente debido al esfuerzo por mantener el control. Si no dejo que se corra pronto, seré yo el que me corra en los pantalones como un puto adolescente virgen.

Vuelve la cara hacia mí, con los ojos de color avellana engullidos por el negro de sus pupilas, y me ruega que la deje correrse, arrastrando las palabras en una súplica larga e ininterrumpida.

—Por favor, déjeme que me corra, por favor, mi rey, por favor, por favor, por favor...

Con la mirada fija en la profundidad de sus ojos, juro que veo el fuego de su alma como una imagen especular de la mía. Pero entonces parpadeo y la imagen desaparece, y solo queda el reflejo de mis intensos deseos y necesidades.

Tras blindarme ante una avalancha de sensaciones, al fin doy la orden.

—Córrete.

Esta vez dejo que se mueva. Me deleito viendo cómo se arquea, se revuelve y se retuerce. Contemplo el éxtasis que se revela en su rostro y la invade, memorizo cada gemido y lo que parecen gritos. Sigo pasándole los dedos por el clítoris para extraerle hasta la última gota de placer y luego disminuyo la intensidad un poco, ayudándola así a cabalgar las olas a medida que van llegando, hasta que al final solo quedan pequeñas sacudidas provocadas por el roce de mi yema en su hipersensible nódulo.

Lo último que quiero hacer es dejar de tocarla.

Lo penúltimo que quiero hacer es levantarme y marcharme.

Haciendo caso omiso de mis instintos, le desato el cinturón a toda velocidad y le suelto los brazos. La ayudo a moverlos hacia delante y se los masajeo ligeramente para asegurarme de que no estén demasiado rígidos. Sigue mostrando una respiración agitada mientras se va recuperando del clímax poco a poco.

Todo mi ser pide a gritos que me recline hacia atrás y la abrace hasta que se calme, como una compulsión.

Por eso hago el esfuerzo de soltarla y levantarme.

Ella se desplaza hasta el hueco que he dejado libre, se tumba y me mira como si acabara de descubrirle un mundo nuevo. Si nuestra situación fuera cualquier otra, la guiaría por él con entusiasmo y le mostraría un tipo de placer que solo ha conocido en sueños. Pero como estamos metidos en este puto lío —y mi plan de matar su deseo a base de prácticas kinky ha fracasado estrepitosamente—, es lo último que voy a hacer.

Recojo la bata y se la ofrezco. La acepta y se cubre con ella como si fuera una manta, apretándola bajo la barbilla mientras me mira con la sonrisa perezosa de una mujer saciada y somnolienta. ¿Y por qué coño de repente quiero verle esa expresión en la cara todo el puto rato, haya o no sexo de por medio?

—Que conste que no nos ha visto nadie. Puede que a ti no te importe que te vean follar, pero a mí no es algo que me interese.

«Traducción: le arrancaría los ojos a cualquiera que mirara lo que es mío».

—Pues qué bien, porque a mí tampoco me interesa que me miren. Que conste también.

Le hago gestos de burla en un intento cavernícola de decir «Ya, claro».

—Caiden, sabía que aquí no había nadie. Parecía que querías que yo pensara que sí y, como me pareció sexi, te seguí el juego.

—¿Qué te hace pensar que no había nadie?

Bryn me fulmina con la mirada.

—Oye, es muy molesto que sigas subestimando mi habilidad para interpretar situaciones.

—A ver, ilumíname.

—Vale —dice levantando las cejas con arrogancia—. Lo que ocurre es que, aunque no estés contento con la situación a la que nos enfrentamos, eso no cambia el hecho de que no te gusta compartir tus cosas. Y, ahora mismo, queramos o no, me encuentro debajo de ese gran paraguas tuyo en el que pone «MÍO» en grandes y chillonas letras mayúsculas resaltadas en negrita.

»Además, aunque no te conociera lo suficiente como para saber todo eso sobre ti, podría suponerlo fácilmente basándome en que te criaste como un príncipe rico y mimado que al crecer se convirtió en un rey megamillonario y mimado, por lo que no sería difícil suponer que lo más seguro es que te comportes como un gilipollas posesivo.

Cruzo los brazos sobre el pecho y entrecierro los ojos.

—¿Todo eso lo has sacado «interpretando» la situación?

—Al cien por cien —responde con tono seguro y añade—: También he visto tu mensaje.

Me paso una mano por la boca para ocultar la inesperada mueca de diversión antes de que se me dibuje en la cara. Aunque en realidad no tengo por qué preocuparme, ya que se apaga rápidamente en cuanto recuerdo que mi única baza —que ella quería algo sexual y yo no estaba dispuesto a dárselo— me ha sido arrebatada de las manos.

La frustración se apodera de mí junto con un intenso dolor de huevos y una molesta rigidez en la polla, que se niegan a remitir hasta que meto mano en el asunto. Literalmente.

—Espero que hayas disfrutado de la lección. Es la única que vas a recibir. Como ya he dicho, no he sido muy duro contigo. Me he portado con mucha docilidad para lo que te haría si pudiera mostrarte el alcance de mis gustos. Haznos un favor a los dos y olvídate de convertir esto en una especie de historia de rehén con derecho a roce.

Los ojos le brillan de júbilo.

—Entonces ¿por fin admites que soy una rehén?

No tiene sentido seguir tergiversando la verdad. Quizá si se siente menos a gusto, dejará de intentar darle la vuelta a la situación.

—Sí, lo eres. Una rehén con cierta libertad. Pero no olvides que el problema de la libertad es que te la pueden arrebatar, Bryn.

Ella inclina la cabeza con fingida deferencia mientras esboza en los labios una sonrisa de satisfacción.

—Sí, mi rey.

Y aquí tenemos de nuevo a la insolente niñata. Debería cabrearme, pero eso no llega a pasar. Que no llegue a pasar es lo que de verdad me cabrea, lo que agrava más si cabe esta montaña rusa de emociones en la que me encuentro cuando estoy a su lado.

No hago caso de su anzuelo, cojo el móvil de la mesa con la palma de la mano y me giro para marcharme.

—Confío en que sepas volver a tu habitación.

Me deja llegar hasta la entrada de la casa y luego me llama.

—A riesgo de decir algo obvio, no ha funcionado.

No me doy la vuelta. Tampoco entro.

Bryn se lo toma como si le diera permiso para seguir, y eso hace.

—Me refiero a tu plan. En lugar de hacerme creer que no eres el tipo de hombre que podría llegar a satisfacerme, me has hecho darme cuenta de que quizá eres el único que puede.

Cierro los ojos y me obligo a respirar a pleno pulmón para afianzar mi autocontrol y evitar así que mi sentido común salte por la ventana y nos demuestre a los dos cuánta puta razón tiene.

—Buenas noches, señorita Meara.

Entonces me alejo como un cobarde que se retira de una batalla que sabe que no puede ganar.

Porque eso es exactamente lo que soy.

CAPÍTULO TRECE

BRYN

—¿Qué se supone que debo hacer mientras tú vas a todas esas reuniones?

—Te dije que te trajeras un libro; no me hiciste caso —dice Caiden sin apartar los ojos del teléfono.

—Ya me he leído los libros que me interesaban y tienes una biblioteca muy pequeña. El tamaño importa, ¿sabes? —Frunzo el ceño. Ni siquiera muerde el anzuelo que le lanzo con lo de «el tamaño importa».

—Tenemos revistas en la recepción. Léetelas.

—Suena fascinante —murmuro mientras me doy la vuelta para contemplar el paisaje a través de la ventanilla del coche. ¿Soy una mujer adulta haciendo pucheros en el asiento de atrás de un vehículo de lujo con chófer como una niña caprichosa? Sí. Pero ¿de verdad se merece Caiden que me comporte como una niñata cuando tengo a mi disposición decenas de servicios propios de un resort y su personal me ha atendido tan bien?

De nuevo, sí. Porque estoy cabreada con él.

Aquella noche en la piscina me regaló la mejor experiencia sexual de mi vida y despertó en mí deseos que no sabía que tenía.

Al menos hasta que lo conocí.

Después, en la cama, incapaz de dormir por la dolorosa necesidad que me surgía de entre las piernas, me di cuenta de que siempre se había producido un zumbido subyacente en mis venas cuando él estaba cerca. El momento en el que nuestras miradas se cruzaron en el vestíbulo fue como si algo encajara y, de repente, esos oscuros deseos comenzaron a susurrarme en la mente.

Sin embargo, cuando intentaba alcanzarlos, se disipaban en la nada como volutas de humo, como si solo me los hubiera imaginado.

Al parecer, simplemente esperaban a que su amo los embaucara para salir de las sombras. Que es justo lo que hizo cuando me ató con un cinturón de seda y me reclinó contra la tumbona. Después me puso la mano en el culo como si encendiera la cerilla que iba a prender fuego a esos deseos que albergaba en mí.

Cada orden que me gruñía al oído, cada rendición verbal que yo pronunciaba, cada gota de dolor mezclado con placer que me infligía era como echar combustible. Las llamas crecían, ardían con más intensidad. Hasta que explotó todo mi interior, consumiendo a la mujer que había sido antes de conocer el tacto de Caiden, y de sus cenizas surgió una mujer nueva, ávida de curiosidad y con una necesidad insaciable de obtener más.

Cabría pensar que él se alegró mucho de que no saliera corriendo de su pequeña demostración. Eso debería haberle dado luz verde para volver a hacerlo, para ir más allá, para explorarnos mutuamente hasta memorizar cada peca y cada cicatriz de nuestros cuerpos.

A mí me hubiera ido perfecto para mi plan y además habría conseguido un sexo de puta madre.

Es cierto que la fecha de mi regreso a casa podría haberse retrasado mientras follábamos como conejos durante unas semanas, pero tampoco se habría alargado demasiado. Fiona ya me confirmó que Caiden no es de los que sientan cabeza.

Así que una vez que nos hubiéramos desenganchado el uno del otro, sin duda estaría deseando enviarme de vuelta a Wisconsin y simplemente ponerme al día sobre todo este asunto del vínculo de pareja cuando fuera necesario.

Después nos convertiríamos en ese tipo de amigos informales que se envían mensajes en vacaciones y por los cumpleaños, y siempre recuerdan con cariño el tiempo que pasaron juntos.

Al menos así es como yo me lo imaginaba.

Sin embargo, lo que ocurrió lo llevó a esconderse.

Ya han pasado dos putas semanas y las pocas veces que nos hemos visto han sido de pasada. Me ha abandonado a mi suerte para que intente trabajar mi frustración sexual con mis propios aparatos, pero nada de lo que hago consigue hacer más llevadero el problema.

Antes bromeaba diciéndome a mí misma que yo era la mejor persona con la que había estado. Sé lo que me gusta, no me provoca ansiedad pensar cómo lo voy a hacer y desde luego sé dónde tengo el puto clítoris. Pero desde aquella noche todo me parece... meh. Caiden Verran me hizo pedazos y mantiene la única herramienta que puede lograr recomponerme —su herramienta— lejos de mi alcance.

Según Fiona, la única a la que no considero parte del bando enemigo, Caiden no ha hecho más que trabajar en el despacho de casa o entrenar en su gimnasio. Yo también comencé una rutina de ejercicios con la esperanza de que me «pillara» sudando la gota gorda con mi diminuta ropa de deporte, pero eso nunca llegó a suceder. Tampoco dio ningún resultado ir todas las noches a la piscina para intentar recrear el encuentro original.

Lo que significa que está al tanto de mi paradero con el único propósito de evitarme.

A mí todo esto me parece de muy mala educación y, si hay algo que no soporto, es la mala educación. Es un anfitrión de mierda, poco más puedo añadir. ¿Se lo he dicho a él? No, pero debería.

—¿Sabes que eres un anfitrión de mierda?

—Según tú, no eres una invitada, de modo que yo no soy ningún anfitrión, ni de mierda ni de cualquier otro tipo.

—Bueno, incluso los guardias de prisiones les echan un vistazo a los presos de vez en cuando. Así que esa es otra función que se te da fatal ejercer.

Sus ojos siguen pegados al teléfono, cuya pantalla pulsa de vez en cuando con el pulgar. Incorpora un novedoso protector de privacidad, con lo que podría estar viendo porno y yo no me enteraría.

Como no me responde, reabro una discusión anterior.

—No entiendo por qué no he podido quedarme en la mansión.

—Porque yo lo digo, por eso.

Doy un resoplido.

—Vaya, qué maduro.

De pronto, levanta la cabeza y su dorada mirada me golpea con fiereza.

—Si vas a comportarte como una niñata, entonces te trataré como tal. Bella, como sigas presionándome, te subiré a mis rodillas y te pondré el culo tan rojo que las bragas de seda te van a parecer papel de lija.

El calor se me arremolina en el vientre y se hunde entre mis piernas. En mi lucha contra la necesidad de apretar los muslos, los separo un poco. Lo juuuusto para que… Eso es. Observo satisfecha cómo a Caiden se le abren los orificios nasales y se le tensa uno de los músculos de la mandíbula.

Me muerdo el labio inferior e inclino la cabeza mientras lo miro; mi rubio cabello se desliza por mi hombro y cae hacia delante, lo que atrae su mirada hacia mis pechos durante un instante antes de que se corrija y la desvíe.

—Esa amenaza no ha resultado como pretendías, ¿eh? —le digo.

Aunque la tensión puede palparse en el aire y resulta prácticamente asfixiante, yo la agradezco. Es mucho mejor que su apatía, que su forma de evitarme.

Odio sentir que soy la única que se quema viva sin su tacto y sus órdenes.

Sigue moviendo la mandíbula. Me he dado cuenta de que eso indica que sus emociones se desplazan por el lado negativo del espectro: ira, frustración, enfado. Privación sexual.

Salvo que no esté privado de sexo. Se me revuelve el estómago al pensar que podría haber estado saliendo por la noche para verse con alguien. Por lo que sé, incluso podría haberse traído a una caravana de mujeres a la mansión. Se trata de un lugar gigantesco, con al menos media docena de puntos de acceso, entre los que se incluye un garaje con un ascensor enorme que lleva su coche directamente nada más y nada menos que a una entrada privada que hay en su dormitorio. Como si fuera el puto Batman o alguno de esos.

La sola idea de que eche un polvo con otra persona me genera una furia latente. Enojada, le fulmino con la mirada desde el otro extremo del asiento.

—¿Sigues viendo a otras mujeres?

Por fin, Caiden se guarda el teléfono en el bolsillo y, con total tranquilidad, pulsa un botón que comienza a elevar una pantalla de privacidad entre nosotros y Seamus, que es quien conduce el vehículo que nos lleva adonde sea que estemos yendo. En cuanto alcanza la parte superior, él se vuelve para mirarme y el enfado le centellea en los ojos como cables eléctricos expuestos.

—Tú has sido, todavía hasta la fecha, la única mujer con la que he estado desde mi coronación.

Sí, eso ya me lo había dicho y, si realmente no puede mentir, entonces es evidente que dice la verdad. Y sé que es incorrecto referirse a las feéricas como «mujeres», pero ahora mismo los tecnicismos etimológicos me importan una mierda.

—Caiden, ya sabes a qué me refiero.

—Creo que no lo sé, Bryn, ¿por qué no me lo explicas? Pero ten mucho cuidado de las acusaciones que hagas contra mí —dice en voz baja con un marcado tono de advertencia.

Una advertencia a la que no hago caso. Porque cuantas más vueltas me da el cerebro, más convencida estoy de que va a mis espaldas a darles a otras el placer que por derecho debería ser mío. Ya no solo por nuestro supuesto vínculo, sino al menos como compensación por retenerme en Las Vegas por razones que aún no me ha acabado de explicar.

Estoy.

Furiosa.

—No me amenaces, gilipollas. Me importa una mierda que seas el rey del mundo o el mismísimo demonio. Ni de coña vas a conseguir hacer lo que te dé la puta gana; no voy a permitir que me retengas como rehén y finjas que no existo. No puedes tener las dos cosas.

Antes de que pueda identificar sus movimientos, Caiden me agarra por la cintura y me arrastra de lado hasta colocarme sobre su regazo con la espalda contra la puerta. Encajo las manos entre los dos e intento apartarme de él. No porque quiera estar en ningún otro lugar, sino porque no quiero y me odio por ello.

Me rodea la espalda con su poderoso brazo para mantenernos pegados mientras con la otra mano me coge firmemente la mandíbu-

156

la para que no me quede más remedio que enfrentarme a su ardiente mirada.

—Bryn, escúchame con mucha atención, porque no voy a repetirlo. Puede que no haya formado este vínculo por voluntad propia, pero hasta que encuentre la forma de romperlo y liberarnos, ninguno de los dos va a saciar su apetito sexual con nadie más. Ni humano ni feérico. Con nadie. ¿Lo has entendido?

Mi pecho se agita con las rápidas respiraciones que entran y salen rítmicamente de mis pulmones, pero cuando lo miro a los ojos, la verdad se vuelve tan clara como el día y el pulso empieza a irme más lento. La nube de ira que flota sobre mi cabeza se disipa a cada segundo que pasa y, por fin, recupero la lucidez.

Me muerdo el labio, lucho contra los candentes aguijones previos a las lágrimas y trago saliva más allá del nudo en la garganta.

—Joder, lo… lo siento mucho, Caiden —me disculpo dudando entre la vergüenza y la confusión—. No sé qué me ha pasado ni por qué he dicho todo eso. Nunca he sido una persona celosa, ni cuando he tenido motivos para serlo, y este no es el caso.

Él se calma visiblemente y, aunque no me suelta, relaja la fuerza con la que aprieta la mandíbula.

—Es por el vínculo. Puede convertir al más despreocupado en un celoso integral.

Entonces recuerdo cómo se enfadó cuando mencioné que los gemelos Woulfe o sus hermanos podrían darme alguna clase y añado:

—¿O en un gilipollas posesivo?

—O en un gilipollas posesivo.

Se le curvan ligeramente las comisuras de los labios.

Salvo durante nuestra primera noche juntos, cualquier retazo de humor es tan raro en él que ya me parece toda una victoria. Deja caer los brazos y apoya las manos en el asiento, pero no hace que me mueva, así que me quedo donde estoy.

—Perdona por haberme esfumado estas últimas semanas —dice—. Pensé que, si me apartaba de tu camino, quizá no te acordarías tanto de por qué se te ha arrancado de tu vida.

—Ya, difícilmente —murmuro. Aunque su explicación es plausible, también suena a evasiva—. ¿Ese es el único motivo por el que me has estado evitando?

Me mira pensativo durante varios segundos y luego contesta de manera definitiva.

—No.

—No me vas a dar más detalles, ¿verdad?

—No.

—Eso pensaba.

Lanzo un suspiro, aún tratando de recuperarme de ese arrebato que ha surgido de la nada. Si el vínculo provoca reacciones tan viscerales, ¿qué sentido tiene que me vaya al otro extremo del país? Aunque, si he de ser sincera, cada día que pasa me preocupa menos cuándo voy a volver a casa.

De todas formas, no tengo nada a lo que volver. Ni familia, ni amigos de verdad, ni trabajo. Ni siquiera tengo un gato esperando a que le dé de comer. Además, me he acercado mucho a Fiona y tampoco es que viva precisamente en una choza.

—Soy consciente de que no te lo he puesto fácil. ¿Qué puedo hacer para que tu estancia sea más agradable? —Enseguida me ilusiono y abro la boca para responder—. Aparte de eso, Bryn. Esto ya es lo bastante complicado como para añadirle sexo a la mezcla.

Mi cuerpo se muestra decepcionado, pero sé que Caiden tiene razón. Aunque eso no significa que deba gustarme. Tras pensar un poco más su pregunta, le respondo con sinceridad.

—Simplemente no me excluyas. No quiero sentir que no podemos ser amigos. Si vas a insistir en que forme parte de tu mundo, o a obligarme a ello, entonces déjame formar parte de él.

Un minuto después, Caiden asiente.

—De acuerdo, eso puedo hacerlo.

—Y déjame asistir a tus reuniones de esta noche.

—De ninguna manera…

—Venga, estaré callada como una estatua, ni siquiera sabrás que estoy allí.

—¿Y qué razón se supone que debo aducir para justificar que haya una humana en una reunión donde se tratan asuntos feéricos?

—Eres el rey, las reglas las pones tú. Además, seguro que tu círculo íntimo de confianza incluye algún humano. —La expresión de su cara y el hecho de que no lo niegue me confirman que estoy en lo cierto—. ¡Exacto! Entonces les puedes decir que he ido a tomar notas; yo permaneceré sentada en silencio y lo escribiré todo para que no sea mentira y luego ya puedes despedirme.

Está a punto de aceptar, lo noto, pero es muy testarudo.

—Por favor, Caiden, solo quiero tener la oportunidad de conocerte mejor. Verte en tu elemento me ayudaría enormemente a conseguirlo.

—Solo sentarte y escuchar, ¿eso es todo?

Asiento con vehemencia.

—Eso es lo único que quiero, lo prometo.

—De acuerdo, le diré a Seamus que informe a quien corresponda.

Chillo de alegría y doy una rápida palmada llena de emoción; luego decido que por qué no seguir tentando a la suerte mientras está de mi lado.

—También quiero un lector electrónico con presupuesto ilimitado para libros.

Él tuerce la boca y se muerde el interior de la mejilla para impedir que se le escape una sonrisa que veo que lucha por salir.

—Eres dura de pelar, pero no creo que haya problema en arreglarlo.

—Entonces ¿trato hecho?

Sostengo la mano derecha entre los dos y las primeras chispas de felicidad que he sentido en días me iluminan por dentro. Me da un solo apretón de manos y revela su microsonrisa, que me derrite de formas que no puedo permitirme, aunque a mí ya no me importa.

—Trato hecho.

CAPÍTULO CATORCE

CAIDEN

Nuestro destino está tan solo a unos minutos y Bryn ha vuelto a su lado del coche, así que hago lo posible por sacudirme la adrenalina que me ha generado la pelea. No sé cómo no la vi venir. Había dos semanas de tensión sexual combinada comprimidas en este asiento trasero, que se había convertido en un puto barril de pólvora con una mecha muy corta.

Encenderlo fue cuestión de una simple chispa de celos que nos sacó a ambos de nuestras casillas.

Tuve que reunir todas mis fuerzas para contener la tormenta que se desataba en mi interior. El instinto primario me dominó; quería marcarla para probar mi derecho sobre ella y solo sobre ella, aunque eso nunca pueda llegar a ocurrir.

El sentido de posesión que se desarrolla entre los miembros de una pareja verdadera es un asunto muy serio. Sé que fue el catalizador final que provocó nuestro exilio a este lugar, pero nunca entendí por qué los reyes y las reinas de aquellos tiempos no se mantenían alejados los unos de los otros para evitar que se produjeran las guerras.

Ahora que he experimentado el vínculo en mis carnes, ya lo entiendo. Y eso que lo que tenemos es moderado en comparación con lo que sería si ella fuera feérica. Un hecho por el que estoy a la vez agradecido e irracionalmente enfadado y que me niego a analizar.

Entiendo que es su naturaleza humana la que la lleva a manifestar algunos rasgos del vínculo y no otros. Que yo sepa, ella no puede sentir mi energía como me pasa a mí con la suya. O quizá no sabe cómo utilizar su poder para siquiera intentarlo.

Sería interesante tratar de enseñarle, pero, cuanto menos aprenda, mejor. El objetivo final sigue siendo, y siempre será, deshacer la maldición o romper el vínculo, borrarle los recuerdos y devolverla a su antigua vida.

—Sé que a lo mejor me estoy pasando, pero nunca se me ha dado bien abandonar cuando voy a la cabeza —empieza a decir con una sonrisa maliciosa. Levanto una ceja y la dejo continuar, curioso por saber hacia dónde nos lleva—. ¿Responderías a algunas de mis preguntas sobre los feéricos?

—Bryn…

—Ya lo sé, sois una raza secreta y, por lo tanto, debéis guardar vuestros secretos. Fiona me lo ha dicho decenas de veces cuando le he hecho la misma pregunta. Pero no os estoy pidiendo vuestros códigos de lanzamiento nuclear ni nada por el estilo. Las preguntas serían sobre cosas muy básicas. Sobre pequeñeces. —Junta las manos y me lanza una mirada lastimera—. Caiden, por favooooor.

Suspiro con resignación al aceptar mi debilidad frente a esta mujer. Menos mal que los feéricos no tenemos códigos de lanzamiento nuclear, si no Bryn podría convencerme de que se los entregara para protegerlos. Ya sabe que los Feéricos de la Oscuridad y los de la Luz viven en el mundo de los humanos porque Aine nos exilió debido a las transgresiones que cometieron nuestros ancestros. Le dije a Connor que podía darle esa información. Sin embargo, no conoce nuestras maldiciones ni nada que pueda revelar nuestras debilidades. Contárselo sería de idiotas.

—Dime qué quieres saber y te responderé hasta donde pueda.

El gozo que irradia me calienta como el sol de Las Vegas justo antes de ponerse.

—¿Por qué no tenéis alas? ¿Es uno de los mitos sobre los feéricos?

Una pregunta inofensiva a la que contesto encantado.

—No es ningún mito. Todos los feéricos de Faerie tienen alas, pero a las dos cortes exiliadas se nos despojó de las nuestras, tanto a los que ya existían entonces como a todos los que nacieron después, como parte de las consecuencias que debíamos asumir.

—Bueno, no parece muy agradable —dice arrugando la nariz—. Esa Reina Única y Verdadera tiene pinta de ser una auténtica z…

La detengo tapándole la boca con una mano y sacudo la cabeza.

—Nunca se sabe quién o qué está escuchando. —Ella asiente y yo bajo el brazo—. Supongo que tienes más de una pregunta.

—Los colmillos. Creía que eran cosa de vampiros bebedores de sangre, aunque los vuestros son más cortos. —Abre los ojos como platos—. Un momento, ¿los vampiros también existen?

Hago caso omiso de esa última pregunta. No se debe sacar del armario a otras razas; es una norma no escrita.

—Los colmillos se usaban para beber sangre, pero eso no ocurre desde hace un milenio.

Lo que no quiero que sepa es que solía ser una táctica de guerra. Dado que los poderes de los feéricos provienen de su linaje sanguíneo, beberse la sangre de otro feérico era un modo de desviar parte de su magia temporalmente, según la cantidad que se tomara.

Aine prohibió esta práctica para evitar que algún feérico con deseos de ocupar el trono se volviera demasiado poderoso. De todas formas, se puede beber de otro sin desviar su magia, es algo habitual durante el apareamiento cuando los feéricos hacen el amor. O eso he oído.

—¿En serio? ¿Por qué...? ¡Hala! —Bryn interrumpe su interrogatorio con un susurro de asombro—. ¿Qué es eso?

Sigo su mirada hacia el exterior de la ventana, donde el panteón se ha vuelto visible ahora que hemos atravesado el encantamiento de camuflaje que lo ocultaba a la vista de los humanos. La enorme estructura se construyó con ladrillos de arena negra que brillan bajo la luz de la luna y posee unas imponentes torres en las esquinas que se alzan hacia el cielo nocturno como si intentaran tocar a la mismísima Rhiannon.

Comienzo a relajarme a medida que la tranquilidad me recorre las venas como el agua vivificante que se abre paso por entre las grietas del desierto. He venido a este lugar al menos dos veces en cada ciclo lunar desde que nací —unas cinco mil veces— y nunca ha dejado de parecerme tan sobrecogedor como en mi primer recuerdo de él.

—Eso —digo con inmenso orgullo— es el Templo de Rhiannon, la estructura más antigua de la Corte de la Noche a este lado del velo. Fue lo primero que mi padre construyó para nuestro pueblo cuando este decidió establecerse en el desierto de Mojave. Según los ancianos, diseñó la arquitectura exactamente igual a la del templo que teníamos en Tír na nÓg.

Aparta los ojos de la ventana y me mira con el ceño fruncido.

—¿Tirna-qué?

—Tír na nÓg. El lugar de procedencia de los Feéricos de la Oscuridad en Faerie. Algo parecido a un país o un continente. Si Faerie es el mundo, Tír na nÓg es la región.

—Fascinante. Su atención vuelve a centrarse en examinar el templo, como si se sintiera atraída por él, con una expresión de perplejidad en el rostro.

Seamus se detiene en la parte posterior, cerca de la entrada privada que utiliza la familia real, y aparca. Connor y Conall dejan el Range Rover al lado y se bajan para asegurar la zona. Una vez que se han posicionado junto a la entrada, Seamus me abre la puerta del coche. Salgo del Bentley y le tiendo la mano a Bryn.

En cuanto nuestras palmas se tocan, su energía me sube con estrépito por el brazo y desciende hasta el centro de mi cuerpo, donde se asienta pesadamente en mis pelotas y me pone en marcha la polla. He aprendido que estar cerca de Bryn es un ejercicio constante de control de mi libido. Me siento de nuevo como si tuviera setenta años, sin ningún tipo de control sobre mi propio miembro.

—Recibido —dice Conall por un auricular. A continuación, se dirige hacia mí—: Madoc dice que el TdR está despejado. Podemos seguir.

Asiento y le pongo a Bryn una mano en la parte baja de la espalda para guiarla durante el trayecto.

—¿Qué es el TdR?

—Las siglas de Templo de Rhiannon. Connor se las inventó para que la Vigilancia de la Noche las usara en las comunicaciones. Ahora ya es una especie de apodo.

Les sonríe a los chicos Woulfe mientras nos acercamos a ellos.

—Suena bien. Me gusta.

—Yo pensé lo mismo. Buenas noches, Bryn. —Connor le dedica una de sus sonrisas rompebragas (al parecer, quiere morir) y le sujeta la puerta invitándola a pasar con un movimiento de la mano—. Bienvenida al TdR.

—Gracias, Connor, me alegro de verte. A ti también, Conall.

—Lo mismo digo, Bryn —contesta mientras esboza una sonrisa burlona y le hace un guiño.

Les lanzo a ambos una mirada de odio al pasar, pero a ellos les hace aún más gracia que haberme enfadado. «Gilipollas».

Mientras conduzco a Bryn por el largo pasillo, la observo discretamente por el rabillo del ojo.

—Voy a fingir que no me he dado cuenta de la intimidad y la confianza con la que tratas a mis guardias personales.

—Quizá si no me hubieras ignorado estas dos últimas semanas, no habríamos tenido la oportunidad de intimar tanto. —Entonces me dirige una sonrisa azucarada y pestañea, gestos que indican que su niñata interior va a hacer acto de presencia—. Tienes suerte de que solo hayamos intimado como amigos y no de ninguna otra manera.

Sin detener el paso, me inclino y le hago una advertencia en voz baja:

—Primer aviso, Bella.

Mantengo la mirada al frente, pero la oigo jadear suavemente y noto cómo su mirada de sorpresa me atraviesa el rostro cuando doblamos una esquina. El fastidio ante mi falta de control me provoca pinchazos en la nuca.

Si cualquier otra persona hubiera intentado usar ese truco para ponerme celoso, ni me habría inmutado, por una cuestión de principios. Pero Bryn tiene tal habilidad para sacarme de quicio que reacciono antes incluso de saber qué coño estoy haciendo.

No debería haberle dado un aviso; eso implica que se podría repetir lo que pasó aquella noche en la piscina o incluso que lleguemos a más… —«Dioses, me muero por hacerle mucho más a ese puto cuerpo tan exquisito»—, y Bryn es capaz de ganarse los dos últimos avisos a propósito.

Por suerte, su instinto de supervivencia está lo suficientemente desarrollado como para hacerla cambiar de tema y que deje de darme la lata. Por el momento.

—Entonces ¿Rhiannon sería vuestra versión de Dios?

—Nosotros tenemos muchos dioses y diosas. El nombre Rhiannon significa «Reina de la Noche» y, en la Fe de Faerie, ella es la Diosa Luna.

Bryn asiente con cara de genuino interés.

—Y como sois la Corte de la Noche, sería el equivalente a una santa patrona en el catolicismo: la diosa a la que se le reza específicamente.

—Exacto.

—Pero dijiste que esta noche tenías negocios. ¿Qué clase de negocios se hacen en una iglesia por la noche en medio del desierto? ¿Estoy metida en cosas de gánsteres de Las Vegas?

—Es un templo. Y no, esto no son «cosas de gánsteres». Al menos no esta noche.

Los ojos se le abren en un gritito ahogado hasta que se da cuenta —o eso espera— de que no hablo en serio.

Retuerzo los labios al aguantarme la risa.

Me gusta tomarle el pelo. Quizá debería hacerlo más a menudo.

«No te hagas ilusiones, gilipollas. Esto no es una amistad, ni un rollo, ni una relación. Como mucho, se trata de una convivencia respetuosa. Haz que lo siga siendo, por el bien de los dos».

Me aclaro la garganta.

—Todos los meses, durante la noche de Luna Nueva, se organiza una asamblea para tratar los intereses de la Corte de la Noche.

Bryn se muestra animada con la información.

—¿Qué tipo de asamblea? ¿Tiene que ver con esa otra corte de Phoenix de la que me habló Connor? Espera, ¿planeamos destronar a los Lannister? ¿Cuál es nuestro plan de huida si empieza a sonar *Las lluvias de Castamere*? —la regaño en silencio arqueando una ceja y ella sonríe tímidamente—. Lo siento, me encanta *Juego de Tronos*.

—No tenía la menor duda.

Parece que todo el mundo veía *Juego de Tronos*, pero a mí nunca me ha interesado subirme a ese tren. Puede que la guerra entre nuestra corte y la Corte del Día se produjera en otra época, pero yo no la viví tan solo por una generación y mi padre contaba un montón de historias terroríficas con las que pretendía aleccionar a sus hijos e ilustrar por qué la paz con un enemigo, por precaria que fuese, era siempre la mejor opción.

Gracias a la firmeza de su convicción, se propuso un tratado que firmaron ambas cortes y obtuvieron así la oportunidad de reconstruirse tras el exilio.

Nos acercamos a una sala custodiada por Madoc, que hace guardia fuera. Nos saluda con la cabeza y sujeta la puerta para que Bryn y yo entremos mientras mi pequeño séquito ultima los preparativos antes de empezar.

La sala de conferencias no difiere para nada de cualquier sala de juntas de una empresa de la lista Fortune 500. Hay una amplia mesa que ocupa la mayor parte del espacio e incorpora cinco lujosas sillas de cuero a los lados y una en cada extremo, un minibar en la esquina y unos ventanales a modo de pared que ofrecen una vista espectacular del desierto que nos rodea.

Bryn, que está sentada a mi izquierda, me dice en tono de broma:

—Hum, veo que no hay mapas del territorio sobre la mesa. Entonces no nos estamos jugando el Trono de Hierro en Phoenix.

Arrugo el labio superior con cierta repugnancia.

—Si existiera algo así, desde luego no haría una serie al respecto. Al sentarme en él moriría o ardería hasta los huesos, y no encuentro atractiva ninguna de las dos cosas.

Bryn se cubre la boca con una mano, luego la retira e imita un gesto de dolor.

—Se me olvidaba vuestra alergia al hierro. Perdón por la broma de mal gusto. Entonces ¿qué hacemos aquí?

Su insaciable curiosidad —hacia todo, no solo los feéricos— es una de las cualidades que me resultan más atractivas de ella. Yo soy igual, e imaginarnos a los dos tumbados frente a una chimenea leyendo y aprendiendo cosas nuevas juntos hace que me entren ganas de cogerla y llevármela a casa para ponerlo en práctica.

En lugar de eso, me concentro en ajustarme los puños de la camisa bajo la chaqueta del traje para mantener las manos ocupadas en otra cosa.

Oigo un sonido apenas audible procedente de donde ella se encuentra y me la encuentro observando a su alrededor con mucha atención.

—¿Pasa algo?

—¿Eh? —dice volviendo los ojos hacia mí y dejando de lado los pensamientos en los que se había perdido—. No, perdona. ¿Qué decías?

Me genera una tremenda curiosidad saber qué es lo que no me está diciendo, pero Bryn es bastante transparente. Me lo contará en su momento. Hasta entonces, intento no ser un capullo autoritario que exige conocer cada uno de sus pensamientos.

—Hemos venido para que pueda reunirme con cualquier Feérico de la Oscuridad que desee hablar con su rey.

—¡Ah! —exclama ella con sus ojos de color avellana iluminados por la emoción—. Como cuando un rey viejo y lleno de arrugas se sienta en su trono y emite su veredicto cuando hay disputas entre campesinos para decidir a quién le pertenece cada parcela de tierra o cuando alguien reniega del matrimonio concertado para su hija y no le da al otro las dos cabras que se le prometieron.

—Bryn, ves demasiado la tele.

Arruga la nariz de la forma más fastidiosamente graciosa.

—Es probable.

—En parte tienes razón; el concepto es el mismo —concedo a regañadientes—. Salvo que yo me reúno con mis súbditos en esta sala de conferencias y ellos no son campesinos ni tienen preocupaciones como los parcelamientos o las cabras. —Tras una breve pausa, me siento obligado a añadir—: Y estoy segurísimo de que no tengo arrugas.

Ella se ríe y me echa un rápido vistazo.

—Puede que aún no, pero con todo el sol del desierto que te da, apuesto a que a los sesenta parecerás un *shar pei*.

—Teniendo en cuenta que dejé atrás los sesenta hace mucho tiempo, acepto la apuesta.

Me mira con sorna, como si le asustara preguntar.

—¿Cuánto tiempo es «hace mucho tiempo»?

—Unos cien años.

La mandíbula casi le llega al regazo.

—¿Tienes ciento sesenta años?

—Ciento sesenta y nueve. Pero no te preocupes, no te has casado ni has follado de forma inconsciente con un macho a punto de irse al otro barrio. Mi edad equivale a vuestros treinta y tantos.

—Bueno, gracias a Dios, porque cierta transgresión con la edad puede estar bien, pero demasiada es simplemente inquietante. Y ahora que lo pienso, si tu edad actual se corresponde con nuestros treinta y pico, vuestra esperanza media de vida es…

Se detiene para que complete la frase.

—En Faerie somos inmortales. Aquí vivimos cerca de quinientos años, alrededor de medio siglo.

«Otra cosa más que achacarle a nuestra maldición».

Bryn sacude la cabeza, con los ojos abiertos de par en par.

—Vaya, no me lo puedo ni imaginar. No quiero darte ideas, pero ¿por qué quieres romper este vínculo? Podrías esperar a que estire la pata y aún te quedarían otros trescientos años para pasártelo en grande como soltero.

De repente necesito un trago, así que me levanto y me dirijo a la consola que contiene una pequeña selección de licores, vino y botellas de agua.

—En teoría, sí —respondo mientras me sirvo unos dedos de whisky del decantador de cristal—. No obstante, existe la posibilidad de que si te mueres, cuando te mueras, yo muera también.

—¿Qué? —Su voz es grave y juro que oigo cómo traga saliva.

Me bebo el líquido de color ámbar y, para cuando me sirvo otro, Bryn ya está a mi lado y me mira con una preocupación que se refleja en sus ojos de color verde y dorado—. Te refieres a que morirías tarde o temprano, ¿no? ¿Más adelante?, ¿cuando tuvieras quinientos y pico?

Suavizo la expresión.

—No, Bella. —Incapaz de contenerme, le recorro la línea de la mandíbula con el pulgar—. Para los miembros del linaje real, el vínculo es… —«una maldición»— complicado. Además, el hecho de que seas humana lo complica todavía más. Para serte sincero, no estamos seguros de cuáles son las reglas que rigen nuestra situación.

La desilusión le cubre el rostro como un pesado velo.

—Por eso no dejas que me vaya. Tienes que vigilarme para asegurarte de que no te asesine sin querer al caerme por unas escaleras.

Se equivoca, pero sigo sin poder arriesgarme a corregirla. Como tampoco puedo mentir, opto por una evasiva e intento aligerar el ambiente.

—No creo que eso se considere asesinato. Como mucho, homicidio involuntario.

Puede que esté mejorando en esto del humor, porque sus labios se retuercen hasta formar una sonrisa desganada.

—Entonces no debería ponerme a jugar en medio del tráfico ni nada por el estilo, ¿verdad?

Le respondo a su vez con una media sonrisa justo cuando Seamus entra en la sala.

—Te agradecería que no lo hicieras.

—Vale, entonces no lo haré. —Coge una botella de agua, se vuelve hacia Seamus y le dice—: Venga, vamos a ayudar a unos feéricos con sus cabras.

Él se ríe de la broma, ablandado por ella hace ya muchos días. El viejo lobo le tiende el codo para que le pase el brazo alrededor y la guía de nuevo a la zona de la mesa donde estaba sentada.

En cuanto se aleja de mí, es como si todo el calor del aire se fuera con ella.

Ojalá pudiera saber con certeza qué es lo que me lleva a sentir esto por Bryn. Una parte de mí aún cree que sufro los efectos residuales de lo que fuera que me metieran en el organismo la noche que nos conocimos. Pero la mayor parte de mí culpa al puto vínculo por trastornarme la cabeza.

Aun así, no puedo ignorar ese algo que está surgiendo y se ha dado a conocer hace poco. Y me dice que tal vez, solo tal vez, la conexión que siento entre nosotros es verdadera.

CAPÍTULO QUINCE

BRYN

Dejo ir un largo suspiro y me sumerjo un poco más en la bañera japonesa de mi habitación para que el agua con aroma a azúcar y vainilla deshaga los nudos que se me han formado en los hombros tras pasarme todo el día encorvada sobre la mesa del comedor. La verdad es que no me importa, porque por fin he tenido la oportunidad de ser útil y productiva gracias a mis conocimientos de relaciones públicas.

Además, me ha dado algo en lo que centrarme más allá de si Caiden iba a infligir o no su castigo esta noche.

Asistir ayer a las reuniones entre Caiden y sus súbditos fue fascinante. Algunos de los asuntos que le presentaban eran menores y otros parecían un poco más complejos. También había quien solo quería hablar con él en persona, ya fuera para felicitarle o para comunicarle el nacimiento de su nuevo nieto.

Pero en todos los encuentros, Caiden recibió un trato de gran respeto y reverencia.

Quedó patente el cariño que le profesa su pueblo y, aunque no es de los que muestran sus emociones abiertamente, también me di cuenta de lo mucho que él se preocupa por ellos. Anoche descubrí una vertiente nueva de Caiden que me hizo sentir aún más cerca de él.

Luego, por supuesto, estaba «la señal».

Caiden llevaba gemelos de plata con nudos celtas. Idénticos a los de mi padre.

Justo cuando empezaba a hacerme a la idea de que no me quedaba más remedio que interpretar el papel de la esposa feérica secuestrada, el universo dio un paso al frente para hacerme saber que nada de lo ocurrido había sido por casualidad. Que estoy destinada a estar aquí con Caiden, aunque todavía no sepa exactamente por qué.

Mi nuevo proyecto tiene que ver con la última reunión de la noche.

Los Tallon son una dulce pareja de ancianos que dirige una tienda de joyas y cristales personalizados en el casco antiguo de Las Vegas desde los tiempos en los que la ciudad no tenía más que un par de hoteles.

Según le contaron a Caiden, las ventas habían disminuido drásticamente desde hacía varios años y se encontraban en un punto en el que ya no era viable mantenerla abierta, así que le preguntaron si estaría dispuesto a comprarla. Habían traído carpetas con los libros de contabilidad de los últimos diez años junto con álbumes de fotos de todo el inventario con la esperanza de que a Caiden le pareciera una buena inversión.

Sin embargo, se notaba que les dolía verse obligados a vender su negocio.

Caiden les dijo a los Tallon que no necesitaba ver los libros ni el inventario, que estaría encantado de comprarles su negocio por una cantidad muy superior al precio de mercado para garantizarles su seguridad económica ahora que no contaban con su fuente de ingresos habitual.

Fue entonces cuando rompí mi promesa de permanecer en silencio y abrí la bocaza.

—Disculpen, señor y señora Tallon, ¿me dejan ver el inventario?

Una vez superado el asombro que les produjo el hecho de que me atreviera a interrumpir al rey —si supieran cómo le hablo el noventa por ciento de las veces, probablemente se habrían caído de la silla—, me lo pasaron encantados. No tardé en darme cuenta de que el producto no era el problema. Parecía una cuestión relacionada con la publicidad.

Empecé a hacerles preguntas sobre cómo promocionaban su negocio, con qué frecuencia ofrecían rebajas y dónde se anunciaban, el paquete completo. Anoté lo que dijeron —debo reconocer que fue lo primero que escribí en toda la noche; mi trabajo como asistente fue pésimo— y, una vez que hube recopilado toda la información que necesitaba, les hice mi propia oferta.

—Obviamente, están en todo su derecho de aceptar la oferta de Cai… de Su Majestad —les dije—, pero si prefieren conservar la tienda, yo puedo ayudarles. No se ofendan, pero utilizan unos métodos de publicidad anticuados. Tienen que estar donde estén sus clientes, es decir, en las redes sociales y en internet. Puedo ayudarles a renovar la marca y a establecer una sólida presencia en línea que hará que sus productos lleguen a millones de personas que quizá estén en la ciudad y quieran visitar la tienda en persona, lo cual sería estupendo. Pero si les gusta lo que ven y se encuentran en Hong Kong, también podrán comprar cualquier producto por internet y ustedes solo tendrían que entregárselo al repartidor que viene a diario. ¿Qué les parece?

Los Tallon estaban extasiados. Caiden… mostraba cierto recelo.

—Son ideas excelentes y, si los Tallon están interesados, estaré encantado de ponerlos en contacto con alguien de mi departamento de marketing.

Le ofrecí una tensa sonrisa.

—No es necesario, mi señor; para mí sería un placer encargarme del asunto.

—Estoy seguro, señorita Meara, y le agradezco la propuesta, pero no creo que ahora sea un buen momento para que se ocupe de una empresa tan complicada.

—Bueno, yo creo que es el momento perfecto, Su Majestad. Recuerde que no requiere demasiado de mi presencia, así que tengo mucho tiempo libre. —Después sonreí dulcemente y añadí—: Por supuesto, si prefiere encargarle el proyecto a otra persona, supongo que siempre puedo centrarme en ayudar a sus jefes de seguridad en todo lo que pueda.

Él me miró fijamente y se pasó la lengua por la parte anterior de los dientes antes de forzar una sonrisa frente a sus invitados.

Me quitó el bolígrafo y el cuaderno y garabateó algo mientras les decía que se iba a asegurar de que yo estuviera a su disposición. Cuando me devolvió el cuaderno, ponía «Avisos 2 y 3, Bella».

Mientras los Tallon hablaban entre ellos con entusiasmo, le escribí una nota y se la acerqué para que la viera: «Merece la pena».

No he perdido el tiempo: he empezado hoy a primera hora y no he parado de trabajar hasta que los hombros me estaban matando, de ahí el remojón en esta gloriosa bañera. Como ya me siento mucho mejor, salgo del agua y me envuelvo en una toalla. Mientras camino hacia el dormitorio sin hacer ruido, barajo cuáles son mis opciones para esta noche, pero me doy cuenta de que es posible que alguien ya lo haya decidido por mí.

Sobre la cama hay una bata corta de satén blanco y un sobre negro. Siento unas alas de hada estallándome en el vientre cuando deslizo el dedo bajo el sello y extraigo la tarjeta negra. Las instrucciones están escritas a mano con bolígrafo plateado. Es la letra de Caiden.

—Ponte solo esto y entra en mi habitación; allí encontrarás nuevas instrucciones.

Rápidamente, termino de secarme el pelo con la toalla, me pongo la bata y cruzo la segunda planta hasta llegar a su habitación. Nunca he entrado, así que siento una curiosidad tremenda por saber cómo es el espacio privado de un rey. Respiro hondo, entro y cierro la puerta tras de mí echando el pestillo.

La habitación es enorme. Ocupa la mitad de este piso de la mansión. Al entrar, mis ojos se empapan de la extravagante decoración en negro y plata con accesorios cromados y de la pared del fondo fabricada en su totalidad de paneles de cristal móviles.

Su cama es más amplia que una extragrande y está orientada hacia la pared de cristal que ofrece la impresionante vista de la Strip de Las Vegas a lo lejos.

El balcón que hay al otro lado del cristal es impresionante, tanto por su amplitud como por tratarse de una sala de estar al aire libre con muebles, un televisor de pantalla grande y chimenea exterior.

La única nota de color de la habitación la da un viejo sillón orejero con estructura de madera oscurecida y tapizado en damasco de color rojo sangre. Está ubicado en la esquina frontal más alejada, lo que le permitiría ver cada centímetro de la habitación, como si estuviera en su propio trono privado sobre sus dominios personales.

Me dirijo en esa dirección, deseosa de pasar la mano por el material en el que Caiden ha debido de sentarse cientos de veces, pero mi pie hace crujir algo.

Al mirar hacia abajo, veo otro sobre negro en la moqueta gris oscuro y me acuerdo de lo que se supone que estoy haciendo.

Me muerdo el labio de antemano, recojo el sobre y saco una tarjeta del mismo color.

«Arrodíllate con las piernas abiertas y las manos sobre los muslos, y después espera».

Un escalofrío de excitación me recorre la piel.

Me agacho hasta el suelo para seguir sus instrucciones y dejo la tarjeta a un lado. En el otro extremo de la habitación —del lado donde se encuentra el sillón— hay una entrada abierta que debe de conducir al cuarto de baño. A mis oídos llega el débil sonido de una ducha, que da rienda suelta a mi imaginación.

«Caiden de pie en un inmenso cubículo con al menos una docena de chorros de agua rociando su cuerpo desnudo. Pasea las manos por las colinas y los valles de sus definidos músculos, las lleva hacia abajo para agarrarse la gruesa polla, que está resbaladiza por el jabón, y se la masajea con movimientos lentos…».

Exhalo un profundo y estremecedor suspiro e intento aclarar mi mente. Si sigo fantaseando, acabaré tocándome yo misma con las manos, y no quiero desobedecerle.

Es un pensamiento extraño que dudo que me hubiera planteado antes de conocerlo a él, pero con el que me siento por completo a gusto. Someterme sexualmente a Caiden me produce una sensación de paz y de plenitud que nunca he tenido con otro hombre, así que no pienso cuestionarlo ni preocuparme por si los demás consideran que tendrían que revocarme el carnet de feminista. Lo único que me importa es que Caiden prometa lo que siempre he anhelado…, una entrega total y absoluta.

Pero al margen de mis deseos de sometimiento, esperar y tener paciencia no están entre mis cinco puntos más fuertes.

Mantenerme en esta posición requiere de todo mi autocontrol. Las puntas húmedas de los mechones que me caen por delante de los hombros empapan el fino satén, que ya casi es transparente en algunas partes, incluido el pecho. Me duelen los pezones, siempre sensibles, y la bata me provoca un delicioso cosquilleo en los pechos, cada vez más necesitados. El aire acaricia la carne húmeda de mi entrepierna. Dios mío, y además siento cómo el pulso me palpita en el clítoris, que me suplica tan solo un pequeño roce con la yema del dedo…

El agua deja de correr y contengo la respiración. Entonces aparece, completamente desnudo salvo por la muñequera de cuero y una cadena de plata que lleva al cuello y de la que cuelga una especie de amuleto que reposa entre sus fornidos pectorales. Sobre la frente y alrededor de las puntiagudas orejas se le arremolinan unos amplios rizos cargados de humedad. Su piel bronceada brilla por el vapor y, cuando se mueve, entre las líneas de sus músculos se abren paso caprichosas gotas de agua.

Sus ojos dorados me cautivan mientras se me acerca merodeando y se detiene a poco más de un palmo. Entonces me doy cuenta de lo que cuelga de la cadena. Su alianza.

En mi interior surge un sentimiento de posesividad al verle llevar algo que simboliza nuestra unión, a pesar de lo mucho que desea que termine. Estoy a punto de hacer un comentario, pero cambio de idea porque sé que a él no le gustaría que hablara sin permiso ahora mismo.

Dentro de un rato no tendrá tanta suerte.

Con la cabeza tan inclinada hacia atrás no puedo verle la polla, pero sé que está tan cerca que podría chupársela sin problema. Prácticamente puedo sentir su inminente presencia, y la tentación de inclinarme hacia delante y metérmela en la boca es casi abrumadora. Debe de haber visto el deseo en mi cara, porque me pasa una mano por el pelo como gesto de aprobación y luego me rodea con ella la barbilla.

—Bien hecho, Bella. —Su tono ronco y autoritario me produce un escalofrío—. Recibirás una recompensa por seguir mis instrucciones. Pero no te olvides de que también te debo un castigo.

Mientras me muerdo el labio, le digo:

—Lo estoy deseando, mi rey.

Él arquea una ceja.

—¿Ya empezamos con el tono de niñata? Es una elección atrevida. —Casi puedo ver cómo archiva mi insolencia para sacarla más adelante, lo que me produce un ligero temblor por todo el cuerpo—. Antes de seguir, quiero que sepas que puedes detener lo que está a punto de ocurrir entre nosotros en cualquier momento diciendo una palabra de seguridad. Eso provocaría que el encuentro se acabara al instante, sin rencores. Si lo entiendes, asiente con la cabeza.

Lo hago.

—Bien —dice observando cómo me roza el labio inferior con el pulgar antes de soltarme—. Elige tu palabra de seguridad, algo que recuerdes fácilmente.

Pienso en la noche en la que nos conocimos, en cómo jugué al juego más arriesgado de su casino y gané. Estos otros juegos me provocan la misma sensación de riesgo y, sin embargo, nunca he estado más segura de estar haciendo la apuesta adecuada.

—Ruleta.

Sus ojos se oscurecen hasta alcanzar el color del caramelo fundido y encienden el fuego de mi vientre.

—De acuerdo, «ruleta». Vamos allá.

Se da la vuelta y se aleja, y el aspecto de su culo mientras camina debería ser ilegal, tan firme y redondo, con esas sensuales hendiduras laterales en las que me gustaría hundirle las uñas mientras empuja entre mis muslos.

Sienta su alta figura sobre la silla roja, se echa hacia atrás y abre las piernas, de forma que me proporciona una vista perfecta justo de lo que quiero. Deja caer el brazo derecho a un lado mientras comienza a acariciarse la polla con la mano izquierda. Se me hace la boca agua.

—Desnúdate. —La orden resuena en la habitación y hace que se detengan las mariposas que tengo en el estómago. Con la esperanza de que no se note que me tiemblan ligeramente las manos, subo los brazos para deslizar el satén por mis hombros—. Dóblala bien y déjala donde no moleste.

Doblo la bata sin perder un segundo y la pongo a un lado. Cuando el aire choca contra mis pezones húmedos, se me erizan y atraen la mirada de Caiden. Los labios se le separan lo suficiente como para que pueda verle la punta de los colmillos. Dios, me parecen de lo más excitante. Si tuviera que decir en voz alta las fantasías que he tenido con las afiladas puntas de sus colmillos, me pondría roja como un tomate, pero eso no hace que las desee menos.

—Veo que no dejas de mirarme la polla. —Se la acaricia con la mano, desde la raíz hasta la punta, luego se pasa la palma por el capullo antes de volver hacia abajo—. ¿La quieres, Bella?

—Sí, mi rey.

—Entonces no dejes de mirarme… y ven hasta ella a gatas.

Sin tan siquiera dudarlo, me pongo a cuatro patas y avanzo hacia él, hiperconsciente de cada nueva sensación. La mullida alfombra cede bajo mis manos y rodillas a cada paso. Algunos mechones de pelo casi secos me caen por la espalda y me cubren los brazos. Mis pechos, hinchados por la excitación, cuelgan y se balancean suavemente mientras me muevo, y el aire fresco me besa los abultados labios del coño, que apenas me asoman entre los muslos.

Cuando llego donde él se encuentra, retomo la posición original y me siento sobre los talones a la espera de nuevas instrucciones.

—Adelante —me dice—. Mírala.

Agradecida porque me haya dado permiso, bajo la mirada y por primera vez veo de cerca lo que Caiden se ha negado a darme desde nuestra noche de bodas y… Madre de Dios. Deberían hacer moldes de su polla para crear el consolador perfecto y producirlo en masa para que lo disfrute todo el mundo. Es larga como la de las estrellas del porno y tiene un grosor imposible, con un capullo enorme de marcados rebordes que deben de añadir un extra de placer cada vez que la saca. Detiene la mano para apretar justo debajo del glande y observo cómo se le forma una gota de líquido preseminal en la punta.

Se me escapa un lloriqueo hambriento del fondo de la garganta mientras me muerdo el labio en un ridículo intento de contención.

—¿La quieres?

Se suelta el pesado miembro, que cae orientado directamente hacia mí.

Me relamo los labios y clavo mi mirada en la suya.

—Desesperadamente, mi rey.

—Tendrás que ganártela.

—¿Cómo? —pregunto con fervor.

—Complaciéndome, para lo cual tendrás que obedecerme. Y como hay que solucionar el asuntillo de tu castigo, veremos lo bien que te lo tomas. —Extiende la mano—. Sobre mis rodillas, niñata. Ha llegado el momento de tus azotes. Esta vez de verdad.

De nuevo, no titubeo. Esta es mi fantasía más oscura, una que ha permanecido oculta hasta que este enigmático macho la ha dotado de vida, y estoy lista para hacerla mía. Quiero ceder el control de este modo en el sexo. Y, más aún, quiero cedérselo a él.

Dejo que me ayude a ponerme en pie y que luego me coloque sobre su rodilla izquierda y sobre el brazo de la silla dejando su polla atrapada bajo mi vientre. Me acaricia la espalda con una mano mientras pasea la otra por los orbes de mi culo. Por lo poco que he experimentado con él junto a la piscina, reconozco este momento como la calma que precede a la tormenta. La parte en la que me adormece con una falsa sensación de…

¡Manotazo!

Oigo el golpe un segundo antes de sentir el escozor.

—Mierda.

—Cállate. —Manotazo—. Puedes hacer todo el ruido que quieras, pero no hables a menos que te lo ordene directamente o te haga una pregunta. —Manotazo—. Este es tu castigo y vas a aceptarlo sin rechistar. —Manotazo—. ¿Lo has entendido? Contesta. —Manotazo, manotazo.

Aspiro entre dientes mientras las llamas me lamen la superficie de la carne, luego lloriqueo cuando me acaricia la zona haciendo que el calor se hunda entre mis piernas y me haga humedecer.

—Sí, mi rey, lo he entendido.

Sus dedos buscan la hendidura de mi culo y la recorren hacia abajo hasta que alcanzan los labios de mi coño, que sondean para encontrar la entrada.

—Ya está mojado. Me pregunto si me desafiaste solo para volver a sentir el ardor de mi mano.

Abro la boca, pero me detengo antes de hablar. No estoy segura de cuál es la respuesta correcta.

MANOTAZO.

—¡Aaah!

Ese ha sido más fuerte que los otros, pero el dolor vuelve a fundirse en placer y me provoca una nueva oleada de excitación. Caiden comprueba mi reacción deslizando dos largos dedos hasta lo más profundo de mi sexo y moviéndolos lentamente hacia dentro y hacia fuera por mi apretado conducto.

—Veremos lo descarada que eres cuando pasemos a la parte siguiente. —Saca los dedos de mi interior, arrastra la humedad hacia arriba y me la frota alrededor del ano. De repente se me activan nervios que ni siquiera sabía que existían y en cuestión de segundos me tiene retorciéndome en su regazo—. Hum —dice con un sonido sordo que le retumba en el pecho—. Qué impaciente.

Cuando deja de tocarme esa zona, apenas me da tiempo a sentirme decepcionada porque enseguida me llueven más manotazos sobre las nalgas. Va alternando el ritmo y el lugar para que no pueda prever cuándo o dónde caerá su mano. Mi cuerpo se sacude con cada contacto brusco, pero como me sujeta con el otro brazo, no me puedo mover demasiado.

Tampoco es que me quiera escapar, lo que ocurre es que mis acciones ya no están guiadas por el pensamiento consciente. Funciono con el piloto automático, no me doy cuenta de los movimientos que hago a menos que me concentre en ellos, pero incluso entonces es como verme a mí misma a través del velo difuso de un sueño.

«Fuego, calor, humedad… Fuego, calor, humedad…».

Qué maravilla, qué maravilla.

¿Cómo puede algo tan doloroso hacerme sentir así de bien?

Me inflige ese patrón una y otra vez, a veces superponiendo los elementos y otras dándome un breve respiro en función de la cadencia de su mano.

Estoy abrumada por la cacofonía de sensaciones y, a la vez, hiperconcentrada en todos los detalles. Siento cómo mis fluidos avanzan por la cara interna de mi muslo y cómo su capullo roza mi vientre. Oigo el eco de cada manotazo y los violentos latidos de mi corazón. Huelo el jabón en su piel y su aroma único en el aire.

Me concentro en diferenciar los hilos de la alfombra que tengo debajo hasta que Caiden sostiene un objeto plateado delante de mi cara. Posee forma de bulbo, acaba en punta y en el lado opuesto tiene un tubo con una piedra preciosa de color rojo rubí del tamaño de una moneda de veinticinco centavos en el extremo.

—¿Sabes qué es esto? —me pregunta.

Parpadeo varias veces e intento responder, pero me distrae la sensación que me provoca la palma de su mano al acariciarme la sensible piel del culo. Me paso la lengua por los labios y por fin consigo articular algunas palabras.

—Un tapón anal.

—Así es —dice—. Lo he comprado para ti. —Lo gira y me enseña el grabado de preciosa caligrafía sobre la lisa superficie de metal: «Bella»—. ¿Te gusta?

Respondo vacilante.

—Me parece muy bonito, mi rey, sobre todo el grabado, pero…

—Continúa.

Trago saliva y me sonrojo.

—Pero no estoy segura de que me guste tenerlo dentro.

—Ya verás como sí —me asegura; luego su mano desaparece de mi vista. Un segundo después, doy un respingo cuando noto cómo un chorro de gel frío entra en contacto con mi raja del culo. Mientras habla, me masajea el ano con los dedos—. Yo decido qué te da placer. ¿Lo has entendido?

Ningún hombre me había hablado con tanto desprecio en la vida y, aun así, nunca había estado tan excitada como en este momento. «Encuéntrale algún sentido. O, de hecho, mejor no». Sinceramente, no me importa. Porque con esa única afirmación, Caiden me ha dado permiso para no pensar, para centrarme en sentir.

Él se encarga de mi placer y me hace temblar ante las expectativas.

—Lo he entendido, mi rey.

—Bien —dice en voz baja con un tono perverso que consigue volver a inundarme el coño con mis propios fluidos. Al formular la siguiente frase, suaviza un poco la voz, lo suficiente para que identifique al Caiden de la primera noche saliéndose del papel que interpreta ahora—. Sin embargo, te recuerdo que siempre tienes la opción de usar tu palabra de seguridad para detener lo que sea en cualquier momento. Dime que no lo olvidarás.

—No lo olvidaré.

—Buena chica. —Me alisa el pelo con su enorme mano, que luego recorre mi espalda hasta unirse a la zona donde con la otra aún me masajea entre los cachetes—. Bueno, vamos a decorarte como a una preciosa zorrita.

Siento mariposas en el estómago; tienen las alas encendidas por la dulce degradación de sus palabras.

Quiero ser su zorra, su puta, su pequeña y sucia como-quiera-llamarme. Porque en el fondo sé que no me está insultando con esos nombres, sino que me está venerando.

Y eso es lo que marca la diferencia.

Encaja la fría punta metálica del tapón en mi arrugado orificio y lo introduce más adentro empujando de forma lenta y constante, sin dejar de avanzar para insertarlo más allá del anillo de músculos que intenta cerrarse para impedir la intrusión.

—Relájate para mí, Bella... Eso es. Bien.

Mi culo se expande para acomodar el tapón a medida que se ensancha. Quema un poco y, cuando mi cerebro grita que es un agujero solo de salida, Caiden me mete la mano que tenía libre por debajo y me frota el dolorido clítoris.

—Aaah...

Digo esa única sílaba gimiendo hasta que me quedo sin aliento y el extremo del tapón acaba por entrar, de forma que mi ano se cierra alrededor del tubo.

—Joder, qué bonito. Un culo rojo cereza con una piedra preciosa a juego. —Le da varios golpecitos a la joya y hace que el tapón se mueva dentro de mí. Gimoteo mientras un intenso placer me vibra por todo el cuerpo—. ¿Qué te parece ahora que te haya metido el tapón por el culo, mi zorrita?

—Me encanta, mi rey.

Él suelta una risilla malvada.

—Claro que sí. Vuelve a ponerte de rodillas, venga.

Caiden me ayuda a bajar de su regazo y me coloca con cuidado en mi posición original, arrodillada entre sus piernas. Cuando apoyo el trasero sobre los talones, emito un siseo de dolor y me incorporo de nuevo. Me sonríe con malicia y noto cómo su dura polla, que todavía le sobresale del cuerpo, se contrae en rápidos movimientos.

Le excita ser testigo de la incomodidad que él mismo ha causado, lo que hace que yo también me excite. Porque en algún momento durante mi azote, mi excitación quedó directamente vinculada a la suya.

—Ahora que ya has recibido tu castigo, es hora de la recompensa.

Siento que ha pasado un año desde aquella conversación, así que en ese momento no recuerdo de qué me habla. Entonces se acaricia el miembro lentamente un par de veces, atrayendo mi mirada hacia él, y la boca se me hace agua.

—¿A qué esperas, Bella? Muéstrale a tu rey cuánto adoras su puta polla.

CAPÍTULO DIECISÉIS

CAIDEN

Por fuera parezco indiferente, incluso aburrido, mientras espero a que Bryn obedezca mis órdenes.

Por dentro, sin embargo, el pulso me martillea en su recorrido por las venas y tengo que respirar lenta y profundamente a consciencia para no hiperventilar por la expectación que me genera saber que por fin voy a sentir su boca sobre mí.

Se pasa la lengua por los labios y deja un rastro de humedad que quiero saborear mientras le chupo y le muerdo la boca.

«Tranquilo, pronto será tuya».

El pensamiento hace que se me tensen las pelotas y se me contraiga la polla mientras ella sigue acercándose entre mis piernas abiertas.

Me agarra el miembro con una mano y parpadea con gesto de sorpresa cuando se da cuenta de que las yemas de los dedos todavía le quedan a más de un par de centímetros del pulgar.

Mientras me mira a través de las pestañas, me lame el glande con la superficie plana de su lengua de color rosa caramelo. Aprieto la mandíbula para mantener a raya mis reacciones; la única señal visible es el aleteo de mis fosas nasales cuando siento que una descarga eléctrica me baja a lo largo de la polla.

Verla lamer la gota de líquido preseminal que se ha filtrado fuera del orificio es lo más fenomenal que he presenciado en la vida.

Entrecierro los párpados cuando me pasa su perversa lengua alrededor del capullo unas cuantas veces. Luego me chupa la polla hasta el fondo con su boca caliente y pierdo el control por completo.

En mi pecho retumba un gruñido mientras mis dedos se enredan en su pelo y empiezo a guiar sus movimientos. Consigue introducírsela más o menos hasta la mitad de su cálida garganta y utiliza una mano para bombear y retorcer la mitad que ha quedado fuera.

Bryn me la chupa como si fuera una estrella del porno. Es increíble la intensidad de la succión y cómo a la vez gira su lengua alrededor de mi miembro dándole un toquecito final al punto sensible que hay debajo de la corona.

La miro fijamente a sus ojos de corderito de color avellana y suelto un gemido.

—Así, joder, así. Voy a tener que enseñarte a que te metas mi polla hasta el fondo de la garganta como una buena...

En lugar de seguir subiendo, invierte la dirección del movimiento al tiempo que aparta la mano y se la introduce hasta más allá de la mitad. No puedo disimular mi asombro cuando noto que mi capullo ha sobrepasado la abertura de su garganta y se desliza hacia su interior hasta que los estirados labios le llegan a la base de mi polla. Mantiene la posición mientras me mira desde abajo, con los ojos llorosos por el esfuerzo, pero no hay sensación de incomodidad ni pánico en su energía.

—Joder.

Si dejo que me siga haciendo una garganta profunda, es muy posible que me corra en este puto instante. Nunca me había quitado a una mujer de encima, pero empiezo a pensar que con Bryn va a haber muchas primeras veces, algo bastante loco para alguien que lleva follando más de un siglo.

Dirigiéndola con las manos, la empujo suavemente hacia atrás hasta que mi polla sale de sus labios húmedos como un resorte y después me inclino hacia delante para clavarle una mirada feroz.

—¿Qué coño ha sido eso, Bella?

Quería que sonara a curiosidad, pero, al pensar en ella chupándosela a otro cual estrella del porno, ha quedado más bien como una acusación.

Ella muestra una amplia sonrisa; está visiblemente orgullosa de sí misma.

—Formo parte del veinticinco por ciento de la población femenina sin reflejo faríngeo. Aunque hasta ahora solo lo había probado con un consolador.

Entonces se ruboriza de verdad con una risita tímida. No le suele ocurrir, y ese destello tan poco frecuente de vulnerabilidad en ella es del todo encantador.

Esta mujer es peligrosa en más sentidos de los que creía.

Debería estar corriendo en dirección opuesta a ella. En lugar de eso, descubro que lo único que quiero es acercarme, pese a las incontables señales de advertencia que hay a su alrededor.

Así que lo hago.

Con un gruñido animal, acerco su cara a la mía y la devoro como a una presa. Los labios se aplastan, los dientes chocan y muerden, las lenguas se empujan.

No es sensual ni romántico. Ni siquiera sexi o erótico.

Es depredador y hedonista, carnal y sin censura.

Esto no es besar. Es depravado, como follar sucio por la boca.

La agarro y la llevo a los pies de la cama, donde corto nuestra conexión de mala gana para dejarla caer sobre el colchón. Chilla cuando su tierno culo, aún con el tapón dentro, entra en contacto con el edredón, pero no tarda en recuperarse.

Bryn presupone que la quiero en el centro de la cama y empieza a moverse hacia el cabecero. Pero mis manos se aferran a sus tobillos y la atraen hacia mí.

Sisea entre dientes debido a la fricción contra su sensible piel, que he golpeado hasta asegurarme de que se acordará de mí cada vez que se siente durante al menos una semana.

—Si quisiera que estuvieras tan arriba, te habría tirado ahí yo mismo. Si quiero que cambies de posición o te muevas, te diré lo que tienes que hacer o te colocaré yo mismo.

Meto la mano debajo de la cama y saco la bolsa negra que dejé allí escondida antes de ducharme. Contiene una pequeña muestra de algunos básicos que reuní sin saber qué me apetecería.

Pero ahora ya lo sé.

Saco un sencillo sistema compuesto por cuatro esposas de cuero y le abrocho las dos más grandes de forma que le queden perfectamente ajustadas a los muslos. Luego hago lo mismo con el juego más pequeño en los tobillos. Por último, le estiro los brazos y le junto los antebrazos. Saco un trozo de cuerda negra de la bolsa, se la enrollo en las muñecas y empiezo a subir.

Cuando llego a los codos, remato el enrollado con unos cuantos nudos estratégicamente ubicados y compruebo mi trabajo para asegurarme de que su circulación no corre peligro.

Satisfecho porque todo está en orden, me pongo en situación, la cojo por el cuello con una mano y le pellizco un pezón con la otra. Después me cierno sobre ella hasta que mi cara eclipsa su visión y me apodero de todo su mundo.

—Antes de seguir, y dado que eres nueva en esto, voy a repetir una regla sumamente importante. Asiente si me estás prestando atención. —Ella asiente—. No creas saber lo que quiero ni actúes por tu cuenta. En este espacio, tu función no es pensar ni tomar decisiones. Eres mía y puedo hacer contigo lo que me plazca, mi sucia zorrita. ¿Entendido? Contéstame.

Mirándome fijamente con los ojos brillantes por la lujuria, susurra:

—Lo entiendo, mi rey.

Puede que lo acepte. Pero ¿puede admitirlo?

—¿Qué eres?

—Su sucia zorrita.

Al oírla repetir esas degradantes palabras con el fantasma de una sonrisa asomándole a la cara, me inunda un sentimiento de satisfacción y orgullo.

De todas formas, no me sorprende que le guste. Aquella noche junto a la piscina no se mostró reacia ante la pequeña humillación por la que la hice pasar, y el vínculo me permite sentir que cada vez su excitación va en aumento.

Además, por conversaciones que hemos tenido, sé que gran parte de su identidad se basa en complacer a los demás, bien siendo la mejor en algo o bien resultando útil y ejerciendo una influencia positiva. Pero esa clase de presión constante es agotadora.

Lo sé porque en este aspecto soy como ella.

Aunque yo lo hago más bien por sentido de la responsabilidad y por estar a la altura de las expectativas. Pero la cuestión es que, en este escenario, ambos podemos dejar de lado nuestro papel de buenos por naturaleza y adoptar las versiones de nosotros mismos que se desarrollan a partir de la maldad.

El sexo kinky te permite celebrar la parte de ti mismo a la que no das rienda suelta en tu vida cotidiana. Y nada me gustaría más que ser yo quien le brindara a Bryn esa libertad.

—Tienes toda la puta razón. —La recompenso con un apabullante beso que consiste en invadirla con un rápido lametón para después morderle el labio inferior y tirar de él hasta dejarlo libre—. Vale, date la vuelta para que pueda ver ese bonito tapón y las marcas que te he hecho en el culo.

Se pone boca abajo y yo le levanto las caderas para que las rodillas y los brazos atados le queden por debajo. Después le doblo las piernas y acoplo los enganches de las esposas tobilleras a las anillas metálicas de las esposas que lleva en los muslos. Tal como está atada con la cuerda y las esposas, no podrá moverse, de modo que podré disfrutar de las vistas y la mantendré en una posición perfecta para follármela.

—Ufff, esta vista sí que es una belleza.

Cojo el extremo enjoyado del tapón y lo muevo en círculos mientras le paso un dedo arriba y abajo por la empapada raja, haciéndola gemir.

Normalmente alargaría este momento, quizá la llevaría al límite o le negaría el orgasmo que tanto ansía. Pero sé que esta primera vez no lo voy a conseguir.

Estoy tan desesperado por estar dentro de ella como lo está ella por sentirme. Así que voy a acabar con esta tortura para ambos y dejar el sadismo para otro día.

Si bien no puede cambiar de postura, sí que es capaz de mover las caderas, como demuestra la forma en que se está tirando al aire ahora mismo.

—Qué zorrita tan necesitada; intenta follarse a mi dedo. ¿Quieres algo, nena?

—Sí —dice entre gemidos.

Le doy un manotazo en el culo, ya enrojecido. Sisea de dolor.

—Sí, ¿qué? Y luego dime qué quieres.

—Sí, mi rey. Quiero su polla. Por favor, ¿me la puede dar? Por favor, mi rey, la deseo tanto...

Me inclino sobre ella, le pongo la mano en la parte delantera de la garganta y le echo la cabeza hacia atrás mientras me alineo con su cuerpo.

—Ya que me lo has suplicado tan amablemente... Espero que estés preparada para que te folle a muerte.

Entonces muevo las caderas de golpe hacia delante y la ensarto en mi polla.

Ella grita y yo pierdo la visión durante un instante al sentir cómo su coño caliente se estremece a mi alrededor como un puño apretado.

Pero no pierdo el tiempo y no dejo que ninguno de los dos disfrute del momento. Empiezo a mover las caderas adelante y atrás, empujando más hacia dentro, más fuerte, una y otra vez, tocando fondo con cada potente embestida en un intento de alcanzar el subidón definitivo.

Ahora que he decidido ceder ante mis necesidades más básicas por esta mujer, puedo hacer todo aquello con lo que siempre he fantaseado cuando me apetezca. Pero esta vez no puedo controlarme, así que ni siquiera lo voy a intentar.

Vuelvo a ponerme erguido, le agarro los cachetes del culo y se los separo para ver mejor cómo su precioso coño se traga mi polla una y otra vez. Los gemidos y los murmullos sin sentido que se le escapan de entre los labios componen mi nueva banda sonora sexual favorita.

Su energía se proyecta con tanta fuerza que el aire vibra con su placer, lo que centuplica el mío.

—Ah, joder, así —dice con el agujero cada vez más ajustado a mi alrededor—. Necesito correrme. Mi rey, por favor, ¿puedo correrme? Por favor, por favor, por favor...

No puedo negarme, porque en breve yo seré el siguiente. La presión se me acumula en la base de la columna vertebral y en las pelotas. El orgasmo se abalanza sobre mí y no hay ejercicio mental de declamación de hechos aburridos que pueda detenerlo. Lo que significa que debo justificar el permiso que voy a darle y acabar con nuestro sufrimiento.

Me vuelvo a inclinar sobre ella, la agarro del pelo cerrando el puño y se lo echo hacia atrás para hablarle de nuevo al oído.

—Ya que me lo has suplicado como una buena putita sin que haya tenido que recordártelo, sí. —Luego me permito un momento auténtico en medio de tanto caos de transgresión y le susurro—: Córrete para mí, Bella.

Y ella se hace añicos.

Se le abre la boca en un grito silencioso, las piernas le tiemblan mientras su coño me aprieta la polla y se sacude en espasmos. Sigo penetrándola, cada vez más rápido y más fuerte. Todo su cuerpo empieza a temblar y noto cómo la invade un segundo clímax, aún más intenso que el primero.

Y yo no puedo aguantar más.

La presión llega a su punto álgido y es imposible contenerla. Rujo y me abalanzo sobre ella una última vez mientras mi semilla sale despedida a chorros y azota sus paredes palpitantes, haciéndola gemir y frotar su culo contra mí. Ni siquiera sé si es consciente de lo que hace, pero si sigue así, me voy a sentir tentado a repetir.

Le doy un beso en la sien, húmeda de sudor.

—Buena chica, Bella. No te muevas. Voy a quitarte el tapón y a desatarte, ¿vale?

Ella asiente y luego apoya la frente sobre los puños tratando de recuperar el aliento. Actúo de forma rápida y eficaz, teniendo cuidado de sacar el tapón despacio y dejarlo a un lado para ocuparme de él más tarde. Después le desabrocho las esposas y se las quito antes de ayudarla a ponerse de costado.

Mientras deshago los nudos y comienzo a desenrollarle la cuerda de los brazos, la examino superficialmente para ver cómo se encuentra, buscando alguna señal que indique si está angustiada, y leyendo su energía para asegurarme de que no se me escape nada.

Por suerte, se siente muy feliz en el subespacio, pero ahora que la escenificación ha acabado le va a dar un bajón y soy yo quien debe encargarse de proporcionarle los cuidados posteriores que le permitan volver lentamente y ayudarla con las complicadas emociones que a veces pueden surgir.

La cuerda le ha dejado unas marcas preciosas en los antebrazos, lo que constituye otro ejemplo de que dejarle mi huella en su cuerpo es algo que llega a una parte muy primaria de mí.

Dejo caer la cuerda en la bolsa y cojo el botecito de bálsamo.

—Ya casi está. Esto te ayudará con el proceso de curación.

Le froto con cuidado el ungüento en las nalgas hasta asegurarme de que he cubierto todas las rojeces, luego lo meto en la bolsa y lo dejo todo en el suelo.

—Venga, Bella, arriba.

La recojo contra mi pecho y la llevo hacia el lateral de la cama. La meto bajo las sábanas y me uno a ella a pesar mío.

Hasta ahora, no había llevado a ninguna mujer a mi habitación, y mucho menos a mi cama. Pero pensar en mandarla esta noche a su habitación me crispa los nervios. Me digo a mí mismo que no es para tanto, ya dormimos en la misma cama la noche que nos conocimos, y luego me saco el tema de la cabeza y me concentro en lo que tengo que concentrarme.

Cojo a Bryn entre mis brazos, le retiro el pelo de la cara y le paso una mano por la espalda bajo las sábanas.

—¿Cómo te encuentras, Bella?

—Mmm… —Se acurruca más cerca de mí, me pasa una pierna por encima y arrima su cara al pliegue de mi cuello—. Me siento flotar, como si estuviera en un sueño muy lúcido.

—Es normal. —Noto algún tipo de ondulación en su energía, pero no es lo suficientemente fuerte como para aislarla de su estado general de resaca de placer—. ¿Hay algo de lo que quieras hablar, Bryn?

—No. Es hora de dormir.

Habla despacio por el cansancio, pero quiero asegurarme de que no hay ninguna cuestión de la que deba encargarme antes de dejarla dormir.

Sin abandonar mi tono ligero y burlón, le digo:

—No me mientas, Bella. No puedes permitirte que te caigan unos avisos justo después de los azotes.

Ella se ríe con un resoplido, pero no capitula de inmediato, así que continúo acariciándole su suave piel y me obligo a esperar.

Por fin, se medio encoge de hombros, casi como si cediera a una discusión con su propio cerebro.

—Estaba pensando que, para ser un hombre que no quiere casarse, es curioso que selecciones esos colgantes.

Dejo de moverme el tiempo suficiente como para que se note mi sorpresa. «Me ha pillado».

Solo lo tengo desde hace poco más de dos semanas, pero ese anillo colgado de la cadena ya me parece una parte tan permanente de mi vestuario como la muñequera, así que no se me ocurrió que Bryn lo iba a ver.

—Tienes razón, es hora de dormir.

Su risita tranquila me vibra contra el pecho.

—Ya me lo imaginaba.

Incapaz de contener la sonrisa, hago todo lo posible por mantener un tono de voz grave.

—Duérmete, niñata.

Ella suspira como un gatito contento y susurra:

—Sí, mi rey.

Y, mientras la oigo respirar de forma cada vez más profunda y uniforme, y siento su corazón latir cerca del mío, pierdo otro pedacito de mí en beneficio de mi pareja.

CAPÍTULO DIECISIETE

CAIDEN

Una parte muy importante de hacer negocios consiste en charlar informalmente con los posibles socios o inversores. Es un hecho del que se aprovechan todos los que están a mi nivel, incluido yo mismo. He viajado por todo el mundo para cenar con dignatarios extranjeros, magnates inmobiliarios y miembros de la realeza hotelera con el pretexto de «hacer negocios».

Es una completa gilipollez y una pérdida de tiempo.

No es necesario tomar caviar de beluga, filete de wagyu ni botellas de Cristal para firmar un contrato sobre la línea de puntos. Pero todo forma parte del baile y, si juegas para ganar, debes seguir ciertas reglas.

Esta noche me toca a mí hacer de amable anfitrión para mis nuevos socios de la Costa Este, que trabajan conmigo para construir un Nightfall en Nueva York. Les he traído a Las Vegas en mi G6, les he dado fichas por valor de diez mil dólares para que se las fundan en mi casino esta tarde y ahora les voy a invitar a una cena de cinco platos en mi restaurante de tres estrellas Michelin, en la última planta de la torre del Nightfall. (Sí, hay una torre en el hotel, pero mi oficina está más cerca de la zona central, así que la comparación con Rapunzel sigue siendo estúpida).

Socializar no es mi fuerte. Hay dos cosas que se me dan bien: servir a mi pueblo como rey y ganar la hostia de dinero con inversiones, bienes inmuebles, casinos y demás operaciones.

No obstante, la ironía de estas cenas de negocios es que nadie quiere hablar de negocios, por eso Tiernan y Finnian siempre me acompañan. Tier es capaz de cautivar como por arte de magia a quien le ponga delante con bromas y halagos, mientras que a Finn se le da genial la charleta masculina de rigor sobre deportes y discutir de temas de actualidad.

Eso me permite ir añadiendo afirmaciones superficiales de cuando en cuando sin tener que dedicarle demasiado esfuerzo a la conversación.

Esta noche, sin embargo, les podría haber dicho a mis hermanos que se quedaran en casa y no habría supuesto ninguna puta diferencia, porque no son ellos los que acaparan toda la atención.

Es Bryn.

Desde el momento en que llegamos al restaurante, tenía a los cinco neoyorquinos comiendo de su mano, atraía la atención de todos sin ningún esfuerzo y los engatusaba como si le pagaran por ello.

Supongo que solía hacerlo. Me dijo que donde vivía se dedicaba a las relaciones públicas, pero que ahora mismo no tenía trabajo, y no puedo evitar preguntarme por qué. Debe de ser cosa suya, porque por la forma en la que se trabaja la sala, deshacerse de ella sería una estupidez por parte de cualquier empresa.

Nuestro grupo de doce está sentado alrededor de una gran mesa redonda y, a pesar de la distancia que hay entre los comensales, Bryn —que está sentada a mi izquierda— se ha asegurado de entablar conversaciones con cada uno de ellos, además de hacer que todo el mundo hable y se ría de todo, desde qué anuncios han sido los más divertidos de la Super Bowl hasta discusiones sobre qué estado tiene los inviernos más duros.

Todos están tan absortos en pasárselo bien con Bryn que no se han dado cuenta de lo callado que estoy ni de que no puedo apartar los ojos de ella.

Ha pasado casi una semana desde la noche en que me la follé en mi habitación y desde entonces no hemos vuelto a repetirlo. Sí que hemos comido juntos un par de veces e incluso me convenció para ver un absurdo programa de telerrealidad con ella, Conall y Connor.

Pero a mis negocios habituales y a mis responsabilidades como rey, se han añadido los factores estresantes de tener que prepararme para el próximo encuentro del Equinoccio de Otoño con Talek Edevane, el rey de la Corte del Día, con quien me reuniré por primera vez, y de seguir diferentes pistas que podrían indicarnos cómo romper esta maldición o al menos cómo deshacer el matrimonio para cortar el vínculo.

Huelga decir que no he tenido mucho tiempo extraescolar.

Por suerte, Bryn también se ha mantenido ocupada con la actualización de marca y el plan de marketing de los Tallon y su tienda de joyas y cristales.

Algo que ha hecho que me encariñe con ella más de lo que me gustaría, aunque estoy haciendo todo lo posible por no analizar nada en exceso ahora mismo.

No tenemos ni idea de cuánto va a durar esta situación y es imposible que me resista a esta atracción para siempre, ya sea imaginaria, fabricada o real. Así que, por el momento, voy a tomar ejemplo de la actitud de Tier y simplemente voy a «dejarme llevar».

Charles Anderson, director general de una importante cadena hotelera de la Costa Este, se ríe a carcajadas de algo que Bryn ha dicho y yo me he perdido mientras estaba sumido en mis pensamientos.

—Verran —dice intentando recuperar el aliento—, ¿de dónde narices has sacado a esta mujer? Es un encanto absoluto.

Bryn se vuelve hacia mí con su precioso rostro iluminado por una refulgente sonrisa.

Le sostengo la mirada mientras le respondo a Anderson con sinceridad, como no podría ser de otra manera.

—Un día me fijé en ella y desde entonces no he dejado que se aleje de mí.

—Bueno, yo habría hecho lo mismo. ¿Y cuál es su trabajo en la empresa?

Respondo antes de que lo haga Bryn.

—Es especialista en relaciones públicas de una nueva división de Nightfall Corp.

Me mira con los ojos desorbitados y creo que yo estoy casi tan sorprendido como ella. Pero ahora que lo he dicho en voz alta, me doy cuenta de que es verdad porque quiero que lo sea. Por supuesto, ya cuento con un equipo de relaciones públicas, pero en él no hay nadie con el carisma natural de Bryn.

Además, sé que le apasiona esta profesión por cómo ha trabajado de forma incansable en la campaña de renovación de la marca de los Tallon desde que se ofreció a ayudarles.

Ante su mirada interrogativa, arqueo las cejas en señal de desafío y bajo la voz para que solo me oiga ella.

—Dijiste que estabas sin trabajo y, en vista de que te vas a quedar un tiempo…

Me encojo de hombros y le dejo la pelota en su tejado.

—¿Y va a ser como la última vez que trabajé para ti?

La pregunta me hace reír. Se refiere a las pocas pero valiosas horas durante las que me hizo de asistente en el TdR antes de que la «despidiera». La verdad es que era una asistente de mierda; estaba tan absorta en las reuniones que tuve aquella noche que ni siquiera fingió anotar algo.

—No, Bryn, te estoy haciendo una oferta sincera para todo el tiempo que estés en Las Vegas. No necesito ver tu currículum para saber que eres buena de cojones en lo que haces. Tan solo con lo que he visto esta noche ya habría sido suficiente, pero también sé que has hecho un trabajo excepcional para los Tallon. Alguien como tú podría ayudar a otros en mi corte a adecuar sus pequeñas empresas al siglo XXI. Te pagaré el doble de lo que ganabas en tu ciudad y, si te parece, convertiremos una de las habitaciones de invitados de la mansión en una oficina.

Hay cierto brillo de humedad en sus ojos de color avellana, pero enseguida parpadea para disimularla.

—Hablas en serio.

—Sí.

He aprendido que Bryn se crece si tiene un propósito y puede ayudar a los demás. Así que intento darle ambas cosas con el pretexto de que cuide de mi pueblo.

Además, siendo del todo sincero, la idea de que se sumerja en mi mundo satisface ese instinto primitivo que me carcome de querer tenerla atada a mí en todos los sentidos posibles. Para que, cuando encontremos la forma de liberarla, le cueste demasiado irse.

Porque soy un puto cabrón egoísta que quiere quedarse lo que ni siquiera debería tener.

Esbozando una luminosa sonrisa, extiende la mano derecha por debajo de la mesa para que nadie la vea.

—Acepto su oferta, señor Verran; estoy deseando trabajar para su corte.

En lugar de estrechársela, deslizo mi mano izquierda en la que ella me ofrece y entrelazo nuestros dedos para luego ponerlos a descansar sobre mi regazo. Los temblores que me provoca la combinación de nuestra energía me suben por el brazo y me calientan el pecho. He acabado por acostumbrarme tanto a esta sensación que ya ni siquiera me sorprende.

Tan solo la disfruto.

Bryn, en cambio, arruga el entrecejo al tiempo que baja la mirada hacia donde nuestras manos se encuentran unidas y, cuando vuelve a levantar los ojos para encontrarse con los míos, descubro en ellos un atisbo de asombro.

¿Ha empezado por fin a afectarle el vínculo?

Tal pensamiento desencadena un pequeño escalofrío que me recorre la espina dorsal, aunque mi cerebro me advierte de que el hecho de que una humana sienta cosas de feéricos solo puede significar que nuestra situación se está complicando, no al contrario.

Antes de que pueda preguntárselo, Anderson me grita desde el otro lado de la mesa.

—Será mejor que no le quites ojo, Verran. —Al reírse, sus rubicundas mejillas prácticamente le cubren los ojos de regocijo—. Puede que trate de robártela y llevármela conmigo a Nueva York.

La ira amaga con eclipsar mi visión, pero la alejo y fuerzo una sonrisa que parece más depredadora que amistosa.

—Por encima de mi cadáver, Charles.

Tiernan se atraganta con su agua a mi derecha mientras que Finni me atraviesa el lateral de la cabeza con la mirada (no le ve la gracia a mi situación y odia que Tier haga bromas al respecto). A Seamus tampoco parece divertirle lo ocurrido, pero Dougal, el gerente principal del Nightfall Vegas, y Sean, el que será nuestro gerente del que estamos construyendo en Manhattan, se ríen con el resto de la mesa, ajenos al hecho de que mi afirmación no era ninguna broma, sino la pura verdad.

—Dama y caballeros, aquí tienen el postre. —Tres miembros del servicio comienzan a distribuir grandes platos que contienen lo que parecen diminutas esculturas en tonos marrones y crema mientras el jefe de sala, Quinn, anuncia de qué se trata—. Esta noche les presentamos el famoso cremoso de whisky y chocolate del chef, galardonado con una estrella Michelin, que lleva helado de whisky, café y caramelo.

Como era de esperar, mis invitados se muestran entusiasmados y algunos incluso sacan sus teléfonos para hacer las preceptivas fotos y colgarlas en las redes sociales o enviárselas a algún contacto para presumir. Pero mi atención se centra en el jefe de sala, que en ese momento coloca ante Bryn un postre diferente.

—Y, para la dama especial de la noche, el chef ha preparado una creación totalmente nueva: un ponche caliente deconstruido.

—Ah, vaya —dice ella con los ojos enormes mientras contempla la pequeña obra de arte—. ¿Lo ha hecho solo para mí?

—Sí. Está pensando en incorporarlo al menú y quería conocer su opinión. Como invitada especial de nuestro… —los ojos de Quinn buscan rápidamente los míos y yo levanto una ceja como recordatorio silencioso de que nos encontramos ante una compañía mixta— estimado jefe, al chef le encantaría saber si este postre es digno de la reputación del Nightfall.

—Bueno, qué emoción. —Bryn coge su tenedor y toma un pequeño bocado mientras todos la observan. Hace un sonido de sorpresa sin abrir los labios y, a continuación, se tapa la boca con los dedos antes de hablar—. ¿Lleva limón?

—Sí, señorita. Los componentes principales son un pastel de limón y miel, limón confitado, helado de jengibre y un gel de whisky.

Bueno, ahora sé por qué no le ofrecieron probar el postre de ponche caliente a ninguno de los míos. A los feéricos no nos sientan bien los limones. De repente, noto un cambio en la energía de Bryn y me centro en ella.

—¿Qué pasa, Bryn?

—Ah, nada —dice haciéndome un gesto con la mano para que no me preocupe—. Nunca me ha gustado mucho el limón, eso es todo.

—Quinn, llévatelo.

—¡No! —Bryn levanta las manos para detener a Quin cuando se inclina para recoger su plato—. De verdad, no pasa nada. No está muy fuerte y no quiero insultar al chef. —Abro la boca para discutir con ella, pero me lanza una mirada tranquilizadora con intención de que pare, y eso hago. Se vuelve hacia Quinn y le dice—: Muchas gracias. Por favor, dile que está delicioso y que sería una maravillosa incorporación al menú.

Quinn sonríe; es evidente que está encantado de no tener que dar malas noticias.

—Gracias, señorita, lo haré. Disfruten todos de sus postres.

Y, de esta forma, nos encontramos de nuevo a la deriva en fútiles conversaciones en la mesa mientras nos comemos el último plato de la experiencia gastronómica de tres horas. Bryn vuelve a la carga y aporta su granito de arena desafiando a los socios neoyorquinos con preguntas que invitan a la reflexión. Renuncio a tomar el postre; prefiero darle un sorbo a mi bebida sin perderla de vista.

Tiernan se inclina hacia mí desde el otro lado.

—Hermano, si no pestañeas pronto, los invitados van a empezar a preguntarse si te has convertido en una estatua.

Bryn deja el tenedor, ya ha dado cuenta de la mitad del postre, y se aclara la garganta antes de beber un poco de agua y volver a intentar aclararse la garganta.

—Algo no va bien —le digo a Tiernan en voz baja.

Él me contesta ya con tono serio.

—¿Qué quieres decir?

Sacudo levemente la cabeza.

—No lo sé. Es como si Bryn... se hubiera quedado sin energía.

No sé muy bien cómo explicarlo, pero después de casi tres semanas de sentir nuestro vínculo de pareja y aprender sobre él, puedo decir que hay algo que no va bien.

Giro la cabeza hacia mi hermano y le digo:

—Voy a llevarla a casa. ¿Podéis Finn y tú haceros cargo de la situación?

Tier asiente con gesto de confianza.

—Por supuesto, ve a ocuparte de tu...

Incluso antes de ver a Tier con los ojos fuera de las órbitas mirando algún punto más allá de mi hombro, siento el pánico de Bryn.

Me doy la vuelta y el corazón se me para en el pecho al ver el terror escrito en su rostro mientras, jadeante, trata de respirar. Se aferra con las manos a las mangas de mi traje antes de caerse de la silla.

—¡Bryn!

La bajo suavemente al suelo, me arrodillo a su lado y la examino en busca de pistas. Seamus le grita a Sean que llame a emergencias, pero con lo rápido que se le están poniendo azules los labios, dentro de poco ya no necesitaremos una ambulancia.

Todos los que están a nuestro alrededor se levantan como si, al cambiarse de sitio, los pulmones de mi pareja fueran a aceptar el aire, pero su impotencia y la mía solo logran enfurecerme.

—¿Qué coño pasa? ¿Qué le ocurre?

Uno de los socios dice:

—¿Es alérgica a los frutos secos o a algo que haya podido comer?

En lo primero que pienso es en ese postre con limón, pero lo descarto rápidamente. Si Bryn fuera feérica, habría que tenerlo en cuenta, pero no lo es. Tiene que ser otra cosa.

—Mire si lleva un lápiz de epinefrina en el bolso.

Joder, no ha traído bolso. Levanto la mirada y me pongo a gritar en el restaurante, que está abarrotado.

—¿Alguien tiene un lápiz de epinefrina?

Al otro lado de la sala, una mujer se levanta de un salto.

—¡Yo tengo uno!

—¡Yo también!

Ni siquiera espero a ver quién es la otra persona o cuál es la que va a llegar primero. Toda mi atención se centra en la mujer que acuno entre mis brazos en el suelo del restaurante mientras pienso que ojalá hubiera enviado a mis hermanos en mi lugar para habernos podido quedar juntos en la mansión.

—Aguanta, Bella, voy a curarte, tú solo intenta aguantar.

Le acaricio la cara y le limpio las lágrimas que le brotan de las esquinas de sus preciosos ojos verdes y dorados.

En cuanto me ponen a la vista el primer lápiz, lo cojo, le arranco el capuchón con los dientes, le clavo la jeringuilla en el muslo y aprieto para que baje la medicina. Lo tiro al suelo y sujeto la cara de Bryn mientras le pido que abra los pulmones.

—Vamos, nena, respira. Respira, joder.

Por fin, aspira un hilillo de aire hacia el pecho. Y luego otro.

—Así, Bella, buena chica. Ahora estate tranquila.

—Caid…

—Chisss, no hables. Tan solo respira, ¿vale? —Bryn asiente sin fuerzas, su respiración todavía es tan fatigosa que parece como si aspirara a través de una pajita de cóctel—. ¿Dónde coño está la ambulancia?

Sean, que sigue al teléfono con el operador de emergencias, dice:

—Tiempo estimado de llegada: tres minutos, señor.

En ese preciso instante decido que nunca iré a ninguna parte sin un feérico sanador en mi séquito. Aunque no pueden curar a los humanos, quizá nuestro vínculo permita que la magia de los feéricos le haga efecto, al menos lo suficiente para que nos dé tiempo a llevarla al hospital.

En algún lugar detrás de mí, oigo a Finn decir en voz baja:

—Esto podría haber acabado muy mal, Tier. Si Bryn muere…

En el pecho me retumba un gruñido.

—Finnian —grita Tier sin alzar la voz—, ahora no es el puto momento.

Oigo cómo Finn comienza a replicar y Seamus le pone fin a la disputa antes de que llegue a soltar más de tres palabras. De repente, otro pico de ansiedad me atraviesa el pecho como si fuera mío.

—¿Bryn? —Vuelve a tener bloqueadas las vías respiratorias y solo puedo mirar mientras me suplica en silencio que la ayude—. ¡Dadme ese otro lápiz de epinefrina!

Este se lo clavo en el otro muslo mientras le rezo a Rhiannon para que funcione, para que no me la arrebaten justo ahora que la he encontrado. Pero mis plegarias se quedan sin respuesta, porque esta vez no parece que ayude en absoluto.

El dolor y la desesperación me dejan hecho añicos cuando veo que sus ojos, sus hermosos y conmovedores ojos, se entornan hasta cerrarse y su cuerpo se pone flácido en mis brazos.

—¡Bryn!

CAPÍTULO DIECIOCHO

BRYN

No sé cuánto tiempo llevo flotando en este espacio infinito del vacío ni por qué estoy aquí, pero me quiero ir. Aunque en este lugar no hay nada que me asuste o me amenace, siento una necesidad de escapar que me araña el subconsciente, como si algo —o alguien— estuviera esperando para verme emerger.

Sin embargo, por mucho que quiera salir, no puedo. No puedo caminar, ni arrastrarme, ni arañar, ni luchar para llegar a la superficie, si es que la hay.

Lo único que puedo hacer es limitarme a existir.

De pronto, a lo lejos, veo un puntito de luz no más grande que una estrella parpadeante en el cielo nocturno, aunque bien podría encontrarme junto al sol por el intenso alivio que me invade.

Ahora que tengo una dirección y un destino, mi voluntad me permite acercarme, así que avanzo a la deriva en el vacío mientras el puntito de luz crece y crece hasta alcanzar el tamaño de la luz de una linterna, que a su vez crece hasta alcanzar el diámetro de un foco y, finalmente, la luz eclipsa la oscuridad… y mis párpados se abren.

Tardo varios minutos en orientarme. Oigo suaves zumbidos de maquinaria que se mezclan con conversaciones apagadas procedentes del otro lado de una enorme puerta con una pequeña ventana rectangular. La habitación es un tapiz sin gracia en tonos cremas y beis, de cuyas paredes cuelgan diagramas de cuerpos, un cartel con emoticonos graduados desde el ceño fruncido hasta la sonrisa y una pizarra con información que ahora mismo no logro entender.

Confirmo mi sospecha al ver la fina manta blanca que cubre mi cuerpo, tumbado en una posición ligeramente reclinada sobre una cama individual con barras metálicas a los lados. Sin duda estoy en un hospital, pero no tengo ni la menor idea de cómo he llegado hasta aquí ni de cuál ha sido el motivo.

Enseguida muevo las extremidades y compruebo que no tengo nada roto, pero siento la cabeza brumosa y pesada y, cada vez que trago, me estalla un pequeño fuego en la garganta.

«¿Qué coño me ha pasado?».

El miedo a lo desconocido amenaza con dispararme la tensión. Entonces lo veo.

«Caiden».

Está en un rincón de la habitación, dormitando en un horrible sillón de color canela que parece rígido e incómodo. Tiene las piernas separadas y se mantiene erguido, a excepción de la cabeza, que sostiene sobre la palma de la mano izquierda. No sé cuánto tiempo lleva aquí, pero a juzgar por su aspecto desaliñado, seguro que más de unas horas.

Mientras mi cerebro poco a poco vuelve a ponerse en funcionamiento, aprovecho para analizarlo. Siempre lleva un aspecto tan pulcro que es interesante verle en semejante estado.

La chaqueta y la corbata del traje negro le descansan sobre el muslo sin orden ni concierto y lleva los botones superiores de la camisa azul marino desabrochados con las mangas remangadas hasta los codos. La incipiente barba oscura es más larga de lo habitual y su estilizado peinado se ha deshecho en mechones desordenados que le cuelgan sobre la frente.

Es oficial: incluso dormido y con aspecto descuidado, este hombre es tan sorprendentemente guapo como cuando está despierto.

También es igual de intenso.

Tiene el entrecejo fruncido, la mandíbula tensa y el gesto torcido.

Como rey de su pueblo, Caiden lleva el peso del mundo sobre sus hombros, y me entristece pensar que no es capaz de librarse de esa carga ni cuando duerme.

La puerta de la habitación se abre y entra una mujer vestida con un uniforme de color lavanda. Su pelo rubio cortado al estilo *pixie* no ayuda a ocultar las afiladas puntas de sus orejas, y sus ojos dorados brillan mientras echa un vistazo rápido a la habitación antes de acercarse a mi cama con sigilo para no molestar a Caiden.

Me pone una reconfortante mano en el brazo y me habla en voz baja.

—Hola, Bryn, soy Marcie, tu enfermera. Me alegra ver que por fin te has despertado. —Me brinda una sonrisa de oreja a oreja y luego se pone a comprobar mis constantes vitales mientras me habla—. No estaba de guardia cuando te trajeron anoche, pero he oído que la situación fue crítica por momentos. Eres una mujer muy afortunada.

Pienso en Mandy durante mi primer día en Las Vegas y susurro:

—Eso me han dicho.

Me horroriza el ardor que siento en la garganta y la ronquera de mi voz.

Marcie hace un gesto de compasión, vierte agua en un vaso de plástico y le pone una pajita en la tapa antes de dármelo. Me lo bebo con ansia y el líquido frío alivia la aspereza.

—Lo siento, debería haberte avisado —me dice—. Es normal que te duela la garganta uno o dos días después de la intubación.

Dirijo mi mirada hacia la suya. Preferiría no hablar, pero priorizo obtener respuestas a evitar un poco de dolor.

—¿Qué ha pasado? ¿Por qué estoy aquí?

—Anoche entraste en shock anafiláctico.

Ante la profundidad de la voz de Caiden, Marcie deja lo que está haciendo e inclina la cabeza.

—Lo siento, Su Majestad, no quería despertarlo.

—No hace falta que te disculpes. ¿Podrías decirle al doctor que la señorita Meara está despierta y que quiero que le den de alta bajo mi cuidado?

—Enseguida, Su Majestad.

Me brinda una sonrisa de despedida y un reconfortante apretón en el brazo, luego se da la vuelta para irse.

—Ah, Marcie —dice Caiden—, gracias por todo lo que has hecho hoy. Le enviaré una nota al doctor O'Shea para decirle lo compasiva que eres y la excelente atención que has prestado.

No creo que Marcie se hubiera mostrado más feliz de haber ganado todo el dinero que hay en Las Vegas.

Se coloca las manos sobre el corazón y hace una reverencia poco pronunciada.

—Ha sido un honor ayudarles a usted y a la señorita Meara en lo que he podido, mi señor.

Aunque no sonríe, su expresión se suaviza mientras despide a la enfermera inclinando la cabeza. Cuando la puerta se cierra tras ella, le pregunto:

—¿Es un hospital feérico?

—No, pero gran parte del personal que trabaja aquí sí lo es. Marcie no se molestó en usar un encantamiento contigo porque formas parte del círculo íntimo, por así decirlo.

Asiento con la cabeza y luego bebo distraídamente un sorbo de agua mientras intento recordar a qué se refería Caiden cuando me ha explicado por qué estoy aquí. Cuando ya solo quedan trocitos de hielo, dejo el vaso sobre la mesa que Marcie me ha acercado antes.

—Caiden —digo con tono áspero—, ¿qué pasó anoche?

Se levanta y, tras dejar la chaqueta y la corbata sobre una silla, atraviesa la corta distancia que le separa de mi cadera.

—¿Recuerdas que cenamos con los socios de Nueva York en el Nightfall?

Arrugo las cejas en señal de concentración. El recuerdo aparece en tan solo un segundo.

—Recuerdo estar en el restaurante y cenar, pero no recuerdo haberme ido ni haber vuelto a la mansión.

—Eso es porque no pasamos del postre. Comiste algo que te provocó una reacción alérgica. Hicieron falta dos dosis de epinefrina para mantener tus vías respiratorias apenas abiertas el tiempo suficiente para que te intubaran en el hospital. —Maldice entre dientes y aprieta la barra metálica del protector de la cama con tanta fuerza que los nudillos se le ponen blancos—. Joder, Bryn, casi te mueres. ¿Por qué no me dijiste que tenías una alergia alimentaria?

Durante una décima de segundo, el corazón se me infla a causa de la desolación que transmite su voz ante la perspectiva de mi muerte. Hasta que recuerdo lo que me dijo esa noche en el Templo de Rhiannon. Que si yo muero, es muy probable que él también.

Intento no mostrarme decepcionada y redirijo mi atención a su pregunta.

—No te lo dije porque no tengo ninguna. Que yo sepa, al menos, y siempre he sido muy ecléctica, así que no creo que anoche tomara algo por primera vez.

—¿Y el limón? Dijiste que nunca te han gustado los limones.

—Sí —respondo arrugando la cara con gesto confundido—. Dije que no me gustan. Saben muy fuertes y están agrios. Pero hay una gran diferencia entre algo asqueroso y algo mortal, Caiden.

Se pasa una mano por la mandíbula y exhala en profundidad. Tiene algunas líneas de tensión alrededor de los ojos.

Frunzo el ceño.

—¿Qué pasa? Me estás ocultando algo.

Se me queda mirando unos segundos y me tiende la mano con la palma hacia arriba.

—Pon la mano sobre la mía.

Dudo ante la sensación de que lo que va a ocurrir a continuación va a ser un momento crucial para los dos, no sé si bueno o malo, y hay una parte de mí que tiene miedo de averiguarlo.

Pero siempre me he enfrentado a lo desconocido de frente y a tumba abierta, así que no hay razón para detenerme ahora.

Levanto la mano y la coloco sobre la suya.

En cuanto nos tocamos, una cálida vibración me sube por el brazo. Al principio es muy fuerte, pero se va atenuando gradualmente a medida que avanza por el resto de mi cuerpo hasta que acaba por desvanecerse.

—Vaya —digo en una exhalación. Me suelta la mano e intento no lamentar la pérdida de su tacto—. ¿Qué ha sido eso?

—Nuestras energías fluyendo la una a través de la otra. Cuando los feéricos se unen, se vuelven clarisintientes, y pueden percibir la energía de su pareja e incluso leerla en la distancia como un detector de emociones remoto.

Levanto los ojos para mirarle.

—Pero yo no soy feérica.

—Lo sé. Pero hay algo más. —El pavor se instala en mi estómago como pesados ladrillos—. Los limones son venenosos para los feéricos, Bryn.

Me paso la lengua por los labios y me pongo a pensar, en busca de cualquier prueba que refute lo que está insinuando.

—Dijiste que la epinefrina al final funcionó. No habría funcionado si hubiera sido algo venenoso. Lo más probable es que haya adquirido alguna alergia, eso es todo.

—Dije que funcionó lo suficiente como para llevarte al hospital, donde te administraron toda una serie de sustancias para intentar mantenerte con vida. —Hace una pausa, con expresión solemne—. Incluido el antídoto para cuando un feérico ingiere por accidente algo con limón.

Noto cómo un escalofrío me baja por la espalda y se me eriza el vello de la nuca.

—Caiden, ¿qué coño pasa? ¿Qué quiere decir todo esto?

Los músculos le saltan en la mandíbula mientras sacude la cabeza.

—Ojalá lo supiera, joder. Es posible que cuanto más dure el vínculo, más cualidades feéricas adquieras, pero no tengo ni idea de qué consecuencias tendría eso para ti ni de si es verdad. Ahora mismo estoy tan a oscuras como tú.

Cierro los ojos y dejo caer la cabeza sobre la almohada intentando contener las decenas de preguntas que pululan por mi mente. No me va a servir de nada lanzárselas a Caiden porque ha admitido que no conoce las respuestas, y de todos modos estoy demasiado cansada para pensar.

—Creo que tengo una pista sobre alguien que podría ayudarnos —dice provocándome un pequeño sobresalto que me hace abrir los ojos—. Un anciano, el Feérico de la Oscuridad vivo con más edad de este reino. Es un ermitaño que vive alejado de la civilización en el desierto. Se dice que es un adivino, un feérico con la capacidad de leer energías a un nivel más profundo que el resto y recibir información sobre su pasado, presente o futuro.

—¿Como un vidente?

—Sí, pero por lo que sé, sus poderes solo funcionan con feéricos, así que ni siquiera estoy seguro de cuánto nos podrá ayudar. Pero voy a mover cielo y tierra. De un modo u otro, encontraré la forma de romper este vínculo. Entonces la maldición quedará anulada y podrás volver a casa, que es donde perteneces.

Trago saliva con gran esfuerzo, la emoción ha formado un nudo en mi garganta que intensifica aún más el dolor de la intubación. «Entonces podrás volver a casa, que es donde perteneces».

¿Por qué duele tanto ese sentimiento?

Sabía que esto no era real, para ninguno de los dos, y hace tres semanas lo único que quería era volver a casa, a Wisconsin. Pero ya no estoy segura de dónde está mi hogar y, desde luego, no tengo ni puta idea de adónde pertenezco.

Logro esbozar una lánguida sonrisa y digo:

—Lo estoy deseando. —Y le doy gracias a Dios por sus pequeños favores, como no haberme quitado aún la capacidad de mentir.

Se abre la puerta y entran Tiernan y Finnian. La presencia de los tres hermanos Verran en la reducida habitación parece encoger el espacio al tamaño de una caja de zapatos.

—Ey, aquí la tenemos —dice Tiernan con su potente sonrisa—. Me alegro de que sigas en la tierra de los vivos, dulce Brynnie. Anoche nos diste un buen susto.

A pesar de la melancolía que aún tengo instalada en el pecho, le sonrío con ganas. Es imposible no alegrarme de ver a Tiernan; es el más despreocupado de los tres y, sin contar aquel primer día en el que me encerró en mi habitación, siempre se porta muy bien conmigo.

—Lo siento. La próxima vez te haré partícipe de mis planes para organizar una noche de teatro melodramático con cena incluida.

—Te lo agradecería. —Me revuelve el pelo como si fuera su hermana pequeña, con lo que se gana un débil intento de apartarle la mano de un manotazo y una mirada que tan solo le hace reír. Luego clava la mirada sobre el más joven de los Verran—. Finnian, ¿no tienes nada que decirle a Bryn?

Finn se me queda mirando; su enorme corazón se refleja en sus ojos dorados, que reflejan sus sentimientos para que todos los vean. Desde que Caiden y yo nos casamos, a Finn le ha costado separarme a mí como persona del hecho de que soy una potencial sentencia de muerte andante para su hermano mayor. No le culpo. Ojalá pudiera conseguir que no necesitara preocuparse por Caiden.

Pero, como eso no es posible, intento no imponerle mi presencia y no inicio interacciones, que es lo que haría normalmente. Lo mejor que puedo hacer es darle espacio.

Tras aclararse la garganta, por fin dice:

—Me alegro de que estés bien, Bryn.

«Traducción: Me alegro de que no mataras a mi hermano».

—Gracias, Finn.

Caiden se acerca a recoger la chaqueta y la corbata.

—Voy a por un café y a por el papeleo del alta para que podamos irnos. ¿Necesitas algo?

Niego con la cabeza.

—Salir de aquí ya me parece suficiente.

Me sostiene la mirada unos instantes; ojalá pudiera leer su energía a distancia como probablemente hace él con la mía. Al fin, hace un gesto sucinto con la cabeza.

—Ahora vuelvo. Finn, puedes venir conmigo.

Cuando se cierra la pesada puerta, Tiernan suelta un suave silbido y luego una risita.

—Joder, esto no lo vi venir.

—¿Qué es lo que no viste venir?

—Que el hermano mayor se enamorara de su esposa. No sé si felicitarte o sentir pena por ti.

Hago un gesto de burla y giro la cabeza para mirar por la ventana.

—Muy gracioso, Tiernan. Tu hermano lo único que quiere es deshacerse de mí lo antes posible.

—¿Eso te ha dicho?

—¿Qué?

—¿Te ha dicho que quiera deshacerse de ti o algo parecido? Porque diría que no. Tienes que prestar atención a las palabras de un feérico, Brynnie. Las usamos con mucha premeditación. Como no podemos mentir abiertamente, o bien decimos la verdad, o le damos la vuelta para que oigan lo que queremos. ¿Qué te dijo Caiden para que creas que quiere que te vayas? Venga, cuéntamelo, intento ayudarte.

Lanzo un suspiro.

—Dijo: «De un modo u otro, encontraré la forma de romper este vínculo. Entonces se anulará la maldición y podrás volver a casa, que es donde perteneces». ¿No lo ves? Quiere que me vaya.

—En ninguna de esas afirmaciones dice que quiere que te vayas. ¿Necesita romper el vínculo porque es peligroso para un rey tener pareja? Sí. ¿Pienso que quiere romperlo? No, de ningún modo. Pese a su actitud brusca y distante, en el fondo Caiden siempre ha sido un romántico. —Levanto una ceja ante una idea tan discutible—. Vale, tal vez «romántico» no sea la palabra más adecuada, pero creo que siempre ha querido mantener una relación, una auténtica basada en sentimientos verdaderos, no en cualquier tipo de transacción entre un rey y su consorte. Y creo que eso lo ha encontrado contigo.

Recojo una pelusa de la manta que tengo sobre el regazo.

—Es solo por el vínculo. Nos afecta a los dos de formas extrañas.

—Puede ser, pero ¿quieres saber cuál es mi teoría sobre el vínculo? —Espera a que levante la mirada hacia él y dice—: Creo que el vínculo no puede crear algo de la nada. Creo que simplemente potencia lo que ya existe.

Antes de que pueda asimilar lo que me ha dicho, Fiona entra en la habitación.

—Cariño, tienes suerte de no estar muerta, habría tenido que resucitarte tan solo para darte una patada en el... Ah. —Al darse cuenta de que no estamos solas, se detiene y se le quedan los ojos muy abiertos—. Ti... Quiero decir, Su Alteza, le pido disculpas. No sabía que estaba aquí.

En el rostro de Tiernan se desliza una pícara sonrisa.

—Fiona, qué agradable sorpresa. ¿Has venido a liberar a nuestra Brynnie y llevarla de vuelta a la mansión?

—Sí, Su Alteza, ese es el plan. El rey Caiden está hablando con el médico. No creo que tardemos mucho en irnos.

—Excelente. Bryn, con Fiona cuidándote, estoy seguro de que te recuperarás enseguida. —Mira a Fiona y ella le sostiene la mirada—. Se le da muy bien atender las necesidades de los demás.

Ella levanta las cejas en tono desafiante.

—Si mis servicios se tienen en tan alta estima, quizá debería pedir un aumento.

Tiernan se aprieta el labio inferior con los dientes como tratando de contener una sonrisa.

—Tiene razón, señorita Jewel. Estoy seguro de que puedo disponer que reciba una compensación apropiada. —Los ojos me rebotan de un lado a otro, como si estuviera viendo un partido de tenis—. De acuerdo, entonces —dice poniéndole fin a su pequeño *tête-à-tête*—. Os dejo, señoritas.

En cuanto se va, me lanzo a interrogar a Fiona.

—¿A qué ha venido eso?

Ella disimula mientras saca algo de ropa de una bolsa que ha traído.

—A qué ha venido ¿qué?

—No te hagas la inocente conmigo, señorita. Se han lanzado tantas insinuaciones intensas en esta habitación que me sorprende que no me haya golpeado ninguna y me haya dejado inconsciente.

Fiona resopla y baja las barandillas de la cama.

—Te deben de estar dando medicamentos muy fuertes, porque ves cosas donde no las hay, cariño. ¿Vas a seguir discutiendo conmigo sobre el príncipe Tiernan o vas a dejar que te vista y te saque de aquí? Con una opción podrás recuperarte al sol junto a la piscina y con la otra solo conseguirás alargar tu estancia en este infierno beis.

—Bueno, si vas a acabar enfadándote —murmuro—. Venga, ayúdame a salir de aquí. Y, cuando lleguemos a casa, me vendría bien algo para la garganta, como un té caliente.

—Sin problema. ¿Algún sabor en particular?

—El que sea menos limón.

CAPÍTULO DIECINUEVE

CAIDEN

No estoy muy familiarizado con el miedo.

Ni siquiera lo he sentido mientras me enfrentaba a circunstancias tan terribles como ver a mi padre exhalar su último aliento y tener que dejar el dolor a un lado porque no había tiempo para el duelo, ya que de repente eras el rey más joven de la historia de los feéricos.

Tenía una corte que gobernar, tanto si estaba preparado como si no.

No sé si alguno de mis hermanos habría sido capaz de hacer lo mismo. Pero no está en mi naturaleza dejar que mis emociones anulen la lógica o mi capacidad para abordar las cosas desde el intelecto y la estrategia.

Sin embargo, cuando Bryn dejó de respirar y cayó inconsciente en mis brazos, supe de primera mano lo que era el puto terror más absoluto.

No porque supiera que, si ella moría, yo no tardaría en seguir sus pasos debido a la maldición. Eso ni siquiera se me pasó por la cabeza.

Lo que me aterrorizaba era la idea de perderla.

En algún momento, Bryn se ha vuelto esencial para mí. Cada día que pasa se me clava más en el alma y por fin he dejado de luchar contra ella con uñas y dientes, y he aceptado lo que creo que sabía desde el principio.

La historia entre Bryn y yo era inevitable.

Creo que, independientemente de los caminos que hubiéramos elegido en la vida, nuestro destino siempre fue terminar aquí, juntos.

Y ahora alguien está intentando apartarla de mí.

Anoche, cuando yo ya me había ido en la ambulancia con Bryn, Seamus entrevistó al personal de cocina. Descubrió que el chef había recibido una nota en lo que parecía ser papel oficial de la Corte de la Noche. Pero cuando Seamus la sostuvo a contraluz, vio que faltaba la marca de agua incrustada del escudo de los Verran.

Las instrucciones se habían garabateado con una imitación bastante decente de mi letra e indicaban que el chef debía preparar un postre especial con sabor a limón para mi invitada de esa noche.

Lo que significa que hay alguien que conoce nuestro vínculo y sabe que está cambiando la fisiología de Bryn.

Quienquiera que sea, sabía o al menos esperaba que el limón le afectara como a los feéricos. Y cuando descubra quién ha estado a punto de causarle la muerte, le sacaré las entrañas y alimentaré con ellas a los buitres.

Sin embargo, esta noche voy a dejar todo eso de lado para poder centrarme en atender a Bryn.

Hoy estaba muy alterado en el hospital e hice un trabajo de mierda. Ni siquiera me ofrecí a rellenarle el vaso de agua.

En cuanto salí de la habitación con Finnian detrás, me di cuenta de que el trato que le había dispensado a la paciente había sido abominable y me juré a mí mismo compensarla una vez que hubiera descansado lo suficiente en su propia cama.

Según Fiona, Bryn lleva despierta más de una hora y no hace más que quejarse de las órdenes del médico, que consisten en guardar cama y descansar como mínimo hasta mañana. Con este panorama, he pensado que una excursioncilla no estaría de más.

Doy varios golpes secos en la puerta de su habitación antes de entrar. Está en la cama, con una taza de viaje llena de té en una mano y el lector electrónico en la otra. Levanta la mirada hacia mí y toma un sorbo de té.

—Sabes que lo educado es esperar a que te inviten a entrar después de llamar, ¿verdad?

—¿Quieres salir de aquí o no?

Sus ojos de color avellana se agrandan de repente y la esperanza le ilumina el rostro.

—Por supuesto. Dame un segundo para que me ponga algo de ropa...

Deja la taza sobre la mesa y sale con dificultad de la cama, con el aspecto desaliñado pero adorable que le otorgan unos pantalones cortos de pijama y una camiseta holgada.

—No hace falta —le digo mientras la cojo en brazos.

Ella chilla sorprendida, pero me rodea el cuello con los brazos mientras salgo al pasillo y me dirijo al lado opuesto de la mansión.

—Caiden, ¿qué haces? Puedo andar, ¿sabes? Me duele la garganta, no me he roto...

Bajo un tono la voz.

—Bella. —Se muerde el labio y me mira con un gesto de obediencia voluntaria que me complace enormemente—. No es cuestión de si puedes andar o no, sino de si yo quiero que lo hagas.

Sus dedos juegan con el vello de mi nuca y me provocan olas de placer que me recorren la columna vertebral. La llevo a mi dormitorio y luego al cuarto de baño, cuyo tamaño es mayor que un garaje para dos coches y está dividido en varias zonas. Pasamos entre los dos tocadores flotantes y entramos en la sala donde tengo la bañera.

Desde que construí la mansión tras convertirme en rey, no he usado la bañera ni una sola vez. Si quiero remojarme en agua caliente, uso el jacuzzi que hay junto a la piscina. El diseñador insistió en que la añadiera para que aumentara el valor del inmueble en caso de reventa. No me molesté en decirle que dudaba que eso fuera a importar dentro de unos doscientos años.

Antes de ir a buscar a Bryn, hice que Fiona me trajera todas las velas que pudo encontrar en la casa. Las dispuse en grupos de dos o tres por toda la habitación y atenué las luces del techo al mínimo, dejando así que las llamas hicieran la mayor parte del trabajo. También empecé a llenar la bañera para que estuviera casi preparada cuando volviera con ella. Debo admitir que se me había olvidado el aspecto tan impresionante que tiene cuando el agua cae a chorros desde los rellenadores del techo, ubicados a ambos lados del tragaluz.

—Caiden. —Hay un ápice de asombro en su voz que hace que el esfuerzo valga la pena, por pequeño que sea—. ¿Esto lo has hecho por mí?

La bajo suavemente hasta ponerla de pie, le agarro el borde de la camiseta y se la quito.

—He pensado que podría ser agradable ponernos en remojo y relajarnos juntos.

Mientras hago lo imposible por no mirarle los pechos, le engancho los pulgares en los pantaloncitos y las bragas, y le bajo ambas prendas por las piernas para que acabe de quitárselas. Volver a levantarme sin hacer una parada en esa zona en la que estará toda mojada requiere más control del que creía que era posible tener.

Me quito la ropa en un santiamén y, entre tanto, ella va deslizando las manos poco a poco hacia la parte inferior de su vientre.

—Espero que «ponernos en remojo y relajarnos» sea una manera de referirte a algo menos relajante.

Aparto nuestras cosas hacia un lado y le cojo las manos antes de que llegue a su dulce coño.

—No, no lo es —digo con firmeza—. Todavía te estás recuperando. No va a pasar nada hasta que estés más descansada y yo tenga la certeza de que puedes lidiar con cosas menos relajantes.

Los labios carnosos se le hacen un puchero.

—¿No debería ser yo quien decida cuándo soy capaz de lidiar…?

En la parte final se le quiebra la voz tras elevar el tono y se interrumpe. Hace un gesto de dolor, se lleva una mano a la garganta y vuelve a poner mala cara.

Levanto una ceja.

—Sí, está claro que sabes lo que te conviene —observo con ironía—. Vamos, te tengo preparado más té para cuando estés en la bañera.

Pulso el botón para apagar los rellenadores y la ayudo a meterse en la tina de acero inoxidable. No suena muy cómodo, pero los laterales están inclinados y el fondo se eleva en una prolongada curva que crea la superficie perfecta para tumbarse. Oigo cómo suspira al sumergir su cuerpo en el agua caliente. Le digo que se levante un poco y me deslizo detrás de ella, luego tiro de su cuerpo para que se tumbe sobre mí con la espalda apoyada en mi pecho.

Le doy la taza de té caliente que ha preparado Fiona y espero a que le dé unos sorbos preliminares antes de dejarla de nuevo en la repisa.

—Gracias —dice apoyando la cabeza en mi hombro.

—De nada.

Cojo la esponja vegetal y empiezo a aplicarle un jabón hidratante de lavanda.

Mientras dejo la pastilla en el suelo, ella intenta hacerse con la esponja, pero le aparto la mano con un suave manotazo.

Gira la cabeza para mirarme, con el ceño fruncido en un gesto de confusión.

—Soy perfectamente capaz de lavarme sola, Caiden.

Miro hacia abajo para encontrarme con sus ojos de color avellana y me pregunto cuánto tiempo ha pasado desde que no tenía que hacérselo todo ella. En un principio, diría que al menos tres años, ya que es cuando perdió trágicamente a sus padres. Pero apuesto a que fue mucho antes.

Me dijo que vivía sola desde que se fue de casa a los dieciocho años, y Bryn es la clase de mujer a la que le gusta hacer las cosas por sí misma y no depender de nadie. Tiene fuerza de voluntad y es resiliente en tiempos adversos. Admiro esas cualidades en ella.

«Son ideales para una reina».

Alejo ese pensamiento errante de lo que nunca podrá ser y aprieto suavemente mis labios contra los suyos. No trato de introducirme en su boca porque, si la pruebo, tendré que tenerla. Tan solo quiero que baje esa guardia que la mantiene tan a la defensiva.

Cuando siento que se ha relajado lo suficiente como para que su cuerpo se funda con el mío, me obligo a concluir el beso y le acaricio la mejilla con el pulgar mientras hablo.

—Mira, Bella. Dejar que otra persona cuide de ti de vez en cuando no te hace menos competente ni independiente como mujer. Tan solo te convierte en una mujer a la que han cuidado. ¿De acuerdo?

Se le humedecen los ojos hasta que parpadea para evitarlo, como es habitual en ella. Después, con el labio inferior atrapado entre los dientes, asiente con la cabeza.

—De acuerdo.

Empiezo a deslizarle la esponja llena de espuma por los brazos y luego sobre el resto de la piel con movimientos largos y delicados. Su respiración se vuelve más profunda y su cuerpo más pesado a medida que se entrega al embrujo de una relajación cada vez mayor.

Me doy cuenta de que estoy haciendo lo mismo. Nunca había estado así con una hembra. Rehúyo la intimidad. Ni me la puedo permitir, ni la he querido jamás.

Con Bryn, sin embargo, lo único que anhelo es intimidad.

Bueno, el deseo de follármela hasta morir mientras la torturo de las formas más sensualmente perversas que se me ocurran sigue presente. Solo que ahora viene acompañado de ganas de hacer cosas como sentarme en el balcón con ella entre las piernas mientras disfrutamos las vistas y charlamos toda la noche. Luego, al salir el sol, nos trasladaríamos a mi cama, donde la envolvería entre mis brazos mientras dormimos todo el día. Esa es otra cosa que nunca he querido hacer, siendo como soy adicto al trabajo.

Pero, en otra vida, si nuestras circunstancias fueran diferentes, Bryn sería una mujer por la que valdría la pena bajar el ritmo.

Después de lavarla haciendo el hercúleo esfuerzo de dejar fuera el sexo, me limito a abrazarla con la mejilla apoyada en la parte superior de su cabeza mientras reviso mis pensamientos.

—Caiden —susurra en medio del silencio.

—¿Hum?

—¿Es esta tu manera de disculparte por no haber sido muy afectuoso hoy en el hospital?

Es increíble.

Nadie jamás había visto mis intenciones con tanta facilidad. Hago lo que puedo para no sonreír, pero estoy seguro de que nota cómo tuerzo la boca.

—Sí —contesto simplemente.

Y ahora siento su sonrisa presionando el lugar en el que se oculta mi corazón.

—Disculpa aceptada.

—Gracias, Bella —digo bajando la voz. Luego le doy un beso en la frente y la abrazo hasta que el agua se enfría y ese lugar sombrío que tengo en el pecho deja de serlo.

CAPÍTULO VEINTE

CAIDEN

Estoy sentado en el despacho de mi casa y, ahora que tengo a Bryn frente a mí, agradezco que no pueda leer mi energía. De todas formas, estoy seguro de que ese día llegará y, con la constante crispación que me provoca la demente situación actual, no me entusiasma la idea de que ella adquiera esa habilidad en particular.

Le pedí que se reuniera conmigo para repasar algunos de los proyectos que ha ido adquiriendo durante la última semana en relación con su nuevo puesto de relaciones públicas para mi corte y, aunque realmente me interesa su trabajo y querré recibir actualizaciones periódicas sobre los negocios que gestiona para mi pueblo, esa no es la verdadera razón por la que hoy la he invitado a venir.

En breve, Seamus acompañará al anciano Barwyn a mi despacho. Es el vidente que vive en el desierto como un ermitaño y espero que pueda obtener una lectura de Bryn para que por fin me ofrezca algunas putas respuestas.

La pregunta que más me atormenta ahora mismo es por qué alguien querría envenenar a Bryn. Me he pasado los últimos siete días pensando en ello casi exclusivamente y no he sacado nada en claro.

No puede tratarse de una amante celosa que espera convertirse en consorte algún día. En primer lugar, rara vez satisfago ese apetito. En segundo, todos los feéricos vivos saben de la maldición, por lo que matar a Bryn solo garantiza que yo sea el siguiente, algo que echaría al traste su plan de posicionarse como consorte, si es eso lo que buscaba.

Lo único que tiene sentido, por remoto que sea, es que alguien esté preparando algún tipo de golpe contra mí e intente usar a Bryn para quitarme de en medio y hacerse con el trono.

Pero ¿quién?

Talek, el rey de la Corte del Día, queda descartado automáticamente debido al tratado que ratificaron nuestras respectivas cortes. En él se establece que ninguno de los reyes puede matar al otro sin morir él mismo y, como está sujeto a las leyes de la magia, no hay forma de eludirlo.

¿Quiere eso decir que alguien de mi propia corte se está sublevando contra mí?

Se necesitaría un extenso grupo de partidarios para usurpar el trono, e impedir que mis hermanos conservaran el derecho de sucesión como linaje real de los Feéricos de la Oscuridad requeriría controlar todos mis activos. Y, aunque es una bofetada para mi orgullo considerar siquiera que alguien pudiera traicionarme de ese modo, no puedo descartarlo, de modo que Seamus está supervisando un equipo de inteligencia formado por feéricos de confianza para intentar obtener cualquier tipo de información sobre posibles grupos revolucionarios.

Por el momento no han descubierto nada, lo que empeora mi negro estado de ánimo conforme pasan los días.

Mi única salvación ha sido el tiempo que he pasado entre los muslos de Bryn. Desde que estuve a punto de perderla y en cuanto se recuperó por completo, he intentado mostrarle lo que siento de la única forma que sé: follándomela hasta reventar mientras la introduzco poco a poco en el universo kinky.

No sé cómo pude llegar a pensar que Bryn se iba a ir con el rabo entre las piernas en cuanto descubriera mis gustos sexuales. Dudo que alguna vez haya huido de algo y, en lo referente a lo que le hago a su cuerpo por la noche, yo me encargo de marcar el ritmo para no abrumarla.

Si lo hiciéramos a su manera, le daría todo lo que pide y mucho más.

—Caiden, ¿me has oído?

Los labios se me retuercen en una sonrisa.

—Ni una palabra. Lo siento.

Levanta una ceja en señal de duda.

—¿De verdad lo sientes?

—Sabes que no puedo mentir.

—Hum —musita, luego se levanta y rodea mi mesa mientras habla—. Hay algo que sientes, pero sé que no tiene nada que ver con que no sepas escuchar.

Me aparto del escritorio y la acojo en mi regazo. Ella me pasa los brazos alrededor del cuello y nuestras energías se unen en un calor delicioso que nos atraviesa a los dos. Ya no se asombra ante la sensación, tan solo la disfruta, como hago yo.

Con su mirada fija en la mía, me dedica esa coqueta sonrisita que para mi polla supone el pistoletazo de salida.

—Entonces ¿qué es lo que sientes, mi rey?

En mi pecho retumba un gruñido. Ha empleado las dos palabras que sabe que me llevarán a inmovilizarla contra el escritorio con las piernas abiertas.

—Siento que no estés desnuda y subida a mi polla.

En un susurro, dice:

—Pues haz que ocurra.

Me pongo en pie de un salto y planto su culo sobre el escritorio decidido a hacer eso exactamente cuando alguien llama a la puerta del despacho. Maldiciendo, bajo la frente hasta ponerla al nivel de la suya.

—Diles que se vayan —me dice; luego me salpica el cuello de besos.

—No puedo. Debo asistir a esta reunión. —Me echo hacia atrás y le pongo las manos alrededor de la cara—. Y eso sí que lo siento, Bella. Seguiremos más tarde.

Ella sonríe, sin ningún atisbo de decepción en sus ojos de color avellana.

—Estoy impaciente.

Me permito saborearle los labios durante un embriagador momento antes de ayudarla a bajarse del escritorio.

La culpa me pesa por haberle ocultado el verdadero objetivo de esta reunión y el breve papel que va a desempeñar, pero no quiero involucrarla en nada de esto a menos que sea necesario.

Avanzo hacia la puerta, la abro y dejo que Seamus entre con Barwyn.

Si los rumores son ciertos, Barwyn tiene quinientos setenta y dos años. Prefiere vivir alejado de la civilización y no hay duda de que se las arregla bien solo.

Su pelo, blanco como la nieve, va recogido en una trenza que le llega por la cintura y tiene una barba casi igual de larga. Mide más o menos lo mismo que Bryn, aunque los hombros se le ven ligeramente redondeados por la edad. Su cuerpo parece frágil, pero si alguien ha logrado sobrevivir solo en el desierto, sea humano o feérico, debe de ser más fuerte y robusto de lo que parece.

—Barwyn, gracias por venir pese a haberlo avisado con tan poca antelación.

Él inclina la cabeza.

—Es un honor ser recibido por mi rey, Su Majestad.

—Esta es Bryn Meara, la nueva especialista en relaciones públicas; ayuda a varios miembros de los Feéricos de la Oscuridad con sus negocios.

—Hola, Barwyn. Es un placer conocerlo.

Cuando llegó Barwyn, Seamus le comunicó mi deseo de que leyera furtivamente lo que pudiera de Bryn, por eso ahora él le brinda una amable sonrisa y toma la mano que ella le ofrece entre las suyas.

—El placer es mío, querida. ¿A qué se dedica una especialista en relaciones públicas? Me temo que me he quedado un poco anticuado en esas cosas.

—Ah, pues…

Mientras Bryn se embarca en su apasionada explicación, yo observo atentamente a Barwyn en busca de alguna señal. No tengo ni idea de qué tipo.

Los videntes escasean tanto como los feéricos conjuradores, de modo que nunca había visto a ninguno en acción. Pero la verdad es que no se produce ningún cambio en él que indique que está haciendo otra cosa que no sea escuchar a Bryn con educado interés mientras le coge la mano como haría un abuelo.

Cuando ella termina de hablar, él acentúa su sonrisa y le da unas palmaditas encima de la mano.

—Eres de una belleza excepcional, querida. Gracias por complacerme. Te deseo lo mejor en el futuro.

—Gracias, Barwyn, es usted muy amable. Creo que es momento de dejarles a solas. Y a mí me queda mucho trabajo por hacer.

Cuando se vuelve hacia mí, no puede ocultar el ardor de su mirada.

—Espero que podamos seguir debatiendo más tarde, Su Majestad.

—Yo también, Bryn.

Me obligo a volver a mi escritorio en lugar de quedarme mirándole el culo mientras se marcha con Seamus. Tras respirar hondo para liberar la tensión sexual que vibra en mi interior, le hago un gesto a Barwyn para que tome asiento y luego yo hago lo propio.

—Barwyn, perdone que vaya directo al grano, pero me temo que esto es demasiado importante como para andarnos con sutilezas. ¿Consiguió algo?

—Sí y no, mi señor. Hay algunas contrariedades, cosas que me impiden ver con cierta profundidad.

Siento cómo la inquietud me rodea el pecho y empieza a apretar como una prensa.

—¿Eso qué significa?

—Solo he podido ver lo que está en la superficie, cosas sobre su vida que usted podría descubrir simplemente preguntándole o investigándola con la cosa esa de los ordenadores que usan.

—Internet —aclaro.

Él asiente.

—Pero cuando intenté profundizar, fue como si chocara contra un muro, grueso e impenetrable.

Aprieto los dientes y los músculos de la mandíbula me estallan en señal de irritación. Sé que no lo hace a propósito, pero con tanta dilación empiezo a sentirme como si me estuvieran sacando los dientes.

Trato de hacer acopio de lo que me queda de paciencia y le insisto para que me explique algo más.

—¿Por qué iba a tener un muro, Barwyn, y quién cree usted que lo puso ahí?

—El muro es para ocultar los secretos que ella no quiere revelar. En cuanto al creador, no lo sé; pero fue alguien con un gran poder.

Maldigo en voz baja y me paso los dedos por el pelo. No hay respuestas, solo más preguntas.

¿Qué cojones podría estar ocultando Bryn y por qué? Esta mierda me va a volver loco.

Mientras se atusa la larga barba, me estudia con detenimiento.

—Tiene un vínculo con esa hembra, ¿no es así, mi señor?

Eso me da que pensar, pero cómo no iba él a saberlo. Seguramente vio nuestro vínculo en cuanto entró en la habitación.

—Sí, tenemos un vínculo, aunque no tengo ni idea de cómo ha ocurrido. Ella es humana.

Barwyn sacude la cabeza, pensativo.

—No creo que sea humana, Su Majestad.

El tiempo se detiene.

—¿Es feérica?

De nuevo, sacude la cabeza.

—No se parece a ningún ser feérico que haya conocido, ella es… «otra cosa».

—¿«Otra cosa»?

—Algo diferente a una humana es la mejor manera que encuentro de describirla. Siento no poder ofrecerle nada más.

Le hago un gesto para que no se preocupe, pero me consumen mis propios pensamientos.

—No lo sienta, Barwyn, me ha sido de gran ayuda.

Supongo que el hecho de que sea un ser preternatural, aunque no sea feérica, podría permitirle crear un vínculo similar al feérico a través del rito matrimonial.

Sin duda tiene más sentido eso que si ocurriera lo mismo siendo humana.

—¿Puedo preguntarle cómo la conoció, Su Majestad? Tal vez eso ayude.

—Sí, claro.

Entonces se lo cuento. Cómo nuestras miradas se cruzaron en el vestíbulo, cómo luego fui a buscarla al casino, lo diferente que me sentía con ella, lo diferente que actuaba con ella. Le explico todo lo que puedo recordar sobre aquella noche y también sobre cómo me desperté en su habitación con un anillo en el dedo y un vídeo del rito matrimonial en mi teléfono.

—Perdóneme, Su Majestad, pero me da la sensación de que ella podría haberle hechizado.

—¿Qué quiere decir?

—Que usted actuara de una forma tan distinta a la habitual indica que pudo haber algún tipo de hechizo de coacción.

Aprieto los puños con tanta fuerza que corro el riesgo de que me sangren las palmas de las manos.

—¿Me está diciendo que Bryn es una bruja?

—No lo creo. Y, si lo fuera, le han limitado los poderes, porque no puede disponer de ellos. Sin embargo, podría haber usado algún objeto hechizado para que le afectara solo a usted y le hiciera sentir cosas que por lo general no sentiría. Se trataría de algo lo suficientemente pequeño como para llevarlo oculto encima o quizá algo en apariencia inofensivo, como un reloj o una joya.

—Y, si encontrara ese algo, ¿cómo sabría si es un objeto hechizado o uno común y corriente?

—Los hechizos dejan marcas. En alguna parte, el objeto mostraría una especie de marca o huella que no podría darse de forma natural. Cada hechizo deja una marca diferente, pero cuando la vea la reconocerá.

La alianza de acero me oprime y los pulmones pierden su capacidad de aspirar aire. Me levanto y camino alrededor del escritorio para ayudar al anciano a ponerse en pie.

—Gracias, Barwyn, me ha ayudado mucho. Si alguna vez necesita algo de la corona, no tiene más que pedirlo.

Coge la mano que le he extendido entre las suyas, tal como hizo antes con Bryn, y me mira a los ojos.

—¿Sabe? Yo le tenía mucho cariño a su padre. El rey Braden fue un gran gobernante y trajo la paz a nuestro pueblo. Si estuviera aquí ahora mismo, el orgullo que sentiría por usted sería infinito.

Consigo tragar saliva a pesar del puño que me oprime la garganta y asiento la cabeza con solemnidad.

—Gracias. —Abro la puerta y le hago una señal a Madoc, que está apostado en el pasillo—. Madoc se encargará de que llegue bien a casa.

Barwyn asiente con un gesto de gratitud y se dirige hacia la puerta arrastrando los pies; luego se da la vuelta.

—Su Majestad, una cosa más. Por si lo necesitara, creo que hay una forma de que pueda distanciarse más de su pareja, pero ello requeriría conseguir su esencia.

—Con «su esencia» ¿quiere decir su sangre?

—Es una maldición de sangre, Su Majestad. Llévela con usted y durante un tiempo debería ser como si ella estuviera presente. Compruebe cuáles son los límites poco a poco para asegurarse de no enfermar. Mientras me paso dos dedos por los labios con gesto pensativo, me pregunto cuánto podría durar algo así, si es que funciona—. Yo no confiaría en que más de unas horas, mi señor.

Arqueo una ceja mirando a Barwyn. Él me contesta con una sonrisa y un guiño, y luego continúa su lento avance por el pasillo. Retengo a Madoc un instante y le pregunto:

—¿Dónde está Bryn?

—Junto a la piscina, mi señor.

—Ocúpate de él, por favor, y asegúrate de que no os sigan. Si crees que llevas a alguien detrás, dale esquinazo antes de llevarlo a casa. No quiero que se vea envuelto en esta historia de mierda.

—Sí, Su Majestad.

Tomo otro camino para dirigirme directamente a la habitación de Bryn. Una vez allí, entierro la culpa que me genera lo que estoy a punto de hacer y me pongo a revisar sus cosas. Los cajones, las prendas de ropa, todo lo que hay en el baño, incluso su bolso, pero no encuentro nada.

Estoy a punto de irme cuando mis ojos se detienen en la maleta que guarda en el armario. Rápidamente, busco en todos los bolsillos y compartimentos y, cuando llego al más pequeño, mi mano saca lo que esperaba no encontrar.

El colgante de obsidiana en forma de lágrima que Bryn llevaba la primera noche que nos conocimos.

Tiene el mismo aspecto: una piedra negra impecable rodeada de pequeños diamantes incrustados y una delicada cadena de plata.

Mientras contengo la respiración, le doy la vuelta sobre la palma de la mano... y el dolor casi me doblega. En efecto, en el engaste de plata, hay una marca en forma de quemadura negra demasiado precisa y grande como para que sea un defecto en una pieza tan cara.

Alguien hechizó el colgante de Bryn para coaccionarme, para hacerme actuar de forma diferente y que imaginara sentimientos que no existían.

«Nada de esto es real. Todos mis sentimientos hacia ella han sido mentira».

La traición es una espada de hierro en la mano de Bryn, que me parte en dos para ver cómo me desangro ante ella.

Durante semanas, lo único que he querido ha sido que la verdad viera la luz. Ahora daría cualquier cosa por volver a la seguridad de las sombras.

El teléfono me suena en el bolsillo e interrumpe la vorágine de emociones que me atraviesa. Como un autómata, pulso el botón para responder a la llamada de Seamus y me acerco el teléfono a la oreja.

—Caiden, tengo algo que contarte.

Por su tono, sé que no me va a gustar.

—Dime.

—Es sobre Gilda, la suma sacerdotisa que os casó a Bryn y a ti —dice—. Han encontrado su cuerpo en el desierto, descuartizado por carroñeros, pero no ha sido un accidente. Le cortaron la garganta con una hoja de hierro, por lo que no pudo sanar. Alguien no quería que hablara.

CAPÍTULO VEINTIUNO

BRYN

Caiden se está volviendo a distanciar. Puede que distanciarse no sea exactamente la palabra, pero desde luego no se me está acercando.

La última vez que estuvimos juntos fue hace tres días, en su despacho, antes de que se reuniera con el anciano feérico. En principio, esa noche íbamos a continuar lo que habíamos empezado hacía un rato, pero él tuvo que ausentarse por algún tipo de asunto oficial de la realeza que también le ha mantenido ocupado los últimos días.

Por ese motivo, me ha emocionado ver que se pasaba por mi oficina improvisada y me recogía para hacer una escapada rápida. Le he echado de menos y, al no verlo para nada después de toda una semana de sexo nocturno, mi cuerpo ansía su tacto.

—¿Qué es esto? —le pregunto mientras marca el código de una puerta que no había visto hasta entonces.

—Hasta ahora te ha ido bien con el nivel kinky intermedio. Aquí es donde se imparte la clase avanzada.

Me abre la puerta sonriendo, pero sus ojos dorados no reflejan la sonrisa.

Ignoro lo que hay al otro lado del umbral y levanto una mano para acariciarle un lado de la cara. Él cierra los ojos y exhala con calma.

—Caiden, ¿qué pasa?

—Tengo muchas cosas en la cabeza.

Cuando vuelve a abrirlos, uno mi mirada a la suya.

—Sabes que puedes hablar conmigo, ¿verdad?

Muevo los dedos para ajustarle un travieso mechón de cabello detrás de la punta de una oreja —me he dado cuenta de que las tiene extremadamente sensibles y le encanta que se las acaricie y se las bese—, pero él me atrapa la muñeca y la aparta.

—Créeme, eso es justo lo que pretendo hacer, Bella. Haz el favor de entrar.

Él accede a la habitación y espera a que lo siga antes de cerrar la puerta.

Aunque nunca había estado en un lugar así, reconozco lo que es al instante: una mazmorra sexual.

Todo el espacio está acondicionado para llevar a cabo diversas actividades, la mayoría de las cuales es posible que fuera incapaz de adivinar. El único mueble que reconozco es una enorme cama con dosel. Los demás elementos tienen formas raras o ángulos extraños y, distribuidos por las paredes y sobre varias mesas de la habitación, se encuentran decenas y decenas de juguetes y herramientas, como si hubiera llamado a un sex shop y pedido un artículo de cada.

Desde que empezó nuestro arreglo de matrimonio con derecho a roce, Caiden me ha introducido en un montón de experiencias nuevas. Ha habido más juegos de impacto para los que hemos utilizado diferentes paletas, un cinturón de cuero y una fusta. También hemos usado múltiples juguetes, como un tapón anal con vibración, bolas anales, un masajeador Hitachi y un vibrador para bragas con mando a distancia que me hizo llevar durante todo un día cuando fuimos a las oficinas del Nightfall y de compras.

Por muy excitante que fuera todo eso, no se parecía en nada a lo que hay aquí.

—No hay duda de que este es el nivel avanzado —digo con los ojos muy abiertos mientras sigo asimilándolo todo.

—Dime la palabra de seguridad.

La brusca orden que me llega por detrás provoca una respuesta inmediata. El calor inunda mi cuerpo y la sangre se precipita hacia mis pezones y mi entrepierna.

—Ruleta —respondo sin aliento.

—Desnúdate. Luego ponte delante de la cruz de san Andrés; es la X negra.

Sigo sus instrucciones con celeridad, asegurándome de doblar mi ropa y colocarla a un lado en una pila ordenada antes de dirigirme a la enorme X situada en el centro de la pared izquierda.

Las luces de la habitación se atenúan mientras estudio el intimidante artilugio. Hay dos juegos de esposas de cuero sujetos a unas alturas que parecen pensadas para las muñecas y los tobillos de alguien, hasta ahí es evidente. Sin embargo, lo que ocurre después, solo puedo imaginármelo.

Me doy la vuelta y veo a Caiden moverse en silencio por la habitación. Recoge algunas herramientas y juguetes, y los coloca en una mesa ubicada en un lateral, pero no puedo distinguirlos porque la luz es demasiado tenue. A ambos lados de la cruz hay varios pilares con grupos de velas de distintos tamaños; él se toma su tiempo para encender todas las mechas, una a una.

Esperar desnuda mientras lo prepara todo es una forma de dominación en sí misma. A estas alturas, mi mente ha aprendido a deslizarse hacia el subespacio con un simple cambio de tono en la voz de Caiden o su exigencia de conocer mi palabra de seguridad.

Mi sumisión me envuelve como una cálida manta mientras espero con impaciencia, ansiosa por obedecerle.

Empieza a desabrocharse la camisa negra mientras me sostiene la mirada, revelando poco a poco el rudo cuerpo con el que estoy íntimamente familiarizada. Tras despojarse de la camisa y tirarla sobre la cama, su vestimenta se reduce a unos pantalones de cuero negro, la sempiterna muñequera y la cadena de plata que sujeta su alianza.

Verla entre sus pectorales siempre me hace sentir mariposas en el estómago. Le he pedido varias veces que me explique por qué la lleva, pero siempre acaba distrayéndome con algún orgasmo o cambiando de tema en plan chistoso.

Sin embargo, esta sesión tiene unas vibraciones distintas a las otras. No sé si es por el entorno o por su actitud, pero ahora mismo no me atrevo a preguntarle por el colgante.

Caiden coge un par de guantes negros de látex y se los pone mientras se acerca hacia mí. Frunzo el ceño; no estoy segura de por qué podría necesitarlos. Hasta que empieza a abrocharme las esposas y me doy cuenta de que soy incapaz de leer su energía.

«Sin contacto piel con piel».

Mi capacidad para leerle se basa en el contacto físico y debo admitir que me he acostumbrado a tenerlo. Ahora he perdido esa ventaja.

Bajo esta sensación de calidez se desliza un ápice de preocupación, pero me encargo de alejarlo.

Ya hemos jugado con vendas para los ojos otras veces y siempre lo hemos pasado muy bien. Esto será parecido; solo es otra forma de privación sensorial.

Coge algo pequeño de la mesa y se lo esconde en el puño mientras se acerca tanto que el calor de su cuerpo me besa la piel desnuda. Su intensa mirada de ámbar sigue el recorrido de su mano libre, que avanza por cada centímetro de desnudez como si estuviera catalogando un artículo que le pertenece.

—¿Sabes? El apodo que te puse no lo elegí por capricho ni fue un falso cumplido. Realmente eres una criatura exquisita, Bella. —El grave timbre de su voz vibra sobre mi piel y me provoca un torrente de excitación entre las piernas—. En el fondo, creo que siempre supe que no eras lo que aparentabas. Pero opté por ignorar las señales porque eso me permitía fingir que no tenía nada de qué preocuparme.

Arrugo las cejas. ¿De qué está hablando?

—Caiden, yo…

Me tapa la boca con una mano enguantada y sacude la cabeza.

—No hables a menos que te haga una pregunta directa o decidas que quieres parar. Siempre tienes esa opción, por mucho que parezca que no. Recuérdalo.

Vale, ahora empiezo a preocuparme.

Las sombras le bailan sobre el atractivo rostro a causa de la parpadeante luz de las velas, lo que acentúa las tinieblas que se asoman a sus ojos de ámbar. Algo le preocupa; no me hace falta leerle la energía para saberlo. Sin embargo, en lugar de preguntarle, que es lo que quiero hacer, tan solo asiento con la cabeza para garantizarle que recuerdo la opción de usar mi palabra de seguridad.

Satisfecho, retira la mano y abre la otra, y deja a la vista tres pequeños objetos. Parecen elegantes horquillas con puntas de goma negras y tres cuentas ordenadas por tamaños que cuelgan de los extremos.

Cuando me mete un dedo enguantado en la boca, cierro sumisamente los labios para humedecerlo, como sé que es su deseo. Después saca el dedo y me pinta el pezón izquierdo con mi saliva, frotándolo y pellizcándolo, poniéndolo erecto y sensible.

—Estas pinzas tienen un peso ajustable. Puedo cambiar la tensión de placentera a extremadamente dolorosa según la tolerancia de la hembra —dice colocando las puntas de goma de una de las pinzas en la base de mi dilatado pezón.

Luego desliza la anilla metálica que hay en la base por los brazos de la pinza. Cuanto más la sube, más aprieta. Cuando está tan apretada que el pellizco me hace respirar de forma agitada, se detiene.

—Empezaremos por aquí.

En ese momento pienso que ya me he acostumbrado a la sensación, pero cuando suelta la pinza, se genera otra totalmente nueva, porque resulta que las cuentas son algo más que simples cuentas. Incorporan unas pequeñas pesas y, cada vez que me muevo, me tiran del pezón. Pliego los labios entre los dientes para evitar que se me escape ninguna palabra, pero eso no logra detener el suave gemido.

—Me alegro de que te gusten —afirma mientras repite el proceso en el otro pezón—. Tenía muchas ganas de verte con ellas puestas. Te quedan preciosas. —Cuando miro la última que le queda en la mano, la levanta—. ¿Esta? Es para otro sitio.

Dirige su mano libre hacia mi coño, que ya está empapado para él. Aprovechando los fluidos, me acaricia el clítoris mientras contempla mi cara de placer.

Mi respiración se vuelve entrecortada y, cada vez que subo y bajo el pecho, las pesas de las pinzas se balancean y me estimulan los pezones sin que él tenga que hacer nada.

Cuando ha conseguido que mi clítoris esté sensible e hinchado, le coloca la pinza tal como hizo con mis pezones y desliza el cierre hacia arriba hasta que las puntas de goma están lo bastante ajustadas como para que el diminuto juguete no se caiga. Luego lo suelta y le da un suave capirotazo a las bolitas con el que hace vibrar mis ocho mil terminaciones nerviosas, lo que crea una nueva oleada de excitación que inunda todo mi sexo.

Ya noto cómo se avecina el orgasmo, pero sé que es demasiado pronto. Me está preparando para algo mucho más grande y yo quiero ofrecérselo, por mucho que necesite liberarme para calmar mis ansias. Así que, en lugar de pedirle permiso para correrme, me aguanto e intento aplacarlo como si él ya me lo hubiera negado.

Caiden me mete dos dedos hasta el fondo, poniendo a prueba tanto mi disposición como mi voluntad. Al ver que no me derrumbo ni le suplico lo que ambos sabemos que deseo, me recompensa con una levísima sonrisa y las dos palabras que más poder tienen sobre mí.

—Buena chica.

Me derrito tanto mental como físicamente y me hundo en mis ataduras como hago siempre que pronuncia esa sencilla frase. Podría estar dándome unos azotes en el culo hasta dejármelo como un tomate y sentir que me arde la piel, pero en cuanto le oigo elogiarme, mi cuerpo libera todo rastro de tensión y me convierto en un charco humano de complacencia.

Él también suele tener una reacción distintiva cuando lo dice.

Obviamente, no es como la mía, pero el orgullo que siente ante mi obediencia y mi sumisión siempre es muy evidente en su tono.

Sin embargo, esta vez faltaba eso. En lugar de orgullo, percibo una fuerte sensación de frustración e incertidumbre en él, como si por algún motivo no esperara disfrutar con nada de esto.

Y entonces me doy cuenta de que estoy leyendo la energía de Caiden sin que haya ningún tipo de contacto físico. Incluso ahora, cuando no me está tocando, puedo sentir sus emociones con total claridad.

Me debato entre los sentimientos de emoción y preocupación por él. No sé de qué va todo esto, pero hay algo que está claro: voy a hacer todo lo que pueda para solucionar lo que sea que le molesta.

—He planeado una sesión intensa para esta noche —dice con sus ojos dorados clavados en los míos—. ¿Estás lista, Bella?

—Sí, mi rey —respondo con sinceridad—. Estoy lista.

CAPÍTULO VEINTIDÓS

CAIDEN

Durante los últimos días no he podido dejar de pensar en la conversación que mantuve con Barwyn y en el colgante que encontré en la habitación de Bryn, que ahora mismo me quema en el bolsillo, metafóricamente hablando.

Aunque deseaba enfrentarme a ella de inmediato, me obligué a tomarme algo de tiempo para calmarme y aclarar mis ideas primero.

Tampoco diría que hice lo correcto, pero no puedo hacer más hasta que encuentre respuestas a mis preguntas.

Un buen dominante nunca monta una escena cuando está enfadado o de mal humor —ya que pone en peligro a la sumisa—, pero yo me conozco lo suficiente como para saber si supondría un peligro para Bryn y, sin ningún atisbo de duda, la respuesta a esa pregunta es que no.

No hay nada en este plano de la existencia ni en ningún otro que pueda desquiciarme lo suficiente como para que le haga daño o le cause algún tipo de dolor que no esté estrictamente destinado a producirle el máximo placer.

Por eso decidí que la conversación se produjera en estas circunstancias. No quiero que esté en un estado mental que le permita planear o pensar demasiado las respuestas. Quiero que sean automáticas, sin margen para la manipulación.

Quiero la puta verdad.

Mediante una correa, le sujeto un masajeador Hitachi a lo largo de la cara interna del muslo colocándolo de forma que la parte superior del gran cabezal apenas le roce los labios vaginales, lo que enviará vibraciones indirectas a su hipersensible clítoris, que se encuentra apretujado entre las puntas de goma de la pinza.

Soy consciente de que me observa con atención y puedo sentir cómo reprime tanto sus preguntas como su primer orgasmo sin necesidad de decírselo. Un hecho que me sorprende y a la vez me hace sentir orgulloso de ella, aunque estoy seguro de que se me ha dado fatal demostrarlo.

—Voy a hacerte una serie de preguntas. Si me satisfacen tus respuestas, te permitiré que te corras, pero no lo harás a menos que te dé permiso. ¿Entendido?

—Lo entiendo, mi rey.

—¿Cuál es tu palabra de seguridad?

—Ruleta.

—Bien. Podemos empezar.

Enciendo el masajeador en el nivel bajo y luego cojo un látigo de tipo *flogger*. Como es la primera vez que recibe latigazos, elijo uno con colas —tiras— fabricadas en piel de alce. Las colas son suaves como la gamuza y proporcionan una sensación de golpe seco con muy poco escozor.

A Bryn le gusta que el placer vaya acompañado de cierta rudeza, pero no es lo que la comunidad kinky llama una «puta del dolor», así que mi intención es simplemente estimularla mediante el impacto.

Sobre la base de habilidades que llevo más de un siglo perfeccionando, comienzo a manejar el *flogger*, cuyas colas dirijo con pericia hacia su vientre para calentarla y hacer que fluyan las endorfinas.

—¿Por qué has venido a Las Vegas?

Ella se lame los labios y trata visiblemente de concentrarse en responder a la pregunta pese a que su cerebro está consumido por lo que le está pasando a su cuerpo.

—Pensé que una escapada de fin de semana me iría bien para desestresarme después de haber perdido mi trabajo.

—¿Eres rica como para no tener que trabajar ni que nadie te sustente?

Frunce el ceño.

—Ni de lejos.

Desplazo el objetivo del *flogger* a la parte superior de sus muslos.

—¿Tienes muchos ahorros?

—N-no —dice tartamudeando cuando le doy una suave muestra de lo que se siente cuando las colas le caen sobre el coño.

—Entonces, si acababas de perder tu trabajo y no tenías perspectivas de conseguir otro, ¿por qué ibas a gastarte tu dinero en un frívolo viaje al único lugar al que la gente viene a perderlo?

—¡Porque el viaje me salió gratis!

¿Gratis? Nunca había mencionado nada al respecto. El Nightfall nunca ofrece estancias gratuitas excepto cuando se trata de algún gran apostador.

Me paso las colas del *flogger* por encima del hombro y les doy un descanso mientras me acerco a ella.

De pie a su lado, pero no lo suficientemente cerca como para que nuestros cuerpos se toquen, le doy un capirotazo a cada una de las pinzas y la observo reaccionar al modo en que los pesos oscilantes tiran de sus pezones y su clítoris demasiado sensibles.

—¿Qué quieres decir con que te salió gratis? ¿Alguien te pagó el viaje?

Bryn niega con la cabeza.

—Recibí una carta por correo; era una oferta promocional para una estancia gratuita de fin de semana en el Nightfall, así que pensé que por qué no aprovecharla.

Me paso una mano por la mandíbula y doy un paso atrás. Desde que abrió sus puertas, el Nightfall nunca ha hecho ningún tipo de oferta promocional, y menos a humanos cualquiera que nunca han pisado un casino.

Si dice la verdad, significa que alguien la atrajo a Las Vegas con un objetivo determinado: yo.

Empuño el mango del *flogger*, lo retiro de mi hombro y empiezo a seguir un patrón regular de golpes concentrados en el coño.

—¿Qué hiciste con la carta?

Ella cierra las manos y todo su cuerpo se tensa con las abrumadoras sensaciones que la alcanzan desde distintos lugares.

—La traje conmigo. Por si la necesitaba. Cuando me registré en el hotel.

—¿Ahora dónde está?

—La doblé y la metí en la c-cartera.

Vuelvo a detenerme para ofrecerle cierto alivio y le pregunto:

—¿Por qué?

Tarda unos segundos en estabilizar la respiración lo suficiente como para poder responder.

—Para recordar la noche que pasamos juntos. A modo de recuerdo, por si usted me obligaba a devolver el anillo.

Esperaba que me dijera que la había tirado una vez que se hubo instalado en su habitación. Es lo que habría hecho la mayoría de la gente. Es lo que yo habría hecho.

Pero mi Bryn no. Se puso sentimental sobre lo que compartimos pese a no recordar más de la mitad.

Dioses, esta mujer me vuelve del revés.

Si algo de lo que me cuenta resulta ser mentira, si descubro que está implicada en esta especie de plan para acabar conmigo, bien podría destruirme.

Mientras finjo que estoy dejando el *flogger* sobre la mesa de los juguetes y las herramientas, saco el teléfono del bolsillo posterior del pantalón y le envío un mensaje a Connor en el que le pido que busque la carta en la cartera de Bryn. Después me vuelvo hacia ella; necesito acabar este interrogatorio y averiguar la verdad sobre quién y qué es de una vez por todas.

A estas alturas, las pinzas y el vibrador la hacen temblar visiblemente mientras lucha por mantener el orgasmo a raya.

—P-por favor, mi rey, ¿puedo correrme?

—No.

Se le escapa un gemido, pero se contiene como una buena chica y me obedece.

—Siento haberle hecho daño.

Me quedo paralizado; apenas estoy seguro de haberla oído bien o puede que mi cerebro esté proyectando tanto que ya me imagino cosas. Pero las disculpas no derramadas que se le acumulan en sus ojos de color avellana detienen el aire de mis pulmones.

—¿Por fin admites tu culpabilidad? ¿El haber participado a sabiendas en esta ambiciosa conspiración contra mí?

Ella niega con la cabeza.

—No, nunca. Lo que he dicho no es por nada que haya hecho a propósito, pero puedo sentir su dolor. Es como una herida reciente, en carne viva, y apunta hacia mí. Así que, si he hecho algo que le ha herido, por involuntario que sea, lo siento.

No me jodas.

Los atributos feéricos de Bryn han vuelto a subir de nivel. Me está leyendo sin ayudarse del contacto piel con piel. Eso quiere decir que estos putos guantes son innecesarios.

Encantado con el descubrimiento por varios motivos, me los quito de las manos y los tiro sobre la mesa. De todas formas, ya era hora de pasar a la segunda fase del interrogatorio y escalar las cosas. Da igual si puede o no leerme, porque la idea es dejarla tan fuera de sí con los orgasmos que no pueda concentrarse en nada que yo no le permita.

Pongo el masajeador en el nivel alto, lo que produce una vibración mucho más intensa, pero no es ni de lejos tan intensa como podría llegar a ser ya que apenas la toca. Aun así, ella gime y se retuerce, con la doble intención de escapar y, al mismo tiempo, obtener más presión para conseguir aliviarse. Es una deliciosa dicotomía de sensaciones que enreda los pensamientos y magnifica la consciencia física más allá de la imaginación hasta que se experimenta de primera mano.

De hecho, me arrepiento de haber decidido interrogarla de esta manera porque no puedo vivir el momento con total plenitud ni centrarme en verla alcanzar las nuevas cotas a las que la estoy llevando. Esa no es más que otra razón para descubrir quién está detrás de todo esto y hacer que sufra. Y es lo que voy a hacer.

—Te voy a contar un secreto, Bella. El anciano Barwyn es vidente y dijo unas cosas muy interesantes sobre ti. La primera es que no eres humana, tal como dices, o al menos no solo humana. Dice que sin duda eres «otra cosa», aunque no pudo determinar de qué tipo exactamente. Así que te pido que me saques de dudas y me lo cuentes.

Ella arruga las cejas y sacude con fuerza la cabeza, de modo que la cascada que conforma su rubio cabello se balancea detrás de ella.

—No lo soy, lo juro. Solo soy una chica normal del Medio Oeste. No tengo nada de especial.

Ya no me preocupa mantener la distancia, así que me aproximo hasta que las pinzas de sus pezones me rozan el pecho. Alargo la mano hacia un lateral, le agarro el pelo apretándolo en un puño y doy un tirón hacia abajo, lo que la obliga a levantar la mirada y a encontrarse con mi mirada de acero.

—Eso, mi preciosa zorrita, es mentira. Tanto si eres «otra cosa» como si eres humana, no quiero volver a oírte decir que no tienes nada de especial. Dime que lo entiendes.

—Lo entiendo.

—¿Quieres correrte, zorra?

—Dios, sí, quiero.

—Suplícaselo a tu rey.

—Por favor, mi rey —dice con una enorme dulzura en sus expresivos ojos de color avellana—. Por favor, ¿puedo correrme?

—No, no te doy permiso.

Su gemido se convierte en una especie de gritito agudo, pero entiendo qué le ocurre. Mi negativa solo ha logrado excitarla aún más.

Ajusto el masajeador que le he colocado en la parte interior del muslo para que le quede más arriba, de forma que aumente la intensidad de la presión, pero todavía esté lejos del clítoris. Ahora lo tiene justo en la entrada, con los escurridizos labios atrapados entre el cabezal zumbador y su agujero empapado.

Por fin, me saco el colgante del bolsillo y dejo que oscile ante su cara.

—¿Por qué llevabas esto la noche que nos conocimos?

—Ese fue el que más me gustó de todos los que me ofrecieron.

—¿Qué quieres decir, Bella? Sé más concreta o esto puede durar toda la noche, y no creo que quieras saber cómo es estar al límite durante tanto tiempo.

Abre los ojos de par en par y, con la respiración entrecortada, comienza a explicarme lo que pasó.

—Lío con la reserva… suite vip gratis con… colgante.

La última palabra es más bien un gemido que emite mientras lucha por contener el orgasmo.

Al final, consigue darme todos los detalles pertinentes. Dice que un ayudante de gerencia le asignó la suite vip y todas las ventajas a ella asociadas, incluida la posibilidad de que escogiera un colgante de obsidiana negra de entre los cinco que se ofrecían a prestarle.

Todo lo que cuenta la hace parecer inocente en esta historia. Por otra parte, podría tratarse de su tapadera. Si Bryn es «otra cosa», tal como afirma Barwyn, y sabe enmascarar su energía o sus emociones, para mí sería imposible saber si miente o no. Pero aceptar un plan basado en que la eliminen para que otro pueda usurpar mi trono no me parece muy sensato. Quizá quienquiera que fuese le dijo que simplemente podría volver a casa.

«Joder, nada de esto tiene ningún puto sentido».

Cambio de táctica y le quito la pinza del clítoris para que la sangre le fluya de nuevo hacia el abultado nodo. Ella arquea la espalda entre gritos y luego intenta respirar ante la imperiosa necesidad de correrse. Está a punto de desear que le siga negando el permiso.

Suelto el masajeador de la correa, lo dejo en el ajuste más alto y lo sostengo manteniéndolo a punto.

—A partir de ahora, ya no necesitas permiso para correrte. Lo harás cada vez que tengas un orgasmo.

Se encorva, aliviada.

—Gracias, mi rey.

Le ofrezco una sonrisa diabólica que deja ver mis colmillos.

—No me des las gracias todavía.

Entonces aprieto con fuerza el cabezal del masajeador contra su hipersensible clítoris y observo con satisfacción cómo se arquea apartándose de la cruz y cómo grita durante la primera de sus muchas explosiones.

Tras un minuto sobrellevando los temblores, empieza a volver en sí, pero no le retiro el masajeador. Lo dejo justo donde está y, cada vez que gira las caderas para intentar escapar, yo sigo sus movimientos para impedírselo.

Ya veo cómo llega el siguiente clímax. Los orgasmos forzados son intensos y cada uno lo es más que el anterior.

—Supongamos por un momento que dices la verdad y eres del todo inocente. Alguien había hechizado este adornito que lucías para coaccionarme.

Bryn se corre de nuevo, incapaz de contenerse. Su piel está perlada de gotas de sudor que humedecen los minúsculos mechones de pelo que tiene alrededor de la cara.

«Joder, es impresionante». En cuanto se calma lo suficiente como para oírme hablar, continúo.

—Como si fuera un puto amuleto de amor, tu colgante me convirtió en un imbécil romanticón cuyo único objetivo era que cayeras a mis pies para hacerte mía. Y funcionó de cojones. ¿Entiendes lo que eso significa?

Se vuelve a correr. Yo la vuelvo a mirar; tengo la polla tan dura que juro que voy a correrme en los pantalones tan solo de contemplar su éxtasis. Y vuelvo a hablar.

—Desde el momento en que te vi, todo lo que he sentido ha sido una invención. Nada más que una puta mentira encantadora.

Bryn sacude la cabeza con violencia.

—Eso no es cierto —balbucea entre jadeos—. Hemos conectado.

—Te equivocas —gruño—. Tenemos un vínculo que se alimenta de los sentimientos que teníamos cuando nos convertimos en pareja. Sentimientos que eran falsos. Nada de esto es real; nunca lo ha sido.

—No, no lo cr... ¡Oh, jodeeeeeeer!

—Da igual si te lo crees o no. Eso no cambia que sea verdad.

No estoy seguro de que me esté oyendo ahora mismo, mientras se abrasa en su último orgasmo. El cuerpo le tiembla de la cabeza a los pies y sus súplicas para que le dé un respiro son más balbuceos incoherentes que palabras de verdad. Sin embargo, yo las entiendo, puesto que esto lo domino como todo lo demás.

—Por favor, no haga que me corra otra vez, no puedo hacerlo, es demasiado, se lo pido por favor…

—Ni lo sueñes, joder.

Con el propósito de crear cierta confusión, apago el masajeador y lo tiro sobre la mesa, junto con el colgante que me gustaría romper en pedazos por las mentiras que representa, pero para el que también crearía una religión por ser lo que en última instancia la vinculó a mí.

Luego me vuelvo hacia ella y le quito una de las pinzas de los pezones al tiempo que le meto tres dedos en su ávido coño. Se corre al instante, gritándole al cielo mientras sus paredes internas, ya muy contraídas debido a los múltiples orgasmos, me aprietan los dedos como un puto tornillo de banco.

—Eso es —canturreo con tono perverso—. Vas a correrte para mí hasta que no te quede ni una gota de humedad en el cuerpo. Otra vez.

Empiezo a follármela con los dedos, curvándolos para alcanzarle el punto G y moviendo la mano con rápidos movimientos de vaivén que la dejan tan mojada que sus fluidos me chorrean en la palma de la mano y producen los más deliciosos sonidos de chapoteo.

A medida que su siguiente orgasmo crece y se retuerce en su interior, se le saltan las lágrimas y eso provoca que se le corra el rímel. Con los dedos de la mano que me queda libre, le restriego las gotas negras por el rostro formando unas sucias rayas y luego le cojo la parte delantera de la garganta y aplico presión a ambos lados. Sus labios y sus pezones están hinchados y rojos, tiene lágrimas negras pintadas en las mejillas...

Nunca ha estado más hermosa.

Es en ese momento de pureza absoluta cuando me doy cuenta, sin lugar a duda, de que da igual si descubro que Bryn tuvo algo que ver en todo esto y da igual si lo que siento es por culpa de un hechizo. No me importa porque soy incapaz de dejarla marchar. Soy incapaz de vivir sin ella.

Caen más lágrimas por sus mejillas y yo se las retiro con la lengua, deleitándome con su esencia salada, luego me abro en canal y le cuento mi verdad hablándole a la concha de su oreja.

—Aunque acabes siendo la causa de mi muerte, nunca te liberaré. La noche en la que quedamos unidos, pasaste a ser mía, y así seguirás. Ahora y siempre.

Al sentir que la invade el clímax, le suelto la garganta y rápidamente le quito la otra pinza del pezón, de forma que un torrente de oxígeno renovado y circulación sanguínea le inunda el sistema como si hubiera recibido un chute de puras endorfinas. Su cuerpo se agarrota y se estremece. Tiene la boca abierta, pero no emite ningún sonido; es como un grito silencioso con el que expresa el placer más absoluto al tiempo que me obsequia con su garganta.

Y yo la acepto.

Le hundo los colmillos en el lateral del cuello y le provoco unos temblores tan intensos que siento un cosquilleo de placer en las encías. Solo bebo un sorbo, pero la eufórica experiencia ya se ha visto empañada por la culpa que siento tras invadirla... y por la vulneración de confianza que estoy a punto de cometer.

Le retiro el pelo de la cara y se lo acaricio, diciéndole lo buena chica que es mientras continúa flotando en el subespacio. Con la otra mano, saco un frasquito del bolsillo y se lo apoyo contra la piel, justo debajo del punto en el que la perforé con uno de mis colmillos, para recoger la pequeña cantidad de sangre que se escapa antes de que sane la herida.

A continuación, me lo vuelvo a meter en el bolsillo y me olvido de todo lo demás para centrarme en cuidar a Bryn.

Cojo la manta que había dispuesto previamente y le sujeto el cuerpo con cuidado mientras le quito las esposas. Luego la envuelvo y la llevo hasta una silla en la que me siento con ella acurrucada en mi regazo. Le ofrezco una botella de agua e insisto en que se beba al menos la mitad antes de dejarla que se acomode sobre mí mientras le froto los brazos y la espalda a través de la suave manta y vaya descendiendo del subespacio.

—Caiden —dice con voz somnolienta contra mi pecho.

Descanso la mejilla sobre su cabeza y hablo en voz baja.

—¿Qué pasa, Bella?

—Me gustaría que me creyeras.

—Te creo, cariño.

Le doy un suave beso en la frente y me doy cuenta de que lo que he dicho es verdad, por ingenuo que parezca.

—Me alegro. —Suspira satisfecha y se acurruca aún más—. Y si vuelves a montar una escena así para manipularme, pondré en práctica mis conocimientos sobre castración.

El orgullo que siento al oírla defenderse me ayuda a neutralizar la quemazón acídica de la culpa.

—Tomo nota.

A través de nuestro vínculo, percibo la satisfacción que le genera mi respuesta y que finalmente la hace sucumbir al sueño. Poco después, el teléfono me vibra en el bolsillo de atrás y cuando lo saco veo un mensaje de Connor. Es una foto de la carta que ha encontrado en la cartera de Bryn, lo que demuestra que no soy tan ingenuo, al fin y al cabo.

La mirada se me va hacia donde dejé el infame colgante y se me hunde el corazón.

Porque que Bryn sea o no inocente no cambia el hecho de que lo que sentimos el uno por el otro sigue siendo mentira.

Y creo que eso puede ser más doloroso que si ella me hubiera traicionado a propósito.

CAPÍTULO VEINTITRÉS

BRYN

—¡Fiona!

Mientras recorro los pasillos de Midnight Manor un sábado por la noche, me cuesta creer el inquietante silencio que impera.

Tras pasarme todo el día trabajando en mi oficina provisional, me di cuenta de lo tarde que era solo porque mi estómago protestó tan alto que hizo eco en la habitación.

Como me tomo la comida muy en serio, no me fijé en lo silenciosa que estaba la casa hasta casi acabarme el plato que la cocinera me había dejado en el calentador. Y así empezó mi épica búsqueda a pie por el laberinto de cerca de mil cien metros cuadrados para encontrar a mi amiga feérica y preguntarle qué coño pasaba.

—¿Fiona? ¿Dónde estás? —Bajando la voz, murmuro—: ¿Dónde está todo el mundo?

Asomo la cabeza por el gimnasio y no veo a nadie, lo que me hace lanzar un pequeño gruñido de frustración.

Entonces recuerdo que tengo un móvil. Caiden me lo devolvió después de la sesión de interrogatorio de hace unas noches. Por fin confía en mí.

Eso debería hacerme feliz y, en general, así me siento. Salvo que, irónicamente, nuestra relación era mejor antes de que se fiara de mí.

Ahora vuelve a trabajar todo el tiempo y a poner excusas de por qué no puede verme. Y todo porque piensa que lo que sentimos el uno por el otro es solo por ese puto colgante.

A mí eso me parece una idiotez.

No tengo ni idea de hechizos, pero me gusta la teoría de Tiernan sobre el vínculo, así que he decidido aplicársela también a ellos. No pueden crear algo de la nada. Tan solo pueden potenciar lo que ya existe.

Aunque Caiden y yo nos acabábamos de conocer esa noche, creo que entre nosotros se produjo una poderosa atracción instantánea que fue lo que hizo que el hechizo funcionara. La prueba es lo que sucedió en el vestíbulo con nuestras miradas, y eso fue horas antes de que me prestaran el colgante.

Intento ser paciente, dejar que resuelva sus problemas por sí mismo, pero no me resulta fácil.

Por eso me he estado volcando en el trabajo.

Al menos ahora sabemos que tenemos algo en común.

Me saco el móvil del bolsillo de atrás, localizo el número de Caiden y le envío un mensaje rápido mientras sigo avanzando por la planta baja.

Hola, guapo, ¿dónde estás?

Cuando veo que no aparecen de inmediato los tres puntos ondulantes, me obligo a bloquear la pantalla y seguir adelante. No pienso quedarme mirando el móvil a la espera de una respuesta como si fuera una cachorrilla enamorada.

Después de buscar en la sala de juegos y en la zona inferior del bar, subo de nuevo las escaleras hasta la planta principal.

«Ah, no he mirado en la sala de cine. A lo mejor se ha montado un plan de manta, sofá y Netflix».

Al cruzar el enorme salón, el teléfono me vibra en la mano. Me detengo y busco su respuesta.

En un asunto de la Corte de la Noche.
Volveré tarde. No me esperes levantada.

Frunzo el ceño y me muerdo el labio. Reconozco que su imprecisa contestación me ha escocido un poco. Creía que ya habíamos dejado atrás su secretismo conmigo sobre asuntos feéricos, pero parece que no es así.

«Vale, Bryn, no saques conclusiones precipitadas. Seguro que se trata de cosas de reyes supersecretas, de alto nivel. Que estés casada con él no significa que tengas derecho a formar parte de todo».

Ok, pero a lo mejor me encuentras
en tu cama cuando llegues a casa. ;)

En la pantalla aparece un pulgar hacia arriba. ¿Se ha atrevido a enviarme un puto pulgar hacia arriba?

Me quedo mirando la pantalla durante varios segundos hasta que me doy cuenta de que estoy esperando a que añada una respuesta de verdad.

«No —me digo a mí misma poniéndome de nuevo en movimiento—. No voy a hacerlo. Está en una reunión, no puedo esperar que me hable todo el rato. No pasa nada, no pasa absolutamente nada. ¡Fionaaaa!».

Si no la encuentro en los próximos cinco minutos, me veré obligada a buscar a cualquiera de los Vigilantes de la Noche que se encuentren en la mansión, pero, aparte de los hermanos Woulfe, que estarán con Caiden, todos me tratan de forma similar a Finn, es decir, como si fuera una incómoda bomba de relojería activada, así que en realidad son el último recurso.

Cuando alargo la mano hacia la puerta de la sala de cine, alguien la abre de golpe antes de que yo pueda alcanzarla. Fiona salta al pasillo, cierra de un portazo y me saluda con una sonrisa demasiado amplia.

—¡Nena, hola! Estaba terminando de ver una película. Superintensa, con un gran giro de guion, ya sabes lo que quiero decir.

Parpadeo varias veces, sin saber por dónde empezar. Quizá por el hecho de que parezca culpable de algo o de que supuestamente estaba viendo una película ataviada con un ceñido vestido negro de satén con una abertura hasta la cadera.

Abro la boca para hacer algún comentario, pero la puerta del cine se vuelve a abrir. Esta vez es Tiernan el que sale al vestíbulo; va metiéndose la camisa del esmoquin en la cintura con despreocupación.

—Joder, Fi, casi me matas al salir... Ah, hola, dulce Brynnie, ¿qué tal?

Miro alternativamente a Fiona y Tier una y otra vez, y la sonrisa conspirativa de mi cara se hace cada vez más grande.

—«Superintensa, con un gran giro de guion», ¿no? Ya lo creo.

Se me escapa una risotada y Fiona se enfada de una forma bastante teatral.

—Esto no es lo que parece.

Mientras Tier termina de arreglarse, añade, servicial:

—A menos, claro, que parezca que me estaba tirando a Fiona en la sala de cine. Porque entonces es justo lo que parece.

Ella se gira para lanzarle una mirada feroz con los puños apretados a la altura de unas esbeltas caderas y su larga melena pelirroja da un bandazo y acaba cayendo por delante de uno de sus hombros desnudos. Tier le contesta con la clásica mirada de «¿qué he dicho?» y yo me río aún más.

—Dios mío, esto es fantástico. Sabía que había algo entre vosotros. Fiona, golfilla, ¿por qué no me lo has contado?

Al oír mi comentario, Tiernan levanta las cejas mirándola.

—¿No presumes de mí ante tus amigas? La verdad, Fi, eso hiere mis sentimientos.

Fiona pone los ojos en blanco.

—No son tus sentimientos lo que hiere, sino tu fragilísimo ego. Supéralo de una vez.

Se vuelve hacia mí y arruga el entrecejo.

—¿Por qué no estás lista?

—Lista ¿para qué?

—Para el Baile del Equinoccio Temprano —dice como si yo tuviera que saber de qué me habla. Cuando queda patente que no tengo ni idea, me lo explica—. Todos los años, la noche del Equinoccio de Otoño, los Feéricos de la Oscuridad celebran un gran baile para festejar que los días se hacen más cortos y las noches, más largas. Se produce una única excepción cada diez años, cuando los reyes de la Corte del Día y la Corte de la Noche se reúnen en el desierto de Joshua Tree en el Equinoccio de Otoño, una jornada que cuenta exactamente con las mismas horas de noche que de día. Y esos años —este año— celebramos el baile una semana antes y lo llamamos el Baile del Equinoccio Temprano, o BET.

—O ET, para cinéfilos como nosotros.

Fiona echa la mano hacia atrás para darle un golpe en el pecho, pero él le coge la muñeca al vuelo con una sonrisa burlona y solo la suelta cuando ella le vuelve a poner los ojos en blanco.

Actúan de una forma tan divertida que podría pasarme el día mirándolos. ¿Dónde hay un cubo de palomitas cuando lo necesitas? Probablemente en la sala de cine.

—Vale, o sea que esta noche hay un baile y vais a ir. ¿Es eso?

—No, lo que quiero decir es que esta noche hay un baile y va a ir todo el mundo, así que ¿por qué no estás vestida?

El estómago me da un vuelco cuando por fin caigo en la cuenta.

—¿Ese es el «asunto de la Corte de la Noche» de Caiden?

A Fiona se le cae la cara de vergüenza al darse cuenta de que se me ha dejado de lado a propósito y Tiernan maldice bajo la mano con la que se frota la mandíbula de barba incipiente.

Me doy la vuelta para evitar sus expresiones lastimeras y me dirijo de nuevo al salón, donde me desplomo en uno de los sofás mientras trato de ordenar una miríada de pensamientos que me dan vueltas en la cabeza.

Hecho: alguien urdió un plan para atraerme hasta Las Vegas con la intención de que Caiden se casara conmigo en un rito matrimonial propio de los Feéricos de la Oscuridad por razones que desconozco. Tampoco sé por qué me eligieron a mí en particular.

Aunque resulta cuando menos inquietante, creo que me ha tocado el gordo en cuanto a novios de matrimonios concertados se refiere, así que me doy por satisfecha con el resultado final.

Hecho: el vínculo ha empezado a cambiarme a nivel fisiológico y he adquirido tanto las fortalezas como las debilidades habituales de los feéricos, lo cual es chulísimo y a la vez aterrador. Intento no pensar en ninguna de las dos cosas muy a menudo.

Hecho: Caiden cree que nuestros sentimientos mutuos no son reales y, en consecuencia, trata de mantenerme alejada.

Hecho: Caiden es imbécil.

Fiona se sienta a mi lado y pone su mano sobre la mía.

—Bryn, lo siento. Deja que vaya a cambiarme y luego podemos pasar el rato juntas, montar una noche de chicas.

—De ninguna manera —digo con el vello aún más erizado que antes—. Espero que tengas otro vestido de fiesta por ahí, porque voy a ir a ese baile, aunque sea en vaqueros y camiseta.

Sus ojos de color ámbar se iluminan para después oscurecerse cuando frunce el ceño.

—Mierda, aquí no tengo nada de eso. Solo un par de vestidos de cóctel, eso es todo lo que te puedo ofrecer.

—Yo puedo ofrecerte algo mucho mejor.

Las dos nos giramos para mirar a Tiernan, que permanecía detrás de nosotras.

Fiona entrecierra los ojos.

—Si le ofreces un vestido que se haya dejado una cualquiera después de uno de tus muchos paréntesis, te voy a dar un puñetazo.

Él sacude la cabeza y hace un chasquido de desaprobación.

—Fi, me ofende que me consideres un aficionado. Siempre me aseguro de que las cualquieras se lleven toda la ropa. Seguidme las dos.

Suelto una risilla al ver cómo mi amiga deja una estela de fuego a sus espaldas durante cinco segundos hasta que se pone a mirarle el culo mientras lo seguimos al segundo piso.

—Hazle una foto, dura más —le susurro.

Ella inclina la cabeza y me contesta también entre susurros.

—Si crees que no tengo ya toda una colección en un álbum oculto del móvil, es que te queda mucho por aprender.

Recojo los labios para evitar una tremenda carcajada, pero me olvido de mi sentido del humor cuando veo que Tiernan nos conduce al dormitorio de Caiden.

—Tiernan —digo parándome en seco en el umbral—. Llevar un vestido de uno de tus antiguos paréntesis ya habría estado mal, pero, en el caso de los de Caiden, ni siquiera quiero verlos.

Se detiene en la puerta del enorme vestidor, con expresión seria.

—Brynnie, confía un poco en mí. Nunca sugeriría eso. Voy a coger tu vestido.

Antes de que pueda preguntarle qué quiere decir, desaparece dentro del vestidor y sale unos segundos después con el vestido negro de noche más bonito que he visto en mi vida.

Fiona lanza un gritito a mi lado, me coge del brazo y me arrastra hasta donde Tiernan lo sostiene colgado de la percha.

—Caiden pensaba llevarte al baile, Bryn —dice Tiernan—. Encargó este vestido hecho a medida para ti hace unas dos semanas. No sé por qué cambió de opinión.

Lo miro fijamente a los ojos.

—Porque tu hermano es imbécil.

Me dedica una sonrisa socarrona.

—En eso tienes razón. Toma, póntelo. A ver si te ha tomado bien las medidas.

Fiona le arrebata el vestido y me empuja hacia el interior del vestidor para ayudarme a ponérmelo, junto con los tacones a juego que allí encontramos. Luego nos quedamos contemplando mi imagen en el gran espejo de tres caras que hay en la esquina del vestidor.

—Dioses, Bryn, es perfecto.

—La verdad es que sí —digo con reverencia.

Se me humedecen los ojos al darme cuenta de que Caiden eligió este vestido para mí, pero también cuando recuerdo que ha decidido no verme con él puesto esta noche, así que parpadeo rápidamente para evitar las lágrimas y me concentro en memorizar cada detalle.

Está hecho de tul y su corte en forma de A llega hasta el suelo y tiene una abertura oculta a la izquierda. La parte superior es de una fina malla de color *nude* con la que parece que voy desnuda, salvo por los apliques de flores negras cosidos a mano que suben desde la cintura hasta formar la parte delantera del corpiño que me cubre los pechos y se abre en una profunda V que acaba por debajo del ombligo. El encaje negro conformado por delicadas enredaderas con algunas hojas hace las veces de tirantes que se detienen en la parte superior de los hombros, de forma que toda la espalda queda abierta gracias a la ilusión óptica que crea la malla.

—Vamos a peinarte y maquillarte rápidamente para llevarte al baile, Cenicien…

Levanto la mano.

—Para. No acabes la frase. Solo puedo soportar un mundo ficticio a la vez, muchas gracias.

Las dos reímos, lo que llama la atención de nuestro príncipe a la espera.

—Parece que es seguro entrar. ¡Vaya! —exclama con los ojos muy abiertos mientras asimila mi aspecto—. Puede que mi hermano sea imbécil, pero es un imbécil con buen gusto. Se va a caer de culo cuando te vea.

Cuadro los hombros y me preparo mentalmente para la batalla.

—Más le vale, joder.

Al cabo de menos de treinta minutos, luzco unos ojos ahumados dignos de Hollywood y el pelo rizado y un recogido alto con algunos mechones sueltos que me enmarcan la cara. En el bolso de mano llevo el móvil y el documento de identificación: estoy lista para salir.

Fiona y yo nos reunimos en la planta de abajo con Tiernan y nos dirigimos al garaje, donde tiene aparcado su BMW serie 8 de color negro azulado.

Él mismo me abre la puerta de atrás, pero me detengo al ver una pegatina junto a la luz posterior izquierda que dice: «Conduzco como un Cullen». Cuando le miro con cara de estar pensando «¿En serio?», enseguida se defiende.

—¿Qué pasa? Es gracioso. —Me río mientras me deslizo en el asiento trasero—. Además es verdad, así que abróchate el cinturón.

Se pone al volante con Fiona de copiloto, luego pulsa el botón de la puerta del garaje y espera a que se eleve.

—¿Tenemos que avisar al equipo de seguridad de que me voy?

Tiernan me mira por el retrovisor.

—Si quieres sorprender al rey, no.

Y, tras su respuesta, nos demuestra cuán cierta es la dichosa pegatina.

Llegamos al Nightfall en lo que debe de ser un tiempo de récord mundial.

A medida que nos acercamos a la entrada del evento, los nervios van apareciendo en forma de mariposas cabreadas en el estómago. Fiona me mira y creo que me lo ve escrito en la cara.

—Bryn, respira hondo. Cuando se le pase la conmoción inicial de verte aquí, se quedará mudo y estará demasiado cachondo como para que le importe.

Su intento de aligerar el ambiente funciona y ese breve momento de risas me calma un poco. Aunque probablemente debería buscar al camarero que sirva alcohol más cercano para que me ayude con el resto.

Hay unos cuantos invitados feéricos pululando por el exterior del salón de baile y Fiona me coge la mano con entusiasmo mientras señala a una en concreto.

—Es mi madre. Estoy deseando que la conozcas; es la mejor. —Le hace señas para que se acerque y le grita—: ¡Mamá, estoy aquí!

Una hermosa rubia rojiza ataviada con un vestido de sirena sin tirantes se excusa ante su pequeño grupo y extiende los brazos para envolver a Fiona en un fuerte abrazo.

—¿Por qué has tardado tanto? El rey Caiden está a punto de dar su discurso y su bendición.

—Lo sé, lo siento, estaba ayudando a mi amiga a arreglarse. Bryn, esta es mi madre, Erin Jewel. Mamá, esta es Bryn, la mujer de la que te hablé que lleva un tiempo viviendo en la mansión.

Erin se vuelve hacia mí sonriendo con intención de saludar a la amiga de su hija cuando de repente se queda paralizada. Mantiene la sonrisa tanto rato que me pregunto si de algún modo el tiempo se ha detenido.

La sonrisa sigue ahí, pero ya no le llega a los cálidos ojos. De hecho, casi parece… ¿asustada?

La relaciones públicas que hay en mí hace acto de presencia y finjo que no pasa nada. Le tiendo la mano y le digo:

—Hola, Erin, encantada de conocerte. Fiona habla muy bien de ti y no sabes cuánto adoro a tu hija. Durante este último mes, para mí ha sido como un regalo caído del cielo. La criaste muy bien.

De pronto, Erin sale de su estado de congelación, pero ahora los ojos se le humedecen e intenta volver a parpadear con desespero.

—¿Mamá? ¿Qué te pasa?

—Nada, cariño, debe de ser el polvo o algo por el estilo. —Contiene el líquido con la parte posterior de un dedo para evitar que se derrame, luego respira hondo y se tranquiliza—. Ya está, ¿lo ves? Se acabó el problema. Bryn —dice tomando una de mis manos entre las suyas—, es un placer conocerte por fin. Llevo tanto tiempo esperando que me ha parecido una eternidad.

Fiona hace algún comentario sobre lo que exagera su madre para haber transcurrido tan solo unas semanas, pero en realidad no la estoy escuchando. Me he perdido en la forma en la que las suaves manos de su progenitora acunan las mías. Su reconfortante toque maternal, como el de mi propia madre, me provoca un dolor en el pecho que no sentía hacía tiempo.

Sin embargo, cuanto más la miro, más vueltas me da algo en la cabeza.

—Tengo la sensación de haberte visto antes —digo con las cejas fruncidas en gesto de concentración.

Fiona se ríe.

—Imposible, a menos que ya hayas estado en Las Vegas. Mi madre odia viajar, ¿verdad?

Erin me ofrece una sonrisa tensa.

—Así es. Odio viajar. Bueno, chicas, si me disculpáis, iba de camino al baño antes de que me pararan. Puede que nos veamos dentro.

—Vale, mamá —dice Fiona besando a su madre en la mejilla.

En cuanto Erin sale de nuestro campo de visión, Fiona me coge de la mano y me dedica una emocionada sonrisa.

—Empieza el espectáculo. Vamos a enseñarle a ese rey tuyo lo que se está perdiendo.

Los empleados del Nightfall nos abren las puertas del salón de baile y, cuando atravesamos el umbral, me siento como Dorothy llegando a la tierra de Oz. Imagínate el banquete de bodas de un famoso más extravagante que hayas visto en la tele y multiplica por tres la fastuosidad de la decoración y los invitados.

Del techo cuelgan al menos cien lámparas de cristal a distintas alturas, salvo en el centro, donde una pieza del tamaño de una valla publicitaria se retrae y deja a la vista una imagen enmarcada de la luna suspendida en el cielo nocturno. Debajo, en un mar de medianoche, los feéricos socializan y bailan, todos vestidos de negro y cada uno más hermoso que el anterior.

Y, justo delante, en la orilla opuesta, hay unas escaleras de mármol negro que conducen a una amplia tarima que permite a la familia real velar por los invitados. En el centro, orgulloso, se alza un enorme trono de acero y terciopelo negro con dos sillas de estilo similar ubicadas a ambos lados. Seamus ocupa la silla del extremo izquierdo. Junto a él se encuentra Tiernan y, al otro lado del trono vacío, Finnian charla con una anciana de pelo castaño oscuro y ojos confiables que está sentada en el último asiento.

Aunque mantiene una postura rígida —espalda derecha, manos superpuestas sobre el regazo y tobillos cruzados—, escucha a Finn con una expresión dulce y cariñosa de inconfundible adoración.

—¿Es la…

Fiona se inclina.

—Morgan Scanell, la Reina Madre. ¿A que es bellísima?

—Sí que lo es —digo repentinamente más nerviosa.

No había contemplado la posibilidad de conocer a la madre de Caiden esta noche. Ni siquiera estoy segura de haber contemplado la posibilidad de que tuviera madre. Si hay alguien que parece que haya aparecido en este planeta ya como el macho fuerte y dominante que es, ese es Caiden Verran. No me lo imagino como un chico problemático ni como un adolescente tratando de superar su terrible fase hormonal. Me parece imposible que sea diferente a como lo conozco.

Pero sí que me gustaría conocer esas otras partes de su pasado, y qué mejor forma de hacerlo que hablando con su madre.

¿Le caeré bien? ¿Será de ese tipo de madres sobreprotectoras que cree que nadie es lo suficientemente bueno para su hijo? Puede que no me mire con buenos ojos porque soy humana —o casi humana…, ya no tengo ni idea, pero feérica seguro que no— y me desprecie de forma oficial delante de toda la corte.

Por otra parte, no debería preocuparme de si le caigo bien, porque Caiden no tiene intención de mantenerme cerca más tiempo del necesario. Tal vez por eso no me ha invitado a venir esta noche. Tal vez intentaba evitarle a su madre una presentación inútil.

—Fi, empiezo a pensar que esto ha sido una mala idea.

Me presiono el bajo vientre con las manos tratando de calmar las mariposas que han pasado de revolotear a bailar auténtico pogo.

Ella me coge la mano.

—¿Qué? De ninguna manera. Ya estás aquí y ese vestido te queda increíble. Si no quiere estar contigo esta noche, que vea a todos los machos tropezar entre ellos mientras intentan llamar tu atención. Así aprenderá a no dejarte de lado.

Estoy a punto de ponerme a discutir con ella cuando veo a Caiden. Va escoltado por Connor y Conall, y avanza serpenteando entre la multitud y deteniéndose fugazmente para hablar con los feéricos que le van parando por el camino. Cuando llega a la tarima, los hermanos se colocan a ambos lados de la escalera mientras él sube y toma asiento en su trono.

Al contemplarlo desde el otro lado de la sala, me quedo hipnotizada. Lo he visto con trajes de tres piezas, con vaqueros y camisetas informales, con ropa de deporte sudada, con pantalones de cuero y el pecho descubierto, y completamente desnudo.

Pero nunca lo había visto así.

Como de costumbre, va todo de negro, pero con un toque de elegancia real. Sobre la camisa lleva un chaleco entallado de doble botonadura con amplias solapas y brocado de plata. La chaqueta es de estilo similar; le resalta la anchura de los hombros y el pecho al tiempo que se le ciñe a la esbelta cintura, mientras que en la parte inferior se divide en dos colas que le llegan a la parte posterior de las rodillas.

Pero el elemento más llamativo de todos es la corona. No tiene joyas incrustadas ni motivos elegantes; no está hecha de ningún material brillante como el oro o la plata. No simboliza su riqueza ni es una pieza opulenta para hacer que sus súbditos la contemplen con admiración. Es de lo más sencilla y está hecha de un metal oscuro y de aspecto pesado. La parte inferior presenta unas puntas simétricas poco pronunciadas y unos triángulos tridimensionales de ángulos ensanchados se elevan a diferentes alturas y conforman la parte superior de la corona que se asienta sobre su cabeza.

Estoy acostumbrada a sobrellevar como puedo su abrumadora belleza y atractivo sexual, pero es probable que la versión regia de Caiden Verran me destroce mis partes íntimas si lo miro durante demasiado tiempo.

«Bryn, aparta la vista. Algún día puedes necesitar esos ovarios».

Cuando por una vez en la vida estoy a punto de escucharme a mí misma, ya es demasiado tarde. Los ojos dorados de Caiden de repente se clavan en los míos como si se hubiera percatado de mi presencia y cualquier pensamiento que tuviera hace un segundo hubiera quedado cortocircuitado y fuera de camino al infierno.

—Por fin —dice Fiona—. Vamos, es el momento de dar a conocer formalmente tu llegada.

Empieza a tirar de mí hacia la tarima; espero que me lleve por un camino despejado porque soy incapaz de romper el contacto visual con él.

—No sé qué tengo que hacer —susurro entre dientes.

—No te preocupes. Yo te diré exactamente lo que tienes que hacer.

CAPÍTULO VEINTICUATRO

CAIDEN

Jamás en mi larga vida había visto una hembra tan magnífica.

En cuanto sentí su presencia, mi mirada se convirtió en un faro que la buscaba entre la multitud. Me robó el aliento al instante y se lo quedó como si fuera suyo, ya que la vi entreabrir los labios en un suspiro.

Me llena de orgullo verla con el vestido que elegí para ella. Quiero mimarla con regalos, ropa y joyas. Quiero llevarla a pasear y presumir de chica, consciente de que todos la descarán, pero es solo mía. Quiero ponerle un collar de cuero en la garganta por la noche y darle otro simbólico en forma de colgante para que lo lleve durante el día y, cada vez que lo toque, recuerde a quién pertenece.

Quiero todo eso y mucho más con Bryn Meara.

Pero ahora sé que nada de eso es real y no sé cómo enfrentarme al hecho de que me importa una mierda.

—Ey, hola, hermano mayor —saluda Tiernan a mi derecha—. Se me había olvidado mencionar que he traído a Brynnie. Estoy seguro de que no darle a tu pareja el vestido que le habías comprado ni traerla al evento más importante del año fue tan solo un descuido. De nada.

Incapaz de apartar la mirada de ella mientras camina lentamente hacia la tarima, contesto al imbécil de mi hermano en voz baja deseándole la muerte.

—Tenía mis motivos para no traerla y uno de los más importantes era su propia seguridad. Lo que ocurrió con el limón no fue un accidente.

—¿De qué estás hablando?

—Pregúntale a Seamus.

Veo de reojo cómo Tiernan se inclina hacia el otro lado durante unos segundos. Luego se vuelve a poner derecho y murmura:

—Joder, deberías habérnoslo dicho a Finn y a mí. ¿Cómo te vamos a cubrir las espaldas si no sabemos qué coño pasa?

—Tomo nota. Luego lo hablamos.

Cuando Fiona y ella se detienen frente a la tarima, yo me pongo de pie, dispuesto a encontrarme con ella al pie de las escaleras y a acompañarla hasta la salida del vestíbulo para que Connor y Conall la lleven de vuelta a la mansión. Pero entonces hace una pequeña reverencia sosteniéndome la mirada hasta que, en el último segundo, baja la cabeza en señal de respeto.

La sublime elegancia y sumisión de su pose me deja aturdido durante unos instantes, lo que me impide darme cuenta de que la he obligado a mantenerla más tiempo del necesario, con la consecuente dificultad.

Bajo las escaleras, me planto ante ella y tiendo una mano dentro de su campo de visión. Ella la toma y se yergue grácilmente.

Cuando sus ojos vuelven a encontrarse con los míos, arden en llamas, y no de las de placer. A estas alturas ya hemos causado bastante revuelo y somos el centro de atención de todo el mundo.

—Bryn —digo antes de agacharme para darle un beso en los nudillos—. Esta noche más que nunca eres la encarnación del nombre Bella, pues tu hermosura no tiene parangón ni en este ni en ningún otro reino.

Su sonrisa le parecería auténtica a cualquiera, pero yo sé que es falsa.

—Qué palabras tan dulces de alguien que me ha dejado a un lado como la basura que hay que tirar.

Molesto, aprieto la mandíbula y bajo la voz.

—Yo no te he dejado a un lado.

Se acerca un paso y la amplia falda de su vestido se balancea de un lado a otro con ese simple movimiento. Al darse cuenta de que necesitamos intimidad, los hermanos Woulfe hacen una señal a otros dos Vigilantes de la Noche y los cuatro se colocan a nuestro alrededor.

—Ya veo —dice ella en tono cortante—. Entonces, simplemente te olvidaste de mí. Mucho mejor, claro.

Me retumba un gruñido en el pecho.

—Bryn.

—Ni se te ocurra ponerme esa voz ahora mismo, Caiden Ve-rran —me susurra—. Estoy enfadada contigo y tengo derecho a estarlo. No me importa el motivo por el que decidiste no traer-me al baile, pero lo menos que podrías haber hecho es decírmelo a la cara en lugar de escabullirte de la mansión como un puto cobarde.

A Conall le da un breve ataque de tos que suena muy parecido a una carcajada. Si tuviera visión calorífica, ahora mismo le estaría haciendo un agujero en la parte posterior del cráneo.

—Caiden, querido, espero que no tengas pensado monopolizar todo el tiempo de tu invitada sin presentarla primero.

«Joder». No me apetece demasiado descubrir las repercusiones que puede tener este encuentro.

Giro la cabeza hacia la parte superior de las escaleras, donde se ha apostado mi progenitora, y digo:

—Por supuesto que no, Madre.

—Mierda, no debería haber venido. Me va a odiar.

Me vuelvo hacia Bryn y me sorprende ver cómo la preocupación se refleja en sus delicadas facciones. Le cojo las manos entre las mías y se las aprieto.

—Bryn, es imposible que te odie. Has cautivado a todos los que me conocen y con ella no va a ser diferente.

Los ojos de Bryn se proyectan por encima de mi hombro y hacia un lado.

—A Finnian no.

Puede que sea la primera vez en la vida que siento el intenso deseo de darle un puñetazo a mi hermanito cuando oigo el abatimiento en su voz.

Para ella es importante conectar con los demás, y el hecho de que Finn se mantenga distanciado la hace sufrir. No me hace falta percibir su energía para saberlo. Como odio ese cambio brusco de humor, le ofrezco matar dos pájaros de un tiro.

—¿Te sentirías mejor si te dejara darle una patada en las joyas reales la próxima vez que vaya a la mansión?

Se le crispan un poco los labios, pero esta vez la alegría le llega hasta los ojos.

—Aunque nunca haría algo así, tu oferta hace que me sienta moderadamente mejor. Gracias.

—Un placer. Ahora, ven —le digo ofreciéndole el brazo para que pase la mano por él—. Será mejor que no hagamos esperar más a la Reina Madre o luego me dará un incómodo sermón.

—Hum… Eso también tiene su interés.

—Apuesto a que sí. —Los Vigilantes de la Noche se dispersan para que podamos pasar y ocupan sus puestos originales. Mientras empezamos a subir, digo en voz baja—: Ha sido una reverencia impresionante para una mujer que supongo que nunca había tenido que hacer una antes.

—He visto *Los Bridgerton* seis veces.

Le lanzo una rápida mirada.

—Realmente ves demasiada televisión.

—Veía —me corrige—. Ahora dedico mi tiempo y tu dinero a leer al menos cinco libros a la semana. Diría que es una mejora, ¿no crees?

Se me curva una de las comisuras de los labios.

—Supongo que sí.

Cuando llegamos a la tarima, le retiro la mano de mi brazo para que pueda moverse a su antojo y hago las presentaciones pertinentes.

—Madre, esta es mi invitada de esta noche, Bryn Meara. Bryn, te presento a Morgan Scanell, la Reina Madre de la Corte de la Noche de Faerie.

—Ha olvidado mencionar mi título más importante: soy su madre.

Bryn sonríe con un brillo travieso en los ojos y sé de inmediato que la niñata que hay en su interior está a punto de hacer acto de presencia.

—¿Seguro que quiere reclamar ese último? Según mi experiencia, Caiden puede ser un auténtico grano ahí detrás.

Madre se ríe, sorprendida y encantada a la vez.

—En efecto, querida, puede serlo. No estoy segura de que nadie, aparte de su padre y yo misma, haya tenido nunca las agallas de decírselo, así que le cuesta creérselo. Pero veo que tú no tienes ese problema.

—En absoluto.

—Bueno, espero tener la oportunidad de conocerte mejor en una ocasión menos formal, pero ya casi es hora de que Caiden dé la bendición anual del equinoccio. —Ladea el cuerpo a mi alrededor y llama a su segundo hijo—. Tiernan, pórtate bien y cédele tu asiento a la invitada de tu hermano.

Tier, que siempre es el primero en ofrecerse voluntario para eludir cualquier asunto oficial, prácticamente salta de la silla.

—Será un honor, Madre. Brynnie, aquí tienes —dice señalando el lugar que tan felizmente ha dejado libre.

Bryn no se mueve. Tan solo me mira y espera a que le dé alguna indicación. Percibo que sigue enfadada, pero aun así quiere que la guíe. Su confianza y su obediencia son un regalo que no merezco, pero que aceptaré siempre de forma egoísta.

Quiero inclinarme hacia ella, susurrarle al oído «buena chica» y sentir cómo se estremece de excitación. Por desgracia, lo único que puedo hacer es asentir con la cabeza.

Se despide de mi madre diciendo:

—Ha sido un honor conocerla y espero que podamos hablar algún día.

—Lo mismo digo, querida. —La cálida sonrisa de Madre permanece en su sitio mientras Bryn se acerca a Tier y toma asiento—. Y tú —me dice en el tono que usaba cuando Tier y yo no éramos más que unos jovencitos revoltosos—. Quiero hablar contigo.

Se va hacia el otro extremo de la tarima, sin molestarse en mirar si la sigo. Puede que yo sea el rey, pero ella siempre será mi madre, por muy importante y rico que me crea.

De hecho, tengo suerte de que me deje seguirla en lugar de arrastrarme de la oreja.

Cuando se da la vuelta para dirigirse a mí, ya no es la simpática Reina Madre; ha tomado su lugar la hembra fuerte y sin pelos en la lengua que crio a tres demonios.

—Estás emparejado. —No es una observación. Es una acusación y escuece como el chasquido de un látigo de una sola cola—. Por favor, dime que me equivoco. Que mi capacidad para reconocer la energía de mi hijo mayor ha empezado a fallarme debido a la vejez.

—Madre, apenas tienes cuatro siglos y continúas siendo tan aguda y hermosa como si tuvieras dos.

—Distraer con halagos es el método que usa Tiernan para escabullirse de los problemas, no el tuyo. Siempre has actuado con la integridad de un rey, mucho antes de serlo. Dime cómo has podido cometer la insensatez de emparejarte, y además con una...

—¿Humana?

Me lanza una mirada de curiosidad.

—A lo mejor no es a mí a quien le fallan los sentidos. Ella no es más humana que tú, Caiden. No estoy segura de lo que es, pero no parece una feérica al uso, ¿verdad?

Pese a saberlo por Barwyn, me sorprende que mi madre también sea capaz de percibirlo. A mí Bryn me sigue pareciendo humana, incluso después de adquirir algunas cualidades feéricas. Pero la verdad es que le debo de haber hecho algo que le afecta a nivel fisiológico y no hay forma de saber si en algún momento se volverá irreversible. O, los dioses no lo quieran, si ya lo es.

Miro hacia atrás para ver cómo está y la veo de pie, al borde de la tarima, charlando animadamente con los Tallon y con algunos más que conoció en el TdR.

—Parece que ha causado una gran impresión —observa mi madre centrando de nuevo mi atención en ella.

—Todo el mundo la adora. Todos menos Finni —me corrijo.

—Debe de ser difícil para tu hermano, que cree que colgaste la luna de Rhiannon, aceptar a una hembra que tiene tu vida en sus manos. Pero dime, hijo, ¿qué sucedió?

Intento aspirar profundamente, pero a las costillas les cuesta expandirse bajo el aplastante peso de la verdad. Me paso una mano por la boca y la mandíbula, y renuncio a seguir aplazando la conversación.

—La noche que nos conocimos, le regalaron un colgante hechizado que me embrujó, a falta de un término más creativo. Ninguno de los dos recuerda más que las primeras horas que pasamos juntos, pero a la mañana siguiente nos despertamos casados y emparejados. Al principio pensé que ella había tenido algo que ver. Luego alguien intentó envenenarla… y casi lo consigue.

Mi madre me mira con ojos desorbitados mientras me agarra del brazo con las dos manos.

—Caiden.

La tranquilizo poniéndole una mano sobre la suya.

—Ya lo sé, lo siento. No quería preocuparte antes de tener todos los detalles de lo sucedido, por eso intenté que Bryn se quedara en la mansión esta noche.

Las finas cejas se le unen sobre el puente de la nariz.

—Pero la maldición…

Con discreción, me meto la mano en el bolsillo interior de la chaqueta y le enseño el frasquito con la sangre de Bryn, que luego vuelvo a guardar en su sitio.

—Un anciano vidente me dijo que así emularía su presencia durante unas horas. Teniendo en cuenta que no sabría cómo explicarle a nuestra gente quién o qué es ella, pensé que sería mejor venir solo.

—Hijo mío, eres el rey. No tienes que darle explicaciones a nadie. Excepto a tu madre —añade estrechando los ojos en gesto acusador.

Dejo entrever mi afecto por ella.

—Tomo nota de tu advertencia, Madre.

Ella me dedica una dulce sonrisa de sosiego y entonces frustro el breve instante de frivolidad para volver al tema que nos atañe.

—Pero un rey sí que tiene la obligación de explicarse cuando ha hecho algo que afecta a sus súbditos, como en este caso. Estar emparejado con Bryn ha activado la maldición, y ahora alguien la está utilizando a ella y a nuestro vínculo para llegar hasta mí. Si Bryn tiene una diana en la espalda, yo tengo otra.

El tono de mi madre se vuelve siniestro mientras dice con un susurro:

—El Rey del Día.

Niego con la cabeza.

—No puede ser Talek. Ninguno de nosotros tiene el poder de matar al otro sin causar su propia muerte, lo dice el tratado.

—El tratado especifica que un rey no puede morir a manos ni por orden del otro. Pero no dice nada de manipular al rey para que desempeñe el fatídico papel de viudo usando la maldición de la sangre contra él.

Mis venas se vuelven de hielo.

—No, eso no puede ser cierto. Padre nunca mencionó los detalles del tratado, y Seamus tampoco. Debes de estar equivocada.

Mientras se agarra el vientre como si estuviera enferma, me contesta con una explicación.

—Seamus no estuvo en la firma del primer tratado. Yo sí, como testigo de tu padre. A tu progenitor le molestaba que fuera necesario pactar un tratado, pues creía que el enemigo de un feérico nunca debía ser otro feérico, así que no me sorprende que ignorara su responsabilidad de formarte sobre los detalles. Qué necio.

Aunque la última parte no es más que un murmullo en voz baja, es difícil dejar de notar cierto matiz de afecto imborrable por el hombre que se negó a amarla.

—Si Talek está detrás de esto, tienes que llevarla a la mansión. Es demasiado arriesgado que estéis aquí. Yo daré la bendición y, con ayuda de tus hermanos, me encargaré de las tareas de anfitrión durante esta noche.

—Te lo agradezco, Madre, pero voy a ser yo quien dé la bendición. No quiero que empiece a rumorearse que mi cercanía con Bryn me impide cumplir con mis deberes como rey. Después nos iremos.

Ella asiente, pero sus ojos, a juego con los míos, nadan en un mar de preocupación.

—Como desees.

Me inclino y la beso en la mejilla, luego me desplazo hasta el lateral donde se encuentra Bryn.

Ella me mira y sonríe —gracias a Rhiannon, esta vez lo hace de verdad—, y después vuelve a centrarse en la multitud.

—Caiden, esto es increíble. Nunca había visto nada igual.

Contemplarlo todo a través de sus ojos aporta una nueva perspectiva en cuanto a la elegancia y el esplendor del baile. No es que el brillo se haya desvanecido, pero cuando has hecho algo más de cien veces, es como si te olvidaras de que ese brillo sigue ahí.

—¿Lo del techo retráctil es para rendirle homenaje a Rhiannon en tus eventos?

Le sonrío con indulgencia.

—Sí, para eso mismo.

Ella me devuelve la sonrisa.

—Me lo imaginaba. Pero ¿qué hace ese ahí arriba?

—¿Quién?

Bryn vuelve la cara hacia el techo y señala.

—Él.

Sigo su mirada y veo una silueta embozada en una capa al borde del tragaluz. En un primer momento supongo que Connor y Conall han apostado a un Vigilante de la Noche en el tejado.

Pero entonces saca los brazos del interior de la capa y apunta directamente hacia Bryn con un arco y una flecha.

CAPÍTULO VEINTICINCO

BRYN

—¡Arquero en el tejado!

Tras el bramido de Caiden, el mundo que hay a mi alrededor se viene abajo.

El mar de feéricos estalla en gritos de confusión mientras todos se dispersan en busca de protección y rebotan entre ellos como autos de choque en un acceso de histeria. Los Vigilantes de la Noche aparecen de la nada dispuestos a seguir las órdenes que Connor y Conall profieren a ladridos. Algunos alejan a la realeza del peligro y otros se movilizan para atacar la amenaza. Caiden me coge del brazo para apartarme de la trayectoria de la flecha, que atraviesa el tiempo y el espacio con rumbo directo hacia mi corazón.

Me atrae hacia él bruscamente en el último momento..., pero también un milisegundo tarde.

Grito cuando el fuego me estalla en el hombro derecho y la punta de la flecha desgarra la carne, los ligamentos y el tejido muscular. Las piernas me ceden justo cuando el arquero, al ver que no ha dado en el blanco, se escapa corriendo.

Mientras me sujeta soportando mi peso, Caiden les grita a sus guardias personales y mejores amigos.

—¡Cazad a ese arquero, pero lo quiero vivo! ¡Ahora!

Los hermanos —amables gigantes, como he acabado por pensar en ellos— lanzan unos gruñidos inhumanos y, con un gran salto en el aire, se transforman mágicamente en enormes lobos que echan a correr en cuanto sus zarpas del tamaño de un plato tocan el suelo.

El asombro me distrae de todo el caos y el dolor durante un momento. Ya los había visto en su forma de lobo, pero nunca había presenciado la transformación. Esperaba un espectáculo grotesco de huesos que se quiebran y se reestructuran, no que pasaran discretamente de feéricos a lobos en tan solo un segundo.

—Los metamorfos lo tienen mucho mejor que los hombres lobo —digo con mordacidad.

—No sé cómo puedes pararte a pensar en algo así con una flecha que sobresale de tu cuerpo.

Estoy a punto de hacer un comentario sobre las maravillas de la conmoción cuando Caiden comienza a levantarme con cuidado y el fuego de la herida se reaviva hasta niveles incendiarios.

—Aguanta, Bella. Tengo que sacarte de aquí antes de ocuparme de eso.

Madoc y algunos Vigilantes más nos protegen hasta que llegamos a una puerta oculta integrada en la pared que conforma el otro extremo del salón de baile. Caiden les dice a los guardias que no nos sigan, que deben quedarse atrás y garantizar la seguridad de sus súbditos. Creo que estamos accediendo a una zona protegida del hotel; si no, dudo que nos hubieran dejado solos tan fácilmente.

Mientras me lleva por un pasillo, mi visión periférica empieza a nublarse. Noto que damos algunas vueltas, pero me costaría volver sobre nuestros pasos si tuviera que encontrar el camino de vuelta al salón.

La consciencia es caprichosa, viene y va entre parpadeos mientras estoy tumbada de lado en un mullido colchón.

—Bryn, tengo que sacarte la flecha. Voy a romper el astil lo más cerca posible de tu hombro y luego la extraeré por detrás.

Creo que respondo, pero no me oigo hablar, así que quizá no he sido capaz. El sudor me cubre la piel y me he puesto a temblar.

—No te muevas, cariño. Lo haré rápido.

Cuando parte la varilla de madera por la mitad, la sacudida alcanza la herida. Grito, incapaz de contenerme, como era mi intención. Caiden me susurra halagos y dulces promesas acerca de una venganza sangrienta mientras me arranca la flecha del cuerpo.

En cuanto sale, vuelvo a desplomarme sobre el colchón, con los ojos cerrados y la respiración agitada. Noto que Caiden se marcha y regresa poco después con un paño húmedo y templado que me aplica sobre la frente mientras ejerce presión sobre la herida con algunas toallas.

Unos minutos después, siento que se ha producido un cambio significativo en mi estado. Abro los ojos y los fijo en los suyos, que parecen dos piscinas de ámbar llenas de preocupación.

—¿Estoy delirando o ya he empezado a curarme?

Me retira la toalla del hombro y el alivio se refleja en sus facciones.

—Gracias a los dioses. Ya se está recomponiendo. Aún tardará un poco, pero te vas a poner bien. —Deja escapar un fuerte suspiro y vuelve a tapar la herida con la toalla, luego se quita la chaqueta, que está manchada de sangre, y la tira sobre una silla cercana—. Joder, podría haber sido mucho peor. Nunca pensé que fuera a agradecer que el vínculo te diera atributos feéricos.

Mi propia gratitud muere en mi lengua, cubriéndola como ceniza.

Al escapar de la muerte una vez más, Caiden ha tenido la misma reacción.

Siempre me olvido de que su vida depende de la mía. Y, aunque sería normal que cualquiera en su situación agradeciera que yo hubiera sobrevivido, no puedo evitar sentir cierto resentimiento hacia él.

¿Soy egoísta por querer que se sienta aliviado de que yo esté bien únicamente porque se preocupa por mí? Es posible, pero eso no cambia lo que siento.

—Ahora que sé que te estás curando, debo volver para comprobar cómo van las cosas. Y cuando atrapen y me traigan al asesino, lo interrogaré y obtendré las respuestas que hemos estado buscando.

—Pareces muy seguro de que lo atraparán.

Baja un poco la voz y dice:

—Los hermanos Woulfe son los mejores rastreadores de este lado del velo y saben que quiero la cabeza de ese cobarde. No volverán hasta que lo atrapen. —Su tono ominoso me provoca un escalofrío que me recorre de arriba abajo. No me gustaría ser blanco de su ira—. Quédate aquí y descansa un poco. Estamos en un área privada del hotel. Nadie puede entrar sin un código de seguridad. Volveré cuando pueda.

Sin tan siquiera apretarme la mano para tranquilizarme, Caiden se dirige hacia la puerta y me deja sola en la habitación. A medida que la adrenalina desaparece, veo con más claridad todo lo que rodea mi situación.

No he sido más que una carga para Caiden y su familia desde que llegué a esta ciudad, aunque tampoco es que yo hubiera planeado o deseado nada de esto. Y ahora que cree que todo lo que sentimos el uno por el otro no es más que una invención de ese ridículo colgante hechizado, me mantiene a una distancia prudencial como si fuera su tercer puto trabajo.

Y, francamente, estoy harta.

Pongo a prueba mis fuerzas y me levanto de la cama. Sorprendentemente, no me siento tan mal. Más o menos como el día después de guardar cama por un virus estomacal: un poco dolorida y lejos de funcionar al cien por cien, pero sin duda mejor de lo que cabría esperar de alguien a quien le han sacado una flecha del hombro hace diez minutos.

Voy al baño y compruebo la herida, tanto por delante como por detrás, y veo que está cerrada casi por completo.

—Buah. Chúpate esa, Lobezno. Ya verás cuando se enteren Connor y Conall.

Entonces me doy cuenta.

Nadie me vigila. La puerta no está cerrada por fuera. Me encuentro en la Strip de Las Vegas, que está plagada de taxis. Y tengo el móvil en el bolso con mi identificación y mis tarjetas de crédito programadas en él.

Puedo irme a casa.

¿Por qué no iba a hacerlo?

Caiden no quiere que forme parte de su mundo. Odia que el vínculo me proporcione cualidades feéricas y últimamente dedica más tiempo a evitarme que a hacer cualquier otra cosa. Lo mejor para los dos sería que me volviera a Wisconsin. Allí no estaría en el punto de mira y él podría centrarse en averiguar cómo deshacer el vínculo en lugar de estar preocupándose por si, en una de estas, a mí se me acaba la suerte y eso supone nuestro fin.

Sí. Definitivamente es hora de dar por concluido el viaje.

Ojalá eso no me pusiera tan triste, joder.

CAPÍTULO VEINTISÉIS

CAIDEN

Vuelvo al salón por los pasillos de la zona protegida del Nightfall con una determinación letal en cada paso. Cuando el móvil me vibra en el bolsillo, lo saco y contesto sin comprobar quién llama y sin alterar el ritmo de mis zancadas.

—Dime lo que quiero oír.

—Lo tenemos —dice Conall—. Te estamos esperando en el ala de seguridad.

—Bien. No empecéis sin mí.

Mientras me guardo el teléfono en el bolsillo, llego al final del pasillo que me conducirá de nuevo al salón de baile. Los Vigilantes de la Noche estarán armados y colocados en todas las entradas y salidas, pero, dado que la amenaza recaía específicamente sobre Bryn, se les ha ordenado a los invitados que se marchen y, para mayor seguridad, busquen refugio en sus propias casas esta noche. Mis hermanos, Seamus y mi madre se refugiarán con sus guardias personales en las otras habitaciones de la zona protegida donde dejé a Bryn.

Ya no debería quedar ningún feérico civil en el lugar, de modo que, cuando una hembra prácticamente salta sobre mí en cuanto reaparezco en el salón de baile, no puedo más que maldecir.

Baja enseguida la cabeza, cubierta por un precioso cabello rubio rojizo, mientras habla con tono de urgencia.

—Su Majestad, disculpe, pero debo hablarle. Es de suma importancia.

—¿Te han hecho daño? Puedo hacer que uno de los Vigilantes te lleve a la enfermería.

Cuando vuelve a levantar la cabeza para encontrarse con mi mirada, me sorprende la expresión de desconsuelo de su rostro.

—No, mi señor, estoy bien. Por favor, necesito que me dedique unos minutos.

Le pongo una mano en el hombro para ofrecerle consuelo.

—Perdona, pero ahora mismo no dispongo de ese tiempo. Si acudes a la próxima sesión de la corte en el TdR, prometo escucharte con atención y ayudarte en todo lo que pueda.

No me he alejado ni cinco pasos cuando me grita:

—Se trata de Bryn, Su Majestad.

Como si hubiera tirado del freno de mano en una curva, me paro en seco y hago un giro de ciento ochenta grados para volver hacia ella. Cuando la tengo delante, entrecierro los ojos y escudriño cada detalle, tratando de encontrar alguna pista que me indique si es o no de fiar.

—¿Qué sabes de Bryn?

—Lo sé todo sobre ella, mi señor. —Hace una pausa y traga saliva mientras se retuerce las manos—. Es una feérica a la que ocultaron en el mundo de los humanos hace veintiséis años.

Los ojos se me salen de las órbitas al pensar en las tremendas repercusiones que tiene su afirmación.

Cuando vuelve a abrir la boca para hablar, pongo el dedo en vertical sobre mis labios; no quiero que diga nada hasta que estemos en un lugar seguro. Miro a mi alrededor para asegurarme de que nadie la haya oído y le indico que me siga.

Abandonamos el salón de baile y la guío a través del vestíbulo del hotel usando un encantamiento para ocultar mi presencia; lo último que necesito ahora es un montón de huéspedes borrachos acosándome para hacerse selfis y conseguir mi esperma.

Introduzco un código en una puerta exclusiva para empleados que hay cerca de la recepción y conduce al pasillo donde se encuentra mi equipo de seguridad.

Además del centro de operaciones, desde donde controlan toda la actividad del hotel y el casino, disponemos de cinco salas para retener e interrogar. Si pillamos a alguien contando cartas o jugando a otros juegos en las mesas, a carteristas que se aprovechan de los huéspedes o a alguien lo bastante borracho y beligerante como para meterse con otros clientes o con mis empleados, lo traemos aquí hasta que llegan las autoridades. Todos los grandes establecimientos de Las Vegas las tienen, pero las nuestras además están insonorizadas.

Porque cuando diriges dos imperios en un lugar al que llaman la Ciudad del Pecado, no te queda más remedio que hacer unos cuantos enemigos por el camino. Y, en esas situaciones, a veces no basta con retener e interrogar. A veces es necesario torturar e interrogar.

Como esta noche.

Tras percibir en qué sala tienen al arquero, elijo una de las otras y la hago pasar por la puerta. Es como cualquier sala de interrogatorios de una comisaría: cuatro paredes y una mesa de metal situada entre sillas del mismo material. Una vez dentro, le hago un gesto para que tome asiento. Después apago el equipo de vídeo y grabación pulsando un botón y me siento frente a ella.

—Muy bien, ya podemos hablar —le digo—. Te agradecería que me dijeras quién eres y por qué crees que Bryn es una niña cambiada.

—Me llamo Erin Jewel, mi señor. Soy la madre de Fiona.

Asiento con la cabeza para que continúe, demasiado ansioso por escuchar el resto como para dedicarle las cortesías habituales de cuando se conoce al familiar de un empleado.

—Sé que es una niña cambiada porque fui yo quien la convirtió en eso.

En mi mente se agolpan miles de preguntas, pero por el momento filtro las importantes y me centro en que me las responda.

—¿Es tu hija? ¿Me estás diciendo que Bryn y Fiona son hermanas?

Sacude la cabeza en señal de negación.

—Es mi sobrina, la hija de mi hermana. Le prometí que velaría por la seguridad de su bebé. Encontré a Jack y Emily Meara, una pareja del Medio Oeste que llevaba años intentando concebir sin éxito, pero que estaba desesperada por tener una criatura. Así que les dejé a mi sobrinita, convencida de que le iban a dar un buen hogar y la iban a mantener a salvo.

Me inclino hacia delante, apoyo los codos sobre las piernas y le hago la pregunta con la que intuyo que obtendré la última pieza de este infernal rompecabezas.

—Para empezar, ¿por qué había que esconderla en el mundo humano?

—Porque Bryn es la primera y única de su especie. Es a la vez una feérica de la Luz y de la Oscuridad, y hubo alguien que juró darle caza: Talek Edevane.

Resoplo entre dientes.

—El puto Rey del Día.

—Sí, pero entonces no era rey; era capitán de la Guardia de la Luz, además de primo de Uther Anwyl, el padre de Bryn. Una noche, Uther cometió un grave error. Le confesó a su primo y amigo que se había enamorado de una hembra de la Corte de la Noche (mi hermana, Kiera) y que habían sido bendecidos, pues Kiera iba a parir un hijo suyo en dos meses.

»Talek fingió que se alegraba por su primo Uther, pero ordenó que lo vigilaran para saber cuándo abandonaba la frontera de la Corte del Día. Una semana después, Kiera y yo fuimos a Joshua Tree para reunirnos con Uther. Tenían planeado huir juntos y vivir lejos de ambas cortes, donde su descendiente siempre estaría en peligro o sufriría acoso por las excepcionales habilidades que su linaje le había hecho desarrollar.

»Pero Bryn estaba ansiosa por llegar al mundo, y Kiera se puso de parto antes de que pudieran partir. Acababa de ayudar a dar a luz a mi sobrina cuando, a lo lejos, oímos los camiones que avanzaban hacia la Corte del Día. Habríamos huido en ese momento, pero Kiera tenía daños internos y no podía moverse sin sentir un dolor insoportable que hasta la hacía gritar. Uther provenía de una larga estirpe de sanadores de la Luz, pero nada de lo que hizo sirvió para ayudarla.

—Magia inestable. —No me doy cuenta de que he hecho esa reflexión en voz alta hasta que Erin asiente con tristeza—. La reina Aine advirtió de que, si alguna vez nacía una criatura de ambas cortes, su magia se volvería inestable.

—Sí, creo que todos esos meses embarazada de Bryn hicieron mella en su cuerpo y el parto la puso al límite.

—¿Qué pasó cuando llegó Talek?

—Uther y Keira me hicieron jurar que mantendría su existencia en secreto y encontraría un lugar donde ponerla a salvo. Así que me despedí de mi hermana, cogí a su bebé y me escondí detrás de un peñón de rocas justo antes de que nos alcanzaran los camiones que transportaban a Talek y a una docena de sus guerreros de la Luz. Talek les torturó para obtener información sobre el paradero del bebé, pero ninguno de los dos se la dio, y eso lo hizo enfurecer. Les juró a ambos que nunca dejaría de buscar a su hijo… y luego los mató.

Me paso las manos por la cara y me pongo en pie; necesito moverme. Voy de un lado para otro de la pequeña habitación mientras mi mente no para de dar vueltas. Su historia es muy detallada y el dolor que reflejan sus ojos es demasiado auténtico como para que haya estado manipulando las palabras a fin de convertirlas en una elaborada verdad feérica —lo que supondría una proeza asombrosa—, pero, aun así, hay muchas cosas que no tienen sentido.

—¿Cómo hiciste para que no os encontraran? Seguro que Talek registró la zona —digo pensando en lo que yo haría si fuera un psicópata insufrible. Como Erin no responde enseguida, me detengo y me quedo mirándola.

Lleva el peso de guardar un secreto durante toda una vida grabado en sus bellas facciones, y es entonces cuando todo encaja.

—Eres una feérica conjuradora.

Ella traga saliva y asiente.

—Sí, Su Majestad, lo soy.

—¿La hechizaste? ¿Por eso identificamos a Bryn como humana?

Vuelve a asentir.

—Cuando se usan hechizos para crear una ilusión o para provocar reacciones que en otras circunstancias no se producirían, es necesario recargar la magia cada cierto tiempo. Sin embargo, los hechizos para bloquear o silenciar algo pueden hacerse de forma que sus efectos sean permanentes. Hechicé a Bryn para bloquear su esencia feérica y, como en ese momento solo tenía unas horas de vida, se mitigaron todas sus cualidades. Se le redondearon las orejas, se le apagó el color de los ojos y, cuando por fin le salieron los dientes, aunque tenía unos caninos ligeramente puntiagudos, nunca llegaron a convertirse en colmillos. Hasta los trece, la vigilaba de forma periódica para asegurarme de que el bloqueo aguantaba y nadie tenía ninguna sospecha. A partir de entonces la dejé hacer su vida.

—Sus ojos son de color avellana, una mezcla de verde y dorado.

—Mientras que los Feéricos de la Oscuridad tienen los ojos dorados, los de los Feéricos de la Luz son de un color inherentemente verde vivo—. Por todos los dioses, ¿cómo no me había dado cuenta?

—Porque se suponía que no debía hacerlo. Nadie debía, Su Majestad. Es la primera y única de su especie. Incluso si el bloqueo perdiera efecto, no se la identificaría como Luz u Oscuridad, sino como una amalgama de ambas, algo con lo que hasta ahora no nos habíamos encontrado ninguno de nosotros.

—¿Si «perdiera efecto»?

—Yo no sabía que ella estaba en Las Vegas hasta que apareció con Fiona esta noche. Una vez superada la conmoción de verla, percibí algunas fisuras en mi hechizo. Son pequeñas, pero seguirán creciendo mientras mantengan el vínculo. —La miro levantando una ceja—. Sí, también he percibido eso. Le ruego que me perdone, mi señor.

—Sinceramente, Erin, ahora mismo esa es la menor de mis preocupaciones. —Me aprieto el puente de la nariz con los dedos tratando de evitar la madre de todas las migrañas. Y eso que a los feéricos no nos duele la cabeza. Entonces me paro a pensar en cómo Bryn y yo acabamos emparejados la primera noche que pasamos juntos y digo—: Una última pregunta. Aine dijo que, entre las habilidades de un híbrido, se contaba la de someter a su voluntad a los feéricos de ambas cortes con tan solo pensarlo. ¿Bryn posee esa capacidad?

—Si la posee, sigue reprimida por el hechizo. No percibí que tuviera ningún poder de persuasión.

—¿Y si se la hubieran amplificado mediante un colgante de obsidiana hechizado?

A Erin se le agrandan los ojos.

—La obsidiana es conocida por ser una piedra que busca la verdad. Combinada con un hechizo, podría haber fortalecido la verdad acerca de quién es lo suficiente como para otorgarle ciertos poderes de sugestión.

Exhalo pesadamente mientras sacudo la cabeza con incredulidad.

—Eso explica cómo hemos acabado emparejados y creyendo que sentimos algo el uno por el otro todo este puto tiempo.

Entre maldiciones, me paso una mano por el pelo y tiro de los mechones.

—Discúlpeme, mi señor, pero si Bryn hubiera llevado un colgante hechizado cuando se conocieron, a usted no le habría afectado después de esa primera noche.

Frunzo el ceño.

—¿Por qué lo dices?

—Como he mencionado anteriormente, los hechizos que crean una atracción intensa, por ejemplo, son solo temporales. Con obsidiana o sin ella, algo tan pequeño como un colgante no habría podido albergar un hechizo durante mucho tiempo. Calculo que unas cinco o seis horas como máximo.

—Entiendo. Entonces, después de aquello, todo se ha visto influenciado por el vínculo. Supongo que eso tiene más sentido, sobre todo porque no ha llevado el colgante desde aquella primera noche.

Ella niega con la cabeza.

—No, Su Majestad. Un vínculo no puede manifestarse de la nada, de igual forma que una flor no puede aparecer si no hay una semilla. Si esto lo ha orquestado Talek, ha tenido suerte de que funcionara a su favor. En el caso hipotético de que Bryn y usted no se hubieran sentido atraídos naturalmente el uno por el otro y hubieran forjado una conexión por su cuenta, el plan del Rey del Día habría fracasado.

En las comisuras de sus labios se intuye un atisbo de sonrisa.

—Todo lo que usted y mi sobrina sienten el uno por el otro es sincero. Tienen un vínculo porque son una pareja verdadera.

Conozco la frase hecha sobre que te dejen con el culo al aire, pero nunca la había experimentado en mis propias carnes. Hasta ahora.

Pero debo centrarme, porque no tengo tiempo para saborear esta revelación como se merece. Más tarde, cuando esté de nuevo en casa con Bryn, ya analizaré toda esta conversación y lo que significa.

Me aferro al respaldo de la silla para estabilizarme y fuerzo las palabras más allá del repentino nudo que se me ha formado en la garganta.

—Erin, entiendo lo difícil que debe de haber sido para ti ver a Bryn esta noche y contarme su historia. Te doy mi más sentido pésame por la pérdida de tu hermana y de Uther, sin olvidar a tu sobrina, a la que también te viste obligada a renunciar.

Se le llenan los ojos de lágrimas.

—Gracias, Su Majestad.

—Me gustaría invitarte a Midnight Manor para que visites a Fiona. Se han hecho muy amigas, y eso te permitirá pasar algún tiempo con Bryn y conocerla mejor. Aunque por ahora te pido que no le menciones nada de esto. Dentro de cinco días se celebra la Reunión de los Reyes y allí veré a Edevane. Cuando me haya encargado de él y sepa que Bryn ya no está en peligro, podremos discutir sobre cuál es la mejor manera de decírselo.

—Por supuesto, mi señor —dice inclinando la cabeza antes de levantarse de la silla—. No dude en hacerme saber si puedo hacer algo más, por usted o por Bryn.

Le ofrezco una sonrisa que espero no luzca tan tensa como la siento.

—Estoy seguro de que ese momento llegará más pronto que tarde.

«Como cuando te pida que encuentres la forma de cortar nuestro vínculo, reforzar el bloqueo de Bryn y, por último, llevarla de vuelta a casa antes de borrarle cualquier recuerdo de su visita a Las Vegas».

Como conjuradora, Erin tiene más posibilidades que nadie de descubrir cómo resolver esta situación. Eso ofrecería a Bryn la oportunidad de vivir el resto de sus días como la humana que cree ser.

—Tienes mi más sincero agradecimiento, y me disculpo por el abrupto final de nuestra conversación, pero debo atender un asunto.

La acompaño hacia el exterior del ala de seguridad y a través de la entrada principal del hotel, me aseguro de ponerla a salvo en un taxi y le pago al conductor para que la lleve a casa.

Cuando intento reanudar la misión original, la culpa me corroe. Ya debería haberle pedido ayuda a Erin para romper el vínculo. Cuanto antes lo hagamos, antes estará Bryn a salvo en su mundo y mi pueblo ya no tendrá que cargar con un rey maldito.

Sin embargo, de todas las revelaciones que han salido a la luz esta noche, hay una en particular que me detiene.

«Todo lo que usted y mi sobrina sienten el uno por el otro es genuino. Tienen un vínculo porque son una pareja verdadera».

Desde que fui lo suficientemente mayor como para entenderlo, supe que no estaba destinado a tener pareja ni ningún tipo de relación romántica. Una parte de mí sentía cierto resentimiento porque, debido a los errores de mis antepasados, nunca iba a saber lo que era amar o ser correspondido. Sin embargo, ya sea por el destino o por las diabólicas maquinaciones de un rival sediento de poder, se me ha dado la oportunidad de tener algo verdadero con Bryn.

No estoy listo para que acabe antes siquiera de haberlo digerido.

Tras introducir de nuevo el código para acceder al ala de seguridad, empiezo a suprimir todas las emociones relacionadas con lo que he aprendido sobre Bryn a fin de prepararme para lo que voy a hacer. La puerta se cierra tras de mí y su eco resuena en el pasillo. A los tres pasos, un dolor punzante me atraviesa el centro del pecho.

Mis pasos se vuelven vacilantes y necesito apoyar una mano en la pared para mantenerme en pie. Me tomo un segundo para recuperar el aliento mientras me invade la sensación de tener un pincho de hierro presionándome tras el esternón.

Por dolorosa que sea dicha sensación, el motivo que la provoca es mil veces peor.

«Bryn se ha ido».

Lo sé con la misma certeza que sé mi propio nombre.

Y, dado que no detecto ni el menor rastro de miedo a través de nuestro vínculo, se confirma que abandonó el Nightfall por voluntad propia y que cada segundo que pasa se encuentra más lejos. Para más inri, el abrigo con el frasco que contenía su sangre se quedó en la habitación con ella. De todos modos, dudo que el efecto durara mucho más.

«Mierda…, y ahora ¿qué?».

Hace una hora podría haber ordenado que la localizaran y la trajeran de vuelta. Después, al volver a la mansión, la habría castigado haciéndola volar tan alto que nunca habría querido abandonar mi cama, y mucho menos mi ciudad.

Pero después de saber todo lo que le arrebataron con apenas unas horas de vida, no estoy dispuesto a hacerle eso. Si dejarla ir significa mi fin, que así sea. Seamus estará aquí para ayudar a mis hermanos a tomar el relevo.

No soy capaz de volver a arrancarla de su mundo.

Me da igual que este sea su mundo legítimo; no es en el que se crio. Desde que puso un pie en Las Vegas, no ha sido más que un peón en el renacimiento de una guerra centenaria, y su único delito es que supuestamente sus padres nunca deberían haberse enamorado.

«Como nosotros».

Me pesco el colgante por debajo de la camisa, le doy un tirón y dejo que la cadena rota caiga al suelo. Con manos temblorosas, me deslizo la alianza en el dedo por primera vez desde que me la quité.

Como si fuera un milagro, mi corazón ha surgido por fin de entre las frías sombras para disfrutar de mis cálidos sentimientos hacia Bryn. Espero que el hasta ahora estúpido órgano aproveche al máximo el tiempo que le queda porque, con maldición o sin ella, me niego a sacrificar la seguridad y el bienestar de Bryn por los míos propios.

Ruedo hacia la pared, apoyo la frente en la fría superficie y aprieto los ojos. Esta vez el efecto de la maldición avanza más rápido. Si quiero ser yo el que le saque las respuestas al hombre muerto que hay al final del pasillo, no me queda más remedio que poner mi mejor cara de póquer y empezar a moverme antes de que esté demasiado débil como para hacer una mierda.

Respiro hondo y empleo mis últimas fuerzas para recorrer el pasillo y entrar en la sala de retención ubicada a la derecha. El arquero parece un poco desmejorado…

Aunque en breve su aspecto va a ser mucho peor.

Está atado a una silla y tiene la boca cubierta con cinta adhesiva, que le arrancaré en cuanto esté listo para oírle suplicar clemencia. Connor y Conall se encuentra detrás, en la pared del fondo, con sus dorados ojos centelleando ávidos de violencia, al igual que los míos. En la mesa que tengo a la izquierda hay varias herramientas brillantes dispuestas sobre una toalla negra.

—¿Sabes cuál es el verdadero motivo de que me llamen el Rey Oscuro?

A modo de respuesta, él me mira con un odio desbordante. Tuerzo la boca en una sonrisa diabólica mientras me desabrocho los puños de la camisa y empiezo a remangarme.

—No pasa nada. Estás a punto de averiguarlo de primera mano.

* * *

Con media hora me bastó para doblegar al arquero.

Estaba claro que no tenía mucho tiempo antes de que los efectos de la partida de Bryn comenzaran a afectarme, así que no me molesté en tomármelo con calma. Mis métodos incluso hicieron que mis mejores amigos levantaran una ceja alguna que otra vez, pero se guardaron sus opiniones y me dejaron hacer.

Lo importante es que conseguimos toda la información que necesitábamos.

Talek cumplió su promesa de no dejar de buscar jamás a la criatura híbrida, la existencia de la cual nunca puso en duda.

El arquero no sabía cómo la había encontrado, solo que había ocurrido hacía varios años.

De hecho, Talek fue quien orquestó el accidente de sus padres adoptivos, ya que sabía que una persona aislada siempre es más vulnerable que alguien que cuenta con un sistema de apoyo. Luego hizo que la despidieran y le envió la falsa oferta promocional del viaje gratuito.

Después fue tan sencillo como amenazar a un ayudante de gerencia —que desde entonces está desaparecido y probablemente sufrió el mismo trágico destino que la Suma Sacerdotisa— para movernos como si fuéramos piezas en un tablero de ajedrez.

Estoy junto a los tres Woulfe en otra de las salas de retención debatiendo sobre todo lo que hemos averiguado esta noche. Gran parte de la información que nos dio el arquero resultaba incomprensible para Connor y Conall hasta que les conté a ellos y a Seamus lo que Erin me había dicho.

De vez en cuando, alguno pone cara de asombro mientras sacude la cabeza y murmura «híbrida» con incredulidad.

Por suerte, están tan concentrados en que nuestra aparentemente humana Bryn es en realidad una anomalía feérica con magia reprimida de poder desconocido que no se han dado cuenta de que estoy sufriendo un dolor atroz. Solo tengo que aguantar lo suficiente para darle tiempo a que coja un avión. No habrá ninguna razón para traerla de vuelta una vez que la maldición me reclame.

Tengo el cuerpo cubierto de sudor frío y ahora mismo no hay forma de que me mantenga en pie.

Al respirar siento como si invitara a fragmentos de cristal a que me destrozaran los pulmones con cada respiración, y tengo la garganta más seca que el desierto bajo el sol del mediodía. Empiezo a toser y no puedo parar. Es en ese momento cuando mis precarias dotes de actor se van al garete y los demás se dan cuenta de que parezco algo así como la muerte recalentada.

Connor evita que me caiga de la silla cuando me voy hacia un lado.

—Tío, ¿qué coño te pasa?

—No sé de qué hablas —gruño con los dientes apretados—. Nunca he estado mejor.

Mientras Seamus maldice, Conall consulta su teléfono.

—Bryn está en Paradise Road y se dirige hacia el sur. Va de camino al aeropuerto.

—Estúpido muchacho, ¿qué has hecho?

Seamus suena más parecido a mi padre que nunca. La ira y la decepción adornan su pregunta retórica, que en realidad es más bien una acusación.

Incapaz de seguir manteniendo los ojos abiertos, dejo que se cierren y me concentro en no caerme ni desmayarme.

—No la volveré a poner en peligro. Si yo no estoy…, ella estará a salvo.

Noto cómo Seamus se inclina para añadir cierto énfasis a sus palabras.

—Lo inaceptable de ese plan es que tú no estarás. Eres el rey, Caiden. ¡No puedes permitirte actuar con nobleza si eso te pone en peligro!

Abro los párpados lo suficiente para encontrarme con la mirada de mi tío y le digo:

—No hay problema… Uno de mis hermanos dará un paso al frente… y tú lo ayudarás.

Connor se pone en pie con un rugido animal y golpea la pared, que cede bajo la fuerza de su puño. En la hendidura estallan trozos de yeso que levantan polvo en el aire denso de la sala.

Seamus lanza a su hijo una mirada fulminante para evitar que provoque más daños. Luego se vuelve hacia mí con el ceño fruncido en señal de disculpa.

—Lo siento, hijo mío, pero no estaría haciendo bien mi trabajo si dejara que esto ocurriera.

Esas fueron las últimas palabras que oí antes de desmayarme.

CAPÍTULO VEINTISIETE

BRYN

Siento un dolor persistente que me induce a frotarme distraídamente el punto del que emana, pero no se trata de mi hombro. Aunque parezca un milagro, esa parte está bien. No, el dolor se localiza más hacia el centro, debajo del esternón, donde el corazón aún me late a pesar de la delgada fisura que me provocó salir del Nightfall y meterme en un taxi.

Tras hacer una parada rápida para comprarme un atuendo más adecuado para el viaje, me encaminé directamente hacia el aeropuerto. Cuanto antes me suba a un avión que me lleve de vuelta a casa, mejor me sentiré, estoy segura. A lo mejor es solo que tengo el síndrome de Estocolmo o algo por el estilo. En cuanto vuelva a estar en mi casa, rodeada de mis cosas, me sentiré reconfortada por la simple sensación de familiaridad.

Han pasado diez minutos desde que me puse en la cola de la taquilla y todavía me quedan cinco tortuosos turnos por avanzar. No esperaba que hubiera tanta gente en el aeropuerto un sábado por la noche. Pero, claro, esta es una ciudad que vive de noche y duerme de día, así supongo que tiene sentido.

—Hola, Bryn.

Me doy la vuelta y me quedo boquiabierta ante un gigante moñudo de mirada asesina con la que es probable que ya haya matado en alguna ocasión.

—¿Connor? ¿Cómo has…

—Ven conmigo.

Me coge del antebrazo con su enorme zarpa y, hasta que no me ha llevado a rastras al final de la cola, no tomo fuerzas y sacudo el brazo para que me suelte.

—No, Connor, para. Me voy a casa, joder.

Si no fuera porque iba a montar una escena y seguramente hacer que le arrestaran, creo que se habría echado mi cuerpo al hombro y me habría arrastrado a la fuerza entre gritos y pataleos. En lugar de eso, gruñe de frustración y examina la zona a toda velocidad hasta que encuentra lo que busca.

—Necesito hablar contigo en algún sitio donde no puedan oírnos. Sígueme.

Como esta vez no me lleva por la fuerza, y hasta hace una hora consideraba que este macho lobuno era mi amigo, le sigo hasta el hueco de una puerta en la que se lee Solo para empleados.

—Mira, Connor —comienzo a decir con la intención de dejar claro mi punto de vista antes de que él tenga ocasión de interrumpirme con lo que sea que pretenda decirme—, si te paras a pensar, lo mejor para todos es que me vaya a casa. Caiden ya no me quiere cerca y, con la diana que llevo en la espalda, si me quedara aquí solo conseguiría poner su vida en peligro. Por no mencionar la mía propia. Porque, la verdad, sobrevivir a dos intentos de asesinato en otras tantas semanas no es algo que esperara incluir en mi currículum.

—Bryn, si no vuelves conmigo ahora mismo, Caiden morirá.

—No, si yo muero, Caiden morirá. Él mismo me lo dijo y, como bien sabes, no puede mentir.

—Yo tampoco, y te digo que se está muriendo.

Se me hiela la sangre en las venas.

—¿Cómo que se está muriendo? ¿No atrapasteis al arquero? ¿Lo ha atacado alguien más?

—No lo ha atacado nadie. Se está muriendo porque estás a más de cien metros de él.

—Vale, ahora sé que mientes porque se encontraba mucho más lejos de mí cuando me dejó tirada en la mansión para ir a su fiesta.

Me doy la vuelta para alejarme, pero Connor me agarra del brazo.

—Llevaba consigo un frasco que contenía algo de sangre que te había extraído, con el que logró sortear la maldición durante unas horas, pero eso es todo. Así que, si no te llevo de vuelta a la mansión cagando leches, no sé cuánto tiempo puede quedarle.

Trato de dejar a un lado la pregunta acerca de cómo o cuándo habría conseguido un frasco con mi sangre y me centro en el tema más alarmante. Me abrazo a mí misma por la cintura y niego con la cabeza.

—No. Esto tiene que ser una de esas verdades feéricas. Seguro que estás hablando metafóricamente o algo así.

Se pone a maldecir y saca el móvil. Tras el primer tono de llamada, se oye ladrar a Conall:

—¿La has encontrado?

—Sí. Muéstrame a Caiden.

Connor dirige la pantalla hacía mí y durante un instante veo la cara de su hermano, que por fin orienta el teléfono y me enseña a un Caiden desplomado en el asiento posterior del Range Rover. Me llevo las manos a la boca con un grito ahogado. Está tan pálido que las venas parecen un mapa de carreteras de color azul neón bajo su piel húmeda. Tiene moratones debajo de los ojos y su respiración es visiblemente entrecortada.

Pero lo que más me asusta es una telaraña compuesta por delgadas líneas negras que serpentean desde la abertura de su camisa hasta el cuello y se abren paso a través de su dejada barba.

—¿Caiden?

Se me quiebra la voz al pronunciar su nombre, y lo mismo ocurre con mi corazón.

Los ojos se le abren lo suficiente como para advertir que tiene el móvil frente a la cara. Su expresión muta del dolor a la ira cuando enfoca la mirada más allá del teléfono, supuestamente sobre su amigo, que es quien lo sostiene.

—Te dije… que no la… —comienza a decir hasta que se ve obligado a hacer una pausa para superar un ataque de tos que me hace agarrarme la garganta en un absurdo intento de ayudarlo a respirar— … quería aquí.

Se me revuelve el estómago. No puede mentir.

Se oye la voz de Conall.

—Una puta lástima, hermano.

Caiden se sirve de las pocas fuerzas que le quedan y golpea el teléfono con la potencia suficiente como para arrancarlo de la mano de Conall y hacer que se pierda la llamada.

Miro a Connor; la preocupación me atenaza con un abrazo letal.

—No hay línea.

Se mete el móvil en el bolsillo.

—Tampoco habrá Caiden si no vuelves a la mansión.

Mientras asiento, digo:

—Sí, llévame con él, por favor.

Connor me lleva hasta donde ha aparcado el Maserati en doble fila y, apenas he cerrado la puerta, arranca y empieza a serpentear con pericia entre el lento tráfico del aeropuerto. Cuando alcanzamos la autopista, acelera a fondo, pero sigue sin parecerme lo suficientemente rápido.

Ahora que no puedo hacer más que sentarme y esperar a que lleguemos, las palabras de Caiden me resuenan en la mente. «Te dije… que no la… quería aquí».

Contengo las ardientes lágrimas que me abrasan los ojos. Pensaba que antes me dolía el corazón, pero eso no era más que una pequeña punzada en comparación con el destripamiento que siento ahora. Ya sea porque mi partida le pareció una traición o porque considera que el vínculo es inevitable y no hay prácticamente ninguna posibilidad de romperlo, Caiden no quiere que vuelva.

Ni siquiera sabiendo que las consecuencias serían mortales.

Hay rupturas difíciles, y luego están aquellas en las que tu pareja decide que prefiere morir a volver contigo.

«Cómo duele, joder».

Connor gira en el camino de entrada y lo recorre hasta detenerse frente al acceso principal a la mansión. Intento salir de un salto, pero mi puerta está cerrada y no encuentro el puto botón para abrirla con la rapidez suficiente. Cuando por fin lo hago, Connor ya está ahí y se apresura a cerrar la puerta tras de mí. Entramos en la casa y subimos las escaleras a toda velocidad. Me dirijo hacia la derecha, donde queda la habitación de Caiden, pero él gira hacia la izquierda.

—Por aquí —dice.

Corrijo el rumbo y me doy cuenta de que se dirige hacia mi habitación. Mi corazón, roto como se encuentra, me da un ligero brinco en el pecho. Caiden está en mi habitación; puede que haya cambiado de idea o que quisiera permanecer cerca de mis cosas y de mi aroma.

Connor me abre la puerta y yo irrumpo en la estancia.

—Caiden, aquí estoy.

Me detengo en seco, porque, aunque yo sí que estoy, Caiden no.

—¿Adónde lo habéis llevado?

—A su habitación, donde se recuperará ahora que has vuelto. —Avanzo hacia el pasillo, pero me bloquea el paso—. Sin embargo, tú te vas a quedar aquí.

—¿De qué estás hablando? Connor, déjame salir, necesito verlo.

Entorna sus ojos dorados hacia mí.

—En realidad no lo necesitas. Como jefe de seguridad del rey de la Corte de la Noche, te revoco los privilegios sobre la casa. Ponte cómoda, Bryn, porque esta habitación es tu nueva celda.

Se retira hacia atrás, cierra la puerta y oigo cómo echa el pestillo.

—¡Nooooooo! —Me abalanzo sobre la puerta y la golpeo con los puños—. ¡Connor! No lo hagas. Déjame verlo. ¡Lo puedo ayudar!

La puerta amortigua su respuesta, pero la cruda hostilidad de su voz se oye clara como el agua.

—Ya has hecho bastante.

El sonido de sus botas, que retumba por el pasillo, es la brisa que finalmente derriba mi compostura como un castillo de naipes. El pecho se me desgarra en un sollozo gutural mientras me derrumbo sobre la cama y me permito llorar abiertamente por primera vez desde que me encerraron en esta habitación hace cinco largas semanas.

CAPÍTULO VEINTIOCHO

CAIDEN

Sentado tras el escritorio de mi despacho de casa, miro fijamente las llamas que bailan en la chimenea y apuro el vaso de Devil's Keep. He perdido la cuenta de cuántos llevo, pero, si me tomo uno más, es posible que pierda el conocimiento.

Si de esa forma evito sentir algo, esta vez lo agradeceré.

En cuanto Connor trajo a Bryn de vuelta a la mansión, comencé a curarme más rápido que la primera vez. Sin embargo, también me debilité a una velocidad mayor, lo que me lleva a creer que, cuanto más fuerte es el vínculo, más fuerte es la reacción a la maldición.

Una vez recuperado, convoqué una reunión con mis hermanos y los tres Woulfe. Decidí no echarles en cara sus acciones. No solo están obligados a garantizar mi seguridad y mi reinado, sino que son mi familia y no dudarían en sacrificarse por mí.

Sabía que no iban a estar de acuerdo con mi decisión, por eso intenté engañarlos. Fracasé, y ellos actuaron en consecuencia.

Lo hecho, hecho está, y ahora debo determinar qué camino vamos a seguir.

Pusimos a mis hermanos al tanto de todo lo sucedido, pero omitimos la parte en la que quise dejar que la maldición siguiera su curso; al menos me ahorraron sus represalias. Luego debatimos distintas opciones sobre cómo enfrentarnos a Talek en la Reunión de los Reyes.

Para evitar otro ataque, Bryn y yo no saldremos de la mansión hasta ese día. Les ordené a Connor y a Conall que llevaran el cuerpo del arquero al desierto y que hicieran como si lo hubieran despedazado mientras eran lobos, en lugar de haberlo capturado y torturado para obtener información.

Si funciona, Talek pensará que seguimos sin saber quién está detrás de los ataques. Entonces contaremos con el elemento sorpresa en la reunión.

Miro el reloj de pared. Son casi las cinco de la mañana.

Eso significa que llevo cerca de una hora aquí sentado compadeciéndome de mí mismo. No sé cómo coño mi vida se ha enmarañado tanto.

Hace un mes y medio, vivía en un mundo estructurado y maravillosamente predecible. Durante el día trabajaba en el Nightfall como rey de esta ciudad y, por la noche, desarrollaba mi legado como el Rey Oscuro.

Tenía al mundo cogido por las pelotas y nadie se atrevía a amenazar mi reinado en ninguno de los dos imperios.

Entonces Bryn apareció en mi hotel y todo se fue a la mierda en tan solo una noche. Casado, emparejado y unido por un vínculo, así me desperté a la mañana siguiente. Además de maldito, claro.

Desde entonces, todo han sido experiencias cercanas a la muerte y el sexo más trascendente que he tenido en mi puta vida. Mi mundo ya no es estructurado ni predecible. Y nunca he estado así de contento ni me he sentido tan… bien.

Pero eso fue antes de que lo jodiera todo sin remedio.

Justo cuando empezaba a pensar que, al margen de cómo lo hubiera conseguido, por fin tenía algo que era auténtico y podía disfrutar sin culpa —ya que no había elegido a una hembra de forma intencionada obviando mis responsabilidades como rey—, descubrí el colgante entre las cosas de Bryn. Sin tan siquiera investigar un poco, di por sentado que el hechizo era duradero y, por lo tanto, responsable de todos los sentimientos que Bryn y yo compartíamos. Y eso hizo añicos una parte de mí que no sabía que podía romperse.

No fue fácil separarme de ella —si pudiera elegir, preferiría vivir en una fantasía fingiendo que lo que tenemos es real antes que volver a la sombría existencia que llevaba cuando no la conocía—, pero era necesario.

Y lo sigue siendo.

Ahora entiendo por qué mi padre insistía en guardar las distancias con mi madre. El cariño conduce a la pasión, que a su vez conduce al amor. Y, cuando los feéricos aman, no hay nada más sagrado que unirse en un vínculo de pareja; cualquier otra cosa resultaría inaceptable e insuficiente. Por lo tanto, como rey, permitirte amar a alguien implica priorizarte a ti mismo por encima de tu pueblo.

En lo que respecta a mi corazón y a los intereses de Bryn, hice lo correcto al elegir la muerte antes que mantenerla como rehén para siempre.

Pero eso no era lo mejor para mi pueblo, así que me equivoqué.

No importa que tenga dos hermanos que podrían sustituirme como soberano. Ninguno de ellos ha recibido la preparación para el puesto que recibí yo y, además, nunca se ha dado el caso, en ninguna de las cortes de Faerie, en que el mayor de un linaje real no ejerza como rey hasta su último aliento.

Dar al traste con milenios de tradición supondría una mancha en el legado de mi familia. No puedo hacer eso.

Ni siquiera por Bryn.

Aún no me puedo creer que sea una feérica híbrida. Debería contarle quién —y qué— es; tiene derecho a saberlo. Pero ¿de qué le serviría si Erin descubre pronto cómo romper el vínculo o revertir la maldición?

Erin dijo que Bryn se estaba impidiendo a sí misma adoptar su verdadera naturaleza. Sin la influencia del vínculo ni recuerdos de su estancia aquí, lo más probable es que, una vez en Wisconsin, donde llevaba una vida agradable con recuerdos entrañables de sus padres adoptivos, vuelva a reprimir sus atributos feéricos y acabe viviendo como una humana.

Si le digo la verdad, será la segunda vez que trastoque todo su mundo. Hace veintiséis años, Erin escondió a Bryn en el plano humano para que pudiera llevar una vida segura y feliz. Talek le arrebató esa oportunidad y usó a Bryn para llegar hasta mí; ahora yo debo hacer lo correcto, por ella y por mi pueblo, y dejarla marchar en cuanto pueda.

«Bryn…».

Su imagen con ese vestido, resplandeciente de belleza etérea, se me ha quedado grabada en la memoria. Igual que la imagen de esa flecha perforándole el hombro y sus gritos de dolor.

En mi interior se agita una violenta tormenta de emociones, y me obligo a dejar el vaso vacío sobre el escritorio para no ceder al impulso de lanzarlo a la otra punta de la habitación con el único objetivo de ver que no soy lo único que está destrozado sin remedio.

Ahora mismo se encuentra en su habitación. Probablemente esté durmiendo. Tan cerca, tan accesible.

Joder, y tan prohibida.

Aunque podría ir a verla. Solo para asegurarme de que está bien, para ver con mis propios ojos que se encuentra a salvo. Eso no tendría nada de malo.

Antes de que me dé tiempo a pensarlo mejor, estoy frente a su puerta. Giro discretamente el pestillo, entro en la habitación y la cierro tras de mí. Me acerco a la cama sin hacer ruido. Está echa un ovillo y abraza una almohada apretándola contra el pecho como si fuera su único salvavidas. Tiene los ojos hinchados y sus labios, rojos como cerezas, lucen tan abultados como si ni siquiera el sueño pudiera ayudarla a detener el llanto.

Aunque no por ello está menos guapa. Todo lo contrario, ya que, incluso sumida en la tragedia, mi Bryn brilla más que todas las hembras de mi pasado juntas.

De repente se despierta, como si la arrancaran de sus sueños casi con violencia. Me busca automáticamente con la mirada mientras se ayuda a sentarse apoyando las manos.

—Caiden —susurra—. Madre mía, gracias a Dios.

Se abalanza sobre mí y me rodea el cuello con tanta fuerza que me doy cuenta de que la almohada simplemente me estaba sustituyendo. De forma instintiva, la estrecho contra mí y entierro la cara en su alborotado cabello, aspirando su dulce aroma hasta lo más profundo de mis pulmones y dejando que impregne cada célula de mi cuerpo.

—He percibido tu presencia. Dios mío, estaba muy preocupada y Connor no me dejaba verte.

«Hola, aplastante realidad, qué bien que hayas venido».

Me arranco de los brazos de Bryn y, mientras me alejo de la cama, fijo una expresión impasible en mi rostro.

—Iba a acostarme y he querido asegurarme de que te habías curado y estabas instalada. Buenas noches, Bryn.

Cuando empiezo a darme la vuelta, ella se apresura a bajarse de la cama y me detiene poniéndome una mano en el brazo.

—Entiendo que estés enfadado conmigo por haberme ido, pero ¿cómo iba a saber que eso iba a debilitarte hasta el punto de que podías haber muerto? Caiden, nunca me hablaste de esa parte de la maldición.

Hago una mueca con el labio superior.

—¿De verdad crees que habría cambiado algo? Bajé la guardia. Tú viste una oportunidad y la aprovechaste.

Abre la boca con estupor, pero, como siempre, se recupera enseguida y se pone a mi nivel, ira frente a ira.

—No has sido sincero conmigo desde que empezó toda esta historia. Seleccionas cuidadosamente qué información quieres darme y de qué asuntos puedo formar parte, en lugar de concederme el beneficio de la duda y hacerme partícipe de cada situación. Deberíamos formar equipo, pero el gran y poderoso Rey Oscuro no hace eso, ¿verdad? No, prefiere ser una puta isla para sí mismo, le pese a quien le pese.

Sus ojos se detienen en el anillo que aún llevo en el dedo. Sin decir nada, me meto las manos en los bolsillos.

Ella se burla; su disgusto es evidente.

—No me extraña que te guste tanto el BDSM. Si lo controlas todo, puedes mantener las distancias. No hay que dejar que nadie se acerque demasiado, claro, no vaya a ser que de verdad empiecen a interesarse por ti. Ah, por cierto, la próxima vez que quieras mi sangre para poder alejarte de mí, será mejor que me la pidas.

—Tomo nota. —La miro con expresión divertida—. ¿Has acabado?

—¿Contigo? Tenlo por seguro, joder. En esta celda solo cabe uno. —Cruza los brazos sobre el pecho y señala la puerta con la barbilla—. Lárgate.

—Con mucho gusto.

Lucho contra el instinto de volver a cogerla entre mis brazos y besarla hasta que perdone todas mis ofensas, pasadas y futuras, y salgo de la habitación, tal como me pide.

Cuando echo el pestillo desde fuera, espero a que estalle su ira, a que lance algo contra la puerta y maldiga mi nombre. Pero no hace nada de eso, y entonces me doy cuenta de que tampoco puedo sentir su energía.

De forma intencionada o inconsciente, Bryn me ha sacado de su vida.

Y es lo menos que merezco.

CAPÍTULO VEINTINUEVE

BRYN

—¿Por qué estamos escondidos detrás de estas rocas en lugar de ir con todos los demás a la Reunión de los Reyes?

Miro a Finnian sin molestarme en ocultar mi enfado, del mismo modo que él tampoco se molesta en ocultar su fastidio ante mis incesantes preguntas.

Desde que regresé a la mansión con Connor, me han tenido encerrada como a una prisionera traidora; solo me permiten salir de la habitación un par de horas al día para estirar las piernas o ir a nadar. Siempre acompañada por un Vigilante de la Noche y nunca con Caiden a la vista. Me tratan más como a una extraña ahora que cuando llegué hace seis semanas, así que el enfado no es más que la punta de mi actual iceberg emocional.

Hoy es 22 de septiembre y, justo a las 20:03 horas, tendrá lugar el equinoccio de otoño, momento en el que Caiden se reunirá con el rey de la Corte del Día para debatir los asuntos pertinentes y volver a firmar el Tratado de las Dos Cortes, lo que reforzará la paz entre los Feéricos de la Luz y los Feéricos de la Oscuridad.

Pero yo no voy a presenciar nada de eso.

Tras rechazar la extremadamente osada petición de Caiden de que le entregara un poco más de mi sangre, se vio obligado a llevarme a Joshua Tree, pero me ha colocado junto a Finnian y Madoc en el lugar más apartado que nuestro vínculo permite, excluyéndome una vez más de los asuntos de los feéricos. Pensaba que ya habíamos superado todo eso, sobre todo a raíz de las cualidades feéricas que he adquirido gracias al vínculo.

Pero eso me pasa por pensar demasiado en el tema, ya que en realidad nadie ha respondido ninguna de mis preguntas.

Tan solo sé la dirección en la que está teniendo lugar el encuentro, porque vi a Caiden marcharse con los hermanos Woulfe y un pequeño equipo de Vigilantes, y que el siguiente en la línea de sucesión al trono y el consejero superior —Tiernan y Seamus— se han quedado atrás por si se produce algún juego sucio.

Supongo que se trata de una tradición previa al exilio, pues la maldición de la sangre haría innecesario contar con un plan de contingencia de ese tipo.

Finn mira a Madoc, que, varios metros más allá, finge no estar escuchando, y luego me responde en voz baja.

—Ya te he dicho por qué.

—No, has dicho que Caiden ha ordenado que nos quedemos aquí —sostengo mientras me cruzo de brazos en señal de desafío—. Eso es repetir una directriz, no explicar el motivo por el que se ha dado.

La poca luz que brinda el farol situado entre nosotros en el suelo me permite ver las duras líneas de su mandíbula desaliñada a medida que crece su enfado.

—El Rey de la Noche nos ha transmitido una orden, así que nosotros la obedecemos. El motivo que pueda haber detrás de dicha orden es irrelevante.

Hago un gesto de burla.

—Quizá para ti, pero lo de no cuestionar la obediencia no es lo mío. Especialmente si a quien hay que obedecer es a él.

Finn levanta una de sus oscuras cejas.

—¿Estás segura?

Me arden las mejillas ante la posibilidad de que Finn conozca detalles íntimos de las cosas que he hecho con Caiden. Aunque sé que no es de los que cuentan sus perversiones, estoy segura de que sus hermanos son muy conscientes de sus inclinaciones sexuales. Puede que incluso las compartan.

En cualquier caso, a Finn no le costaría mucho suponer que soy sumisa con Caiden a puerta cerrada. Y, aunque no me avergüenzo de ello, estoy lo bastante cabreada como para contraatacar un poco.

—Estoy segura de que eres una marioneta estupenda, Finni.

Madoc tose con el puño frente a la boca para tratar de cubrir su risita, con lo que me gano una mirada asesina de Finn. Solo tolera que usen su apodo de cuando era niño dos personas, y yo no soy ninguna de ellas.

Finn se acerca, alzándose sobre mí como una torre, y luego se agacha para ponerse a mi altura. En sus ojos dorados relampaguea un inconfundible destello de dominación, y los labios se le despegan para dejar al descubierto unos mortíferos colmillos.

—Basta de insolencias, Bryn. Sienta el culo y deja de hacer preguntas o tendré que atarte y amordazarte yo mismo.

Vaya. Parece que hay un alfa en el pequeño Verran, al fin y al cabo.

—Vale —murmuro.

Mientras resoplo con frustración, me dejo caer sobre un escarpado peñasco aún caliente por el sol del desierto y me aireo sacudiendo la parte delantera de la camiseta un par de veces. Si yo tengo calor con una camiseta fina, pantalones vaqueros cortos y zapatillas de deporte, no puedo ni imaginarme cómo se sentirá el resto del grupo.

Caiden, Finnian y todos los Vigilantes han venido engalanados con el atuendo guerrero tradicional de los Feéricos de la Oscuridad, fabricado enteramente de grueso cuero negro.

Aunque debe de ser un asco llevarlo con estas temperaturas, desde luego no voy a quejarme como espectadora. Túnicas ajustadas, sin mangas, con cuello alto abierto hasta el pecho y entrelazado con cordones, y pantalones de cuero con cordones a juego. Cuando puse en duda la exactitud tradicional de su calzado, Madoc me dijo que cambiar las incómodas botas hasta la rodilla de suela plana por botas de motorista, mucho más resistentes, fue una de las dos modificaciones que hicieron una vez exiliados en el «agujero del culo del Diablo», según sus propias palabras. La otra fue deshacerse de las camisas de manga larga que solían llevar bajo las túnicas.

En lo que a mí respecta, apruebo este último cambio. Deja a la vista todos esos gloriosos músculos de hombros y brazos. Si no estuviera tan mosqueada con Caiden, me habría puesto a babear por él cuando lo vi hace un rato. De haber sabido que tenía algo tan erótico como su equipamiento de guerrero, le habría rogado que se lo pusiera para una sesión en la mazmorra. Quizá podría meterse unos *floggers* en el cinturón de la cadera y… «¡Bryn, deja ya de desear a ese imbécil tan sexi!».

Mi tendencia a seguir deseando al macho que ha provocado la cacofonía de emociones turbulentas con la que convivo hace cinco días es exasperante. En el transcurso de una jornada, recorro toda la gama de emociones: rabia, tristeza, frustración, negación, exasperación y todo lo demás. Ahora mismo, mientras descanso sobre esta roca en medio de Ninguna Parte, en el estado de A Tomar por Culo, junto a dos guardias hoscos y poco comunicativos, soy incapaz de decidir con cuál de esos sentimientos quedarme.

El sol se puso hace un par de horas, y la luna no es más que una astilla mínima en el oscuro cielo. La única luz de la que disponemos es un par de faroles blancos LED de baja intensidad que parecen linternas, ya que tan solo se ilumina su extremo, en lugar de toda la carcasa de plástico. A lo lejos resuena el aullido de un coyote.

—Si nos vamos a quedar aquí, ¿podemos al menos encender un fuego o algo así? Esto da un poco de miedo.

—Nada de fuegos. Nuestro trabajo es mantenerte a salvo y eso es lo que vamos a hacer —dice Finn, impasible—. A menos que sigas hablando. En ese caso le diré a Madoc que use su telepatía con los coyotes para avisarlos de que les hemos traído la cena.

Clavo mis desorbitados ojos en Madoc, que esboza una sonrisa de satisfacción.

—Bryn, no soy un metamorfo. Te está tomando el pelo.

Al volverme para mirar a Finnian, espero encontrármelo riendo entre dientes o al menos sonriendo como le he visto hacer otras veces, pero su expresión se mantiene tan seria y poco acogedora hacia mí como de costumbre.

Tiene tantas ganas de que me vaya que probablemente estaría encantado de echarme de comer a los coyotes.

Seguro que gané puntos con él cuando intenté coger un avión para volver a casa. Bueno, si no fuera por la parte de la ecuación en la que casi mato a su hermano. Tengo que encontrar la manera de traspasar esa coraza de caramelo duro y llegar al chocolate fundido que hay debajo. Quizá a Fiona se le ocurra algo.

—Ten cuidado, Finn, has estado peligrosamente cerca de hacer una broma. ¿Y sabes con quién bromea la gente? Exacto —digo como si me hubiera contestado—. Con sus amigos. Y, una vez que seamos amigos, ya no podrás volver a ser Míster Antipatía.

—Tomo nota.

Toma nota. Ufff, parece su hermano. Con una sola palabra dan por finalizada eficazmente cualquier conversación como si la cortaran por las rodillas.

Finjo no estar enojada y ambos vuelven a su estado de estoicismo previo, centrando toda su atención en lo que nos rodea. Madoc está de pie con los brazos cruzados mientras que Finn sujeta con holgura las empuñaduras de las espadas que lleva ajustadas a la cadera. Sí, he dicho espadas. Al parecer, el atuendo tradicional permite incorporar varios tipos de armas antiguas: espadas largas, espadas cortas, dagas y otras cosas afiladas y puntiagudas.

Según he podido comprobar, hay Vigilantes que prefieren llevar un único tipo de arma y hay otros a los que les gusta mezclarlas y combinarlas. Algunos usan vainas ceñidas a la cadera, como Finn, y otros las que forman una X en la espalda, como Madoc.

Y todo esto para una reunión en principio pacífica y rutinaria.

Por un lado, pienso que es como cuando los Marines adornan con espadas su característico traje azul: una muestra simbólica de sus raíces y tradiciones. Pero, por otro, entiendo que si eso fuera realmente así no estarían armados hasta los colmillos.

Cediendo ante mi insaciable curiosidad, decido arriesgarme a que me conviertan en kebab para coyotes.

—Tengo una pregunta…

Finnian gruñe mi nombre en señal de advertencia.

—Bryn…

—Lo sé, lo sé, ya me callo. Pero ¿por qué…?

Suelto un grito ahogado al ver cómo dos figuras se materializan de la nada detrás de Madoc. Sus equipaciones de cuero blancas, orejas puntiagudas, colmillos y brillantes ojos verdes las delatan como guerreros feéricos de la Corte del Día.

Mi reacción de sorpresa alerta a mis guardaespaldas, pero no recupero la voz con el tiempo suficiente para prevenir a Madoc antes de que una espada le rebane despiadadamente el cuello por la parte frontal. Los dorados ojos se le abren de par en par mientras su cuerpo cae al suelo. La sangre arterial sale disparada formando un arco y me pinta la ropa y la piel con motas de una vida truncada, de un alma extinguida.

Cuando por fin se me abren las cuerdas vocales, dejo escapar un grito.

Finnian da un giro para colocarse frente a mí, desenvaina sus espadas y adopta una posición de combate, con los músculos contraídos y vibrando por la adrenalina.

El asesino de Madoc levanta un puño al aire.

—¡Muerte a la reina para matar al rey!

Ese extraño grito de guerra actúa como pistoletazo de salida, y los tres arremeten entre ellos con las armas en alto. Las espadas tintinean y chisporrotean al chocar entre sí mientras Finn se las apaña para luchar contra los dos asaltantes. Yo me he quedado paralizada como un macabro cuadro viviente que representa la conmoción y el pavor.

«Debería ayudarle. ¡Tengo que ayudarle!».

«¿Por qué no he pedido que me enseñaran a luchar?».

A mi cerebro no le importa que no hubiera ninguna razón para creer que se iba a producir esta situación. Su único objetivo es reprenderme por mi falta de precaución. Cuanta más sangre del cuerpo de Madoc se derrama sobre el poroso suelo del desierto, más me consume la culpa.

Finn le da una patada en el pecho al feérico más fornido con tanta fuerza que lo lanza volando hacia atrás y acaba chocando contra el tronco de uno de esos árboles que parecen un dibujo del Dr. Seuss, y luego aprovecha el respiro para centrarse en golpear al otro tipo.

—Bryn, lárgate de aquí y escóndete.

Eso me hace salir de mi asombro.

—¿Qué? No, no voy a dejarte.

Tras darle un puñetazo en la cara al Feérico Número Dos lo bastante potente como para dejarlo tumbado, Finn me lanza una mirada.

Me quedo horrorizada al ver que le han cortado la punta de la oreja, que no para de sangrar, y que le han abierto un enorme tajo en una de las mejillas.

—Bryn, no es a mí a quien quieren; van a por ti —dice respirando con agitación—. Por eso nos hemos quedado aquí fuera. Talek intenta utilizarte para eliminar a Caiden.

«Ay, Dios». La mente me da vueltas a medida que van encajando todas las piezas. O puede que la imagen completa siempre haya estado ahí, pero yo me empeñara en verla al revés, sin querer darme cuenta de lo que tenía delante. He sido un peón en un juego mucho más grande. Uno que consiste en acabar con el Rey Oscuro, el macho de quien estoy enamorada.

La noche en la que me casé con él, pasé de ser un simple peón a ser una reina, convirtiéndome así en la clave de su caída. De su muerte.

Lo único que tiene que hacer Talek es matarme o mantenerme alejada de Caiden el tiempo suficiente a la distancia adecuada y… jaque mate. Fin del juego.

—¡Bryn!

El grito de Finnian me trae de nuevo al presente.

El tipo al que ha derribado ya se está espabilando y poniéndose en pie, y el otro vuelve a correr hacia nosotros. Finn me agarra por los hombros y me echa a un lado.

—Tienes que esconderte. Cuando termine con esto, iré a buscarte.

—¿Cómo vas a saber dónde… ¡Joder!

Bajo la mirada hacia la parte superior de mi brazo por donde ahora sangro levemente a causa de su daga, que me coloca con firmeza en la mano.

—Tienes un vínculo con mi hermano —dice—. Reconoceré el olor de tu sangre. ¡Vete ahora mismo!

Apenas tiene tiempo de darse la vuelta y detener el arco oscilante de una espada que iba dirigida a su cuello. Todo mi ser se resiste a dejarlo así, pero Finnian es un guerrero instruido y sabe cuidarse solo. Lo mejor que puedo hacer es irme a un lugar seguro para que nadie pueda usarme contra Caiden.

Entonces salgo corriendo hacia donde se celebra la reunión para no salirme del rango de distancia apropiado y debilitar a Caiden sin darme cuenta. La adrenalina y el miedo me recorren las venas y alimentan mis músculos mientras esquivo las grandes matas de hierba del desierto e intento no torcerme los tobillos debido a la irregularidad del terreno.

Siento que me arden los pulmones y, cuando empiezo a abandonar la idea de encontrar algo más que unos cuantos árboles apiñados, avisto por fin otro peñasco de rocas a lo lejos. Podría ser un espejismo, pero me aporta las esperanzas y el extra de energía que necesito para seguir adelante.

Sin embargo, cuanto más me acerco, más oigo los mismos sonidos que acabo de dejar atrás, aunque multiplicados por mil. Gritos, gruñidos y el estruendo del metal contra el metal…

Entonces llego a la cima de una pequeña colina y al mirar hacia abajo veo un valle de caos absoluto.

La formación rocosa hacia la que me dirigía es inmensa, de al menos treinta metros de altura y otros tantos de anchura, con una grieta vertical abierta de arriba abajo lo suficientemente ancha como para que entren tres personas una al lado de la otra. Enfrente de ella, no obstante, se libra una batalla.

El Día contra la Noche, la Luz contra la Oscuridad.

Escudriño la zona en busca de algún otro sitio hacia el que correr, pero no hay nada cerca con pinta de no derrumbarse al intentar subir. Noto una vibración en las venas, me giro y veo a Caiden al otro lado del largo corredor que atraviesa la pared rocosa. Parece que hay un claro en medio. Debe de ser ahí donde tiene lugar la reunión con el rey de la Corte del Día.

Caiden está de espaldas a la abertura. No parece ser consciente de la pelea. ¿De qué hablan? ¿Se está enfrentando Caiden a Talek por utilizarme como cómplice involuntaria en sus planes de regicidio?

La ira arde en mi interior como la llama de un reguero de pólvora, ganando en fuerza y velocidad. Agarro la daga con tanta firmeza que parece formar parte de mí, y no hay nada que desee más en este instante que ver cómo se hunde su hoja en el enemigo de Caiden para liberar a mi rey del peligro que actualmente representa mi existencia.

Tal vez el Rey Oscuro no pueda matar al Rey Luminoso…, pero yo sí que puedo.

Me pongo a correr colina abajo antes incluso de ser consciente de mi decisión, pero cuando me doy cuenta de lo que voy a hacer no me detengo. Mi única motivación es llegar a esa reunión y clavarle la daga al feérico gilipollas que inició todo esto hace seis semanas.

Me abro paso zigzagueando a través del tumulto; los guerreros de ambos bandos están demasiado ocupados atacando y defendiéndose como para fijarse en que ando escabulléndome entre ellos. Al fin, llego al acceso del corredor. En cuanto estoy dentro, el mundo se vuelve silencioso. Me paro en seco y doy media vuelta para asegurarme de que no he entrado en alguna especie de portal temporal.

—Vaya —murmuro con asombro mientras contemplo la batalla, que sigue su curso, como si fuera una película muda. Levanto la mirada hacia la inmensidad de la abertura, pero no veo nada. Es posible que la caverna esté hechizada para mantener la privacidad de la reunión entre los reyes, lo que a su vez impediría que se enterasen si estallara una batalla real en el valle.

Al escuchar el grave timbre de la voz de Caiden, vuelvo a ponerme en movimiento y salgo corriendo por el oscuro pasadizo para llegar hasta él y hasta mi objetivo. La ira se convierte en rabia y la rabia, en furia, de modo que cuando llego al final del corredor y veo a quien supongo que es Talek caminando despreocupadamente en dirección contraria a la mía y dándome la espalda, me lo tomo como si me lo hubieran envuelto para regalo.

Tras lanzar un grito de guerra propio, alzo el brazo y paso volando junto a Caiden, deseosa de ponerle fin a esta pesadilla.

—¡Bryn, no!

Justo antes de que alcance a Talek, Caiden arremete contra mí y luego hace un giro en el aire para llevarse la peor parte del impacto cuando caemos al suelo.

—¿Qué haces? Casi lo tenía —grito poniéndome en pie como puedo.

—Eres mi pareja, Bryn. Según la maldición de la sangre, que lo mates tú es como si lo hiciera yo mismo. El vínculo hace que sea prácticamente imposible distinguirnos.

Lo miro con la boca abierta.

—Tienes que estar de coña.

Talek suelta una risita; la condescendencia de su diversión es tan palpable que casi me ahoga con ella.

—Qué duda cabe de que Aine nos lanzó una maldición complicada, pero debo admitir que me encanta el desafío que ello supone. Seguramente el vínculo es lo que te ha permitido atravesar la barrera protectora, que fue un hechizo creado por un conjurador en el momento de la firma original del Tratado de las Dos Cortes —dice en tono dialogante, como si esto fuera un debate académico sobre la historia de los feéricos—. Solo pueden atravesarla los poseedores de sangre real. Pero dado que eres la primera pareja de un monarca desde nuestro exilio mutuo, todavía se desconocen las reglas exactas que te conciernen. Gracias por seguir siendo tan complaciente, señorita Meara. Ni yo mismo lo hubiera planeado mejor.

El chirrido del metal resuena en la caverna cuando Talek desenvaina la espada, a lo que Caiden responde haciendo lo mismo y colocando su fornido cuerpo delante del mío.

—Bryn, vuelve por el corredor y quédate con Connor y Conall.

—Con respecto a eso —digo examinando los alrededores en un intento desesperado por encontrar la manera de salir vivos de esta—, las fuerzas de Talek deben de haber recibido la orden de atacar, porque para llegar hasta aquí he tenido que atravesar la Segunda Guerra Feérica.

Caiden vuelve la cabeza para comprobarlo por sí mismo —una reacción involuntaria causada por la sorpresa y la indignación, que percibo en él a través de sus ondas pulsátiles—, lo cual confiere cierta ventaja a Talek.

—¡Caiden!

Lo empujo para apartarlo del arco que va conformando la espada, pero me doy cuenta demasiado tarde de que, por supuesto, Talek no va a por Caiden. Va a por mí.

El pie de Caiden se lleva por delante mis piernas en el último segundo, lo que me hace caer al suelo y me salva por unos centímetros de la punta de la espada.

En menos de lo que yo tardo en parpadear, Caiden se abalanza contra Talek y se produce una breve refriega en el suelo antes de que ambos salgan rodando, se pongan de pie y empiecen a dar vueltas en círculo con las espadas en posición de ataque.

Talek se pasa una mano enguantada por la larga cabellera rubia para apartarla de unos ojos verdes que brillan como esmeraldas gemelas. Si me lo hubiera encontrado por la calle, lo habría tomado por un actor de Hollywood o un modelo. Es guapísimo, como todos los feéricos, pero sus rasgos clásicos ocultan una crueldad que lo vuelve absolutamente horroroso.

—No sabes lo gratificante que es vivir por fin este momento después de veintiséis años —declara con una sonrisa enfermiza que deja entrever los colmillos más largos que he visto nunca en un feérico. La imagen me hace estremecer—. Tardé veintiún años solo en encontrarla, y luego necesité otros dos años más de esmerada planificación para matar a sus padres adoptivos, tal como hice con los verdaderos la noche en que nació.

—Cierra el pico, Edevane —ruge Caiden—. Ya has hecho bastante daño. No la metas en esto. Ella no tiene nada que ver.

Talek se ríe y la malicia le brota de entre los labios.

—Puto idiota, ella tiene que ver con todo. Antes de que naciera, yo ya sabía que iba a ser la clave para hacerme con el control de ambas cortes. Y, una vez que tenga tu corona, Verran, iré a por los de Faerie. Y por último invadiré la corte de Aine, la Reina Única y Verdadera, y la despojaré de todo, tal como hizo ella con nosotros. Pero no la desterraré. La encadenaré y la torturaré para deleitarme con sus súplicas de clemencia hasta el fin de los días.

Talek ataca con la rapidez de una serpiente, pero Caiden desvía el golpe a la velocidad del rayo. Con la cabeza dándome vueltas y los nervios a flor de piel, el sonido de las espadas chocando entre sí me hace pegar un salto. En ese momento me espabilo lo suficiente como para poder hablar.

—¿Mataste a mis padres? —pregunto con incredulidad. Voy elevando la voz a medida que aumenta mi pánico—. ¿Me estás diciendo que soy adoptada y que, además de provocar el accidente que mató a los padres que me criaron, también mataste a mis padres biológicos?

Mientras vuelven a caminar en círculo, Talek se encoge de hombros como quien admite haberse comido las últimas galletas Oreo de la despensa.

—Diría que no fue algo personal, pero, teniendo en cuenta que tu padre era mi primo, estaría mintiendo. Y seguro que a estas alturas ya sabes que los feéricos no poseemos ese talento.

Se me revuelve el estómago y me doy la vuelta justo a tiempo para vomitar detrás de una roca cercana mientras mi piel se cubre de sudor.

—Cabrón de mierda. Me dan igual las consecuencias, te voy a matar por hacer daño a Bryn de esa manera.

Caiden suelta el gruñido más salvaje que he oído en mi vida y un segundo después el sonido de las espadas al chocar se reanuda con más fuerza.

Su promesa penetra en la espesa niebla de dolor y lo absorbe todo hacia el interior de una caja mental que organizaré más tarde. Pero primero debo asegurarme de que mi pareja y marido no acabe muerto por una venganza sin sentido. Nada de lo que haga puede cambiar el pasado ni devolverme a ninguno de mis padres. Lo único que conseguirá si se muere es romperme el corazón y arrancarme el alma.

«¡Piensa, Bryn, piensa!».

Miro a mi alrededor y encuentro una piedra del tamaño de un buen melón. Lo suficientemente pequeña como para que la coja con las dos manos y lo suficientemente grande como para dejar inconsciente a un rey malvado. Si logramos atraparlo y encerrarlo durante el resto de su vida, puede que eso ponga fin a sus planes para dominar el mundo Faerie y nuestros problemas queden resueltos.

De todos modos, por algún sitio hay que empezar.

Al levantarla, siento una punzada en el corte del brazo izquierdo, pero me olvido enseguida mientras sujeto la piedra contra el estómago. Tengo que maniobrar hasta alcanzar una posición en la que pueda manejarla con eficacia. Tan solo dispongo de una oportunidad. Si fallo, pierdo el factor sorpresa y Caiden podría morir.

Hago todo lo posible para no sobresaltarme cada vez que sus espadas chocan, pero no es fácil cuando lo más violento que has presenciado en tu vida es la agresividad al volante durante la hora punta en la carretera de circunvalación. Uno y otro reciben golpes, turnándose para dar en el blanco y abrir nuevas heridas.

Siento que Caiden se debilita cuanta más sangre pierde, y es casi como si yo me debilitara con él. Si espero demasiado, puede que no tenga fuerzas para levantar la piedra lo suficiente como para poder lanzarla.

Por fin llega mi oportunidad; el combate sitúa a Talek no muy lejos de donde me encuentro, de espaldas a mí. Le da una patada giratoria a Caiden en el plexo solar y lo hace retroceder lo suficiente como para detener la pelea. Levanto la piedra todo lo que puedo y, cuando estoy a punto de arrojársela a la cabeza, él me sorprende girando sobre sus talones para encararse hacia mí con un centelleo de malignidad en los ojos, como si conociera mi plan desde el principio y yo hubiera caído en la trampa.

El tiempo se ralentiza cuando me percato de que sostiene una daga de aspecto antiguo en la mano que lanza con un impulso del brazo hacia delante y cuya hoja dirige en línea recta hacia mi corazón.

No me da tiempo a moverme. He fallado, y ahora Caiden y yo moriremos por ello.

Antes de aceptar nuestro destino con lágrimas deslizándose por mi rostro, dispongo del más breve instante para agradecer que al menos no me he quedado atrás.

De repente pierdo de vista a Talek; mi campo de visión ha quedado eclipsado por la parte posterior de una túnica de cuero negro. Se encoge mientras se oye un gruñido de dolor. Y es entonces cuando me doy cuenta de que la daga dirigida hacia mí ahora está clavada en el pecho de quien fuera que se ofreciera a hacerme de escudo personal. Horrorizada, los ojos se me salen de las órbitas cuando su enorme cuerpo se desploma contra el suelo.

—Dios mío, no. ¡Finn!

Sus ojos dorados me miran con una mezcla de angustia y satisfacción. Caiden grita su nombre y sale corriendo hacia nosotros. Finn tose; la sangre le gotea por la comisura de los labios.

Mi visión periférica capta un movimiento que llama mi atención. Talek está retrocediendo hacia el pasadizo.

—No iba a por él, pero la muerte de cualquier Verran siempre es una buena noticia. Hasta la próxima.

Luego da media vuelta y sale disparado hacia la libertad.

—¡Mierda!

El tormento que refleja el rostro de Caiden me hace estremecer.

Al dejar que el Rey Luminoso se vaya, nuestras vidas siguen en peligro, pero Caiden no va a alejarse de su hermanito por nada del mundo. Y eso hace que lo ame todavía más.

—Aguanta, Finni —dice con palabras llenas de emoción—. Tengo que sacarte esto.

Caiden agarra el mango del arma, pero retira la mano con un siseo de dolor. Lo intenta de nuevo, esta vez apretando los dientes mientras tira, y no se detiene en ningún momento, ni siquiera cuando le sale humo de entre los dedos o cuando Finnian grita como si lo estuvieran quemando vivo.

En cuanto la hoja está fuera, Caiden la tira a un lado. Luego coge uno de sus cuchillos, corta la túnica de Finn por la mitad y separa ambos lados para dejar al descubierto la herida: inflamada, roja y sangrante, como si la daga hubiera seccionado una arteria.

—¿Por qué no se cura? —pregunto sin fuerzas debido a que intuyo la respuesta.

Finn sigue tosiendo sangre y su respiración suena áspera y débil. La voz de Caiden apenas es un jadeo, y sus ojos, llenos de lágrimas no derramadas, miran con impotencia a su hermano pequeño.

—La hoja es de hierro. Por eso su cuerpo no puede curarse.

—Podría, con la ayuda de un sanador. —Cuando levantamos la mirada, nos encontramos con Erin, la madre de Fiona, que se acerca corriendo hacia nosotros y se nos une en el suelo, alrededor del cuerpo tendido de Finn—. Bryn, tú puedes curarlo. Solo tienes que concentrarte y creer en ti misma.

Arrugo el ceño y niego con la cabeza.

—No entiendo por qué crees eso. Poseo algunas cualidades feéricas a causa del vínculo, pero ninguna tiene que ver con lo que dices.

Erin se da cuenta de algo y los ojos se le agrandan; después mira a Caiden.

—¿Su Majestad?

El rostro de Caiden manifiesta algo que no logro identificar, pero asiente sin dudar.

Ella se vuelve hacia mí y toma mis manos entre las suyas.

—Niña, escúchame con atención, porque al príncipe Finnian no le queda mucho tiempo. Puedo explicártelo todo luego, pero ahora necesito que me escuches.

El corazón se me acelera y me invade la abrumadora sensación de que mi vida está a punto de cambiar para siempre.

Trago saliva y digo:

—Te escucho.

—Eres hija de mi hermana, Kiera, y su pareja, Uther. Puesto que Uther era Feérico de la Luz, el vínculo que había entre ellos estaba prohibido, y tú eres un milagro. Uther era un poderoso sanador, y su sangre corre por tus venas, al igual que la de mi hermana, que proviene de una larga estirpe de conjuradores. Puedes curar al príncipe, pero para ello debes dejar de creer que eres humana. Eso es lo que bloquea tu potencial. No es el vínculo con el rey Caiden lo que te da cualidades feéricas, Bryn. Es que eres feérica, tanto de la Luz como de la Oscuridad, la única que existe. Tan solo tienes que creerlo.

No hay palabras en mi idioma —ni en ningún otro, en realidad— que expresen lo que siento en este momento.

La reacción natural sería negar lo que dice. La lógica, incluso. Pero hay algo muy dentro de mí que ha decidido rechazar la lógica en favor de algo que nunca antes había tenido: instinto.

Mi instinto me dice que la crea, que entienda que la razón por la que siempre he sentido que no pertenecía a ningún sitio es porque así era. Antes, al menos. Ahora sí formo parte de algo. Le emotividad que he sentido desde el momento en que entré en este mundo es porque pertenezco a él.

—No soy simplemente «otra cosa». Soy feérica.

Y si estoy dispuesta a creerme esa parte de lo que dice Erin, entonces no hay motivo para no creer que puedo curar a Finnian. Al recordar a Madoc, mi corazón se contrae de dolor. Ya he provocado una muerte esta noche. No podré sobrevivir a otra.

Finn —el gigante, dulce y leal Finnian— recibió la herida de una daga en mi nombre. No importa si lo hizo para salvarme a mí o si en el fondo se proponía salvar a su hermano.

Sé que, aunque no existiera ningún vínculo ni maldición de sangre, Finn se habría sacrificado igualmente para salvarme. Es de esa clase de machos, el caballero por antonomasia vestido con armadura de cuero, y que me parta un rayo si voy a quedarme de brazos cruzados y verlo morir cuando quizá sea capaz de impedirlo.

Miro a mi tía, echo los hombros hacia atrás y asiento con la cabeza.

—Dime qué tengo que hacer.

CAPÍTULO TREINTA

CAIDEN

Erin guía las manos de Bryn sobre el pecho de Finnian hasta colocarlas sobre la impactante herida que ha abierto la daga de hierro de Talek. Si no me torturara tanto ver cómo la vida de mi hermanito se escapa ante mis ojos, estaría persiguiendo a Talek hasta los confines de la tierra y más allá.

De momento, agradezco que su cobardía le haya hecho huir. Gracias a eso la barrera hechizada ha detectado que la reunión había terminado y Erin ha podido entrar. Ya planearé mi venganza más adelante, una vez que Bryn haya salvado a Finn de una muerte segura.

«Diosa, por favor, deja que lo salve».

—Cierra los ojos y busca en tu interior —dice Erin con voz amable y segura—. Encuentra la conexión con tus padres, Kiera y Uther. Su poder fluye por tus venas y se manifiesta en cada una de tus células. Imagina la herida en tu mente. Observa cómo se cura y cómo la hemorragia disminuye y, por último, se detiene. Fíjate en cómo la carne y los músculos desgarrados se cierran de nuevo como si nunca se hubieran desgarrado.

Bryn frunce las cejas con expresión concentrada. Compruebo la herida. No ocurre nada.

El pánico crece como una mano sobre mi garganta y amenaza con dejarme sin aire. Me quedo mirando a Erin. Sigue pareciendo tranquila, pero cuando vuelve a hablar, su tono es más firme y serio.

—Bryn, debes deshacerte de tu mentalidad humana, que te dice que esto es imposible. No lo es. Piensa en todo lo que has visto, en todo lo que has experimentado desde que te enteraste de la existencia de los feéricos. Somos un pueblo cuya magia y poder van más allá de las capacidades humanas. Tú formas parte de ese pueblo. Tú puedes curar a Finn. La magia y el poder ya están en tu interior. Debes creer en ti misma.

La energía comienza a crepitar alrededor de Bryn. Crece y crece hasta que su sedoso pelo rubio se eleva como si una corriente de aire lo hiciera bailar en torno a su cabeza, revelando la parte superior de sus orejas al volverse puntiagudas. Cuando sus labios se separan en un suspiro embriagador, vislumbro las puntas de sus colmillos alargándose en su boca. Su piel adquiere un resplandor etéreo, como si la iluminaran desde dentro.

No sé qué aspecto esperaba que tuviera Bryn cuando por fin entendiera que es feérica, pero desde luego no era este.

—Eso es, Bryn, muy bien —dice Erin atrayendo mi atención sobre la herida de mi hermano, que se está curando como si fuera una lesión normal—. Sigue, ya casi está.

El enorme tajo sigue mejorando a medida que Bryn le aplica sus poderes. Finn comienza a respirar más fuerte y después con total normalidad mientras el pecho le sube y le baja fácilmente. Y en cuanto la piel se cierra por completo, siento como si yo también pudiera respirar de nuevo por primera vez.

En el pectoral izquierdo de Finn se aprecia una cicatriz roja y arrugada de unos diez centímetros de longitud que probablemente se deba a que el arma es de hierro, pero no tiene nada que ver con las habilidades de Bryn.

—Dioses, lo ha conseguido —digo en tono áspero.

Finn gime y se frota la zona como si le doliera. Lo ayudo a incorporarse y luego lo agarro por la nuca y aprieto mi frente contra la suya. Me invade un sentimiento de alegría y gratitud tan grande que corro el riesgo de desangrarme emocionalmente y arruinar mi reputación de imbécil estoico e insensible.

—Ya basta, Bryn, lo has conseguido. Puedes dejar de lado esa conexión.

La preocupación que transmite la voz de Erin es más que alarmante, sobre todo cuando veo que la energía chisporrotea alrededor de Bryn como si estuviera a punto de prenderle fuego. Finn me lanza una mirada interrogadora para saber qué demonios se ha perdido, pero gesticulo con la mano a fin de indicarle que no es el momento y comienzo a acercarme a Bryn. Bajo la voz una octava con la esperanza de volverla sumisa y conseguir que me escuche antes de que la situación vaya a peor.

—Bryn, necesito que hagas lo que dice Erin y reprimas tus poderes. ¿Puedes hacer eso por mí, Bella?

En cuanto uso su apodo, todo se intensifica y los ojos se le abren de golpe.

Oigo a Finn maldecir y a Erin soltar un grito ahogado. Sus suaves iris de color avellana se han convertido en una reluciente amalgama de su herencia de Luz y Oscuridad: el verde del centro se va degradando con el dorado brillante que los rodea. Son hermosos y, en cierto modo, aterradores, porque, aunque me mira fijamente, también parece que ve a través de mí.

En todos mis años de vida, nunca había sido testigo de tanto poder. Es como Jean Gray en su forma de Fénix y, si no encontramos la forma de contenerla, lo último que veremos antes de convertirnos en ceniza será la magia inestable de una feérica híbrida sobre la que nos advirtió Aine.

Erin cierra los ojos y pone una mano sobre el hombro de Bryn mientras susurra un conjuro que no puedo oír, pero que seguramente tampoco entendería aunque lo oyera.

En cuestión de segundos, toda la energía que rodeaba a Bryn parece volver a su interior. Se apoya un momento en Erin antes de volver a sentarse y parece como si no hubiera sufrido más que un desmayo.

Parpadea un poco, se levanta y se aprieta las sienes con los dedos.

—Gracias —le dice a Erin—. No podía parar.

Erin asiente.

—No te preocupes, niña. Ya me lo imaginaba. Como híbrida, tu magia es inestable. Quizá pueda enseñarte a controlarla, pero ya se verá. Hasta entonces, he lanzado una especie de hechizo de contención sobre tus poderes. No es exactamente como el que usé para bloquear tus cualidades feéricas cuando eras un bebé. Ya no hay ningún motivo para hacer eso. Ahora es el momento de que sepas quién eres y aceptes tu lugar en nuestro mundo.

—No sabes cuánto lo deseo —dice con el reflejo de su emoción en los ojos, que ahora se muestran en una versión más suave de la combinación verde y dorada.

Entonces se vuelve hacia mí y todo rastro de suavidad desaparece de sus rasgos.

—Tú lo sabías —afirma en tono acusador—. Sabías quién y qué soy, y no me lo dijiste.

—No —admito—. No lo hice. Bryn, lo s…

—No sabes lo poco que me interesa oír nada más.

Se pone en pie, se sacude el polvo de los pantalones y las rodillas, y dirige su atención a mi hermano, que sigue sentado junto a mí con la túnica abierta de par en par. Le observa la cicatriz.

—Siento no haber podido curarte del todo. Pero si te sirve de consuelo, en el mundo humano se suele decir que a las chicas les gustan las cicatrices.

—Gracias, Bryn —dice solemnemente—. Te debo la vida.

—No, no me la debes. Estamos en paz. Ahora, si me disculpáis, me tengo que ir… a cualquier otro sitio, la verdad.

Se aleja de mí con pasos decididos. Y espero con toda mi alma que eso no indique algo más permanente.

CAPÍTULO TREINTA Y UNO

BRYN

—Venga, Bryn, solo te quedan treinta segundos. No te vayas a rendir ahora.

El sudor se desliza por mi cara mientras hago una sentadilla contra la pared con una pesada pelota gigante abrazada sobre el pecho. Elevo la mirada hacia Finnian y gruño:

—Empiezo a arrepentirme de haberte salvado la vida.

Esta última semana he pasado mucho tiempo con Fiona y Erin. Erin me ha contado muchas cosas sobre mis padres biológicos, Kiera y Uther Anwyl. Al parecer, eran personas increíbles, y su historia de amor —cómo se enamoraron contra todo pronóstico— es lo más bonito que he oído jamás.

Erin también me ha dado un curso intensivo de Introducción a las Cosas de los Feéricos y me ha dicho que pronto empezará a enseñarme a controlar mis poderes, algo que me emociona y me asusta a partes iguales.

Pero cuando no he estado conociendo mejor a mi tía y a mi prima, he entrenado con Finn.

Le pedí que me enseñara a luchar para poder defenderme, dado que domina varios estilos de lucha. Aceptó con la condición de que combinara esas sesiones con otras de tortura diarias (él las llama «de fortalecimiento muscular») en el gimnasio de la mansión. Ahora me doy cuenta de que me precipité a la hora de cerrar el acuerdo. Siempre he sido más de cardio y ni siquiera entrenaba de forma regular.

—Dices lo mismo en todas las sesiones. —Finn levanta la mirada del cronómetro que tiene en la mano y sonríe, fardando de colmillos y de esos hoyuelos rompedores que se esconden tras su desaliño facial—. Ahí es cuando empiezo a exigirte aún más. —Las piernas empiezan a temblarme a causa de la fatiga muscular, pero me niego a dejar que me fallen mientras gruño durante los últimos segundos—. Tiempo. Puedes parar cinco minutos para beber agua.

Con la última gota que me queda de fuerza, me pongo de pie y hago un pase desde el pecho con el balón medicinal poniendo especial ímpetu en desquitarme. Atraviesa el aire como una bala de cañón y casi con la misma potencia. Finn la atrapa fácilmente, pero, si fuera humano, lo habría mandado al hospital.

—Uy —digo con una mueca—. No quería lanzarla tan fuerte.

Se ríe y tira la pelota con una mano hacia un lado.

—Aún te estás acostumbrando a todo, ¿eh?

Cojo mi botella de agua y me bebo la mitad antes de salir a tomar el aire mientras me seco el sudor de la frente con el dorso de la mano.

—Pues sí. Cuando vives toda tu vida como humana y de repente te conviertes en Hulka, tienes que adaptarte. Sobre todo porque no hay ninguna coherencia.

Hasta que aprenda a controlar mis poderes, el hechizo de contención que Erin me lanzó en Joshua Tree tan solo me permite usarlos de forma muy limitada, pero no es perfecto. Bueno, seguro que el hechizo lo es —Erin es una conjuradora extremadamente poderosa—, pero, como mi magia es inestable, está sujeta a sobrecargas imprevisibles.

Por el momento han resultado inofensivas, y Erin dice que no debo preocuparme, pero cualquier día voy a hacer que algo explote sin querer.

Y tener poderes no es lo único a lo que me estoy adaptando.

Aún me doy un susto de muerte cada vez que me veo reflejada en un espejo. Sigo pareciéndome a mí misma…, pero no soy yo. Aunque desde un punto de vista objetivo siempre he sabido que había tenido suerte en cuanto al aspecto físico —salvo por el hueco que tengo entre los dientes, que ya no me preocupa tanto—, con la llegada de mis atributos feéricos, todo ha subido de nivel. Es como si Gordon Ramsay se hubiera apoderado de mi ADN y hubiera dicho: «¡Dale caña a tu hada interior, paleta del Medio Oeste!».

Parece que lleve la piel maquillada con aerógrafo, la melena me cae sobre los hombros como en un anuncio de Pantene puesto en bucle, mis ojos —verdes y dorados— poseen un increíble brillo etéreo y las puntas de mis orejas tienen un aire tan sexi como las de los elfos de Tolkien.

Pero a lo que más me ha costado acostumbrarme es a los colmillos. Ya me he mordido la lengua varias veces, y mi sonrisa, por lo general dulce, ahora posee un toque salvaje simplemente porque mis puntiagudos caninos han duplicado su longitud.

—¿Vas a quedarte mucho rato más mirándote en los espejos, Bryn? Tengo otras cosas que hacer.

Vuelvo al presente de inmediato, lo miro a través del espejo y observo esa sonrisa juvenil que sin duda le ha permitido salirse con la suya en más de una ocasión. La verdad es que me encanta verla. Me encanta que Finn ya no me evite ni se sienta incómodo en mi presencia ahora que la amenaza inminente de Talek ya no representa un problema, al menos por el momento.

Empieza a llevarse a los labios su enorme botella de agua helada. Yo me concentro al máximo e intento practicar un poco la manipulación mágica.

«Tírate toda la botella de agua por la cabeza».

Observo con asombro cómo desvía la trayectoria de la boca y le da la vuelta al recipiente sobre su cabeza.

Se pone a jadear cuando el gélido líquido cae sobre él y el cuerpo se le tensa mientras espera obedientemente a que todo el contenido se vierta por la abertura y la botella quede vacía. Me tapo la boca con las manos y trato de contener la risa, pero en cuanto se vuelve hacia mí y se me queda mirando con el pelo mojado dividido en dos por una raya al medio, pierdo los papeles.

—Dios, pensaba que no iba a funcionar, pero me alegro mucho de que sí lo hiciera.

Mi risita se convierte en una carcajada totalmente escandalosa cuando lo veo sacudirse como un perro mojado, salpicándolo todo de agua.

Finn se echa el pelo hacia atrás y coge una segunda botella de agua que guarda junto a la bolsa del gimnasio. El tío se toma la hidratación muy en serio.

—Estoy deseando saber cómo te castiga Caiden cuando intentes hacérselo a él.

—Es una pena, pero con él no funciona. —Arrugo la nariz en señal de decepción—. Erin cree que el vínculo lo impide.

Frunce el ceño.

—¿Cómo sabes que con él no funciona?

—Puede que haya intentado que se diera una bofetada en la cara —le digo, inexpresiva—. En varias ocasiones.

Se pasa una gigantesca mano por la boca para borrarse la sonrisa.

—Te doy cien dólares si se lo haces a Tier. Pero tengo que estar presente para ver la cara que pone cuando se eche hacia atrás y se pegue a sí mismo sin motivo.

Me vuelvo a reír y aprovecho este insólito momento en el que no me está explicando a gritos cómo hacer otro ejercicio imposible para sentarme en el suelo y apoyar la espalda contra la pared de espejos.

—Seguro que Fiona también quiere verlo. Joder, si pusiera un anuncio en el periódico de Las Vegas, me apuesto lo que quieras a que al menos la mitad de la población femenina de la ciudad me pagaría por ver ese espectáculo.

—Sin duda sería un buen negocio extra —dice tirando un montón de toallas sobre el charco del suelo. Después se sienta en el banco de pesas que tengo delante y su expresión se vuelve sombría—. ¿Cuánto tiempo más vas a evitar a Caiden, Bryn?

Dejo caer la mirada sobre el regazo y me cojo el dobladillo de la camiseta.

—¿Sería demasiado evitarlo indefinidamente?

—Vamos, eso no es lo que quieres. Sé que mi hermano puede ser un imbécil testarudo, y que guardarse información acerca de quién eres fue la gota que colmó el vaso aquel día. Pero su intención nunca ha sido hacerte daño. Es solo que no se entera de nada.

Resoplo, enojada.

—Tu hermano se entera de todo como el que más.

—No me refiero a enterarse en general. —Apoya los codos en las rodillas y pregunta—: ¿Cuántas relaciones sentimentales has tenido?

Levanto las cejas.

—Varias a corto plazo que duraron unos meses cada una y tres a largo plazo.

—Exacto. Caiden no ha tenido ninguna. Ni una sola, Bryn. De modo que mientras tú has vivido múltiples experiencias que te han enseñado a comunicarte mejor con tus parejas y a decidir lo que debes y no debes hacer, Caiden no. Él sabe exactamente qué debe hacer cuando tiene sexo kinky: cómo conseguir que su compañera se sienta cómoda y segura incluso mientras le infunde dolor y miedo, y cómo cuidarla después, una vez que ha salido del subespacio. Pero todo lo que se salga de eso se le queda muy grande, podría compararse a cuando tú estuviste con tu primer novio.

»A todo esto hay que añadirle que intentara manejar un matrimonio imprevisto con una desconocida que podría matarlo, que continuara dirigiendo dos reinos y que descubriera quién se encontraba detrás de los intentos de asesinato de su pareja. ¿Te ayuda esto a entender por qué se equivocó con algunas de sus decisiones?

Me muerdo el labio mientras asimilo su argumento. Nunca lo había visto así.

Caiden se muestra tan seguro de sí mismo en todo lo que hace que nunca me había parado a pensar que quizá era un mar de dudas en todo lo referente a mí o a los misterios en los que me he visto envuelta desde mi llegada.

«Hola, señora Perspectiva».

Y, si soy sincera conmigo misma, estoy a punto de venirme abajo e ir a hablar con él. Es que le echo mucho de menos, joder.

Eso no significa que no me haya hecho daño. Pero sí significa que probablemente se merezca el beneficio de la duda y yo deba al menos darle la oportunidad de decir lo que piensa antes de condenarnos a ambos a la miserable existencia que supondría tener que evitarnos el uno al otro sin poder alejarnos a más de cien metros, es posible que para el resto de nuestra vida.

—Lo escucharé. Pero no puedo prometer que lo que tenga que decirme vaya a arreglar nada.

Finnian asiente.

—Me parece bien. Tú dale una oportunidad, es lo único que pido.

—Lo haré, lo prometo.

Se levanta y me tiende la mano.

—Vamos a cerrar el trato con unas flexiones.

—Te odio.

Sonríe como un lobo.

—Lo sé.

CAPÍTULO TREINTA Y DOS

CAIDEN

Joder, nunca me había sentido tan perdido respecto a cómo arreglar algo.

Y en cuanto completo ese pensamiento, me reprocho a mí mismo el haber tenido la osadía de simplificar tanto la situación.

«No has destrozado un jarrón, capullo insensible. La has destrozado a ella. A la hembra que para ti es más valiosa que el aire que respiras».

Dejo caer la cabeza a la altura de los hombros y pongo los puños sobre la pared de piedra de la ducha. Hay más de cincuenta chorros dirigidos hacia mí que me lanzan agua caliente y mis músculos se niegan a ceder su agarre de tenaza sobre mis huesos cansados.

Pero no me importa. Agradezco el dolor, porque es lo menos que merezco.

Aprieto aún más fuerte los puños y, debido a la turbulencia de mis emociones, las uñas se me afilan y me rasgan las palmas de las manos. Siseo al exhalar mientras veo cómo la sangre se mezcla con el agua y se escurre por las piedras hasta llegar al suelo, donde serpentea entre mis pies para acabar precipitándose hacia el desagüe. De algún modo, sentir que el dolor exterior coincide con el interior resulta catártico. Pero las heridas de mis manos son superficiales y se curarán en cuanto deje de apretar, mientras que el daño que ha sufrido mi corazón podría ser irreparable si no encuentro la forma de convencer a Bryn de que me escuche.

No ha dejado de ignorarme, y ni siquiera puedo culparla.

Le oculté información vital sobre quién es para mantenerla cerca. Aún no estaba preparado para afrontar las consecuencias de que ella conociera ciertos secretos que tenía todo el derecho a conocer. Y, al final, eso me ha hecho perderlo todo.

Me ha hecho perderla a ella.

En cualquier otro momento, con cualquier otra hembra, ya habría impuesto mi posición dominante. Me la habría llevado a mi dormitorio o incluso a la sala de juegos, la habría sujetado y después la habría obligado a escuchar lo que tenía que decirle. Pero llevo reteniendo a Bryn contra su voluntad de un modo u otro desde que pisó Las Vegas hace casi dos meses, y la maldición de sangre me obliga a seguir reteniéndola.

Me niego a imponerle mi voluntad en otros aspectos, por muy desesperado que esté por que me escuche.

Estoy tan hundido en mi propia miseria que casi no me doy cuenta de ese zumbido en las venas que señala la cercanía de mi pareja. Ella parece un diapasón golpeando mis huesos, creando una frecuencia perfecta de vibraciones que incendian mi sangre e iluminan cada célula de mi cuerpo.

El problema es que no creo que en realidad esté tan cerca como para que pueda verla. Desde que abrazó su identidad como feérica híbrida en Joshua Tree y se transformó en su verdadero yo, nuestro vínculo se ha fortalecido hasta el punto de que puede encontrarse a varias habitaciones de distancia y yo la siento como si la tuviera justo al lado.

Tardé mucho en dejar de girarme esperando encontrármela allí de pie. Estar tan conectado a su presencia respetando a la vez su deseo de mantener las distancias es como vivir un infierno nuevo cada día.

Pero entonces oigo abrirse la puerta de la ducha y el aire de los pulmones se me queda atrapado en el pecho cuando me atrevo a levantar la cabeza y ojear por encima del hombro.

«Bryn…».

No me creo que haya venido. Está dentro de la ducha, pero alejada de los chorros directos de agua.

Lleva puesto un conjunto de algodón para dormir con el que ya la he visto antes: unos pantaloncitos cortos de color rosa vivo y un top de finos tirantes a juego con la palabra «Princesa» impresa en el pecho. Un título inexacto para una hembra que es toda una reina en más de un sentido.

Se ha colocado la larga melena rubia sobre uno de sus hombros e, incluso con el espeso vapor que inunda la habitación, puedo oler el aroma a vainilla de su piel, que aún está adherido a mis almohadas y me persigue mientras duermo.

Le digo a mi polla que se calme, pero como no se rige por emociones y le importa una mierda que no sea el momento de ponerse a la altura de las circunstancias, cuando bajo los brazos y me giro para hablar con Bryn estoy medio empalmado. Cabe decir que ella ni siquiera le echa un vistazo superficial, lo que en buena medida me ayuda a mantener la situación a raya.

Por el momento.

Vuelvo a cerrar las manos y utilizo el dolor para conectar conmigo mismo mientras encuentro la voz.

—¿A qué has venido, Bryn?

Me responde únicamente cruzando los brazos bajo los pechos y apoyándose contra la pared. Sus centelleantes ojos ahora tienen un color más ámbar dorado, pero todavía hay indicios de su herencia de la Luz en forma de unas motas verdes que conforman la mezcla más impresionante que he visto en mi vida. La sensible punta de la oreja que está a la vista me pide a gritos que la recorra con la lengua y, aunque tiene los labios cerrados, el simple hecho de pensar en sus colmillos hace que me cueste contenerme.

Nunca pensé que Bryn pudiera ser más hermosa que cuando se ocultaba bajo una apariencia humana. Pero ahora que es feérica de pies a cabeza, me apostaría los dos reinos a que no existe una criatura más hermosa, sea humana, feérica o divina.

—Tengo tantas cosas que decirte… —No me doy cuenta de que he pronunciado esas palabras en voz alta hasta que ella arquea una delicada ceja. Y entonces comprendo a qué ha venido.

Por fin me da una oportunidad. Una oportunidad para disculparme, para decirle lo que siento. Para arrastrarme a sus pies.

Y eso es justo lo que hago.

Cruzo la amplia extensión de la ducha con alivio y gratitud a través de numerosos chorros de agua que me desplazan el pelo hacia delante, pero apenas me doy cuenta. Me detengo frente a ella y me tomo unos preciados instantes para empaparme de todos y cada uno de los detalles. Su pelo está cada vez más húmedo a causa de la fina neblina que logra alcanzarla desde los chorros más cercanos, las gotas de agua se aferran a sus negras pestañas, su impecable piel está cubierta de rocío y ligeramente enrojecida por el vapor…

Pero lo que me destripa cual hoja de hierro es ver el muro infranqueable que protege su corazón.

Cada ladrillo lo han puesto mis propias manos a base de traiciones y su resistencia ha quedado fortificada por el dolor que le he provocado. Y entonces hago lo único que nunca he hecho por otra alma viviente: me arrodillo.

Lentamente me hinco en el suelo, agradecido por el mordisco que la implacable baldosa de piedra me asesta en las rodillas. Aunque este acto de postración es nuevo para mí, realizarlo en este momento y para esta mujer me parece lo correcto.

No importa que yo sea su rey. En lo que respecta a Bryn, siempre seré yo quien esté a su merced, aun cuando sea el que sostenga el látigo. Si es que alguna vez me permite tocarla de nuevo.

Ese pensamiento me hace extender las manos y agarrarle suavemente las caderas mientras apoyo la frente sobre la suave piel de su vientre. Me recorre una sensación de dolorosa alegría que me hace estremecer. Es el primer contacto físico que tengo con ella en dos semanas, desde la noche del Baile del Equinoccio.

Una verdadera eternidad.

Me inclino hacia atrás y la miro a los ojos.

—Bryn —empiezo a decir con la voz cargada de emoción—, he reproducido esta conversación en mi cabeza al menos cien veces, pero me temo que nada de lo que diga puede reparar el daño que te he hecho.

Hago una pausa y me pregunto si dirá algo, si me dará un punto de partida que me ayude a tomar la dirección adecuada. Pero no me ofrece nada, y no la culpo. Suspiro, cierro los ojos y dejo que mi maltrecho corazón tome las riendas por primera vez, con la esperanza de que esté preparado para el desafío.

—Siempre he confiado en mi capacidad para sobresalir en todo lo que hago. Desde ser el rey más joven en gobernar una corte feérica, hasta ampliar el imperio de Las Vegas con nuevos negocios o lograr un equilibrio entre placer y dolor que satisficiera las necesidades de cualquier sumisa.

»Pero a la hora de hacer lo correcto con respecto a ti…, no fui capaz.

Sin separarme de ella, sacudo la cabeza ante mi propia estupidez y le agarro las caderas con más fuerza.

—Debería haberme abierto a ti desde el principio, en lugar de mantenerte siempre alejada o apartarte. Me dije que lo hacía por el bien de mi pueblo, que debía proteger nuestros secretos. Me dije que era mejor minimizar tus recuerdos cuando pensaba que eras humana porque así serían más fáciles de borrar. Pero eso no eran más que excusas, razonamientos lógicos tras los que me parapetaba para no tener que reconocer la verdad ni el desconocido miedo que esta conllevaba.

Me desliza sus delicados dedos por el pelo y el recorrido de sus cortas uñas sobre el cuero cabelludo me produce escalofríos. Luego cierra las manos y tira delicadamente hacia arriba para que levante la cara y me encuentre con su mirada de color verde y dorada.

—¿Qué verdad, Caiden? ¿Qué miedo?

Trago saliva en un intento fallido de desatascar el puño que se cierra sobre mi garganta. La imagen de Bryn se desdibuja y ondula ante mí a causa de las cálidas lágrimas que me brotan de los ojos. Son la manifestación líquida del reconocimiento de mi culpa y, después de guardármelo todo durante tantas semanas, por fin me abro a ella y la dejo que me vea al completo, incluidas mis debilidades.

—Bella, la verdad es que te he amado desde el principio. Desde antes del vínculo, desde antes de cualquier hechizo. Te amé en cuanto te vi en el vestíbulo. En ese momento, algo se transformó en mi interior, cambiándome irrevocablemente y uniendo mi alma a la tuya de una forma que entonces no supe comprender. Sin embargo, cada día que pasaba, cada minuto, mi amor por ti no hacía más que crecer hasta que me consumió por completo y me hizo sentirme más feliz que nunca.

Se le suavizan los rasgos mientras me mira con atención. Eso me da una chispa de esperanza y el valor suficiente para seguir adelante.

—Sobre mi miedo…

Hago una pausa para inspirar trémulamente algo de aire y soltarlo poco a poco.

Incluso ahora, tan solo con permitir que el pensamiento se acerque a la zona consciente de mi cerebro me estremezco hasta la médula.

—Tenía miedo de que te alejaran de mí (bien porque hacías lo más inteligente y te ibas por tu cuenta, o bien porque alguno de los intentos de asesinato tuviera éxito) y te llevaras contigo mis ganas de vivir, existiera o no una maldición de sangre.

Frunce tanto el ceño que las cejas parecen una. ¿Es una expresión de duda? ¿De infelicidad?

No lo sé. Sigue impidiéndome percibir su verdadera energía, así que no tengo ni idea. De repente empatizo con todos los seres humanos que han estado perdidamente enamorados.

—Cuando te fuiste, le dije a Connor que no fuera a buscarte, porque no soportaba la idea de retenerte contra tu voluntad. Quería que volvieras a tu hogar, donde serías feliz y estarías a salvo, lejos del peligro y de mi incapacidad para amarte como te merecías. Pero cuando te trajo de vuelta, dejé que supusieras que mis motivos eran los peores. Nunca me sentí tan monstruoso como aquella noche en la que me planté en tu habitación e hice ver que no eras más que un medio para conseguir un fin. Siento…

El puto puño que me oprime la garganta se tensa y me deja sin palabras mientras me atraviesa un torrente de emociones. Inspiro de forma entrecortada y suelto el aire lentamente hasta que por fin hago caer el muro de humedad que cubría mis ojos, que acaba deslizándose por mi rostro junto con el resto de las gotas de agua.

La infinita compasión de Bryn me ilumina desde sus ojos de color verde y dorado, y me da fuerzas para continuar.

—Siento muchísimo todo lo que te he hecho, Bella. He perdido la cuenta de los errores que cometí contigo, pero todos se deben a que te aparté o te oculté cosas que tenías derecho a saber. No te culpo por no haberme dado ni la hora estas últimas semanas. Tampoco te culparía si me odiaras, pero le ruego a Rhiannon que ese no sea el caso.

»Me has dado muchas oportunidades y sé que no me merezco otra, pero te la pido de todos modos. Estoy dispuesto a suplicar de rodillas todos los días durante el resto de mi vida si es necesario. Dame una sola oportunidad más y te juro que no te arrepentirás. Por favor, Bryn, déjame demostrarte que puedo ser la pareja que necesitas, la que te mereces.

El tiempo se detiene durante una eternidad. Los únicos sonidos del mundo son el repiqueteo del agua sobre las baldosas de piedra, las palpitaciones de mi corazón al galope, mi pesada respiración entrando y saliendo del pecho, y el rugido de la sangre atravesándome los oídos. El instinto de dominar la situación y arrancarle una respuesta a esos labios carnosos por cualquier medio aflora con fuerza, pero la fuerza que hago para contenerme es aún mayor.

No pienso forzarla a decir algo que no quiere decir utilizando los deseos de su cuerpo en su contra.

Así que no me queda más remedio que esperar, ya sea un minuto, un año o toda la vida. Esperaré.

«¿Y si ella no siente lo mismo pero no sabe cómo decírtelo? Me cago en el puto bloqueo energético».

Mientras intento que las dudas y la frustración que siento no se reflejen en mi rostro —aunque eso da igual porque yo a ella no la tengo bloqueada y puede leer mi energía—, me doy cuenta de que debería ofrecerle una salida.

—Si no quieres darme una oportunidad o no te atreves, lo entiendo, y prometo encontrar la forma de romper el vínculo o la maldición para que puedas volver a tu casa.

Bryn suspira y niega con la cabeza como si estuviera decepcionada.

—Eso es lo que nunca has entendido, Caiden. Siempre has asumido que quería alejarme de ti cuando lo único que deseaba era estar más cerca.

No puedo decir nada en mi defensa porque tiene razón. Siempre he pensado que quería irse. Me demostró lo contrario interesándose por lo que hago, pidiendo que la incluyera y ofreciéndose a ayudar a mi pueblo, y aun así no la escuché.

—Caiden, te creo cuando dices que me amas. Pero el amor por sí solo no basta para sustentar una relación —se lamenta con una profunda tristeza grabada en sus rasgos, que intuyo son reflejo de los míos—. Siempre eliges verlo todo en blanco y negro. O es así o no lo es, y durante toda tu vida has tenido la responsabilidad de tomar las mejores decisiones posibles para proteger a los que están a tu cargo.

»Pero no puedes hacer eso en una relación romántica, al menos no del tipo que a mí me interesa. En la adorada alcoba, no hay nada que me guste más que dejarte controlar la situación y tomar las decisiones. Pero, fuera de esos parámetros, necesito un compañero. Necesito a un igual que siempre se muestre abierto y sincero conmigo respecto a todo, incluso a los asuntos desagradables.

Me coge la cara entre las manos y con los pulgares me acaricia la barba incipiente que me ha crecido hace poco por no preocuparme de casi nada.

—Bryn, por ti aprenderé a ver las cosas en todos los tonos de gris que existen, y después las compartiré contigo. Te lo prometo.

Me sostiene la mirada un instante, luego dos, y por fin acaba con mi sufrimiento.

—Toda relación tiene curvas de aprendizaje y, aunque tú estropeaste las cosas de forma espectacular, todavía ha sido más espectacular la forma en que te has disculpado por ello. Mientras prometas tratarme como a tu igual, no quiero estar en ningún otro sitio que no sea a tu lado o arrodillada a tus pies. Te quiero, Caiden.

Me brotan más lágrimas, pero esta vez soy capaz de parpadear para que nada me impida verla.

—Te lo prometo, Bella. Joder, te quiero tanto…

Bryn deja que la boca se le curve en la sonrisa más bonita que he visto, ahora adornada con un nuevo par de colmillos que vuelven a revitalizar mi polla.

—Pues demuéstramelo —replica apartándome un rizo húmedo de los ojos con el dedo—. Hazme tuya. Reclámame como solo mi rey puede hacerlo.

De repente, el bloqueo que me mantenía desconectado de ella se disipa y la energía más intensa que he sentido nunca se abate sobre mí en un maremoto de amor y deseo. Se me hincha la polla y me duelen los colmillos, y ambas partes de mi anatomía palpitan debido a la necesidad de penetrar su carne y marcarla como nuestra para toda la eternidad.

Estoy a punto de ponerme en pie para ejercer mi dominio sobre ella y tomar su cuerpo en un frenesí de acciones febriles que se vuelvan borrosas hasta que reventemos y nos desplomemos en el suelo como bultos sudorosos y jadeantes.

Pero me detengo.

Eso no es lo que quiero hacer ahora mismo con Bryn. Quizá más adelante —porque gracias a los dioses habrá una eternidad de más adelantes—, pero en este momento necesito saborear cada centímetro, cada segundo.

Levanto las manos, le bajo los delicados tirantes por los hombros y aprovecho para deslizarle el top hacia abajo y dejarle los pechos al descubierto. Continúo mi viaje hacia el sur, asegurándome de enganchar mis dedos en la cintura de sus pantalones por el camino, hasta que ella misma es capaz de despojarse de ambas prendas y se queda gloriosamente desnuda.

Cierro los ojos y la beso reverencialmente con la boca abierta sobre la suave piel que recubre su vientre, el mismo en el que hace un momento apoyaba la cabeza mientras me humillaba e imploraba perdón. No la merezco, al menos tal como soy ahora, pero no pienso desperdiciar la oportunidad que me ha dado de convertirme en todo lo que se merece y mucho más.

Desciendo un poco más y mi boca encuentra su centro.

Lanza un gritito ahogado que se convierte en un gemido cuando le chupo el clítoris y le hago círculos con la lengua sobre él. Le levanto una pierna y la coloco sobre mi hombro, lo que me permite darme un festín entre sus muslos. Enseguida me pone las manos en la cabeza y me coge del pelo mientras clava sus ojos en mí.

Yo la miro fijamente, henchido de orgullo al ver el éxtasis escrito en su rostro. Mejillas sonrojadas, mandíbula caída, párpados medio bajados y pupilas dilatadas. Quiero verla así todos los putos días, porque esa cara significa que he complacido a mi pareja hasta dejarla sin habla. Y sin que me diera ninguna indicación.

Esa cara significa que me ama.

—Joder... Caiden...

No tenía ni idea de lo satisfactorio que me resultaría oírla pronunciar mi nombre en lugar de esas respuestas sumisas a las que la tengo acostumbrada. Creo que nadie me había llamado por mi nombre durante el sexo, y el hecho de que ella sea la primera y la única no solo me parece acertado, sino la hostia de perfecto.

Habrá momentos en los que quiera dominarla y oírla usar el protocolo que le corresponde como mi sumisa. Pero también habrá muchos otros momentos como este. Momentos en los que tan solo seamos mi pareja —el amor de mi extensa vida— y yo perdiéndonos el uno en el cuerpo del otro y fortaleciendo el vínculo de nuestras almas.

Bryn empieza a mover las caderas y a cabalgarme sobre la cara mientras le meto la lengua en su cálido coño tal como estoy deseando hacer con la polla. Pero mi polla va a tener que esperar su turno, porque primero necesito que se corra así. Necesito que me inunde la boca con su dulce néctar de miel y sentir cómo su abertura me palpita en los labios mientras me bebo hasta la última gota.

Gruño contra su sensible carne y subo una mano para frotarle el clítoris con el pulgar, incansable en mi misión.

—¡Ah, Dios, sí, sí, sísísí, justo ahí, no pares!

Tomo nota mentalmente de que tiene un aviso por insinuar siquiera que soy de los que abandonan y luego redoblo mis esfuerzos, comiéndomela con voraz desenfreno hasta que acaba por deshacerse en un grito estrangulado que resuena en la ducha durante un minuto completo, y en mi mente por toda la eternidad.

Sin hacer caso del dolor que me provoca haber estado arrodillado sobre la piedra durante tanto tiempo, me pongo en pie, la levanto con un movimiento fluido y le pego la espalda contra la pared. Ella me rodea la cintura con las piernas y se pone a buscar algo a su alrededor con la mirada.

—¿Dónde quieres que ponga las manos?

—Sobre mí, Bella —le digo con voz ruda—. Las quiero sobre mí.

Los ojos le brillan de amor mientras me agarra la cara con las manos y aprieta los muslos contra mí.

—Tómame, Caiden. Soy tuya. Ahora y siempre.

—Ahora y siempre —repito.

Entonces ajusto el cuerpo y empujo las caderas con un movimiento certero antes de tomarla en múltiples posiciones y lugares, y acabar hecho un trapo en mi cama.

CAPÍTULO TREINTA Y TRES

BRYN

Caiden me abraza y me desliza suavemente las yemas de los dedos por la curvatura de mi columna.

—¿Qué tal te va con esta nueva versión tuya? Me preocupa que la adaptación sea difícil.

—¿En serio?

Lanza un gruñido para confirmármelo.

—Odiaba que mis acciones me impidieran estar ahí cuando me necesitabas. No te imaginas lo destrozado que me dejó saber que le había fallado a mi pareja de una forma tan miserable. —Me levanta la barbilla para que lo mire—. Lo que dije antes iba en serio, Bella. Ya no tendrás que volver a pasar por eso. A partir de ahora, mi prioridad es servirte.

—No puedes decir eso, Caiden. Eres el rey; te debes a tu gente por encima de todo, incluso de mí.

—Nuestra gente, Bryn. Además de Feérica de la Oscuridad, eres mi reina, así que perteneces a este pueblo por partida doble.

Sus palabras se filtran hasta mi alma y me envuelven el corazón como una cálida manta.

A pesar de que fui muy feliz de niña y quería muchísimo a mis padres, nunca acabé de encajar del todo con mis compañeros de clase o del trabajo. Siempre sentía que me faltaba alguna parte fundamental y eso me impedía conectar con la gente a un nivel más profundo. Ahora que sé el motivo y que por fin he encontrado un lugar en el que encajo, me invade una abrumadora sensación de pertenencia que a veces es difícil de contener. Esta última semana se ha manifestado en forma de lágrimas de felicidad en algún que otro momento íntimo.

—Lo sé —digo con una dulce sonrisa—. Todavía me estoy haciendo a la idea de formar parte de tu mundo. —Caiden arquea una ceja—. Nuestro mundo.

—Eso está mejor. —Levanta mi mano de su pecho y me da un beso en la palma para después estrecharla contra una zona donde su corazón late con fuerza—. Y, en cuanto a tu preocupación de que te ponga por encima de todo lo demás, tal y como yo lo veo, lo que no sea bueno para ti no será bueno para ellos. Creo que el refrán dice «Pareja verdadera feliz, Feérico de la Oscuridad feliz».

Sonrío tanto que me duelen las mejillas.

—Eso no existe.

—Ah, es verdad. Es «Reina feliz, pene feliz».

Mientras me parto de risa, el corazón se me dispara al ver esta faceta suya por primera vez desde la noche en que nos casamos sin querer.

—Aunque lo que dices no puede ser más cierto, no tiene nada que ver con el resto de nuestro pueblo.

La ceja arqueada vuelve a aparecer.

—Sí que tiene que ver. Que el rey esté de mal humor no es un buen augurio para nadie. Por lo tanto, debo asegurarme de que eres feliz para que tú a su vez me hagas feliz a mí y así no me ponga en plan asesino.

—Supongo que lo que quieres decir es que así podrás ayudar a hacer felices a todos los demás.

—Eso he dicho. Nada de asesinatos —sentencia, inexpresivo.

Le doy un golpecito en el pecho.

—Eres un creído. No das tanto miedo como crees.

Baja la barbilla para lanzarme una mirada de incredulidad.

—Tú eres consciente de mi reputación como Rey Oscuro, ¿verdad? Ese nombre es la definición misma del miedo.

—No, en realidad es la definición de tu título, porque eres el rey de los Feéricos de la Oscuridad. Todos te dejan creer que es por otras razones más infames, pero solo lo hacen para satisfacer tu ego.

—Yo sí que te voy a dar algo que te va a satisfacer, niñata —me dice tumbándome boca arriba e inmovilizándome. Chillo de sorpresa y pura felicidad mientras me retuerzo bajo sus dedos, que danzan por mis costados. Por suerte, tan solo me tortura durante unos segundos antes de rodear mi cara con sus fuertes manos. Sus ojos de color dorado miran alternativamente los míos como si buscara algún problema que solucionar.

Suavizo la expresión y alzo la mano para apartarle un rizo descarriado de la frente.

—Caiden, estoy bien.

—Ya lo sé, mi amor. —Me acaricia los pómulos con los pulgares—. Pero no puedo dejar de preocuparme por ti, es mi naturaleza. Aunque eso no significa que no seas la mujer más fuerte que he conocido.

Tuerzo los labios en una sonrisa irónica.

—¿No se supone que ahora debes llamarme «hembra»?

Sacude ligeramente la cabeza.

—Feérica o humana, siempre te recordaré como la mujer que convenció a mi corazón para que saliera de las sombras. La mujer que atrapó mi alma incluso antes de establecer el vínculo. Necesitaba oírte decir que eras mía. Pero la verdad es que soy yo el que te pertenezco por completo, Bella. Ha sido así desde que te vi en el vestíbulo, y así será hasta que vea salir mi última luna. Si todavía me quieres, claro.

—Ay, Caiden —susurro. Ni siquiera me molesto en tratar de contener la humedad que se me acumula en los ojos y dejo que las lágrimas se escapen por las comisuras de los párpados—. Eres el macho más testarudo y exasperante que he conocido. Pero también eres un amigo leal, un amante generoso y un protector feroz, por mencionar solo algunas de tus cualidades que más me gustan.

»Siento que empecé a amarte en el momento en que respiré por primera vez, y cada noche te amaré más hasta mi última exhalación. Siempre serás mi rey, en esta vida y en la siguiente.

—Joder, te quiero —dice con tono grave y un brillo sospechoso en sus ojos de color ámbar.

Sonriéndole, le respondo:

—Yo también te quiero.

Aprieta su boca contra la mía y nuestras lenguas se enredan en un tórrido desenfreno a través del que derramamos cada gota de emoción el uno en el otro hasta que nuestros corazones se ahogan en nuestro amor.

Siento que me invade una oleada de fuerza, así que cambio las tornas, lo empujo hasta colocarlo boca arriba y me siento a horcajadas sobre él sujetándole las muñecas cerca de la cabeza. Su cara de asombro no tiene precio. Si hubiera cámaras de seguridad en la habitación, congelaría la imagen y la ampliaría a tamaño póster para colgarla sobre la chimenea del salón.

—Veo que tus sesiones de entrenamiento con Finn están dando sus frutos.

—Así es —declaro con una sonrisa—. Pero no se lo digas. Me gusta fastidiarlo todo el rato con mis quejas.

—Mi amor, nunca se me ocurriría arruinarte la diversión. —En un movimiento táctico, Caiden se zafa de mi llave, me coge las muñecas y me las sujeta a la espalda—. Pero el día que me venzas, podrás ponerme contra la cruz y lo haremos a tu manera.

Se me ilumina la cara como si me acabara de ofrecer toda una vida feérica de trufas de chocolate. Al darse cuenta de su error, se pone a maldecir.

—Acepto el reto.

—Lo he dicho en broma, Bryn. No voy a hacer tu papel.

En realidad no tengo intención de superarle, pero me gusta hacerlo rabiar. Entre risas, digo:

—Demasiado tarde. No vale echarse atrás. Te voy a convertir en mi zorra, Verran.

Tensa sus deliciosos abdominales, se sienta sobre la cama y me suelta las muñecas para rodearme la cintura con los brazos. Empieza a darme besos en el cuello mientras habla.

—He pensado…

—Oh, oh… —digo sin aliento—. ¿Sabe Seamus que has estado pensando sin que él te oriente?

Con eso me gano un rápido golpe en el culo, que en realidad me anima más que disuadirme, pero él ya lo sabe. Levanta la cabeza e intenta mirarme con severidad. No tiene mucho éxito.

—Encierra a la niñata un segundo, intento hablar en serio.

—Vale, pero está peleona. Tienes cinco minutos como mucho antes de que se libere.

—Tomo nota. —Sonrío como una boba. Es una respuesta muy característica de Caiden—. ¿Ya puedo continuar?

—Por favor.

—He pensado que quizá podríamos volver a casarnos, para tener una boda que ambos recordemos. Te dejo a ti decidir si quieres la verdadera experiencia de Las Vegas yendo tú y yo solos a una capilla de la Strip con un oficiante vestido de Elvis o cientos de invitados en un evento extravagante digno de una reina. ¿Qué te parece?

Nunca me había enamorado. No sabía que podía enamorarme más de él de un segundo al otro.

—Creo que…

No estoy segura de por qué dudo o por qué hay una pequeña parte de mí a la que le preocupa que esto aún no sea real. Que cambie de opinión y vuelva a apartarme. Pero me lleno de coraje y mando el miedo a paseo. Porque al mirar a los ojos de Caiden veo que no podría deshacerme de él aunque quisiera.

—Creo que Elvis es más de mi estilo —le digo con una sonrisa.

Él sonríe de forma franca.

—¿Sí?

—Sí. —Me muerdo el labio y luego me asalta un pensamiento—. ¿Saldría de la capilla como Bryn Meara o Verran?

Me besa con dulzura en la frente y hace que me derrita.

—Me encantaría que llevaras mi apellido, Bella, pero eso depende de ti. Entendería que quisieras conservar tu nombre actual en honor a tus padres. Sé cuánto los quieres y los echas de menos.

Tiene razón. Los quiero y siempre los querré. Pero no solo quiero honrar mi pasado, también quiero honrar mi futuro.

—Bryn Meara-Verran. Quiero llevar los dos.

—Pues llevarás los dos, y tendrás cualquier otra cosa que tu corazón desee, mi reina.

—Mmm, me gusta cómo suena eso.

Se ríe entre dientes y se echa hacia atrás, tirando de mí hasta que me tumbo encima de él. Suspiro satisfecha y aprieto la cara contra un lateral de su cuello.

—Ahora solo nos queda librarnos de Talek el Terrible y nuestra vida será perfecta.

Siento cómo se tensa debajo de mí. Me daría una patada a mí misma por fastidiar el momento, pero fingir que la amenaza contra mi corona y la de Caiden ha desaparecido no serviría de nada.

Talek Edevane no es de los que se toman la derrota a la ligera. Volverá en cuanto se lama las heridas, reagrupe a los suyos y defina otro plan de ataque.

—Respecto a eso —dice—, creo que tengo una idea de cómo protegerte de futuras amenazas. —Levanto la cabeza para mirarle, pero enseguida alza una mano—. Aún no quiero decirte de qué se trata. Primero tengo que hablarlo con Seamus.

—Caiden, eso suena bastante a que vas a mantenerme al margen en lugar de tratarme como a tu pareja.

—No es eso, Bryn. —Me sujeta la cara y me mira directamente a los ojos—. Si Seamus concuerda en que es un plan viable, te juro que te contaré todos los detalles. Pero no quiero que te hagas ilusiones de forma innecesaria.

—De acuerdo —digo a regañadientes—. Supongo que se me podría convencer de que no haga un drama al respecto.

Sus deliciosos labios se elevan por un lado.

—¿Cuánto va a costarme?

—Ya que lo preguntas, me gustaría una biblioteca. Me refiero a una monumental como la de *La Bella y la Bestia,* con escaleras deslizantes, asientos en las ventanas y muchos rincones acogedores para acurrucarse junto a las chimeneas de gas.

Levanta sus negras cejas, que hasta ahora reposaban bajo los rizos que le cuelgan sobre la frente.

—¿Eso es todo?

—Eso es todo.

—¿Y qué más?

—Nada —respondo con inocencia—. Solo eso.

Me mira con los ojos entrecerrados.

—Sé cómo negocias, mi amor. Así que confiesa y cuéntame qué más quieres para que podamos llegar a la parte en la que cerramos el trato.

—También quiero un gato.

—¿Un gato?

—Bueno, dos, así no se sentirá solo y tendrá con quién jugar cuando no estemos en casa. Pero eso es todo. Palabra de honor.

Me da la vuelta hasta ponerme boca arriba y se apoya sobre uno de sus codos.

—Eres un hueso duro de roer, Bella, pero creo que todo lo que pides es factible.

—¿De verdad? —Casi se me rompe la cara de lo grande que es mi sonrisa, y empiezo a reírme—. No me esperaba que dijeras que sí.

—Creo que vas a descubrir lo extremadamente complaciente que soy cuando mi reina quiere algo, siempre y cuando ella sea igual de complaciente cuando su rey quiera algo de ella. ¿Trato hecho, Bella?

Le rodeo el cuello con los brazos y tiro de él hacia abajo hasta que mis labios rozan los suyos mientras le contesto con mi respuesta favorita.

—Sí, mi rey.

Y entonces nos pasamos el resto de la noche cerrando el trato, una y otra vez. Y otra.

CAPÍTULO TREINTA Y CUATRO

TIERNAN

—¡Ay! Se me está clavando la esquina de una estantería en el culo.

—Lo siento, espera. —Le cojo el culo a Fiona con las dos manos y la levanto para darle un cuarto de vuelta y apoyarle la espalda contra la puerta del armario de almacenamiento—. ¿Mejor así?

—Mucho mejor, gracias —responde mientras me desabrocha con diligencia la hebilla del cinturón—. Tenemos que darnos prisa o nos perderemos eso tan importante que va a anunciar tu hermano.

Le subo la falda del vestido, que le llega hasta los pies, y tuerzo el gesto.

—Te agradecería que no mencionaras a mi hermano mientras…, ah, joder…, me sacas la polla.

Me la acaricia hábilmente mientras me mira a los ojos.

—Uy, ¿qué pasa? ¿Acaso se siente acomplejado el príncipe Tiernan por si su polla no estuviera a la altura de la de su hermano mayor, el cetro real del rey?

Fiona se ríe y, como siempre, eso me afecta profundamente en algún punto tras el esternón.

Y, también como siempre, ignoro esa sensación para concentrarme en todo lo que me está haciendo sentir en las pelotas.

—Me las pagarás. No sé ni cómo ni cuándo, pero será cuando menos te lo esperes.

Una parte de mí desearía que me estuviera refiriendo a la clase de castigo que le habría impuesto hace veinte años, pero dejé atrás esa faceta mía hace más de una década. Más allá de eso, entre Fiona y yo no hay nada serio. Nos lo pasamos muy bien enrollándonos en cualquier lugar más o menos público —como este armario de utensilios de limpieza que hay en el Nightfall al girar la esquina de la entrada al salón de baile— y gastándonos bromas mutuamente durante mis frecuentes visitas a Midnight Manor, donde trabaja para Caiden.

Diversión compartida e informal, eso es lo que hay entre Fi y yo, y a ambos nos satisface por completo.

Bueno, a mí me satisface casi por completo.

Pero la parte que no está satisfecha es tan pequeña que apenas vale la pena mencionarla.

Así que no lo voy a hacer.

—Tier, aún no me has hecho perder la compostura, pero puedes intentarlo con todas tus fuerzas.

Sé que se refiere a nuestras bromas, pero ahora mismo mi polla tiene cerebro propio y se toma sus palabras como un reto personal. Le doy la vuelta, le presiono la frente contra la puerta y, sujetándole el vestido con una mano, tiro de sus caderas hacia mí para tener acceso a su coño, que ya está resbaladizo.

—Joder, Fi. Me encanta cuando vas sin bragas.

—Me cansé de que me las arrancaras. Así es más fácil.

Me agarro la polla con la mano y le froto la punta arriba y abajo por sus pliegues, estimulándola mientras me inclino hacia ella y le hablo al oído a través de la cortina que forma su brillante melena roja.

—Creo que no es solo por eso. Creo que te gusta estar preparada para mí, pelirrojita. Creo que te excita saber que en cualquier momento puedo meterte la mano entre las piernas y hundir mis dedos en tu interior.

Con la mejilla apoyada en el frío metal, me mira de reojo y sonríe.

—Si esa fantasía le ayuda a rendir mejor, Su Alteza.

—Qué descarada —digo chasqueando la lengua con fingida decepción.

En realidad, me encanta su puta mordacidad. Incita a mi mitad más oscura a traspasar los barrotes de la jaula y dejar que mi desviación salga lo justo para hacer que las cosas se pongan interesantes sin invitar al peligro.

—Te voy a follar hasta que se te quite ese descaro —le digo.

—Quien mucho promete, po…

Lanza una abrupta aspiración que la impide continuar cuando empujo las caderas hacia delante y me introduzco de golpe en su caliente y apretada envoltura. Me trago mi propio siseo producido por el goce mientras Fiona se castiga el labio inferior con los dientes. No sé por qué, pero los dos luchamos para que no se nos note el placer durante estos encuentros.

Es una especie de competición que tenemos: no dejar que el otro sepa lo mucho que estamos disfrutando, mientras follamos como en una carrera contra el reloj de una bomba de relojería.

No sé cuál es el historial sexual de Fiona ni si ahora mismo se acuesta con alguien más aparte de mí —no me permito especular sobre el tema porque me salgo enseguida de mis casillas cuando lo hago—, pero he logrado hacer de los polvos rápidos una forma de arte. Nada me gustaría más que tomarme mi tiempo con una hembra —o con una mujer, no me he impuesto ninguna regla en contra de follar con humanas como hizo Caiden tras convertirse en rey—, pero si el mete y saca no acaba antes de que mi cerebro sea totalmente consciente, empiezo a querer cosas que no debería.

Cosas como ataduras, cuerdas… y látigos.

Cuando esos recuerdos intentan abrirse paso desde las profundidades de mi mente, establezco un ritmo de castigo para sofocarlos con un placer al rojo vivo.

Miro hacia abajo y contemplo cómo mi polla desaparece entre sus muslos, cómo los perfectos labios de su coño me engullen por completo. Muevo las caderas cada vez más fuerte y más rápido, marcando el ritmo del único sonido que se oye: el húmedo golpeteo de nuestros cuerpos, que se encuentran violentamente una y otra vez mientras perseguimos el orgasmo en un silencio tenso.

Con la mano libre le agarro la redondeada nalga del culo. Pero la bestia que llevo dentro ansía hacerle mucho más. Quiere marcarla y reclamarla como suya. Ver cómo la huella de mi mano florece en tonos rojos y rosas sobre su bonita piel.

Puede que esté enjaulado, pero el hijo de puta sigue haciéndose oír, y sus burlas resuenan por los pasillos de mi cabeza.

«Márcala… Reclámala…».

«Vete a la mierda».

En lugar de soltarla para reaccionar a la tentación de dejar caer mi mano sobre ella, doblo los dedos con fuerza y se los clavo en la carne como si me aferrara a mi cordura para salvar la vida.

Entonces cambio ligeramente de ángulo y oigo los suaves gemidos que indican mi victoria. Ella se ha derrumbado primero y ya no tengo por qué contenerme más. Entre gruñidos, redoblo mis esfuerzos para cubrir esos últimos centímetros que nos lleven hasta la meta. Sus paredes se estrechan en torno a mi grueso miembro con intensas contracciones mientras se corre y me arrastra a mi propio clímax, llevándose con ella hasta la última gota de mi semilla.

No hay bienestar postcoital; nunca nos tomamos el tiempo de volver juntos a la realidad envueltos en los brazos del otro. Siempre ha sido así, y así es como quiero que sea, a pesar de los incesantes sueños que tengo en los que se manifiesta lo contrario.

En cuestión de minutos nos hemos aseado y arreglado la ropa. Debo de tener una expresión arrogante, porque ella levanta una ceja mientras se alisa el vestido con las manos y me pregunta:

—¿Está muy satisfecho consigo mismo, Su Alteza?

Curvo un lado de la boca para dedicarle una de mis medias sonrisas derritebragas.

—En absoluto. Estaba pensando por millonésima vez que me alegro de no ser Caiden.

Ella se ríe.

—¿Qué problema tiene tu hermano para que siempre agradezcas no ser él?

—No se trata de él, sino de su trabajo. Cuando éramos niños, siempre aceptó sin reservas su papel como futuro rey, incluso estaba impaciente por serlo. Yo, en cambio, solo veía la presión que nuestro padre ejercía sobre él y todo lo que tenía que aprender; las responsabilidades que conllevaba el puesto. Nunca quise eso para mí.

»Me gusta la libertad de poder ser yo mismo y hacer lo que me dé la gana. Como esto, por ejemplo. Si fuera rey, no podría echar un polvo rápido en el armario en pleno Baile de Celebración de la Luna de Hiedra. Estaría subido a esa tarima y aburrido de cojones viendo cómo todos los demás se divierten.

—Entonces la moraleja de la historia es: ser gran rey, malo; ser príncipe rebelde, bueno.

—Ser príncipe rebelde, muy bueno —digo enroscándole un brazo en la cintura para atraerla hacia mí y darle un beso rápido lo bastante apasionado como para reavivar el deseo en mis pelotas.

—Será mejor que salgamos o nos vamos a perder ese gran anuncio de Caiden.

—¿No sabes de qué se trata?

Abro la puerta, compruebo si hay alguien merodeando que lleve un teléfono con cámara y luego salimos cuando veo que no hay peligro.

—Pues la verdad es que debería saberlo, esta tarde ha habido una reunión al respecto, pero coincidía con mi cita semanal de las cuatro, así que me la he saltado. No hay ningún motivo por el que no pueda enterarme al mismo tiempo que los demás, ¿verdad?

—Tú sabrás —dice mientras doblamos la esquina y nos acercamos a las puertas cerradas del salón de baile—. Yo solo he venido a comer gratis.

Resoplo.

—Has venido a follar gratis.

—Te aseguro que he venido por la comida. El polvo no es más que un extra.

Me río; me encantan sus burlas sangrientas y cómo disfruta poniéndome en mi sitio. Estar con Fiona es muy divertido y además nos llevamos bien. Últimamente ya no quedo con mis otros ligues habituales, le dedico más tiempo a ella porque disfruto más de su compañía.

«Sí, claro, va a ser eso».

«Cállate, sarcástico de mierda».

Cuando llegamos a las enormes puertas dobles, oigo que Caiden ya está hablando. Maldigo entre dientes; mi madre me va a echar una buena bronca por esto.

—Vale, esta es la estrategia de juego —digo en voz baja—. Nos colamos, nos pegamos a la pared y vamos avanzando lentamente hacia delante.

La configuración de esta noche será diferente a la del BET. Como rey y reina —dioses, qué extraño se me hace que tengamos una reina—, Caiden y Bryn serán los únicos presentes en la tarima. Los asientos de Finni, Madre, Seamus y el mío estarán dispuestos a un lado, mirando a los invitados, y el personal de Midnight Manor, junto con los Vigilantes de la Noche que no estén apostados en otro lugar realizando tareas de seguridad, se quedarán de pie detrás de nosotros.

Me lanza una mirada dubitativa.

—Quizá deberíamos quedarnos en la parte de atrás hasta que termine de hablar.

—Todos los ojos y oídos estarán puestos sobre mi hermano, así que si no tropiezas ni estornudas no habrá problema. Venga, cierra esos labios tan seductores y sigue el ejemplo de tu príncipe rebelde.

Aunque pone los ojos en blanco, no duda en hacer exactamente lo que le digo mientras abro una de las puertas lo suficiente como para que podamos pasar. Tras cerrarla con cuidado a nuestras espaldas, me resisto a cogerla de la mano durante el trayecto por la pared del fondo, que recorremos muy lentamente para no llamar la atención. Entretanto, atiendo a lo que dice Caiden.

—Durante la pasada Reunión de los Reyes, Talek Edevane, el Rey Luminoso, quebrantó el tratado entre las Cortes de la Noche y del Día.

La multitud estalla en susurros y murmullos, pero Caiden levanta las manos y todos se calman al instante.

—Entiendo lo angustioso de la situación y, aunque sin duda es preocupante, quiero aseguraros que, hasta el momento, parece que Edevane está actuando sin el apoyo de sus súbditos, que ni siquiera saben lo que ha ocurrido. Así que no vamos a entrar en guerra con la Corte del Día.

Se puede palpar el alivio que recorre la sala. Los que vivieron la guerra no desean volver a pasar por eso, y los jóvenes no quieren saber cuánto sufrieron los mayores.

—En la reunión del Equinoccio, Edevane reveló sus intenciones de eliminarme a través de la maldición de la sangre. A estas alturas, todos sabéis que nos manipuló a Bryn y a mí para que celebráramos una ceremonia de matrimonio feérico, de forma que, si él la asesinaba, yo también pereciera automáticamente. Luego planeó derrocar mi administración y tomar el control de la Corte de la Noche para reinar sobre las dos facciones feéricas, la de la Luz y la de la Oscuridad.

Cuando llegamos a la esquina, miro hacia atrás para comprobar cómo está Fiona y ella me brinda una sonrisita y asiente para indicar que todo va bien, de modo que sigo adelante, avanzando por la pared lateral que nos conducirá adonde se supone que deberíamos estar. En sesenta segundos estaremos a salvo.

—No es ningún secreto que, si caigo, el vacío de poder que causaría mi muerte dejaría a nuestra corte en unas circunstancias muy vulnerables. Además, a menos que encontremos la forma de romper la maldición de sangre del linaje real, mi pareja —a quien amo más que a mi propia vida— siempre será un claro objetivo para el enemigo, y comprenderéis que no puedo quedarme sin hacer nada al respecto.

Caiden hace una pausa para mirar a su bellísima esposa, que está de pie a su lado, mientras le levanta la mano para besarle los nudillos. Brynnie le sonríe con sus brillantes ojos verdes y dorados, iluminados como gemas bañadas por la luz del sol. Me reconforta ver que por fin son felices y libres para amarse.

Sin embargo, no me dan ninguna envidia las dificultades a las que van a tener que enfrentarse como primera pareja real desde nuestro exilio. Y esa es otra de las razones por las que me alegro de no ser el rey.

—Tras discutir detenidamente las posibles soluciones con mi consejero superior, Seamus Woulfe, ambos llegamos a la conclusión de que solo hay una acción viable para garantizar la seguridad tanto de mi pareja como de todos los feéricos a los que protejo como rey. Seamus fue el mejor amigo y consejero de mi padre, y ha servido obedientemente a esta corte durante siglos. Asesoró con sabiduría a mi progenitor durante su reinado y ha hecho lo mismo conmigo estos últimos diecisiete años, igual que ocurrirá con el rey que ocupe mi lugar.

Sin prestar demasiada atención, me pregunto qué clase de poción de juventud cree Caiden que toma Seamus que le vaya a permitir vivir el tiempo suficiente como para aconsejar al futuro heredero del trono, pero entonces dejo a un lado ese pensamiento y me centro en ejecutar la última fase de mi estratégico plan. Fiona y yo por fin hemos llegado a la parte delantera de la sala. En silencio, empezamos a cruzar los tres o cuatro metros que nos separan de su grupo, situado tras las cuatro sillas ocupadas por tres personas. Como es imposible que me siente sin que se note, me quedo de pie con Fiona y los Vigilantes de la Noche para que parezca que he estado allí todo el rato. Pan comido.

—Mientras esta corte tenga un rey sobre el que pesa una maldición de sangre, no dejaremos de ser vulnerables. Por eso, desde esta noche, abdico del trono. —En la sala se oye un grito ahogado colectivo y Fiona y yo nos detenemos en seco, paralizados por la sorpresa, a falta de muy pocos pasos para alcanzar nuestro destino—. Me sustituirá el siguiente Verran en la línea de sucesión a la corona, el príncipe Tiernan.

Cientos de miradas doradas se desplazan hacia donde me encuentro y se posan sobre mí con el peso aplastante de un tren de mercancías. En voz baja, Fiona susurra:

—¿Qué decía, Su Majestad?

«Me cago en mi vida».

AGRADECIMIENTOS

Gracias a mis generosas compañeras de trabajo y hermanas del alma, Cindi Madsen y Rebecca Yarros, por su ayuda con todo y en todo momento: creación de tramas, lecturas, esprints, elaboración de sinopsis, chasquidos de látigos, ánimos, apoyo, risas y mil cosas más que nunca podría incluir en una lista ni aunque lo intentara. Mi vida es inmensamente mejor con vosotras y, sinceramente, no sé qué haría sin nuestras conversaciones diarias y videocharlas semanales. Como dijo un Jerry Maguire de ojos llorosos, «Tú me completas». #ImpurísimaTrinidad

A mi increíble agente, Nicole Resciniti, de la Agencia Seymour, por sus constantes consejos y apoyo. A Liz Pelletier, por creer en mí y en mi capacidad para materializar esta serie. Me encanta que volvamos a formar equipo. A Jessica Turner, Stacy Abrams, Heather Riccio, Riki Cleveland y al resto de las personas de Entangled que han contribuido a traer al mundo este libro, muchas gracias por el arduo trabajo. A Elizabeth Turner Stokes, creadora de la preciosa cubierta original (estoy deseando ver lo fenomenal que va a quedar en las estanterías de las tiendas).

A Erin McRae, mi mejor amiga y más importante animadora. No quiero escribir ningún libro sin tenerte a mi lado. A Miranda Grissom, sin la cual no podría trabajar como autora. A Kristy Jewel, también conocida como Caffeinated Fae en el ámbito de los blogs sobre libros, cuyos vastos conocimientos sobre las hadas resultaron fundamentales para ayudarme a crear este mundo y mantener la autenticidad de Caiden (caray con las reglas de los feéricos). A Leah Em, por hacerme reír durante un plazo de entrega frenético. A Kaitlyn, cuyas emocionadas minicríticas de las escenas de sexo que escribí en otros libros me dieron la motivación que necesitaba para acabar las escenas de sexo de este.

A Ella Sheridan, Ruthie Knox y Mary Ann Hudson, algunas de mis más antiguas amigas autoras y editoras independientes, que responden de manera fiel e inmediata a la batseñal siempre que la envío. Estoy tremendamente agradecida de tener a unas mujeres tan espectaculares en mi vida.

A todos los miembros de Maxwell Mob: gracias por no separaros de mí durante todos estos años y por entusiasmaros con mis nuevos proyectos en mi siempre cambiante calendario editorial. Vuestro apoyo constante, vuestro entusiasmo y vuestras publicaciones sobre Jason Momoa son lo que me hace seguir adelante. Cada. Día.

Quiero transmitir un agradecimiento muy especial a todos los blogueros y los bookstagramers y booktokers que trabajan sin descanso y de forma gratuita para hablar bien alto sobre mis libros, hacer gráficos, invitarme a firmas, ofrecer consejos, leer y reseñar mis avances de lectura; en general, son personas extremadamente maravillosas cuya pasión consiste en ensalzar a los autores y sus historias. Sois los cimientos de esta comunidad literaria que tanto amamos y, sin vosotros, no nos sería posible llegar a un número tan elevado de lectores. Os estaré eternamente agradecida por vuestra ayuda y siempre admiraré la generosidad de vuestro espíritu.

Como siempre, mil gracias a ti, la persona que me lee, por dejar que mi libro ocupe un espacio en tu estantería y en tu corazón.

Con amor literario y besos de gatito… ~ G ~